中北路空无一人

方方 著

四川文艺出版社

图书在版编目（CIP）数据

中北路空无一人/方方著.—成都：四川文艺出版社，
2018.2
 ISBN 978-7-5411-4347-2

Ⅰ.①中… Ⅱ.①方… Ⅲ.中篇小说－小说集－中
国－当代 Ⅳ.①I247.5

中国版本图书馆CIP数据核字（2018）第006223号

ZHONGBEILU KONGWUYIREN
中北路空无一人

方　方　著

责任编辑　梁康伟
责任审校　段　敏
封面设计　叶　茂
版式设计　史小燕
责任印制　唐　茵

出版发行	四川文艺出版社（成都市槐树街2号）
网　　址	www.scwys.com
电　　话	028-86259287（发行部）　028-86259303（编辑部）
传　　真	028-86259306
邮购地址	成都市槐树街2号四川文艺出版社邮购部　610031
排　　版	四川胜翔数码印务设计有限公司
印　　刷	成都东江印务有限公司
成品尺寸	140 mm×203 mm　1/32
印　　张	12.5　　　　　　　　字　数　270千
版　　次	2018年4月第一版　印　次　2018年4月第一次印刷
书　　号	ISBN 978-7-5411-4347-2
定　　价	54.00元

版权所有・侵权必究。如有质量问题，请与出版社联系更换。028-86259301

中北路空无一人

目录

琴断口 ……1

春天来到昙华林 ……76

中北路空无一人 ……135

出门寻死 ……206

树树皆秋色 ……288

定数 ……351

琴断口

一、冰凉的早晨

夜里什么时候下的雪，没有人知道。雪不大，细粉一样，在南方温暖的冬天里落地即化。地上没有结冰，只是有些湿漉。这份湿漉让干燥的冬天多出几丝清新。空气立即就显得干净，吸上一口，甚至有甜滋滋的感觉。

天没亮，杨小北推了摩托车出门。走前他披了件雨衣。摩托开出半里路，雨衣也没湿多少。以杨小北的性格，这样的粉细雨雪，根本无须雨衣。因为雨衣很厚，套在身上笨得像熊。但是米加珍说，往后你要为我好好照顾自己，不准生病，不准受伤，不准饿肚皮，不准瘦。米加珍有点小霸道，还有些小精灵古怪。杨小北偏喜欢她这个样子。杨小北心里想，呵呵，小时候就最喜欢桃花岛的黄蓉，现在遇上一个，岂不正中下怀？所以杨小北本来已经推车出了门，耳边忽响起米加珍的声音，便又折转回家，取了这件雨衣披上。爱情有时候就是容易让人莫名其妙。

杨小北从他的住处到公司的路上，要过白水河。白水河的水像别处的水一样，既不白也不清亮。杨小北原先看报上说现在已没有一条干净的河流,他还不信。自第一次看到白水河,他就信了。白水河上游造纸厂排放的污水早将河水染得乌黑。河两边原本有许多垂杨柳,因为水的缘故,也都在慢慢枯死。有一天米加珍指着那些杨柳说,树比黄花瘦。说得杨小北大笑,心里越发喜欢这个女孩。而那时,米加珍的男朋友是蒋汉。

白水河上架着一座桥,90年代初期修建。米加珍的外公总说,没修桥时,水是清的,修完了桥,就站在桥上看着水变黑。米加珍最早向蒋汉转述这番话时,蒋汉笑,说你外公净瞎扯,这跟修桥有什么关系?明明是造纸厂污染的嘛。米加珍觉得蒋汉说得在理。可她再向杨小北转述时,杨小北却说,你外公说得没错呀,因为有了桥,交通便利了,才会有人在那里开家造纸厂。因为开了造纸厂,河水才渐渐发黑。每一件事的背后,其实都有无数你意想不到的原因。你外公脑子虽然糊涂,但他的眼光还是比别人看得更深一层。米加珍高兴了,觉得更深一层的是杨小北的思想。

但是白水河上的这座桥,却在这个下着小雪的夜晚悄然坍塌。垮桥的声音有如惊雷,在这个雪花飞扬的冬夜,却只如一声轻微的咔嚓,居然没有被人听到。

白水桥北岸是工业新区,刚刚搬进去几家公司。杨小北所在的白水铁艺公司进驻新区已有一个多月。天寒地冻,一路无人,正是飙车的好时候,但因天下雨雪,路有点打滑,杨小北耳边又尽是米加珍的声音,所以他骑着摩托并没有风驰电掣。他像以往一样开上了白水桥。风是冰凉的,但杨小北的心里却热热乎乎。他觉得自己有着用不完的力量,这一切,都源于米加珍。是米加珍的爱情，令他天天都热血沸腾。杨小北想，眼下，正是他人生最紧要的时候，虽说紧要，他却如此幸福。米加珍已经决定离开蒋汉，从此成为他的女友。现在他只需以胜利者的身份跟蒋汉摊牌。

然而，幸福的杨小北却没有像以往一样顺利地驰车过桥。行至白水桥中部，他突然觉得天旋地转，蓦然下栽，几乎不及思索，便听到轰的一声，然后他落进河里。

杨小北在瞬间失忆。不知道是过了几分钟还是几秒钟，总之他清醒过来时，全身都痛。他环顾四周片刻，明白了三件事：第一是他还没有死；第二是白水桥垮了；第三是雨衣救了他。第一件事让他倍感庆幸，第二件事却令他震惊无比，而第三件事则让他心里充满感恩。如果不是米加珍再三叮咛，他何曾会穿这件雨衣。而如果他没穿这件雨衣，在这个寒冷的早晨，他或许已经走进了另一个世界。白水桥裸露的钢筋将雨衣钩挂住，使他得以漂浮在水面。

杨小北慢慢地爬上了岸，失魂落魄地站在河边。朦胧间他看到白水桥垮成了一个"厂"字，只是那一撇没那么陡峭，"厂"字的下部已经伸进水里。杨小北的摩托车就卡在一块破碎的水泥板边。一半在水面上，一半在水里。

杨小北觉得额上有些疼，他伸手抹了一把，手上立即黏黏糊糊。之后他又抬了下腿，腿也痛得厉害。他知道自己已然受伤。他担心这伤会感染，殃及身体甚至面容，耳边米加珍的声音又响了起来。于是，他顾不上摩托车，尽着自己最大气力，一瘸一拐地穿越小路朝医院而去。

杨小北离开不到五分钟，另一辆摩托以相同的方式也栽了下去。骑摩托的人是蒋汉。蒋汉没有杨小北的运气,他的头扎在杨小北掉下去的摩托车把手上,当即昏迷。只几秒钟他的摩托车便沉入水底,沉重的车身钩挂着蒋汉的棉衣,将他也带到水下。

其实很快,第三辆车开了过来。这是一辆小汽车。像前面的杨小北和蒋汉一样,他也掉了下去。这个倒霉蛋叫马元凯。马元凯没有被摔晕,因为他买的是一辆二手的桑塔纳。前车主出过车祸,车门一直不好用。这个坏门在最关键的时候自动打开。马元凯莫名被甩了出来,落在水泥块上。他的腿大概是断掉了,疼得钻心。他不禁嗷嗷地狂号。大约正是这剧痛,令他无法昏迷。

发现自己的跌落原是桥垮了,马元凯吓了一跳。四周无人,他号了几声,知道眼下只能自己靠自己。于是他忍着钻心的痛,拖着断腿连游带爬上了岸。在他离开断桥时,不经意间看到落在那里的摩托车。马元凯认出那是杨小北的,想起昨晚和蒋汉一起喝酒,想起蒋汉因失去米加珍的痛苦神情,马元凯愤然想,摔死你老子一点也不心疼。

马元凯在河边捡了根粗树枝,拄在手上,走走停停,沿着土坡上了桥。这一刻,天还黑着。黎明前的黑暗真是有些漫长。马元凯想,他妈的,我这样回去要走到几点啊?想罢,又想在他之前落水的杨小北,不知他是怎么回去的?一想到这个,马元凯突然觉得自己真不能走。因为,如果他走了,后面再又来车呢?他的车门是坏的,别人难道也会像他这样?必定要被闷在车里。设若来的车是辆班车呢?马元凯汗毛都竖了起来,他竟情不自禁打了个寒噤。他想他就是天大的胆,也不敢看到河上到处漂着死人。

马元凯不走了,他坐在了路中间,等着过来的车。不到十分钟,果然一辆卡车轰轰而来。马元凯拼了命爬起来,伸出手呼叫着,停车!停车!司机以为是一个想搭便车的,便不理,想要绕过立在路中间的马元凯。马元凯大为生气,待汽车从他身边擦过时,举起手持的树枝,照着汽车猛抽了一下。卡车司机恼怒了,停车下来,一句话没说,伸手便推马元凯,嘴上叫骂着,你找死啊!

马元凯根本不经推,当即倒下。嘴上哎哟哎哟地放声大叫,声音甚是惨烈。司机怔了一下,又说,你他妈一个大男人,起码也让我多推几下再倒下去吧?还这么个叫法,你吓也要把我吓死。马元凯呻吟着说,兄弟,我吓不死你。可是你要记着,今天你的命是我给你留下的。

卡车司机疑惑着望望他,然后朝前走了十来米,朦胧间看到断桥,惊吓得脸都变了形,掉转身,哇哇叫着,直奔马元凯,连哭带喊说,恩人啊,大哥!你你你,掉下桥了?自己爬上来的?大哥,大哥,你饶了我吧。你就是我再生父母。大哥,你是个福人,掉到桥底下还能爬上来救我。是我这个坏种不知好歹。说话间,就要搀马元凯起来。马元凯说,慢着。你恩人大哥的腿怕是已经断掉了,你要小心伺候着。

卡车司机在马元凯的指挥下,将马元凯背到驾驶室。按着马元凯的要求,将卡车开在路中间。然后,打开大灯,照着断桥那边。幸亏桥那边是新区,清晨几无车辆行人。

天色终于发白了,车也多了起来。每到一辆车,见自己被堵,司机先都骂上几句。再细看,却也个个吓出一身冷汗,哪里还敢骂人,知道自己是被人救了命。卡车司机令一辆小车将马元凯送去医院,临走前对马元凯说,大哥,这里一搞定,我就去医院看你。大哥腿脚将来如果不方便,小弟我上门来伺候。马元凯笑笑说,喂,你别一口一个大哥,把我叫得那么老。大叔,我今年才二十五岁。卡车司机说,比我儿子大两岁,我随他叫。马元凯不由笑了起来。车启动后,马元凯觉得自己开始发烧了。

在这个下着细雪的早上,白河桥的坍塌,是天大的事情。天还没亮得彻底,警察就一路呼啸地赶到。惊动得市领导和记者也纷然前来。打捞车从河水里找出两辆摩托车,一辆汽车,以及一具尸体。尸体死因非常明显,脑袋扎在摩托车的刹车把上,以致昏迷,然后被水淹死。那辆摩托车的车把手上,还有血迹。警察因此分析出,他不是第一个落水的人。

围观者立即认出这个死去的人叫蒋汉,是河对岸白水铁艺公司的设计师。在现场所有的观者中,卡车司机理当是第一个到的现场。他向警察陈述了他停车的过程。警察说,这就是说,小车是那位马姓先生的?卡车司机说,好像是。旁边有人插嘴说,这像是马元凯的车,他也是铁艺公司的,跟蒋汉两个还是死党。警察说,三辆车,两个人,一死一伤,那还有一个呢?卡车司机说,我也不晓得。警察说,怕还在水里。于是市长指示,继续打捞。

那一个人,一直捞到中午,都没有捞上来。

当然也不可能捞上来,因为这个人就是杨小北。

在警察打捞他的时候,杨小北正在医院里打点滴。他的额头和腿还有胳膊,都缝了针。还好,没有伤及骨头,只是皮外伤。额上的缝针也不会破相,因为正好在发际线处,只要有头发,它就露不出来。等没有头发时,杨小北想,那时候他也老了,米加珍早成了他的老婆,有没有疤痕,也无所谓了。

天大亮后,杨小北估计米加珍已经起床。他给米加珍打了个电话,叫她找一辆车到医院来接他。因为伤口很疼,杨小北需要米加珍的安慰来减疼。他没有跟米加珍说什么事,只说自己病了。他怕吓着了米加珍。

几乎就在杨小北清晨出门的同时,米加珍放在枕下的手机突然震动起来。米加珍睡觉机灵,头下微一颤动,她便醒来。睁眼看外面的天,还黑得厉害。她觉得奇怪,谁会在这个时候给她发短信呢?她伸手摸到手机,打开一看,是蒋汉的。蒋汉的短信说:今天不来接你。杨小北约我去河边碰面,说要跟我有个了断。我不知道你的感情是否真的确定。如果你确定跟他,我不需要他出面,我自己就能了断。只要你幸福,我愿意自动退出。可如果你还不确定,我就会坚持。我愿与他竞争。再就是,不管最后你确定跟谁好,我都永远爱你。

米加珍的心怦怦地跳了起来,剧烈的跳动中也有隐隐的疼痛。

两天前米加珍已经非常肯定地答复了杨小北。她的感情已然确定,她将跟蒋汉结束恋爱关系,从此只是杨小北的女友。但这一刻,她突然又恍惚不定起来,睡意顿时全无。蒋汉的好,就像春天里的山花,呼啦啦盛开,把整个脑袋都铺满。她一点也不觉得自己正睡在温软的被子里,却好像躺在那一派烂漫的花间。然而围绕着她的却尽是愁云惨雾。她是什么时候跟蒋汉成好朋友的？婴孩时代就开始了？还是在琴断口小学门口？或是那个雨雪天？那天她不小心滑了跤，脚踏进了水沟，棉鞋全湿了，然后她就坐在校门口哭。一个男生走到她面前，似乎犹豫了一下，脱了自己的鞋，让她穿上，然后又穿着她的湿鞋，送她回了家。这个男生就是蒋汉。虽然他们自小认识，但上学分为男生女生后，就几乎没有了来往。那天外公正好在家，见蒋汉两只脚套在米加珍的湿鞋里，忙忙地找出干爽的拖鞋让蒋汉换上，然后说，汉汉呀，你长大了也要像这样爱护我们加珍哦。蒋汉说，嗯。似乎从那次起，米加珍心里就仿佛有了依靠。这个依靠就是蒋汉。

而蒋汉和杨小北，他们是两个多么不同的人。

睡在隔壁的外公突然哇啦哇啦大叫着，棉衣也不穿，就往门外跑。外婆惊喊道，加珍，快来帮我，看你外公怎么啦！

米加珍的思路断了，她披了衣服跑出屋，抵住大门，帮着外婆将外公拖到床上。外公呜呜地哭，嘴里咕噜咕噜不知道说些什么。米加珍只听到几个重复不断的字，完啦完啦，怎么办啊。米加珍说，什么都完不了！就是瞌睡被你闹完啦，快睡觉吧。外公患着老年痴呆症，已经逐渐严重。他经常会有些奇思异想。

回到房间，米加珍断掉的思路没能续上。她有些困，打了几下哈欠，想起杨小北那张明朗的面孔以及他热情的话语，又记起自己对杨小北的承诺，便简单给蒋汉复了个短信，说我心里会永远为你留一块地方，但是现在，我们当最好的朋友，好吗？发过后心想，不知道蒋汉会不会太难过，不然请他吃顿饭？想完一转念，又驳回自己，难道请他吃了饭，他就会舒

8

服？如果不舒服，又该怎么办？米加珍在这一派胡思乱想中，昏昏睡去。

再次醒来，依然因为手机。这是好朋友吴玉的电话。吴玉在电话里哭，哭了半天说不出话。米加珍烦了，说，到底什么事呀？总不会是马元凯死翘翘了吧？吴玉是马元凯的女朋友，吴玉很爱他，每天像警察盯小偷一样把他盯得死死的。吴玉这一刻才把眼泪后的语言说出了口。吴玉说，不是马元凯死了，是蒋汉死了。

米加珍惊遽而起，蓦然间，她想，难道蒋汉自杀了？但她立即否定了自己，因为蒋汉不是那样的人。米加珍用很大的声音说，你瞎说什么啊？小心我用砖头拍死你！吴玉又哭道，是真的，白水桥垮了，蒋汉正好过桥，掉了下去。马元凯也掉下去了，不过他没死，只是受了伤。还有一个人掉了下去，也是骑摩托的，警察一直没有捞到尸体。

米加珍此刻忽然想起蒋汉的短信，她的心立即成一团乱麻。脑子里根本就没有忆起另一个骑摩托的人会不会是杨小北。米加珍爬起来，胡乱套上衣服，脸没洗，牙没刷，疯似的往白水桥跑。外婆追了几步，说加珍，怎么了？米加珍没理她。外公一边说，我说了吧？出大事了，完了，垮桥了。外婆说，你什么时候说过了？外公说，昨天半夜呀，我要去扛桥哩。外婆说，你个老糊涂。

米加珍赶到时，蒋汉的尸体已经装入黑色的盛尸袋。两个警察抬着，要送他到车上。公司老总，也就是蒋汉的叔叔，正在旁边，见米加珍跑来，他红着眼睛，沉痛地，珍珍，没想到是汉汉。米加珍扑过去，扯着盛尸袋，放声大哭，嘴里说，不是他，不会是他，他不会死。让我看看。肯定不是他。

旁边尽是公司熟人。有几人议论道，呵，是米加珍。蒋汉是她的男朋友。他们都快结婚了，好可怜。

警察强行将尸体装上了车，鸣了一声喇叭，开走了。米加珍跟在车后，拼命地跑，跑得摔倒在地。她到底没有见到蒋汉的面容。趴在冰冷的地上，她的眼泪和地上的碎雪混在了一起，她觉得自己的心在这一刻已被冻僵，也被摔碎。

见到米加珍这个样子，很多人都跟着她哭。这个冰凉的早晨，让无数人肝肠寸断。

二、两个人的哭和一个人的疼

米加珍脑袋已然乱套。她不知道自己应该怎么办。卡车司机听说这个死掉的蒋汉和救他的马元凯自小就是死党，又听说米加珍是蒋汉的女友，立即动了侠心。他把卡车的大喇叭按得震天响，闯出一条路，拖了米加珍就上车。卡车司机说，丫头，在这里哭没有用，我送你去殡仪馆。你想办法再见他一面。

米加珍便是在卡车上接到杨小北的电话。米加珍说，你今天没去上班吗？杨小北说，是啊，我病了，正在医院打点滴。你来一下好不好？米加珍突然想起蒋汉的短信，心里先是一紧，然后又松了开来。还好，杨小北没事。米加珍说，好的，我晚点就来。米加珍没敢说蒋汉的死，她想如果说出来，杨小北一定会很有压力，他又正病着。

殡仪馆的人无论如何也不让米加珍见蒋汉的尸体，说现在看了，心里难受。等开追悼会时，化了妆，再看也不迟。卡车司机听此一说，反过来劝米加珍了。卡车司机说，被水泡过，又受了伤，样子很可怕，看了一辈子刻在心上，一辈子都会过不好。米加珍想起蒋汉满是温情的眼睛和永远露着敦厚笑容的脸，心说，蒋汉再难看也是帅哥。米加珍哭道，我就是要把他一辈子刻在心头。卡车司机说，你莫哭，我跟你想办法，不过，往后你心里堵，莫怪我哦。

米加珍到底见到了尸体，果然不成人形，完全不是她所认识的蒋汉，甚至她看不出是什么人。中午吃过饭，那副肿胀的面孔一直在眼前晃，米加珍便吐了。吴玉惊叫道，你莫不是已经怀了蒋汉的孩子？米加珍说，我看见了，那个死人不是蒋汉。吴玉摸了摸她的头，说你发烧么？

米加珍一直不认同尸主就是蒋汉这一说，因为她看到的那张肿胀的面孔根本就和蒋汉不同，尽管从尸体衣服上摸出来的钱包和证件都是蒋汉的。可米加珍坚持说，也许早上有人打劫抢了蒋汉的衣服呢？难道我们这条路上还少吗？警察说，你说不是蒋汉，那蒋汉的人呢？米加珍说，你就不兴他一个喷嚏打出去，脑子热了，买张机票出门玩去了？警察有些恼怒，说人都死了，你还在这胡搅蛮缠。米加珍说，你这个警察，讲不讲理？吴玉急了，说米加珍，我对你真没话说！连公司老总也就是蒋汉的叔叔都一脸惊诧地望着米加珍说，珍珍，要不要给你找个心理医生？

米加珍最生气蒋汉叔叔这句话。她想，别人怎么说都行，你是汉汉的亲叔叔，怎么能说这种话？

其实米加珍是真病了。她发着烧，夜里起来拉外公时就穿少了衣服，早上匆忙出门披了棉袄却忘记在里面套上毛衣。凉风一直吹到她的心底，把她凉了个彻底，她却浑然不觉。米加珍最终还是被送到了医院。吴玉守着她，一边陪她打针一边哭。吴玉说，米加珍，我晓得，你这回伤心伤狠了。

杨小北一直等到点滴打完，也没见米加珍来。他有些失落，又有些愤懑，心想不是说好的吗？他给米加珍打电话，结果没人接。他不明白怎么回事，满怀怅然，觉得放在自己心里天一样大的爱情，她居然如此轻看。

杨小北走到白水河，想找民工把自己的摩托车捞起来。走近桥边，见河岸蹲了一圈人，断桥的边缘还放了几个花圈。河水倒是像以往一样，黑着面孔，无声流淌。杨小北一问，方知蒋汉和马元凯都跌下了桥，两人一死一伤。

杨小北大惊失色，一直淡然的心突突地跳得厉害。他什么话也不敢说，因他想起正是他约蒋汉提前半小时到公司门外的白水河边谈事情。是他要为米加珍向蒋汉做一个了断。他要告诉蒋汉，米加珍真正爱的人是他杨小北，而蒋汉和米加珍两个人曾经有过的感情已是过去时。

正是这个邀约，送了蒋汉的命？杨小北念头到此，呼吸都沉重起来。他想，我的天，难道我的人生沾血了？

这天，杨小北也没有去找米加珍。他整晚都睡不着觉，睁眼闭眼，都能看到蒋汉的脸在跟前晃，仿佛时时在对他说，杨小北，你已经抢走了我的米加珍，难道还不够吗？

直到几天后的追悼会上，杨小北才和米加珍见了面。两个人都脱了原形似的，憔悴仿佛从脸到脚。熟识的同事都不由得惊叫。然后议论，说米加珍和杨小北都是有情有义的人。蒋汉是米加珍的男朋友，他的死，让米加珍几乎九死一生，而杨小北是蒋汉的哥们，为了蒋汉的这个死也真是伤了肝胆。不然，几天不见，两个人都成了这样？又有议论说，这个蒋汉也是！一个大冷天，黑咕隆咚的，跑公司去做什么呢？人家杨小北早早去公司，是因为新加工的那个活儿催得急。而马元凯去早，是为了头天的发货单忘了交下去。他蒋汉一个屁事没有，赶死赶活地起个大早，这不是给自己找了个死么？如果死的是杨小北和马元凯，还算因公殉职，蒋汉呢？没人让他掐着黑上班，死也真是白死。

　　杨小北和米加珍都听到了这样的议论。他们互相望望对方，眼睛里都有泪光，心里却想的不是一样的事情。杨小北想，你这一死倒省事，可你知道吗？我心里承受的压力将会比你的死还要重呵。米加珍却想，还有谁知道杨小北约蒋汉去河边的事呢？

　　蒋汉在众人的眼泪里，被送进了焚化炉。当他以灰的形式出来时，他的影子也渐渐淡出米加珍的眼眶。米加珍不时地凝望杨小北，因杨小北头上雪白的纱布和一瘸一拐的腿，令她心疼。

　　追悼会完，杨小北约米加珍到一僻静处相见。两人走近，一句话没说，便抱在了一起。然后就哭。一直哭，直哭得天色昏暗，眼泪都快冻成了冰。

　　杨小北说，谢谢你的雨衣，是它救了我，不然我也死了。米加珍说，你的伤怎么样？疼不疼？你要好好休息几天才是呵。杨小北说，我没事，我知道蒋汉死了你心里难过。米加珍说，所以我没有去医院陪你，你会生气吗？杨小北忙说，怎么会？我先不知道。如果我知道了，我定来陪你，这样你就不会病得那么重。

两人都太年轻，第一次经历身边朋友猝死的事，这个死亡与他们还有所牵连，以致他们除了痛苦，还有惊吓和愧疚。于是说话之间，又哭了起来。

杨小北没有提他约蒋汉到河边的事。米加珍也没有提。这是一道伤痕，正龇牙咧嘴血肉淋漓着，谁又敢去碰一下呢？

马元凯没有参加蒋汉的追悼会。他怕自己承受不了那一刻。

马元凯的大腿骨头断了，小腿也有好几处骨裂。手术医生说你小子也了不起，腿断成这样，居然还撑在路中间拦车。马元凯说，不然我也爬不到医院呀。反正腿也断了，不如当个英雄，救救人好了，顺个便的事。医生笑了，说你把话讲得好听点，登上报纸就会成为豪言壮语。

但马元凯还是没有把话说得好听。马元凯跟女友吴玉说，我要是会把话说得好听，我早进政治局了。吴玉白他一眼，说怎么没跌坏你这张嘴？马元凯嘎嘎地笑道，不是靠这张嘴，能把你骗到手吗？跌坏了嘴，往后谁亲你？吴玉说，想亲我的人多的是。马元凯说，那倒是，你吴玉骚起来也蛮有魅力。不过，你这张脸上如果沾了别人的口水，我可真保不定那家伙的嘴还会不会完好。吴玉一撇嘴，说就你现在这样子，动都不能动了，还敢说大话。我警告你，如果你的腿瘸了，我可不一定继续跟你好。马元凯便笑，说我要是腿瘸了，才懒得跟你好哩。屋里来个野男人，我拿棍子怎么撑都撑不上，那我才亏得大。一屋的病人都被笑翻。气得吴玉直翻白眼。

然后她才告诉他河边的情景。

听到在他之前摔下去的人是蒋汉,并且已然被摔死的消息时,马元凯惊愕得恨不能撞墙。他记起那辆半插在水里的摩托车,心疼真是剧烈无比。他想,或许我当时跳到水里摸人,就能把蒋汉救起来。可是,我为什么却没有呢?一连几天,马元凯都被这事折磨着。

追悼会的前夜,马元凯躺在床上,望着窗外被夜气稀释了的灯光,心想,蒋汉你这个狗东西,你块头比我大得多,肉长得比我厚,怎么骨头就这么不结实呢?老子这样的瘦撒撒摔下去都爬得起来,你怎么就爬不起来?想过后,眼泪便流了出来。蓦然间,一个念头闪电一样击打了他,他被自己这想法吓着:因为摩托车是杨小北的,我认出来了。又因为很讨厌他,所以,对于他,是死是活我完全没有兴趣?

难道不是吗?马元凯额上的筋都跳动了起来。

但是杨小北却没有死,死的是他最好的朋友蒋汉。只有蒋汉知道,他马元凯没有了这个朋友,未来的日子该会多么寂寞。他们两个几乎是一起玩大的。两家的父母是同事,两人同住一个工厂宿舍,筒子楼里门对着门。蒋汉家煨排骨汤,从来不少他的一份,而他妈妈做红烧肉,自然也有蒋汉的一碗。从幼儿园到高中,还一直同着班。只是后来上大学,蒋汉学了设计,而他学了管理,才各走各路。毕业后,蒋汉的叔叔在南方发了财,回家办了个铁艺公司,把他们两个招了去,说是要培养子弟兵。结果他们一个成了业务员,一个成了设计师。下班后,依然有事没事在一起耗。两人觉得彼此的相处,就像左手右手一样。中学时代,他们两个常与低班的米加珍一起写作业。米加珍住在工厂宿舍另一栋楼里。有一天他说,我长大讨老婆就得是米加珍这样的女孩。蒋汉立即说,你的嘴巧,人又活络,你再去另找一个吧,米加珍就由我来照顾,她外公早就托给我了。马元凯听蒋汉这么一说,竟很感动,因为蒋汉自认自己是不如他的。于是拍胸慷慨道,没问题,就让给你。我保证对米加珍一秒钟的念头都不闪。米加珍晚毕业三年,在蒋汉的央求下,也与他们成了同事。现在蒋汉却死了。死前的头三天一直为米加珍要跟他分手而痛苦。马元凯陪他喝酒时还骂他,说早知你没本事抓住米加珍,不如当年我自己上,不然现在哪有他杨小北的戏?骂得蒋汉心情沮丧,连连喝闷酒。想起这个场景,马元凯恨不能扇自己嘴巴。这张臭嘴,害得蒋汉掉进水里时脑袋装着的竟是他的一堆骂。而他摔到桥下,看到的是杨小北的车,却全然没有想到他的朋友蒋汉竟与他近在咫尺。马元凯心里的那份痛感,远超出他断了骨头的大腿,甚至他觉得蒋汉是因他而死。如若他不那么讨厌杨小北,或者是个陌生人,他都有可能贴近水面,看看有没有人需要他的帮助。

结果,他却什么都没有做。

马元凯瞬间觉得自己伤痕累累。除了腿,更惨烈的是他的心,如同破碎。他一直提不起精神,老觉得少了蒋汉的生活不是他眼前真实的生活。马元凯住了半个月医院,又在家养了两个月,拆下石膏时,腿没有养好,瘸了一点。心更是没有养好,碎开的缝迟迟不肯愈合。他生活的所有缝隙都有蒋汉的痕迹,关于蒋汉的一切,就像田野的野菜,每天都在那些缝隙里生长,以致马元凯不知自己的难过会到几时转淡。

马元凯走出家门时已是春天。河边的青草将两岸涂上一层淡绿。桥还垮在那里。听说这是座腐败桥，政府准备重新修建。站在断桥处，马元凯先痛骂一顿修桥的人，然后再骂自己，最后还骂了蒋汉。马元凯说，蒋汉你这个笨蛋呀，你用了二十几年对付活，却只用几分钟去对付死，你划得来吗？河水无声地流淌。没有人回答他的话。

马元凯一直没有见到米加珍。米加珍也没去医院看他，甚至连一个电话都没有打给他。大家都在痛着，谁也不想多说一句话。马元凯一瘸一拐地找到米加珍的办公室。米加珍面色红润，眼睛放着光。马元凯便不悦，心想汉汉才死几天？想罢走到米加珍面前，冷着面孔说，带我去汉汉的墓地，我想为他哭一场，还想看你为他哭一场，有你的眼泪汉汉才会安心。米加珍回答道，说这样的话如果能让你心里舒服，那你就多说几句。

马元凯的眼泪一下子就喷了出来。

米加珍说，如果哭能把汉汉哭回来，我每天哭二十四小时。马元凯说，你他妈的跟着杨小北就学会了讲这种话？你不晓得这种话，我比他还会讲？

米加珍的眼泪也一下子喷了出来。马元凯从她的表情看到了她的心。他叹了一口气，知道米加珍的难过很深很重很复杂。

米加珍到底还是带着马元凯去了蒋汉的墓地。蒋汉就埋在他自小生长的琴断口。这地方离他们念书的学校不算太远。学校盖了新楼，站在墓地旁，竟能远远看到那楼房的酱红色。

马元凯凝视蒋汉墓碑许久，但开口第一句话却指着学校的新楼说，我最不喜欢那个酱红。米加珍说，我喜欢，我晓得汉汉最喜欢这个红。马元凯说，不过，这个地方风景还可以。米加珍说，那当然，汉汉在这里住的时间会很久哩。

然后他们两个就蹲在蒋汉的墓前，呆看，各自想着心事。既没有带花，也没有带香烛纸钱，两个人都没想到这个，因为他们以前见蒋汉从来不需要有这种客套。墓是水泥做的，生硬冰凉，春天的空气就是燃烧起火，也不会让它发热，它把蒋汉以往的热诚全部降到了零度。

蒋汉不说话，他们两人便也没有话说。蹲了半天，把自己蹲得像蒋汉的墓碑一样生冷，不自觉间与四周的寂静融为一体。纵是如此，距他们如此之近的蒋汉，却仍是被这一层层的冰冷和寂静完全隔离，马元凯用尽身心去体会，都无法捕捉到以往与蒋汉在一起的感觉，甚至也觉察不到蒋汉的存在。整个属于蒋汉的气场已然散失一尽。马元凯不由长叹一口气，觉得人死的确是件悲哀的事。想完就说，原来汉汉真的死了。米加珍说，可是我经常还是会想，这里面埋着的人是不是他呢？

原本说好到这里来哭的，结果他们都没有哭，连一滴泪都没流就离开了。人有时候就是这样，很莫名其妙，很难以解释，瞬间就能改变先前所有的预想。

到家分手时，马元凯突然问米加珍，如果那天我没带你去南站接杨小北，你会和蒋汉分手吗？米加珍迟疑了一下，说不知道。马元凯长叹一口气，说但我知道，你不会。说穿了，蒋汉是我害的。我跟他关系这么铁，我总想为他好，可是到头来我却是悲剧的源头。米加珍说，你又何必这么自责？马元凯说，难道你没有一点自责？米加珍说，我只觉得，这就是他的命。马元凯说，虽是这么说，可是我一个不小心，加上你一个心意的改变，便把这个命改了道。我这一辈子欠他的不晓得该怎么还。

晚上米加珍跟杨小北说起去墓地的事。她说她本想大哭一场，可是，到了那里居然流不出眼泪来了。杨小北在她的额上亲了亲，说这很正常。人既死了，就会天天朝远处走，人影越走越淡，一直淡到没有，淡到只有在特定的时间里人们才去怀念他。这样我们活着的人才能继续好好地生活。米加珍想了想，觉得是。

她没有提马元凯后面关于命运改道的话。

三、琴断口

琴断口在汉阳，挨着十里铺没多远。以前十里铺有个车辆检查站，过往汽车都要停一下。路经了这个检查站，远行的车就算离了城市，进来的车也算到了武汉。以开车而论，这里离汉口闹市也远不到哪里去。但因这已是城市的边缘，冷僻由来已久，故而这里几乎就是乡下。高房子都看不到几座，商场更是难见门面。零星的只有几个杂货铺而已。武汉三镇，汉阳最小。只有钟家村那一团热闹，多朝开外走几步，便只剩有清冷。就算长居武汉的居民，一百人中至少有九十九人从未来过这里。直到后来有了汉阳开发区，人们听说了沌口和三角湖，才突然有一天发现，琴断口也开始热闹了。

琴断口这个名字有很长的来源。古人俞伯牙头一次来汉水，见这里风景如画，一时兴起，便端坐月下独自抚琴。弹得兴奋时,兀地发现有人偷听。这风景原是自家独赏的,有如这琴声,也是自家独听的。居然有人在此偷窥偷听。俞伯牙想想很生气,心一恼,情一躁,便把琴弦拨断了。这个偷听的人,就是钟子期。汉阳著名的钟家村,就是钟子期家住的村庄。钟子期无意经过此地,却听到了美妙琴声,忍不住驻足,久久不肯离开。钟子期见琴断人恼,便忙不迭上前把他听琴的感觉说与俞伯牙听,讲到高山流水之意时,俞伯牙知道自己遇到了知音。这个段子传了出去,闻者莫不感慨。于是好事者便将这地方取名琴断口。琴断口附近还有琴断小河。琴断小河北面有一个土丘,说的是俞伯牙第二次再来汉水寻找知音钟子期时,不料钟子期已然过世。俞伯牙闻知呆了半天,然后便把他的琴砸了。那小丘原本不成山形,为纪念俞伯牙和钟子期心息相通的情意,又有好事者将那小丘叫了碎琴山。

事情已经过去上千年,因为好事者留下了地名,便使这故事得以流传千古。每个来此地无论是旅行或是居住的人,都会好奇地问,为什么叫了这个名字?这一轮一轮的追问,问得尽人皆知。而当地人在一轮又一轮的答复中难免添油加盐,传说中的一滴水,便一轮轮地涨成了河。后来有人指着这河,说这就是文化。凡事一文化,又更容易让人津津乐道,却无人去体会这一断一碎间的余味。

米加珍、马元凯和蒋汉三人都是在琴断口长大的。一生下来,他们便对俞伯牙和钟子期的事滚瓜烂熟,仿佛在娘胎就已听熟了这个著名的传说。三个人的父母同在一家耐火材料厂工作。这工厂在武汉也颇有名气。米加珍的外公当年亦从这里退休。他当过科长。管过别人的人虽然年事已高但嘴却更碎,见到小孩子在一起玩时，就唠叨说这个有关知音的故事。小孩全都听得发烦，纷然说，才不当知音哩，还要去学弹琴，有什么好玩，不如踢球。只有米加珍，因为热爱外公，有一次为讨外公欢喜，便问了一句，什么才是知音呢？非要学弹琴吗？外公说，知音就是彼此知道对方心意的人，学不学弹琴无所谓。马元凯忙说，那我晓得了，我跟汉汉是知音，因我知道汉汉将来想要米加珍当他的老婆。蒋汉亦忙说，我也晓得元凯的心意，他也想要米加珍当老婆。米加珍那时还小，有点糊涂，说你们都不晓得我的心意吧？我想要你们两个都当我的老婆。说得米加珍的外公哈哈大笑，笑完说，我们家珍珍最有出息。然后又自我感叹，其实两人相距遥远，不知根底，才会成知音；如果住得近，哪能成知音？只会成敌人。一番话，令小孩子们懵懵懂懂。马元凯说，怎么会成敌人呢？米加珍的外公说，等你们长大了，就晓得，其实人人都是敌人，越近越是。那时候，米加珍外公的老年痴呆还没露一点头角。

后来，米加珍成了蒋汉的女朋友。她知道是马元凯主动退出的，虽然她也喜欢马元凯的俏皮，但她还是成了蒋汉的女友。外公说，元凯嘴巧，汉汉踏实，过日子还是踏实点好。米加珍觉得外公说得是。于是，感情的天平转到蒋汉这边，马元凯便成了他们两个的哥们。

他们都是平常的人。而日子在平常人那里，就顺着季节往下走。不疾不徐，不知不觉。

有一天，杨小北来了。

杨小北的大哥与蒋汉的叔叔是大学同学，在武钢当着工程师。有一天同学聚会，在饭桌上杨大哥跟蒋汉的叔叔说起他父母离异,弟弟住在哪家都不舒服,不如到南方来跟着他,彼此也有个照应。杨小北学的是设计,铁艺公司效益不错,想让他先在这里待一阵,有点工作经历,也挣点钱,再看下面怎么发展。话说得很诚恳,蒋汉的叔叔便点头表示了同意。

铁艺公司所在地已经出了武汉边境,坐落在邻县。图的是租金和人工便宜。虽然离汉口闹市中心远了一点,但距琴断口倒不算太远。派去武昌南站接杨小北的人是马元凯。理由很简单,马元凯有车。米加珍要顺道回琴断口家里取些衣物,而吴玉与马元凯正处在热恋期间,于是,她们两个便搭便车一起进城。

到了武昌南站停车场,吴玉和马元凯一致要求米加珍去车站出口等人,不要在这里当电灯泡。米加珍心知他俩想在车上热乎,笑了笑,便下了车。马元凯喊道,接到人,就领他在武昌南站绕两圈再回来。米加珍说,休想。马元凯说,你别忘了,你跟汉汉好的时候,我蹲在外面替你们看过门。这样的深恩大爱,你要尽全力报答。米加珍说,呸呸呸!

米加珍没见过杨小北,又没有准备写了名字的牌子。看到乘客们河一样地流出来时,她不知道怎么办才好。于是便动用了最原始的法子:大声叫喊。

出了站台的杨小北正张望着有没有接他的人,突然听到有清脆的声音高叫着他的名字,暗想,哪有这么接客人的?也没有回应,只是循声而去。他一下子就看到了米加珍。

杨小北拉着行李,一直走到米加珍的面前。见米加珍还在喊,便说请问你叫什么名字?正在找人的米加珍蓦然遭此一问,想都没有想,脱口道,我叫米加珍。答完才醒悟,连珠炮似的反问道，你是什么人？为什么要问我的名字？你想干什么？杨小北不回答她，也像刚才米加珍叫他一样大声叫道，米加珍！米加珍！

米加珍说，喂，你什么意思啊？杨小北说，你像招魂一样喊我的名字，我得喊回去才是。阎王爷派小鬼来阳世抓人，听到我的名字这么响亮，万一顺手带上了我，我还不找个垫背一起走？米加珍脸上露出惊喜，说你就是杨小北？惊喜完后，立马一努嘴，说你们北方人的嘴就是油。杨小北说，别攻击整个北方人，不然你一过黄河，满地的北方狗追着你咬。米加珍笑了起来，说我骂的是人，又没骂狗，关它们北方狗什么闲事啊。杨小北也笑了，说狗不管闲事，养它干啥呢？

一见面便顶嘴，倒是把两个人的心情顶得愉快起来。米加珍想，这个杨小北好有趣。杨小北也想，这女孩真可爱，一起共事，想必愉快。

两人说笑着向停车场而去。那天的米加珍穿着一条白色的无袖连衣裙，头发披在肩上，发顶一侧夹了一只淡蓝色的卡子，像只蝴蝶一直停在那里。跟杨小北说话时，头一偏，黑发便荡起来。杨小北忍不住侧过脸不时地望望她。这是杨小北以往从未有过的动作。米加珍眼睛不算太大，但非常明亮，她说不说话，脸都有笑意，柔和而温暖。杨小北来的一路，不知前程如何，心里怀有几分冷冷的忧郁。而现在，米加珍的明亮，恰如阳光，瞬间将他的忧郁融化，甚至让他的内心立即变得安静和愉悦。他想，大哥的选择看来是对的。

走到停车场门口，杨小北说，你自己开的车？米加珍"啊！"地大叫一声。杨小北吓了一跳，说怎么了？米加珍停下了脚步,说我哪里会开车,是马元凯开的,他才是真正接你的人。我们等下再过去吧。杨小北说,为什么?米加珍说,马元凯跟吴玉在车上亲热。他们俩恋爱正在高峰期,我们要给他们一点时间。杨小北有点哭笑不得,说这点时间也不浪费?米加珍笑道,没谈恋爱吧?谈过的人就晓得,离开公司的每一分钟都很宝贵。杨小北说,你好像是老手了。米加珍说,老什么手呀!我那一位,是跟我一起玩大的,从头到尾我就他一个。好像还没怎么谈,就已经是老夫老妻的感觉,真是亏死。杨小北说,这么说是青梅竹马了?米加珍说,比这还过分,他说我一生下来他就来我家盯我了,还说我是他抱大的,在他身上撒过尿。也就大我三岁,小时候牵着我玩过几次,而我对他有完整印象是上小学以后的事,但现在全成了他的资本。马元凯说他投资的是期货,真气死我了。杨小北说,太好玩了,他是做什么的?米加珍说,跟我一样,做设计呀,我们三个同行,办公室都在一间屋子。杨小北说,真的?那他要小心我成他的情敌哦。米加珍瞪大眼睛望着杨小北,突然说,你别吓唬我!杨小北哈哈大笑起来,说怎么会吓唬到你呢?吓唬到他还差不多吧?

  米加珍也笑起来。笑完,心里似乎动了一动。

  这一天,仿佛就是为米加珍和杨小北准备的。马元凯把车开到琴断口,停在一间酒吧门口,转身说,米加珍,你们两个在这里歇一下,我让吴玉陪我去家里取点东西。你要的东西我帮你带过来。说话间,他挤了下眼睛。米加珍知他用意,笑笑同意了。

  结果他们一去便是两个小时。米加珍和杨小北坐在酒吧里什么都聊到了。米加珍知道杨小北的父母离异又各自再婚了，他还没有女朋友，只有一个哥哥在这边工作。而杨小北也知道米加珍的家里除了父母外，还有外公外婆。外公外婆担心米加珍只身在外吃不好喝不好，便在米加珍的公司附近租了房子。米加珍平常就跟他们住在一起。米加珍的男朋友就是与她一起玩大的男孩子叫蒋汉。米加珍说他时，用了很亲昵却又有点不屑的语气。杨小北听了出来，他们认识太久，彼此信任相互依赖，却没有了新鲜感和激情。

后来说到没话了，杨小北目光投向窗外。突然他看到路边上醒目的路牌，上面写着"琴断口"。米加珍一下就猜到他的想法，立马说，这地方就叫琴断口。杨小北说，这名字有意思。

一个米加珍从儿时就听烂了的故事，被翻出来说了一遍。杨小北听罢居然十分感动，连连说，咦，原来有这么动人的传说。我虽然知道知音这个词，但还真不知道有这样浪漫的故事。这给我天上人间的感觉。米加珍说，你认为这世上有知音吗？杨小北说，当然有。两个人可以不是朋友，不曾讲过话，甚至不认识，但通过其他媒介，比方音乐，或者画图，更或者文字，却相互知心，相互欣赏，那是多么好的感觉啊。一个人一生若有这样的一个知音，也算没有白过。米加珍笑了，说牙酸了没？说这样的话，真俗。杨小北也笑了，说女孩子不是最喜欢听这种肉麻话吗？我在家时练了好几套哩。米加珍笑了起来，说到了我这儿，一点不管用。我的耳朵已经早被马元凯和蒋汉训练得刀枪不入了。杨小北说，那好，回头我再练几个新招式来对付你。米加珍笑道，你只莫练葵花宝典就是。杨小北大笑起来,嗡嗡嗡的,声音响彻整个酒吧。米加珍"嘘"了一下,说别笑得这么夸张。杨小北说,你也是金迷?米加珍说,除了蒋汉,我们都是。杨小北又大笑了起来。笑完说,我发现,我跟你就是知音。米加珍撇撇嘴说,怎么会?我外公说,隔得远,对方活在自己的想当然中,才有可能成为知音。距离近了,人人都是你的敌人,越近越是。所以这世上,并没有真正的知音。杨小北惊异地"哦"了一声,然后说,你外公好深刻。米加珍也惊异了一下,说真的吗?

米加珍和杨小北的交情,便是从这天开始的。仿佛有意无意间,他们俩平常的对话,就比别人多出一份默契。

杨小北很快也成为蒋汉和马元凯的朋友。加上吴玉,五个年轻人常在一起吃饭以及游玩,骑着摩托车到更偏远的地方兜风。杨小北和马元凯都有一张能说善侃的嘴,只要他们两个开口,针尖对麦芒,机锋迭起,让爱笑的吴玉和米加珍常笑得嗓子疼。她们的声音,像是一串一串地喷涌而出,有如飞鸟盘旋在上,久久地占据空间。马元凯便说这就是霸权主义的笑声,像乌云笼罩。长时间待在这样的乌云之下,是人生的凄凉。杨小北说,错。女人的笑更似阳光,铺天盖地,生活在这样的阳光下,永远只有快乐和温暖。于是两个女人都一起赞美杨小北臭屁马元凯。在许多这样的时候,蒋汉都只是敦厚地看着他们的快乐,抿嘴微笑,也不多话。他总是沉静的,跟随他们一起,有时候甚至感觉不到他的存在。马元凯常说,蒋汉最有大将风度,对女人擅长实行大国不抵抗政策。

十个月风平浪静地过去了,似乎什么事情都没有发生。但时间常常很害人,它会让有些东西在不知不觉中滋长,下种发芽出苗长叶，猝不及防间，你发现这个你并不知道的东西已然结苞，并且就将开花。

有一天，杨小北和米加珍清早加班，半路相遇。那时杨小北刚买了摩托车。杨小北说，上车，免费。米加珍省了脚力，便也高兴，立即跳到他的车座上。杨小北启动时，因为经验不足，车耸动得有些厉害，原本只抓着杨小北衣服的米加珍身体朝后一仰，险些掉了下去。她尖叫了一声，下意识地扑到杨小北的背上。正值夏初，米加珍只穿着薄薄的连衣裙。当她的胸脯贴上杨小北的背心时，杨小北惊了一下，仿佛被电击打，全身涌入一股热流。杨小北只说了一句，坐稳，抱紧我。然后便是风驰电掣般的一段路。米加珍抱着杨小北的腰，头抵在他的背上。两人一路没有再说一句话。下车时，杨小北的心一直跳，他低下嗓音对米加珍说，这是我从没有过的幸福时刻。说话时，他瞥了米加珍一眼。米加珍的目光正好接到了杨小北的这一瞥。两个人的目光对视的时刻不过三秒，随即绕开。但他们却浑身战栗，仿佛对方的那一瞥是根火柴，瞬间点燃了他们。

从这天起，他们相处得不太自然，各自都有了心思，是深深的心思。没人察觉的时候，他们寻找彼此的目光。找到了，又躲闪到一边，让那股燃着的火焰在心里空烧。日子也因此变得像在火上煎熬。米加珍的笑声渐少，眼睛里常有忧郁，而杨小北在马元凯邀约出去玩时，也尽可能回避。无人觉出他们的变化，只有他们自己心知。

有一天，蒋汉的叔叔派他们一起去汉口送样品。路上，米加珍不太跟杨小北说话，他们头一次见面时的有说有笑恍如隔世。回来时，途经琴断口，米加珍要回家取点东西，叫杨小北先回去。杨小北说,我陪你。米加珍断然拒绝,说不必了。米加珍下车后,只走了几步,却发现杨小北跟在她的身后。米加珍说,不是让你先回吗?杨小北说,我陪你一起走,天就会塌下来吗?米加珍有些生气,说天不会塌,可我愿意一个人走,不行吗?正说时,杨小北看到了琴断口的路牌,突然想起米加珍跟他讲过的俞伯牙断琴弦的故事,想起关于知音的话。杨小北心里涌动着,便说,我记得我那天说错了话。我跟你的确不可能成为知音,而是……而是……。米加珍说,是什么?杨小北说,正像外公所说,我们彼此知道对方心意,但我们距离太近,所以,我们不会成为知音,我们是……是……。米加珍说,杨小北,你别跟我绕弯子,我来告诉你,我们是敌人。杨小北说,不,我们不是敌人,我们是傻瓜。米加珍一下子烦了,说我跟你讲清楚杨小北,蒋汉是我的男朋友,我们已经好了很多年。杨小北说,我知道,你们比青梅竹马还要早。我们第一次见面你就说过。米加珍说,我迟早是要跟他结婚的,而且快了。杨小北说,我知道。你也说过。米加珍说,知道就好,知道就要管住自己。杨小北说,我一直在管,现在还在努力地管着。我对自己说,朋友妻,不可欺。米加珍没好气道,我不是他的妻,我还没嫁给他!杨小北说,就算你已经嫁给了他,我问我自己,我能管得住吗?所以我也问你,你米加珍能管得住吗?你管得住自己的心吗?

米加珍没有说话,眼泪却不管不顾地往外流。杨小北伸出手,替她抹了一下脸,低声说,是不是?你也管不住。米加珍这时哽咽起来。杨小北说,我真的没办法,我天天想你。米加珍泪眼汪汪地望着他,说我也是。杨小北便冲动地将她拥抱在怀，两个人的眼泪瞬间就混淆在了一起，咸涩程度完全一样。米加珍说，我们可以吗？它可能会改变几个人的命运。杨小北说，我不是故意的，我并不想破坏你们，我也很喜欢蒋汉。但我没有办法，我控制不了自己。命运的改变，常常就在你根本就没有察觉的时候。爱情的力量太强大，它天天在催我犯罪，我宁可成为一个罪人也要爱你。米加珍为他这句话感动着，她哽咽着说了一句，那我就陪你一起犯罪。

这段地下的爱情在悄然间盛开花朵。春夏秋冬，四季走过，花朵依然旺盛开放却又不动声色。蒋汉似乎心有所知，却又以全然不知而面对。他只是对米加珍更仔细更体贴更大度。在这样的呵护之下，米加珍的感情不停地在两个人之间摇摆。她爱杨小北，杨小北让她兴奋让她激动让她战栗不安，这种感觉使生活变得激情四射，格外有意思。但她却并没觉得蒋汉有什么不好。蒋汉让她沉静让她踏实让她高枕无忧。这么多年来，蒋汉一直是她心里的一棵树。

米加珍的摇摆，更是漫长的一段时光。杨小北一直等待着。杨小北说，我等你拿定主意，因我相信爱情。

这句爱情的豪言壮语表白在秋天。

而当冬风吹来，细雪落下时，桥断了。蒋汉由此退出，退到没有人看得见他的地方。地下的爱情，虽然就此破土而出，花开鲜艳，但却因被血泪浸染和浇灌了一场，开放的花朵便总是散发一种或痛楚或凄迷的气息。

米加珍有一天想，这会是罂粟吗？很美丽，却也有毒。她把这想法说与杨小北听。杨小北想了想，没有否认，只是说，让我们一起留下美丽，努力排毒。

四、新婚的夜晚

新桥终于修建起来了，外形比原先的旧桥要漂亮许多。政府让一位副市长亲自挂帅督阵。副市长说，这桥无论如何要百年不垮。大家都信副市长说的话，因为市里专门请了修长江大桥的队伍来修这小小的白水桥。米加珍有天上班路过河边，她去看桥，结果听到一个施工员发牢骚，说让他们来修这样的小桥，简直是高射炮打蚊子。

每一个人都看得出白水桥太结实了。米加珍的外公在通车那天专门上去踩了几踩，他跺着脚说，早修这么结实，汉汉怎么会掉下去跌死？本来他是我的外孙女婿。前面那个修桥的，你要赔我的人。米加珍外公说这话时，许多人都在旁边。杨小北也在。他正和米加珍手拉着手地站在桥栏边看河下的水。河里的水依然发黑，与造型漂亮并且意气风发的新桥相比，显得无精打采。人们都朝杨小北和米加珍嬉笑张望。杨小北脸上便有些挂不住，米加珍感觉到了，上前去拉她的外公，嘴上说，外公你瞎闹个什么呀。米加珍的外公脸一犟，说我讲的句句是实，几时瞎闹了？有熟人听了笑，说旧人不去，新人不来，米加珍又给你找了个更好的外孙女婿。米加珍的外公说，哪里有更好的？汉汉就是最好的。我们加珍睡都跟他睡了，别的人关我家什么事？

米加珍外公的话令桥上的人全都开怀大笑，仿佛这是比新桥落成更大的快乐。笑声溶在风中，落进水里，激起一些涟漪。杨小北当即面红耳赤，米加珍更是气急败坏。她毫无办法，外公是个病人，你去跟他搭白，还不知道会惹出什么更让人难堪的话来。

米加珍拉着杨小北逃之夭夭，一直跑到公司的墙根，她两眼噙着泪。杨小北坚决地说，米加珍，我们结婚吧，马上就结。米加珍原本想明年再结婚，可她被杨小北的坚决所感动，于是回答说，好吧，我们结婚。

婚期立即定了下来。杨小北在米加珍外公外婆的租房附近另租下房子。他们每天都忙着布置新居。看着这屋子一天天的变化，一天天的饱满，米加珍突然觉得自己的心却是在一天天发虚，一天天发沉。她每一分钟都在想，我要不要去告诉蒋汉一声呢？也当是做一个彻底的道别。连连数日，她都心有不安。

有天下班，路上恰遇马元凯。马元凯说，听说你要结婚了？跟杨小北。米加珍说，是呀，你来参加婚礼吗？马元凯说，这种事，我跟蒋汉从来都是结伴而行，蒋汉不去，我当然也不会去。

米加珍心里顿了一下，有些悻悻然，说你这又是何必。马元凯说，你办喜事的时候，我得去陪蒋汉坐坐，这个时候，他肯定最伤心。米加珍说，你不要说这样的话。马元凯说，我不说，就没人会说。你也不去向蒋汉告个别？米加珍说，我是在想，只是这阵子还没有得空。马元凯说，没得空也得抽空。现在就走，上我的车，我陪你一起过去。米加珍见他如此一说，便抬腿上了他的车。

米加珍上车的时候，杨小北正好坐着出租车过来。他哥哥送给他一台42寸的液晶电视机。送货的人将电视机抬进客厅，小心放在柜子上。立即，屋里便有熠熠生辉感。杨小北很兴奋，心想米加珍见了一定开心得要死，便打了一辆车去公司，好接米加珍去新房看看。杨小北还有另外的小算盘。他暗思着，米加珍一高兴，说不定晚上就会留宿在那里。米加珍有点守旧，每次杨小北想要留她一起过夜，都得想个主意，以便既自然又巧妙地留她下来。晚上一起享用新电视机，最为名正言顺。

杨小北赶到公司门口，还没下车，便见米加珍钻进马元凯的小车。杨小北心里咯噔了一下，虽然没有生气，但也有几分不解。他想米加珍下了班会跟马元凯去哪呢？杨小北叫出租车跟着前面的车。当看到车朝琴断口方向拐弯，杨小北知道了，他们一定是去蒋汉的墓地。杨小北想，大概米加珍想去跟蒋汉道个别，又担心他不高兴，所以约了马元凯。其实，他完全不会去吃一个死人的醋，甚至，他觉得自己也应该去跟蒋汉打声招呼。毕竟他与蒋汉也是朋友一场。当然，还有更重要的，杨小北想起那个寒冷的早晨，他发出的邀约。他给蒋汉打电话，说你提前半个钟头出来，我在公司河边等你。由我们男人来做个了断，不必让米加珍烦心。蒋汉说，好。这是蒋汉最后的声音。每次想到此，杨小北都忍不住要打寒噤。

果然杨小北看到马元凯的车开到蒋汉墓地附近停了下来。两人一下车即朝蒋汉的墓走去。杨小北便也忙下了出租车，跟在他们后面。他原想喊住他们两个，表明他的心迹，但声音没有出口，却又缩了回去。他担心米加珍会误以为他在跟踪她，而他的本意显然不是如此。

米加珍站在蒋汉的墓前，开口说，汉汉，我今天特意来跟你道个别。再过几天,我就要和杨小北结婚了。我知道你不会生我的气,但我也要请你不要生杨小北的气。虽然那天是他约你到河边去谈事,害了你现在睡在这里,可他不是故意的。他也掉到了河里,他也差一点没命。我知道你对我好,你最爱我,我的心里永远都会留一块地盘给你。

马元凯突然别着脸,盯着米加珍说,什么意思?什么河边谈事?米加珍怔了怔,犹豫片刻,还是说了。米加珍说,那天杨小北要加班,他急着想跟汉汉了断我们的关系,就让汉汉提前半个钟头去公司的河边碰头。刚好……那天就出了事。

马元凯的声音立刻就像炮弹轰爆。他大声道,汉汉那么早跑去公司,就是为了应杨小北之约?米加珍低声说,嗯。马元凯声音更大了,说照这么讲,汉汉是因为杨小北的原因才死的。米加珍说,怎么可以这么说?汉汉是因为桥坍塌了才死的。马元凯说,可如果杨小北不是急着去抢汉汉的女朋友,汉汉会死?米加珍说,有谁会想到桥刚好垮了?马元凯说,至少杨小北间接地害死了汉汉吧?他怎么一点都不内疚?居然赶急赶忙地要和你结婚?你呢?还有心情去爱这个人?他要结婚你就心安理得地跟他结?你就算不拿汉汉当你的男朋友,可他自小陪你一起长大,怎么护你怎么宠你,你想都不想一下?你跟那个杨小北亲热时,脑子里就不会冒出汉汉的影子?米加珍生气了,她也放大声音,说马元凯,这是我自己的人生,我想跟什么人结婚是我的事,没你说话的份。

杨小北倚在一棵树后,清楚地听到他们这番对话。马元凯的话像散开的弹片,每一个字都击中了他。而更让他纠结的是米加珍居然早已知道是他约蒋汉前往河边的事,知道蒋汉死于他的邀约。他颓然地坐在树下，心口有点堵，觉得米加珍既然知道一切，却装着什么都不知道的样子，以致他从来没有对米加珍说出邀约之事。其实只要米加珍轻轻问一句，他就会全都说给她听。但是她却绝口未提。他怀着一丝侥幸，不想让他们的感情夹杂半点阴影，于是也没说。一直以来，他在米加珍面前都是阳光真诚的形象，他希望自己在米加珍心里是完美的。而现在，米加珍难道不会认为他其实是个虚伪小人？难道她不会在他批评一些恶习、阐述做人道理时，心里偶发几丝冷笑？

这天晚上，杨小北没有找米加珍，他甚至也没有打电话告诉她电视机的事。崭新的电视机静静地立在柜子上，它在杨小北眼里业已可有可无，仿佛刚进皇宫便遭冷遇。杨小北独自坐在客厅的窗边，漫想心事。这份心事，无边无绪，一团混乱，因其间夹杂着血，便有点沉重和无奈。

婚礼如期举行。这是在一个明媚的春天。

米加珍的爸妈做点小生意，家里还算殷实，所以也大办了酒席。杨小北父母离异，又都在北方乡镇，路途遥远，便没有过来。只是他的大哥做了家长代表。米加珍的爸妈忙着进货，并不想抽空招呼亲家，倒觉得亲家不来更好。而米加珍更是无所谓，没有公公婆婆到场，她反而轻松。米加珍的外公外婆先前还一肚子意见，说哪有媳妇过门，公婆都不到的。米加珍便劝他们，说婚礼都在我们这边举办，当他们家嫁儿子好了。外公外婆听此一说，细想想，觉得这样子自家还赚了。外公便称杨小北是上门的外孙女婿。

杨小北和米加珍的公司同事去了不少。场面还真是喜气洋洋，仿佛没人想起断桥的伤痛，也没有人想起米加珍的前男友蒋汉。杨小北和米加珍虽然各各怀着点心思，但被这喜气一冲，心思也仿佛轻了下来。

作为米加珍的闺蜜，吴玉自然是伴娘。吴玉酒量大，喝多了喜欢闹酒。米加珍事先叮嘱又叮嘱，让她少喝。但吴玉那几天心情正不爽，事先是答应了，但喝时还是没能控制住自己。尤其旁人老跟她提马元凯。不断有人问马元凯怎么没来。一听这名字，吴玉就一大杯酒灌下去。吴玉刚刚跟马元凯分手，分手虽是她提出的，但马元凯也答应得很痛快。没别的理由，马元凯腿瘸了。吴玉说，我吴玉怎么说也算一个有艺术气质的美女，我怎么能嫁给一个跛子？一起逛街，整条马路都不像是平的。

米加珍和杨小北去吴玉那一桌敬酒时才知道他们分手的事实。米加珍很惊讶，便劝吴玉，说马元凯人好，腿瘸也是为了救人造成的，又不是天生如此。吴玉趁着酒劲，嚷了起来，说你们家杨小北怎么不去救人？他要是像马元凯这样守在桥上拦下别的车，蒋汉会死吗？马元凯会瘸吗？我会跟马元凯分手吗？你知道我很爱他，可是我到底不能嫁给一个瘸子呀。吴玉说着，竟放声大哭起来。

吴玉的话仿佛点破了什么，酒桌上顿时鸦雀无声。杨小北的脸色瞬间惨白。米加珍看看杨小北，又看看婚礼现场，一脸惶然。蒋汉变形的面容便在这里浮现在米加珍的眼前。

后来的情况便有些怪异。只要杨小北和米加珍敬酒到哪一桌，那一桌原本叽叽喳喳的讲话声便中断下来。大家都用很客气很矜持的语气向他们祝贺，仿佛稍一随便，便会伤着他们。

杨小北感觉到了，米加珍也感觉到了。他们俩都有点不自在，仿佛自己欠了大家，这一刻的敬酒不是喜庆而是在赔罪。结果，杨小北的每一口酒都像是含着苍蝇。

这天夜晚，虽是新婚，客走之后，杨小北和米加珍却都没了做新人的欢愉。躺在床上，杨小北全无激情，亦无欲望。他眼睁睁地望着天花板，脑子里交集着吴玉说话的样子以及当时同事们的表情。他想，这个话题，他们一定议论过很多次，不然不会出现那样的气氛。

睡在他身边的米加珍突然说，小北。杨小北说，嗯？米加珍说，你在想什么？杨小北担心米加珍不悦，忙答说，在想你。说完佯装热情地伏到她的身上。以往杨小经很容易让自己和米加珍顺利抵达佳境，在那一刻，他总是很满足地想，有米加珍的人生是多么幸福。但这个新婚的夜晚，杨小北无论如何都无法让自己成功。他进不去米加珍的身体，于是有些急，一急更加手忙脚乱。米加珍累了，说算了，也不在乎这一天。

杨小北翻倒在床上，脑子里依然是酒桌上人们的神情。杨小北说，他们是不是经常这样议论我？米加珍说，别想这些。杨小北说，你是不是早就听过这些议论？米加珍说，这些人嘛，喜欢瞎说，不必理睬。杨小北说，你怎么不告诉我？米加珍说，我告诉了你，你心里会舒服吗？

杨小北没再说话。他完全睡不着，甚至不觉得身边有新娘。他只是想，是呀，为什么那天我没有像马元凯一样守在桥边呢？不然，蒋汉不会死，马元凯也不会瘸，而米加珍照样会跟我结婚。那一念之间，我为什么就没有想到后面还有人呢？怎么就没有记起我约了蒋汉呢？想到这些，他的心便很疼。为自己，也为蒋汉和马元凯。

其实，这也是米加珍的一个最没心情的夜晚，就算是结婚这样的大喜，也全然没有她曾经憧憬过的欢乐。她脸上虽然笑得灿烂，心内却阴云密布。此一刻夜深人静则更是如此。身边的新郎官就仿佛一个布袋躺在那里，没有温度也没有气息，虽有却无。吴玉的话，像是膨胀的充填物，把她的内心空间全部塞满，一丝缝隙都没留。她的每一口呼吸，都令它的膨胀更甚。米加珍想了一遍又一遍，每一遍想的都是：杨小北要是守在桥边救下蒋汉该有多好，如果救了下蒋汉，马元凯也不会瘸腿，吴玉也不会跟他分手。而我照样会与蒋汉分手，全身心地去爱杨小北。今天的大喜，以蒋汉的大度和马元凯的潇洒，他们都会参加。那时的她，该会多么开心。可是杨小北，他为什么没有呢？

月亮很亮，天很清朗。两个新婚的人躺在床上，不做爱也不说话。各各满腹心事，杂乱无章，却全是因为另一个人。那个人已经死了许久，可是他的阴影潜伏在空气里，飘荡在这个屋子的上空，久久不肯散去。

五、婚后的第一块石头

马元凯没有出席杨小北和米加珍的婚礼。在他们结婚的那天，他回到琴断口。他心里有说不出的感受。用复杂和糟烂来形容，都远不足够。米加珍并不是他的女友，但她却曾经是蒋汉的未婚妻。他们三个一起长大。凭了这点，参加她的婚礼，本是理所当然。米加珍打电话时，声音都在哽咽，她一直说，你要来，你必须得来。

但他还是没有去。他放不下蒋汉。在独生子女的年代，他们就是亲兄弟，从不分彼此。如若去到这样的婚礼上，他恐怕自己失控。因为在他心里，米加珍身边站着的新郎，只能是蒋汉。假如不是蒋汉，那就应该是他自己。而现在，蒋汉死了，可爱的米加珍身边竟是另一个毫不相干的人。这个人，为了得到米加珍，使得蒋汉失去性命。若是没他，蒋汉会依然活着，婚礼会依然举办。如果那样，这场婚礼该是一个怎样快乐的日子呢？他和蒋汉一定都会喝得大醉。他完全能够想象得出蒋汉那张幸福的面孔。

而这一切，全因那个叫杨小北的人而改变。

这个人却是他马元凯从火车站接来的，是他为了泡吴玉，让初来乍到的杨小北长时间与米加珍单独相处，是他把米加珍推到杨小北面前，让他成为蒋汉的对手。并且这个对手取得了最后胜利。对于蒋汉来说，他马元凯既是朋友，但也是罪人。

怀着一份深重的愧疚，马元凯去看望蒋汉的父母。蒋汉是家中独子，很多年前两个老人就认定米加珍是他们的儿媳。如今，儿子死了，米加珍另嫁他人。马元凯知道，在这样的日子里，两个老人不会平静。

马元凯拎了袋水果，去到蒋家。一进门，便仿佛被刺了一下。刺他的是这个家的淡然和清冷。蒋汉的照片挂在墙上，露着他一向满是敦厚的笑容。唯这份笑容，使那一面墙，若有阳光。马元凯在照片前站了一下，恍然觉得蒋汉根本就在隔壁房间等着他，然后听他用夸大其词的语气嬉笑怒骂。蒋汉却只是笑，偶尔冷幽默一句，将他们说话的内容提升到另一境界。

两个老人没说什么，甚至连米加珍的名字都没有提，只是细述往事。说到恶作剧时，脸上还有笑意。马元凯坐在客厅里静听他们的追忆，连蒋汉的房间都没有进。偶尔的笑声，干巴巴的，像是自娱自乐，令他的压抑几达窒息。马元凯逃跑似的离开蒋家。出门来，他想，这个家，真是完了。

第二天清早就听说一个消息：蒋汉的母亲夜里睡不着，吃了大量安眠药，被急救车拖进了医院。马元凯吓了一跳，他想这是故意的呢还是无意？他匆忙赶到医院，蒋汉的母亲正在急救室洗胃。马元凯坐在医院的走廊上，想了又想，竟把自己想得怒气冲天。他给米加珍打了一个电话，冷冷地说了一句，回琴断口来吧，蒋妈妈吃药了，正在医院抢救。

米加珍被这个电话惊得魂飞魄散。不顾杨小北是否同意，也不顾他们当天即将出发蜜月旅行，她换上鞋，奔出门，打了车便赶往医院。在出租车上，米加珍方打电话给杨小北，告诉他，到医院去照顾蒋汉的母亲是她唯一要做的事。晚上是否能回家，她也不清楚。米加珍生恐杨小北不悦，强调了一句，汉汉的死，我们到底有责任。

杨小北没有说什么，放下电话，静默了几分钟。昨夜的痛苦还没缓解，新的困扰又找上门来。可是细细一想，蜜月旅行与生命相比，毕竟还是太轻。他当即去旅行社取消了行程，无非损失定金以及被旅行社的人絮叨了一顿，仅此而已。回来时已是中午，杨小北有点饿，便到路边的小店要了一碗牛肉面。面店是两口子开的，人已上了中年。男人下面，女人跑堂，一副乐呵呵的样子。一个小半导体放在满是油腻的木架上。里面正说着相声，男人随着相声不时哈哈大笑出声。

这份快乐，溢满小店，却并未感染到杨小北，反倒是令他的郁闷加重。昨天他刚刚结婚，他的家庭生活，本应该就像这对中年夫妇一样，简单快乐并且知足。然而，米加珍却用强调的语气说：汉汉的死，我们到底有责任。杨小北想，一定要这样强调吗？

夜晚，米加珍果然没有回来。只是打来一个电话，说蒋妈妈虽然被抢救过来，但精神和身体状态都很不好。她必须留在医院里陪伴她。说罢，她又小心翼翼道，我只能这么做，这份责任我们必得承担。

杨小北顿了一顿，还是没有多说什么。只是要米加珍注意自己的身体，别太累着。

一个人的晚上便有些无聊。尤其还正做着新郎，这份无聊便更是显示出它的漫长和浓厚。杨小北早早地躺在床上。床有两米二宽，是在他的坚持下才买下的大床。他说他要在这上面进行永远不停息的世界大战。米加珍说，摊这么大个场子，难不成想要第三国参战？说得两人一起大笑。现在，这个战场上却只他一个人。躺在上面，床更显大，孤零感便一点点占据空地，将他包围。杨小北脑子里一直想着米加珍先是强调、后又小心翼翼的话。这些话中都提到两个字：责任。

杨小北想，是一个什么样的责任呢？是米加珍放弃蒋汉而爱上了我？还是我约蒋汉出门导致他死亡？更或是我从河里爬上岸后，没能守在桥头拦下他？哪一个责任是最重大的？而这责任会不会一辈子折磨我们这个婚姻？

最后一问，他把自己问出一身冷汗。真若如此，他又该如何是好？

第二天一早醒来，米加珍还没回。杨小北躺在床上给米加珍打电话。米加珍说还在医院。杨小北说，就你一个人守夜？米加珍说，还有马元凯陪着。杨小北说，就你们两个？米加珍说，蒋伯伯头夜完全没有休息，已经撑不住了，我让他回家休息一下。杨小北说，他们家其他人呢？米加珍说，他家就只一个其他的人，他在地底下躺着。

杨小北一时无言以对。

睡意已没了。杨小北见天还早，一个人无聊，便索性去上班。骑着摩托过白水桥时，行人稀少。杨小北脑间浮出旧事。恍然间，他仿佛觉得当初自己爬上岸，一瘸一拐地穿小路去医院，感觉中似有一束行驶着的车灯光向桥边快速移动。这灯光从杨小北眼边扫过，在黎明前的黑暗中格外显眼。杨小北已然不知这场景是自己的幻觉，还是真有其事的回忆。但不管是什么，那移动灯光的，定是蒋汉。那是蒋汉骑着摩托去赴自己的邀约。这个邀约，成了他的死亡邀请。杨小北过桥时，手有些抖。他反复问自己，我真有罪吗？还是我把自己想出罪过来了？

公司很平静，一切如常。只是当杨小北出现在人们眼前时，大家似乎微惊了一下，目光中都有一种疑问，仿佛他的出现是个意外。

吴玉说，你们不是去蜜月旅行了吗？杨小北笑笑说，因为有事，没有去成。吴玉说，米加珍呢？她在哪？你们两个吵架了？该不是因为我乱讲话吧？杨小北说，怎么会。吴玉说，对不起，杨小北，我不该喝多的。其实也不能怪你，你没守在桥上也不是什么大不了的错。那个时候，谁都只想到赶紧去医院。你千万不要为这个跟米加珍吵架。杨小北说，我重申一句，我们没有吵架。吴玉说，啊，那就好。昨天我们这里展开了关于你和米加珍的大讨论。杨小北说，讨论什么？吴玉说，讨论你跟米加珍的婚姻能不能长久。杨小北心里便咚了一下，嘴上却淡淡问道，你们的结论是什么？吴玉说，没有结论，因为意见不一。杨小北说，那你呢？吴玉说，我？我希望你们白头到老。杨小北说，那就谢啦，我们一定会白头到老。吴玉说，不用谢，我是为了我自己。因为你们离了婚，马元凯一定会去找米加珍。我不想他们两个在一起。杨小北有些吃惊地望着吴玉，而吴玉却以挑战的目光回敬着他。杨小北说，你认为他们两个相爱过？吴玉说，当然。米加珍是马元凯让给蒋汉的。杨小北说，你大概没有好好谈过恋爱。如果是真爱，没有人会将自己的爱人让给别人，如果让了，那根本就不是爱情，只是玩玩而已。就像你和马元凯，你们只不过玩玩罢了，没有爱情。而我和米加珍，我们是真正的爱情。谁也不可能分开我们。杨小北一脸认真地说完后，懒得再跟吴玉继续搭白，掉头而去。他背后传来吴玉的声音，喊，你真以为这世上有真正的爱情？你好幼稚。不然爱情怎么都是悲剧！

　　杨小北的脑后仿佛刮过一股寒风，一直凉到他的心底。他镇定了一下自己，心说，吴玉的话居然总是会刺到我的骨头。

　　原以为平常的日子会像河水流着一样，从容而平静，就算间或有几块小石头，小小惊起点微澜，生活却也依然会以它持之以恒的方式继续前行，一直流到长江，汇入阔大的流域，形成水波不兴的一派大家风度，宽广并且包容。当杨小北和米加珍关系还处于地下隐蔽状态时，这是杨小北多次向米加珍描述过的婚后生活。米加珍深表认同，还补充说，就像她在琴断口看到外公外婆和父母的生活一样。磕磕绊绊加争争吵吵地一路同行，到了双鬓斑白，两人不再有碰撞，倒是相互谦让，谁都也离不开谁。杨小北和米加珍想要的就是这样的未来。

但是，眼前这生活却将杨小北的想象击碎。汹涌而来的日子并非舒缓如流水，倒更像是呼啸而来的石头。并且，第一块已经砸中了他。

被砸中的还有米加珍。

米加珍万没料到在她新婚第一天，蒋汉的母亲会自杀。之后，蒋汉的母亲反复说，她不是故意的，她只是睡不着，只好去吃安眠药，可还是睡不着，就又爬起来吃，也不记得吃了多少，结果就吃多了。但是背着米加珍，她却跟马元凯说，她知道她家蒋汉多么喜欢米加珍。只要一提米加珍，他满脸就笑开花。有一回看电视，见到电视里问一个男人：如果妈妈和老婆同时掉到河里，你会先救谁？蒋汉在旁边说，妈你不要生气，如果是我，可能会忍不住先救米加珍，再来救妈。因为妈妈一定会原谅我。蒋汉的母亲回答说，我不会生气。因为如果你不救加珍，你自己也活不下去。我宁可没有自己，也不能没有儿子。蒋汉的父亲为这事还臭骂了他一顿。蒋汉的母亲边说时边抹着眼泪。这个日子，本是她的蒋汉最幸福的时刻，但他却一个人默默地躺在地底下，孤单单地被冰冷的水泥所覆盖。

马元凯告诉米加珍这些话时，米加珍一直抹眼泪。她知道，就算蒋妈妈是无意的，却也是因为她的惊扰，因为她的一纸婚书，如利刀彻底切断她与蒋家的亲缘。蒋家原本在此之后，有四口人，以后还会增加和延续。而现在，没有了蒋汉，这个世界将会很快结束蒋家，像删除文件一样，从此没有他们的痕迹。米加珍哽咽着说，我懂蒋妈妈的心。如果是我，恐怕也会这样的。

马元凯说，往后，我是蒋家的儿子，你是他们家的女儿。他们家的事，就是我们两个的事。我们要替汉汉为蒋伯伯和蒋妈妈送终。米加珍说，就这么说定了。以后，我是他们家的女儿。我让杨小北当他们家的女婿，他们一定会同意的。马元凯说，你算了吧。我估计蒋妈妈看到杨小北，就会来气。米加珍说，不至于吧？蒋妈妈心地很善良。马元凯说，这不是善良不善良的事。他们已经知道汉汉为什么大清早就出门。难道你以为他们心里不为这个生气？等于是杨小北把汉汉约上了断头路，杨小北没死，而汉汉死了。有这个前提，他们见了杨小北会有好脸色？米加珍没回答，心里却在为杨小北叫屈。杨小北又怎会知道桥断了呢？他自己也摔下去了呀！

见米加珍没说话，马元凯说，更何况，杨小北明知汉汉紧跟着他要过桥，却没有留在桥头拦下他来。依我看，他心里可能巴不得汉汉死掉，不然，他哪有现在这样的快活日子？米加珍脸涨得通红，大声说，马元凯，你胡说！杨小北不是这种人，他只是没有想到而已。马元凯说，好，就算我是胡说，那他杨小北是不是太自私了？他只想他自己，就一点没有想到后面还会有人紧跟着他过桥？就算没记得蒋汉，可还有其他过桥的呀！

米加珍回来的一路，蒋汉母亲的话和马元凯的话交替回响在她的脑海，这些话在她的心里碾来碾去，碾得她的心阵阵疼痛。

米加珍知道自己开始流血。

六、为鱼而哭

米加珍和杨小北的婚姻生活以艰涩开始,渐进平淡。虽然流血带伤,但两个人的心里都很清楚,那些事情业已过去,重要的是自己的现在和未来。他们心照不宣,一起努力地修复这道深深的伤口。

杨小北依然骑着摩托上班,只是车后永远都坐着同一间办公室的杨太太米加珍。每次过桥,米加珍都会紧张地抓着他的腰,而杨小北但逢到此,亦会心有余悸,情不自禁放慢速度,仿佛担心新桥再一次坍塌。

有一天黄昏,阳光斜照在窗前,淡黄色的,给屋里添了些暖意。杨小北和米加珍坐在沙发上,一边翻阅报纸杂志,一边聊起这感受。杨小北说,其实我知道白水桥绝不会再垮,可是我就是条件反射。这已经由不得我自己了。米加珍说,我也是呀。每次一到那里,心就狂跳,我跟自己说,都过去了,没事了,可它还是不听。我还问过马元凯有没有这样,按说他也应该有障碍的。马元凯却说他没有,还说我们是做贼心虚。这家伙,真是混账。

杨小北的心蓦然就阴了下来,仿佛马元凯的话是一阵风,这风刮过来一大片浓云,呼啦啦就遮蔽了他的心空。米加珍见杨小北的脸色变得阴沉,忙说,你不要理睬他,他那张嘴一贯就是这样损。杨小北淡淡一笑,说我不理睬他,他就不存在吗?

两人本来聊得很好,因为马元凯的话,气氛变了味,聊不下去了。天黑下来，太阳落山，暖意也消失。头上的节能灯，照得满屋通亮，炽白的光下，两个人的脸色都白得惨然。

杨小北满心萧瑟，便不再多言。电视剧开始了，古装戏，皇帝和佳人的爱情故事，一屏幕都是眼泪。两人都在看，但其实谁都没看进去。回肠荡气的剧情变得索然无味。米加珍想，不是很大度的吗？怎么这么小气了？而杨小北则想，这话就算马元凯说了，你又何必这时候说出口？两个人都把事情放在心里想，却都没有讲出来。电视剧演完了，杨小北说，算了，睡觉吧。米加珍也说，好吧，睡觉吧。

夏天到来的时候，白水河更黑了。风一吹，扬起阵阵恶臭。走近河边，气味更是刺鼻。米加珍的外公有一天外出迷路，走到那里，一个人坐在河边痛哭流涕。河边的树正在慢慢死去，只青草生命顽劣，倒还碧绿着。米加珍外公哭道，这是白水河呀，怎么可以这么臭呢？我的鱼呢？都臭死了吗？哭得鼻涕眼泪一大把。一个路人以为老头要寻死，打了报警电话。结果过来两个警察，问米加珍的外公为何而哭。米加珍的外公说，水好臭哩。我在这里打过鱼，现在鱼都被臭死了。我哭鱼。警察笑了，说你打鱼回家，把鱼吃掉了，那时你有没有哭？外公说，鱼喜欢我。我抓它时，它活蹦乱跳。鱼不喜欢被臭死。两个警察越听越想笑，知这老头脑子有些不清楚，便问他住在哪里。米加珍的外公根本不睬他们，却还是哭，又说鱼儿好可怜，都被臭死了，怎么办呢？两个警察问不清米加珍的外公住在何处，便只好将他带到派出所。

在派出所，米加珍的外公依然不停地哭泣。他哭白水河不清了，又哭它太臭，最后还是哭鱼，说白水河没有鱼，怎么叫白水河。哭得整个派出所的警察都发笑,所长忙不迭地派出几个人查找他的家属。好容易电话问到米加珍那里,米加珍吓了一跳,丢下手上的活儿,连忙赶去派出所。杨小北那天出差去了荆州,公司便让马元凯开车送米加珍过去。米加珍的外公见到米加珍,立即忘记了白水河的鱼。他拉着米加珍的手兴高采烈地对警察说,这个丫头我认识,她是我的宝贝。然后他看了看马元凯说,你是汉汉?你回来了?说罢又对警察说,这是我的外孙女婿,叫汉汉,也是我的宝贝。马元凯忙说,外公,我是马元凯。米加珍的外公又说,哦,原来我们珍珍嫁给你了呀。也好也好。你爸妈都是我车间的。米加珍制止了他的话,对警察说,他有病,就只会乱讲话。警察说,我们知道。说罢便把米加珍外公哭鱼的事讲述了一遍。米加珍又好气又好笑,却也流了眼泪。警察说,老人家心地很善良。不过,对这样的老年痴呆症患者,你们要注意,一是不能让他单独出门,二是要在他的衣服上缝上家庭住址和电话,万一丢失,也好送回去。米加珍一一点头答应。

回家的路上,米加珍的外公不停地对马元凯说,你有汽车啊,是给我们家珍珍买的吗?珍珍你好福气。米加珍扯了一下外公,说不是的,是元凯自己的车。我没有这个福气。米加珍外公说,元凯是你男人,他的车还不是你的车?米加珍又扯了下外公,说外公,我的男人是杨小北,你不要乱讲好不好?米加珍外公茫然地四下张望,说杨小北是谁?我认不认识他呀!

开着车的马元凯便哈哈大笑,说外公真是好眼力。米加珍的外公也高兴地跟着他一起笑。米加珍气得咬牙切齿,却也无可奈何。

那天也是巧,一个记者去派出所办户口,听说有个老头为白水河的鱼痛哭不已,便跑过去看热闹。米加珍外公的眼泪突然让他感动。于是他跑了几天调查,写了一篇关于白水河污染的调查报告,登上了报纸。米加珍外公哭鱼的事成为文章的引子,报上甚至还配发了米加珍外公抹眼泪的照片。市里领导看到报纸,心情沉痛,开会说不能让我们的老人为河里的鱼流眼泪,一定要治理白水河。

文章发表时,米加珍外公已经回家大半个月,他早就忘记了这件事。突然有一天,隔壁左右的人都来看望他。米加珍的外婆也莫名其妙。一问才晓得,米加珍的外公糊糊涂涂地哭一场,竟哭上了报纸。

领导开腔说了话,事情就会办得迅速。至于怎么办或是如何办得更合理,都是次要,重要的是在办就行。这时候的执行者通常都没理智。治理白水河立即开始了行动。先是关闭了印刷厂,断绝污水源。然后河两岸的排污孔一一被堵塞。最后,开始在河边植树种草,说是要把这里的河岸变得像花园。

印刷厂的地皮卖给了一个房地产开发商。开发商很快圈地修墙,围墙上画了一个有着小桥流水的豪华居民小区。周边一大片杂乱的住房都被圈进小区的版图。转眼之间,在此地住了几十年的居民全都面临搬迁的局面。先前大家还兴高采烈,但获悉搬迁补偿费奇低之后,兴高采烈便换成了义愤填膺。有一伙人暗中呼吁居民联合起来抗拒搬迁。待真要出头组织时,却连呼吁者都退缩在后。枪打出头鸟,早有古训这么说过,明白者谁又愿意挨这一枪呢?更多的居民都是老实巴交之人,见官就怕见强就让地过了一辈子。可为一根针与邻居天翻地覆地吵架，却不敢为一幢房跟来势凶猛的开发商顶撞。架不住各种人士的层层动员以及威胁利诱，纵是满腹委屈，最后还是自认倒霉为妙。

米加珍和杨小北租住的房东家也在搬迁之列。房东有亲戚在市里工作，便十分抗拒这样的动迁，认定开发商仗势欺人，克扣补偿款项，于是决意要当钉子户。房东欲拉杨小北一起行动。因为杨小北为结婚将这套租房进行了装修。他本计划在这里住上几年，攒点钱再买一套自己的新房。孰料才过不足半年，便要另寻住处。虽然他的装修花销并没多少，可只住半年，到底还是很吃亏。倘要再去寻房，再次装修，也分外伤人脑筋。杨小北对此也恼火透顶，随着房东一起破口大骂。骂完后回头跟米加珍说，瞧瞧，这事竟然是外公惹出来的，好像搬起石头砸了自己的脚似的。米加珍说，怎么可以怪外公呢？外公只是心疼白水河的鱼罢了。杨小北说，可是外公多事干吗？他这一闹腾，害多少人家鸡犬不宁。

米加珍觉得杨小北的话也不是没道理，可是又还是觉得不悦，暗想，外公是个病人，你难道不知道？这一样想，不悦感便又加重。

恰好那天马元凯为行业设计评奖的事打电话给米加珍，电话里听出米加珍心情不对，便问出了什么事。米加珍犹豫了一下，还是将杨小北抱怨外公的话说出了口。马元凯说，放屁！怎么能怪外公？白水河的鱼都死光了难道也是外公弄的？外公是个有大爱的人，所以才会为白水河的鱼担心。他杨小北就只会操心一点蝇头小利。这种自私的人，我讲都懒得讲他。

马元凯的话并没有让米加珍释然，倒让她的心情更加恶劣。米加珍说，马元凯，杨小北是什么样的人，我比你清楚。他根本不是那种自私自利的小人。马元凯说，不自私？他要不自私，汉汉会死吗？米加珍厉声道，你太过分了，你怎么不说那桥是杨小北炸的？马元凯说，好好好，你的老公你护着。我只护着汉汉，没有他，你不晓得，我好寂寞。米加珍心软了，说往后你别再讲这种话，过去的事情我只想让它过去。马元凯说，我也愿意这么想，可是它过得去吗？汉汉虽然化成了灰，可灰上面却摞着一座坟。你能当它不在？

这一天，米加珍都在想马元凯的话。杨小北去武昌与客户商讨铁艺灯架的尺寸，下班后米加珍一个人回家。她慢慢走到白水河边，河水依然黑如墨汁，臭气从河面一直蹿上岸。每天都有清除污秽的船在河上工作。据说再过一阵，河水便会渐渐返清。米加珍想，她和杨小北的婚姻，是相爱的两个人的结合，不能让过去的事情一直影响他们。他们两人共有的那道伤，也须尽快痊愈。

米加珍过了河，心里的想法愈加坚定。她推开屋门，却见杨小北正在忙碌。餐桌上摆着米加珍爱吃的菜。杨小北腰缠围裙，说怎么回来这么晚？米加珍有些吃惊地看着他。杨小北笑道，感动了吧？米加珍怔了几秒，才说，当然感动。你怎么回来这么早？我以为今晚会吃方便面哩。

杨小北走近她，拉着她的手，低声说，对不起，我不该埋怨外公，外公是个病人，根本不关他的事。是我不理智，我错了，我知道你对外公的感情。所以我抓紧时间，一分钟也没有休息，拼了命赶回来，好用实际行动认错。米加珍说，路这么远，你这样会太累。杨小北说，我不累。因为我爱你，所以我不累。

杨小北的一席话，令米加珍热泪涔涔。米加珍说，我回来晚，是因为我走到白水河，坐在那里想了许久。杨小北说，想些什么？他的神情有些紧张。

米加珍说，我想过了，不要跟房东一起闹了，我们搬家吧，搬到河对岸去。杨小北惊异道，不想住这边了？不是说一定要住在离外公外婆近的地方吗？米加珍说，虽然是这样，可是每天要过桥。一过桥，就仿佛有人在提示，这里曾经发生过什么。好像身上的伤口，夜里复原了，可早上过桥时，又让它裂了开来。我不想这些伤心的往事干扰我的心情，我想让那一切赶紧过去。

杨小北的心一下子激动起来，他紧紧拥住米加珍。这样满带激情的拥抱自他们结婚后，几乎再没有过。杨小北想，这正是他深爱着的米加珍，通情达理的米加珍，深明大义的米加珍。米加珍伏在他的肩头哭了起来。其实她不明白自己为什么要哭。但除了眼泪，米加珍不知道应该如何表达她的心情。最后米加珍说，因为我爱你，所以我要好好珍惜我们的生活。杨小北亦哽咽道，我也这样想。我们要赶紧忘掉那些事，不然，我们都会累得活不下去。

米加珍的外公外婆一百个不愿意米加珍住到河对岸去，外婆说，住在这边，离外公外婆只几步路，外公天天都可以看到你。现在住远了，外公找你该怎么办？但米加珍执意要搬走。米加珍说，我会经常过来看望外公外婆的，每个星期至少回来一次。米加珍的外公说，三次，要回来三次。外婆说，珍珍翅膀硬了，让她自己去过吧。米加珍听外婆这句话，鼻子酸酸的。但外婆的话是对的。

公司附近都是新修的小区。杨小北很快找到他们所需要的房子。两室一厅，坐北朝南。房间的家具一应俱全，他们几乎不需添置什么。只要扛了被子过来，即可生活。也因为此，房租便比河对岸的民房要贵出许多。米加珍有些犹豫，担心房租过高，生活压力会太大，但杨小北坚定不移。杨小北说，这可以让我更加努力赚钱，我保证绝不会因为房租贵而降低我们的生活质量。

米加珍对杨小北的回答非常满意。

他们在新房子里，像新婚一样。这天没有过桥，晚上突然觉得心里很松快。于是两人都很兴奋。杨小北提议早早洗澡上床，米加珍依允了。他们就像初谈恋爱时那样疯狂，一直到彼此都筋疲力尽。杨小北抚着米加珍说，我感觉好像今天才结婚。米加珍说，真是的，我刚才也这么想。

七、失败是因为我还活着

米加珍搬去新居不久，米加珍的外公突然上吐下泻病得爬不起床。米加珍和杨小北便赶紧请了假，将他送进医院。医生说，以后他的体质会越来越弱，脑袋也会越来越糊涂，身边必须要有得力的人照顾。米加珍的母亲想了想，说珍珍已经成了家，不再需要你们照顾，不如回琴断口吧，这样我和珍珍爸爸也好照顾你们。外公外婆虽然舍不得米加珍，但米加珍已经长大，有了自己的男人，实在不需他们做靠山，也就只好搬回到女儿家。但是，每个周末，米加珍得回来看望外公外婆。外公已经糊涂得不会提要求了，但外婆知道外公的心，这要求是外婆提出来的。米加珍自然满口答应。

最初的时候，杨小北总是和米加珍一起去琴断口。杨小北骑摩托车，米加珍戴着头盔坐在后面。有一天，杨小北在宿舍里停摩托车，一个老人家盯着他看。他有点莫名其妙，问老人家，你是在看我吗？老人家说，你这个年轻人，长得也蛮好的，怎么能害死汉汉又抢走他的珍珍呢？正欲走进门洞的米加珍听到这话突然转回，她拉开杨小北，训斥老人家道，你少瞎说，汉汉死跟我们没关系。老人家有点紧张，忙说，大家都这么讲，又不是我编的。

这一天，杨小北一直很消沉。他不想说话，心乱如麻。只觉得生活的石头，又开始朝他砸来。无论米加珍怎么安慰他，全都无济于事。杨小北说，难道这里的人都这样看我的？米加珍说，怎么会？实事求是，汉汉的死，跟你无关啊。杨小北说，老人家说，大家都这么讲。米加珍说，你不要信他的。他老了，瞎说八道哩。杨小北说，你这个话是实事求是吗？

米加珍没法回答。她想了想，然后说，干脆，你不用每个星期都陪我来，免得见到那些人，白白惹些烦心事。杨小北说，可是怎么跟你家里人交代呢？米加珍说，对了，公司要推选作品参加行业设计大赛，就说你在家忙着参赛，怎么样？我爸妈只要听说在忙事业，绝对会全力支持。杨小北说，这样行吗？米加珍说，百分之百。反正又不是说谎，的确有这件事，蒋经理下周就会宣布。

正如米加珍所说，公司果然宣布要选送作品参加行业设计大赛。据说奖金很高，还说，如果中奖，作品很可能会被汉阳一家豪华小区选用做标志性图案。所有的镂空大门、围墙以及别墅装饰门窗,都会以这个图案为主。这是一次很重要的比赛,成功则名利双收,公司也会接下一笔大单。杨小北仔细看了看设计要求,觉得自己有实力为此一搏。

米加珍却放弃了竞争。米加珍说,我们家有杨小北一个人参加就可以,我要全心全意为杨小北做好后勤。大家便都笑说米加珍看来是个贤妻良母式的人才。只有吴玉,吴玉说,米加珍说漂亮话,知道她怎么设计都不如杨小北,不如摆个高姿态。杨小北帮着米加珍辩解,说才不是哩,米加珍以前在公司也得过好多奖。她这次是为了我全力做事才放弃的。吴玉笑道,以前的奖,还不都是蒋汉帮的忙?蒋汉牺牲自己时间,把最好的创意送给米加珍,自己留个次的,所以每次都是米加珍得奖。这个我太清楚了,不然米加珍工资哪里涨得上去?蒋汉说,米加珍得奖,比他得奖更让他开心。

杨小北不信,问米加珍可是真的。米加珍默然半天才说,是真的。蒋汉就是这样的人,他就愿意这么做。但你不必如此。你跟他不是一类人,你不必违背自己的心愿。杨小北说,我当然不会这样。说完却想,那么,我是哪一类的人呢?我的心愿又是什么?或者,我就是那种不愿意为别人做自我牺牲的人?想罢,他心里有点乱。

吃过晚饭,米加珍在洗碗,杨小北坐在沙发上,还是想着这句话。他想了又想,觉得米加珍说的话是对的,他的确不是蒋汉那种人,他的确不愿用自己的设计成果署米加珍的名字以买她的欢心。如果他靠这种方式来获取爱情,那么这样的爱情迟早会变质。米加珍离开蒋汉,应该就是最好的说明。想到这里,杨小北心下释然。睡觉前,他对米加珍说,我想过了,我们还是应该实事求是，有什么样的能力就做什么样的事。你同意吗？米加珍一边拉扯被子一边笑说，我同意。这还用得着想吗？我先就说了你不是蒋汉那种人，你不必违背自己的心意。

对于米加珍心不在焉的回答，杨小北多少有点失望。他想，米加珍并没有理解他真正的想法。

杨小北决意全身心投入设计。这是他来铁艺公司第一次真正显示实力的时候，所以他必须全力以赴。更何况，这里还关联到经济收入。如果获了奖又为公司争得了项目，他的年度奖金应该可达十万元。这样，他很快就攒够买房的首付款。

周末的时候，杨小北也不用到琴断口米加珍家去了。米加珍全家人果然都说，男人干事业顶要紧，加珍一个人回来就行，你忙你的。在米加珍回家的时候，杨小北便去青山。他在哥哥家住一晚，然后到省图书馆查看资料。在读书和查看资料的过程中，他突然涌出许多的想法和创意。他不停地画，想寻找最能触动他的东西。他有时竟会为自己的某一个构思而长久激动。

这个时候的米加珍一身轻松地在父母家休息。米加珍平常上班，回家还要做饭洗碗，洗衣做卫生也是她的事。杨小北不是不想帮忙，但他自小住宿学校，根本不会做家务。一旦行动，不是丢这个，就是砸了那个。米加珍见他做不好，自己断后的事情更加麻烦，便索性免了他的劳动权。米加珍对自己全揽家务活并没有意见，因为她觉得女人应该这样。在她家里，她的母亲就是这样生活的，她的外婆也是这样生活的。所以米加珍觉得自己照顾杨小北也是理所当然。

只是回到家里，米加珍还是觉得很累。这里是她无所顾忌任性撒娇的地盘，有时候，她也会哎哟哎哟地叫唤得响。米加珍的母亲说，哪里需要你每个礼拜都回家看外公外婆呢？就是想让你回来休息两天。我们珍珍从小到大什么时候做过家事，一结婚居然要去伺候男人，真是让外婆和妈妈心疼死了。外婆也跟着说，如果是汉汉，我们珍珍就享福了。汉汉什么家事不会做？汉汉的菜也炒得好，比我都强。米加珍的母亲说，是啊，有一回汉汉还跟我们珍珍烫头发，那个技术好得呀，我都看傻了。

家里人说的都是实话。以前米加珍跟蒋汉在一起玩的时候，大多都是米加珍看电视或是跟马元凯两人闲聊，然后等着蒋汉做好饭菜，喊他们上桌开吃。蒋汉的厨艺不错，专门去餐馆跟人学过。马元凯笑他说，这是为了让米加珍吃得舒服专门去学的。蒋汉心静，还学了许多生活手艺。有一次米加珍喜欢的一款皮包被划破了。蒋汉便拿过去修补。他在破的地方另寻彩色软皮做成装饰，结果比原来的还要有味道。蒋汉就是这样的人，他的生活就是围着米加珍转的。米加珍虽然觉得很享受，却也总是不满他的胸无大志。她爱上杨小北，或许正是与此有关。对于家里人老提蒋汉，米加珍会沉浸在往事中想上一想，但经常也会烦。有一次米加珍对着家里四个老人说，我宣布，以后这个家里不准再提汉汉两个字。因为我现在的丈夫是杨小北。我们要忘掉过去，好好生活。米加珍的父亲马上表态，说珍珍说得对。我们不能老是把汉汉搬出来说，影响珍珍的心情。米加珍的外婆也同意了，说是啊，日子还是现在的紧要。

米加珍回家的时候，大多是坐的公共汽车。有一天，出了厂门，还没走到公共汽车站，遇到马元凯。马元凯正开着车。他在米加珍身边停下，大声说，米加珍，到哪去？米加珍说，回家。马元凯说，哪个家？米加珍说，琴断口。马元凯说，正好，我也回去，免费搭你吧。米加珍高兴道，真的啊！我好运气。说罢便上了马元凯的车。

米加珍好久没有坐马元凯的车了。马元凯又换了新车。米加珍说，比原先的强多了。马元凯说，强什么强呀，腿不行了，踩不下离合器，就只能开自动挡。这种傻瓜车，开起来真没劲。米加珍说，男人就是好显摆。开个车，简单方便就好，却偏要让手脚忙个不停，好像这样才显得有聪明才智似的。马元凯大笑，说那是当然。不过再聪明也不如你们女人，脑子一算计，什么都想清楚了，男人却半天没醒过来。米加珍说，你这是在说我？还是说吴玉？马元凯说，扯什么吴玉。要说吴玉那丫头比你还是要聪明点。米加珍说，怎么讲？马元凯说，因她很清楚自己要什么，所以她放弃我；而你不知道自己要什么，所以你选择杨小北。米加珍说，我当然知道我要什么。我要爱情。因为爱情能创造一切。马元凯说，看看，就说你是傻吧！但吴玉却明白，爱情不是一切，也创造不了一切。米加珍说，那是她不明白真爱到底是什么。马元凯说，不，她是对的。爱很伟大，但爱情却很脆弱。不信你走着瞧。米加珍说，你不恨吴玉？马元凯说，当然不恨。因为我认为她的想法是对的，所以我很高兴地同她分手。这世上，有无数的困难，不是靠爱情就可以克服，你信不信？米加珍很干脆地回答说，不信。马元凯说，要不多久，你就会信。

这之后，米加珍就经常在公共汽车站的附近遇到马元凯。

马元凯单身一人，每周回父母家，也是理所当然。米加珍很快意地坐他的便车，两人在车上轻松地聊天，当然也聊许多的往事。他们共同经历的岁月太长，几乎是从小到大，因此，不论聊什么都容易有默契。

有一天，米加珍刚上车，马元凯递给她一个文件夹，淡然道，看看这个。米加珍打开来一看，都是设计草稿。那熟悉的构图和笔画，甚至纸墨上散发出来的气息，一下子就撞击了她。米加珍说，是汉汉的！马元凯说，还用问吗？我清理汉汉的遗物时收集起来的，汉汉有许多没完成的构想。米加珍说，你的意思是？马元凯说，我可不是想帮你，或是你家杨小北。我没有这么高尚。我想让汉汉也可参加这次的设计比赛。我想请你替他挑出有创意的作品，然后完善它，我们对外说是他生前画好了的。汉汉以前没得过奖，因为都帮你做了。你是否也还他一次人情？其实也是最后一次。

往事一下子就浮现而出。米加珍，过来签个名！蒋汉大声喊叫的声音也犹在耳边。蒋汉经常画完图，然后由米加珍懒懒地走过去签署上自己的名字。想到此，米加珍说，好的，交给我吧。马元凯似乎有些惊讶，说你就这样答应了？米加珍说，难道还要怎么样？马元凯说，我好感动，看来你还记得汉汉的好。米加珍说，你以为就你一个人是他的朋友？

米加珍心知自己没有能力为蒋汉做得更好，更何况她的实力远不抵杨小北。但她并不想让杨小北帮忙，因为这会让杨小北深有压力。评选必有胜负，她不愿杨小北输，却又很想蒋汉能有机会出头。设若蒋汉得了大奖，这个奖项或许能减轻她对他的负疚。

为了这个，米加珍又有点烦。可这件事她还必须得做。生活就是这样，它永远不会遂你心愿，却只能让你听从它的调配。

米加珍想了又想，便去找她的同学。她的同学都是学设计的，有几位水平也相当高。米加珍求到一个陈姓同学门下。陈同学深知米加珍与蒋汉的过往，一口答应。蒋汉有一幅将蝙蝠变形的构思图。线条干净简单，乍看只是抽象美丽的曲线，细看却是变形的蝙蝠。寓意吉祥，很合中国人意。米加珍看中了这一幅，陈姓同学也觉得不错。便拿回家，在此基础上，进行了细节修改和完善。再拿给米加珍看时，效果很令米加珍惊喜。

米加珍将完成的画稿交给马元凯。米加珍说，你拿去交吧，我没有告诉杨小北。马元凯一边大为夸奖，一边说，米加珍就是米加珍，汉汉也算没有白爱你一场。说完马元凯顿了一顿，盯着米加珍，又说，如果告诉了杨小北，他会杀了你？米加珍说，多一事不如少一事吧。

评选是在一个阳光明亮的下午。公司只有一个参赛名额。设计小组和公司高层都参与了投票。第一轮投票结果，杨小北和蒋汉的作品在众多设计中脱颖而出，分别得票第一和第二。杨小北将凤凰变形，华丽而雅致，细节处理，尤见精湛。大家纷论说，这样的图案在什么样的背景下都会大受欢迎。设计室几个业务骨干，一致认定杨小北更胜一筹。

杨小北坐在窗下，落在他脸上的阳光很明媚。他面带微笑，这笑容里有着明朗、健康以及自信。听得同行议论，他满心喜悦。这是他的用心之作，以他自知自明的判断，他的作品当会顺利胜出。

第二轮投票即将开始。突然有一个人说，我觉得应该侧重选送蒋汉的。因为这是他最后的机会，无论对死者还是对活人，都是一个安慰。杨小北诧异了一下，觉得这话未免过分。刚想回答，却另有一个声音说，我也同意。更何况，与蒋汉竞争的是杨小北。杨小北的才华埋没不了，但蒋汉却永远埋在了泥土之下。

杨小北听出来了，说这话的人是马元凯。马元凯的目光挑衅似的望着杨小北。杨小北原想说几句什么，待话到嘴边，他却觉得面对这样的场面，自己已无话可说。

第二轮投票结果很快出来。令人大跌眼镜的是杨小北只得了一票。现场顿时一阵感叹式的"哦——"，然后便又一片寂静。大家的目光都在寻找杨小北。

明亮的阳光已经斜出窗口，此刻的杨小北有如被阴影笼罩。众人的目光，像是聚光灯，令他觉得刺眼。他慢慢地站起来，脸上很平静，仿佛早已料到答案无非如此。他淡淡地笑了一笑，说这是大家选择的结果，我不会有异议。因我知道我失败的原因不是作品不好，而是我还活着。

坐在角落里的米加珍紧张地望着他。听到他的话后，她的眼里充满泪水。杨小北讲完后，朝米加珍投去一眼，他看到她正泪光盈盈。

这天的夜晚，杨小北有些躁，翻来覆去睡不着。米加珍见他如此，温柔地偎过去，说你今天的话讲得很好。重要的正是，你还活着。杨小北说，你觉得这事对我公平吗？米加珍说，当然不公平。只不过，从另一方面来说，我们心里会为此而宽慰许多。杨小北说，你这样想？米加珍说，是。杨小北说，那么，你的那一票，是投给了活着的我，还是给了死去的他？米加珍说，我投给了你。杨小北说，那唯一的一票，是你投的？米加珍说，我想是吧。

杨小北的心仿佛一下子放松许多。他搂过米加珍，说够了，我只需要这一票就够了。其他的，对我来说，又有什么意义？米加珍说，你这样想就好。这一回，权当我们向蒋汉赎罪吧。杨小北说，你真觉得我们是戴罪之身？米加珍惊异道，难道不是？蒋汉到底是因我们而死。

杨小北松开了米加珍，他心底突然涌出一股深深的失望。他不知道为什么他会这么失望，他说不出理由。然后他就进入了他的情绪低落期。

那些无处不在的阴影每天压迫着他的心，令他窒息。同事们的眼光，有如探照灯，能照亮他内心每一个死角。他很畏惧这些光。但只要一转过脸，他仿佛就能听到他们的议论：如果不是杨小北，蒋汉哪里会死？又说，杨小北巴不得蒋汉死掉，这样他就能把米加珍弄到手。还有说，杨小北早知道桥要垮，特地这天约蒋汉去谈事。杨小北经常觉得自己的背脊，已然被无数手指戳烂。

周末的时候，虽然他已不再忙碌，但他依然没有随米加珍去琴断口。他常常茫然地一个人坐在窗前，仿佛在想什么，却又什么都想不出来。数不清的苦恼折磨着他的心，他却不知这苦恼来自何处。

这个周末，米加珍又回了家。杨小北早上懒得起床，躺在床上漫无边际地想事。突然有电话来找米加珍。杨小北告诉对方，米加珍回娘家去了。对方说，你是杨小北吗？杨小北有些惊讶,说是啊。你是哪位?对方说,我是米加珍的同学。然后他报出了自己的名字。

这是一个在业内颇有影响的名字。杨小北便说,哦,陈先生啊,我看过你的作品,非常喜欢。对方亦笑道,我也早听说你是个才子。说罢请杨小北向米加珍转达他的歉意:这次的行业大赛,蒋汉的"福"字系列在终选时没能入围,一个奖项都没能拿到。他感到非常抱歉。杨小北有点奇怪,说你为什么要抱歉?对方说米加珍拿了蒋汉的草图给他,对他抱有很高的期待。结果,他没有帮助蒋汉成功。杨小北惊讶道,蒋汉的草图?蒋汉的作品是你画的?对方说,你不知道吗?哦,是这样,蒋汉有一个构思意向,米加珍请我帮他完成,想让蒋汉这次能获奖。又说毕竟他们两人相爱了一场,而蒋汉的死她也有责任。我理解米加珍,也很想让蒋汉这次能胜出,只是运气不好,还是落选了。杨小北说,原来是这样。

放下电话,杨小北原来觉得窒息的心仿佛堵得更加厉害。米加珍拿了蒋汉的草图去请人帮忙,居然一个字都没有跟他说过。难道害怕说出来他会阻止?又或者怕他窃取蒋汉的构思?他在她心目中是怎样的一个人?既然米加珍如此希望蒋汉得奖,那么,他那天所得的唯一一票是否真是米加珍所投?

杨小北觉得自己在朝着一个无底的深洞下坠着。

八、再一次头破血流

一连几天,杨小北都阴沉着面孔,与他的往日,全然不同。大家都以为是他的作品未被推荐的缘故。有一天杨小北上厕所,听到隔壁女厕有两人在高声说话。一个说这几天光看杨小北的脸色就够了。另一个说,杨小北真是太小气了,再说蒋汉的作品又没得奖,他应该得意才是。

这边的杨小北想,小气的是我还是他们?

米加珍也觉得杨小北的情绪低落不在道理,心想这事也犯不着气成这样吧?但米加珍嘴上并没有说什么,倒还是百般地安慰他。杨小北对于这个安慰,也不辩解。连米加珍都不能理解他,他又何必多说。

杨小北的心情低落显然不是因为参赛作品的落选。其实大家都知道他的作品更好,这就够了。他的困扰,乃是因为他不知道自己这一生是否能够摆脱蒋汉,是否能够依靠时间冲刷掉蒋汉之死落在他和米加珍之间的阴影。这个人至少到现在都仿佛一直站在他的家里,或微笑或沉吟或冷眼或哀伤地望着他们。他哈出来的气息,一直弥漫在有杨小北和米加珍的空间。于是,人人都能感觉得到他的存在,人人都会不时提示着他的死亡。是谁邀约他大清早过河?是谁没有在这条死亡之路将他拦下?是谁致使他从此一去不回?这个阴魂未散的人,令他和米加珍永远生活在愧疚之中,想到他便有诚惶诚恐之感。而他们原本明媚的爱情,也因之而变得疑云层叠。

这一切,杨小北想,只是因为他邀约了蒋汉,只是因为白水桥恰好坍塌,只是因为他没有抱伤留在桥头守候。于桥来说,只是凑巧,于他来说,完全无意。但周边所有的人都一次次传达给他一份难以承受的责任。杨小北想,这样的责任,又叫我怎么能扛得起呢?

终于有一天,郁闷中的杨小北,想到了离开。只有离开这里,离开曾经有蒋汉出没的地方,才会让他摆脱覆盖在他头上以及他的家庭上那道深浓的阴影。南方有明亮的天空,有青绿的原野。阳光清风,足以照亮他和米加珍之间的暗角。南方也有事业的前景,以他们俩的专业,自可打下一片江山。

  杨小北一旦起了这个念头,心里竟兀自冒出一份兴奋。他试探着跟米加珍商量南行。但米加珍简直连想都没有想,便一口回绝。杨小北愕然道,你怎么想都不想一下呢?米加珍说,这有什么好想的?我哪里能离开这里?我家有四个老人啊。我是他们的心头肉,让我离开他们,不就是挖他们的心?杨小北说,别说得这么夸张。多少人都是独生子女,人家还不是一样在外面闯荡江湖?米加珍说,我家不同。我是外公外婆一手带大的,我要一走,估计他们两个隔不了几天就死掉了。你又不是不知道。杨小北有些不悦,说你有没有替我想想?你觉得我在这里待会儿舒服吗?我每天都觉得蒋汉就像是跟在我身后,人们看我的时候,同时也在看我身后的那个人。我哪有一分钟的自在?米加珍说,你这个话才是真的有些夸张。蒋汉死都死了,你还跟他计较什么?杨小北说,他要是活着,反倒是没事。正是因为他死了,才让活着的我无法舒服。米加珍说,算啦,不就是一个比赛吗?何必这么耿耿于怀?下回你画个更好的就是,反正蒋汉也不可能再与你竞争。

  杨小北听到此,扭头而去。

  这天的夜晚,杨小北想到了只身南行。他暗思,这样最坏的结果会是怎样?和米加珍离婚?想到这个,他的心居然痛得一阵收缩。他知道自己很爱米加珍,一心想要跟她过一辈子。然而,在这里,在当下,他却有点过不下去的感觉。

杨小北为着自己离开还是留下备受折磨。留是痛苦，走亦是痛苦。两份痛苦，旗鼓相当。正当他来来回回地琢磨时，有一天，米加珍一脸兴奋地回来，见了他便扑上去。什么也不说，一副害羞不过的样子，那神态令他想起他们初谈恋爱的时光。杨小北说，怎么了？米加珍说，恭喜你，你要当爸爸了。

杨小北的心空像是被点放了焰火，轰的一下，然后一派璀璨。他的惊愕迅速地变成惊喜。杨小北说，真的？是真的吗？男孩还是女孩？米加珍在他的脸上拍了一下，说傻瓜，现在怎么会知道是男是女？只是说已经怀上了。杨小北便将米加珍抱起来转了一圈，高兴道，我要当爸爸啦！太好了！从今天起，我要好好为我的儿子赚奶粉钱。米加珍叫道，放下我，小心流产，我想要个女儿。杨小北说，都一样都一样，男孩女孩我都宝贝。

杨小北最低落的时刻，居然就这样过去了。

新生命的到来，挽救了杨小北的心情。他想，其他的，就算是天大的委屈抑或冤枉，又算什么？自己的骨肉至亲才是最真实的存在。他是为了证明父母的爱情来到这个世界。他特意让父母的一纸单薄的婚书，变成一条浓浓的血缘纽带，让两个没有关系的人，真正成为亲人。他是多么伟大。为了他，杨小北想，我必须放下一切，好好爱惜米加珍。因为我的孩子是通过她的生命渠道来到我的身边，我的生命因了这孩子得以延续。有了他，我这一生一世都不会孤单。

杨小北转眼就回复了以前阳光般的明朗。他的心里突然分外充实。他想，算什么呢？米加珍将来是我孩子的母亲。她的一切我都能够原谅。别人怎么说我都不必在乎。有了米加珍和孩子，我的人生也足够饱满，这世界给我的也足够多了。

从这天起，米加珍开始了她皇后般的生活。杨小北几乎不让她做任何事。米加珍说，不做事，傻瓜一样坐在那里，孩子在肚子里也会变傻。杨小北说，那就做一点雅事。比方散散步种种花到阳台上去看看鸟。米加珍哭笑不得。夜晚睡觉，杨小北打算睡在沙发上。米加珍说，为什么？杨小北说，我睡觉喜欢蹬腿，我怕踢着你的肚子，伤了孩子。米加珍笑得几乎软倒。杨小北忙扶住她，说慢点笑，哪有这么好笑，小心把孩子笑抽筋了。米加珍更是笑得不能自制。好半天，她才说出话。米加珍说，杨小北，你要正常一点，你不要把我和孩子都当成了豆腐。两人交涉半天，杨小北同意睡大床，但各睡各的被子。杨小北说，我委屈十个月，把我的特权让给我的宝宝好了。见杨小北如此热爱孩子，米加珍觉得自己的幸福感比新婚时候更加强烈。

冬天又来临了。这年的冬天没有雪，阳光一直晴好。米加珍虽然腹已隆起，但穿着厚厚的棉衣倒也不是十分明显。杨小北担心米加珍上班辛苦，又担心天冷容易感冒，想要米加珍留在家里专心养孩子。米加珍却说，让我一个人在家里，那还不闷死我了？四周静悄悄的，什么声音都没有，将来小孩子恐怕连话都不会讲。

米加珍依然上着她的班。

这天的清早，虽然没有下雪，但天还是寒冷得厉害。米加珍刚进办公室，马元凯突然冲进来。米加珍有些诧异地望着他。马元凯颤抖着说，蒋妈妈睡不着觉，又多吃了安眠药。这一回，没有救过来。米加珍尖叫了一声，手上拿着的包，咚地就掉在地上。

同一办公室的杨小北从他的桌前几个大步跑过来,大声说,出了什么事?米加珍说,蒋汉的妈妈……死了。杨小北怔住了,说为什么?马元凯说,还用问吗?心痛!杨小北说,是自杀?马元凯说,没说是自杀,只说睡不着,多吃了安眠药。米加珍开始哽咽,边哽咽边说,今天是蒋汉的祭日,已经三年了。说罢,她的哭声变大。周遭的同事都围了过来,闻讯大家纷然感叹生命的脆弱。

杨小北没有说话。他的心也开始痛。几年前那个下着细雪的早晨又一次浮现在他的眼前。白水河里黑色的水,断桥,还有恍惚的灯光。三年了,这一切,就是这样一直追随着他的生活,亦步亦趋。

马元凯说,我现在过蒋家去,你去吗?米加珍哭道,当然去。她说时望了杨小北一眼。

杨小北拉了她到办公室走廊的尽头。杨小北说,你要干什么?米加珍说,我要过去,我得送她一程。杨小北说,你不要去!你怀着孩子,不要去那样的场合。米加珍激动道,那是蒋汉的亲妈啊!我能不去吗?杨小北说,你现在是特殊情况,没有人会怪你。米加珍说,我不在乎别人怪不怪,我在乎的是我的心。杨小北说,你的心我理解。可我在乎的是你的身体和我们的孩子。那里的氛围不好,你一哭一难过,出了事怎么办?米加珍说,怎么会?我身体很好。杨小北说,身体好也不行。你的命不属于你一个人,我不能让你去。米加珍说,这不是你让不让的问题,是我必须去。无论如何,我都得去。

杨小北板下了面孔。杨小北说,你完全可以请你家里的人帮助料理。再说不是还有马元凯吗?你扪心想想,是过去重要,还是未来重要。米加珍见杨小北真生气了,走过去,将头靠在他的胸口,轻声说,当然是未来重要。但你要理解我。对于蒋家,我是罪人。不然蒋妈妈不会走到这一步。如果我不过去送她,你叫我这辈子如何得以安心?杨小北推开她,说我们需要下一次决心,或者说一次狠心,把与蒋汉相关的所有一切,都排挤出我们的生活。不然,我们这辈子都没办法过好。这次正是机会。你怀着孩子,你不出现,理所当然。这孩子正是来拯救我们的。米加珍说,但是再怎么排挤,也排挤不掉我们以前的生活。蒋汉最亲密的人,除了他的父母,就是我。你能排挤得掉吗?杨小北说,我能。如果我们真正相爱,就能。只要我们合力,就能。米加珍说,我真的很爱你,而且远超出对蒋汉的爱。但像今天这样的结果,也都是因为这份爱而引起。我们有了爱情,但也不能不承担它的后果。这就是事实。

杨小北挡不住米加珍,眼睁睁地看着她跟在马元凯身后出门。冲动中,他欲追出去陪伴米加珍,但却被同事拦下。一个同事说,杨小北,你算了,蒋家的人看到你难道会好受?有你才有蒋汉的死,难道你忘了?另一同事亦说,是啊,米加珍这么做,更主要的还是替你赎罪。

有你才有蒋汉的死。替你赎罪。同事很随意就说出这样的话来,就仿佛说着一个全世界都已认定的不容置疑的事实。

生活依然不是平静的河流,再怎么努力,飞扑而来的还是石头。它们全都砸在杨小北的头上,令他头破血流。

冬日的阳光惨白地落在窗边。杨小北走过去,对着阳光照看着他的双手,似乎想要通过这样的凝视,发现上面是否真的有血。

九、可见爱情很脆弱

意外的事到底发生了。

米加珍在办完丧事回家的路上,所坐客车被一辆货车追了尾。震动虽然大,但并没有人受伤。只是有孕在身的米加珍流产了。

杨小北闻讯疯一样奔去医院。他很想大发一通脾气,然后大哭一场。但见米加珍业已哭得两眼通红,便强制自己冷静了下来。米加珍面带惶恐,不停地对杨小北说,对不起对不起。杨小北没有作声。米加珍说,你怎么不说话?杨小北说,我还能说什么呢,这时候?

在医院的过道,杨小北看到了马元凯。自蒋汉死后,一直对他抱有敌意的马元凯,此刻的眼里露出善意。马元凯递给他一支烟,又拍拍他的肩,说放松点。别太难过,这是意外。杨小北闪了一下,他不想马元凯以这样的亲热拍他的肩头。杨小北推开他的烟说,意外也是一个生命。马元凯怔了一怔,说当然是生命。你们还可以有,人家却没了,那也是生命。后面的五个字马元凯是咬着牙一字一顿地说出来的。杨小北因此也咬着牙,一字一顿道,所以,我就没有难过的资格吗?我就不能因此而生气吗?

米加珍没有住院,当晚米加珍的父母便接她回到琴断口的娘家。米加珍的外婆一边抹眼泪一边熬鸡汤。杨小北在那里坐了坐,觉得自己在此,反而碍事,便起身告辞说,我也帮不上忙,还是回家好了。米加珍的母亲说,你要放宽心。我们会好好照顾家珍。想开点，你们俩还年轻，日子还长，孩子总会有的。杨小北说，我知道。

摩托车像以往一样风驰电掣。路边的树在眼角边快速地移动。在南方，虽已是冬天，树上的叶子却也不会完全落尽，只不过失尽春夏的盎然生机，露一派萧瑟或是苍凉而已。有点像杨小北此刻的心情。杨小北沮丧到极点，他想，有些事，不是你努力，就能做得到的。

一个人回到家，趴在床上，杨小北放声哭了一场。

米加珍在娘家休息了一个礼拜。她每天都会给杨小北打电话。她在电话里跟杨小北说，她可以回家来调养。杨小北说，随你便。但米加珍每一次提及回家，她身后的一家子人都极力反对。米加珍的父亲说，你那里有家里舒服吗？你回去还要给杨小北添忙。米加珍的母亲说，如果养不好身子，下一胎难得怀上。米加珍的外婆却哭兮兮道，必得养好身子才准走。今年一定要再怀上，不然，你外公就会不认识自己的重孙子。

米加珍的外公已经痴呆得更加厉害。他什么都忘了，只认得几个家人。米加珍把家里人的话转达给杨小北。杨小北说，你听他们的就是。孩子要不要，再说吧。我无所谓。杨小北的淡然，令米加珍心里生出某种预感。她想，不知道自己是否还有机会与杨小北一起共同生养小孩。

米加珍回来的那天，又开始下雪。雪有点大，一片一片的，很快白了大地。衬托着白水河黑色的流水，铺白的原野更显得明亮。米加珍的父亲专程送她回来，杨小北此刻还没有下班。打电话过去时，说是公司有活要赶进度，所以无法提前回来。米加珍的父亲便说，干活有老婆重要吗？米加珍说，没关系，公司的事就是这样。说罢，心里有几分怅然。她想，她和杨小北的关系，将面临的是一道沟坎呢还是一座深渊？

天黑以后杨小北才到家。他的大衣上满是雪花。米加珍忙上前为他拍打。杨小北说，身体还好吗？米加珍，没事了，就是长胖了一点。杨小北说，胖不是缺点，是优点。往雅里说，是丰满，往俗里说，是性感。米加珍嘴一撇，说女人都想变瘦，但男人却愿意她们胖，真是想不到一起去。杨小北紧拥着米加珍，说不管胖瘦，只要是你，我都喜欢。米加珍眼眶便湿了，说你不生气吗？我真的很对不起。杨小北笑了笑，说这不是对得起对不起的事。

米加珍第二天便同杨小北一起去上班了。米加珍说在屋里待了这么久，真是太无聊，还是要上班才有意思。一进办公室，同事们便围了上来。有说米加珍气色变得更好的，也有说米加珍皮肤养得很白的。当然，也有人鼓励她，说杨小北这么喜欢小孩，赶紧再怀一个吧。吴玉晚来几分钟，见米加珍便扑了过去，说米加珍，杨小北没有为难你吧？说罢，没等米加珍回答，吴玉又说，孩子的事要算在蒋汉的头上，不能怪我们米加珍。米加珍说，算了，你别再提蒋汉。吴玉说，怎么能不提？有了这件事，你们就和蒋汉家扯平了，谁也不再欠谁，是不是，杨小北？另有一些同事随声附和道，是啊，以后杨小北心里就不用背良心债了。你们因为蒋汉的缘故没了孩子，彼此两清。

杨小北听得头皮发炸，他当即垮下面孔，大声道，这都是些什么话！吴玉看了看他，亦大声说，什么话？实事求是的话。杨小北瞪了瞪她，觉得自己无话可说，便摔门而出。

杨小北心里很愤然。更要命的是，他不知道这种愤然针对谁。他甚至觉得因为蒋汉的死，令他备受折磨，而他却找不出折磨他的是什么。同事们的话，是的，是大实话。他们实事求是。可这样的实事求是于他又有什么公平？他和蒋汉谁也不欠谁了，他们扯平了。重要的是，他们真的相互欠了对方？

春节前夕，杨小北对米加珍说，他准备回北方过年。他想看看他的父母。米加珍说，我跟你一起去吧，我也应该去拜见公婆。杨小北说，不用了。米加珍说，为什么？杨小北没有说话。

夜里，杨小北搂着米加珍，他搂得紧紧的，甚至有泪水流到米加珍的脸上。米加珍觉得讶异，低声道，你怎么了？舍不得我吗？杨小北说，是，是舍不得你。米加珍说，那就带我一起去呀。杨小北还是说，不用了。

便是次日的早晨，杨小北吃早饭时，突然对米加珍说，我这次回去后，不准备再回来。米加珍震动了一下，望着他，却又仿佛早已料到。米加珍说，永远吗？杨小北没有回答，只顾着说自己的。杨小北说，春节后，我准备去南方沿海，那里有很多机会。米加珍说，那……我们呢？杨小北嘴唇颤抖了半天，说出了三个字，离婚吧。米加珍说，不再爱我了？杨小北说，爱，像以前一样爱你。但是生活不是光有爱就能过得下去。这份爱情上面负载的东西太重，我已经承担不起了。米加珍低头沉吟，好一阵之后，方说，知道了。

当天下午，他们便去办手续。手续很简单，交钱盖章，拿离婚证，然后出门。两个原本亲密无间的人，走到露天下，发现自己与对方已是两不相干。

米加珍想到路边拦出租车。杨小北说，还是我载你回去吧。米加珍点点头，便上了杨小北的摩托车。摩托过白水桥时，坐在杨小北身后的米加珍突然将头贴着杨小北的背哭了起来。她想起那一次，她蹭坐杨小北的便车的情景。下车时，他们相互对视一眼。其实正是那一眼，燃烧了她的心，也改变了她的人生。

这天夜晚，他们仍然住在一起。他们热烈相拥着，倒像又是新婚。

杨小北走的时候，带着他来时那套简单的行李。马元凯闻讯赶来，反复说他非常惊讶。然后不停地追着杨小北问，非要这样吗？杨小北说，不然怎么样？马元凯说，一切都过去了。杨小北说，我以为一切会过去，但实际上，你也很清楚，是过不去的。吴玉亦赶去相劝，说我们都原谅了你。杨小北苦笑一下，说我不需要你们的原谅，因我并没有做错什么。吴玉说，关键是你们彼此相爱，为什么还要分开？米加珍说，很简单，你跟马元凯不相爱吗？但是你们却坦然分手，为什么？

吴玉看了看马元凯，马元凯也看了看她，两人同时默然。杨小北说，我原以为，有爱就能解决一切，现在我明白，爱和爱情是两件事。爱很伟大，但爱情却很脆弱。所谓爱情的力量原是我们所想象的，一直以来，我们虚夸了它，其实它经不起什么。与日常琐细相比，它就像玫瑰远不及杂草的旺盛和坚实。一有风吹草动，它便溃不成军。

马元凯低声说，我送你到车站吧，当初是我接你来的。吴玉也说，我也去送你，我们善始善终。杨小北说，既然这样，随你们。

车到琴断口，杨小北和米加珍要一起去米加珍家打声招呼。马元凯和吴玉留在车上。望着他们的背影,吴玉说,我还是有点难过。马元凯说,生活还要继续。吴玉说,你会爱上米加珍吗?马元凯说,也许吧。吴玉说,你的腿瘸了,米加珍结过一次婚,你们俩现在还蛮般配哩。马元凯顿时哈哈大笑起来。笑完说,吴玉,没有任何人有你这么深刻。

杨小北和米加珍刚上小路,笑声传到他们耳里。米加珍说,他们一定在笑我们。杨小北说,我们两个是很可笑。米加珍说,其实是生活本身很可笑。杨小北说,是呀,我们不过是生活里的佐料罢了。

走着时,杨小北突然看到了那块有着"琴断口"三个字的路牌。他想起来这里的第一天米加珍坐在酒吧跟他讲述有关知音的故事。他们当时还聊了些什么?米加珍的外公说,距离近了,你身边的人都是你的敌人,越近越是。看来真是说对了。

米加珍突然说,那一次你说,命运的改变,常常就在你根本就没有察觉的时候。这话,现在全都应了。杨小北说,是吗,我说过这样的话?我也记得你说的一句话。米加珍说,我说了什么?杨小北说,你叫我不要练葵花宝典。可是从今天起,我就要开练葵花宝典了。

杨小北说完,大笑出声。米加珍也大笑了起来。笑着笑着,他们眼里都溢出泪水。

春节过后,米加珍收到杨小北从南方寄来的信。杨小北说,不想发短信,也不想传电子邮件,就想用我的手写封信给你,让你感觉一下我的气息。我一切都好。套用外公的话,我们以前距离太近,彼此是敌人,现在相距遥远,我想我们可能会是知音。

米加珍拿着信，看了又看，看得满心怅然，暗想，我的生活未必需要知音，但我必须要有一个爱我的人。这个人还会是你吗？

米加珍无法回答自己的问题，她在信角写了个编号"1"，然后将信扔进了抽屉。

春天来到昙华林

一、春天来了

春天来到昙华林的时候，昙华林没有一点反应。

老墙上冒出一根细茎的草芽。华林的母亲在屋门口里生炉子，青烟熏得她眼泪水流了出来。她抬头揩眼泪，看到草芽。草芽绿得透明，风微微一吹，细瘦着腰两边摆动。华林母亲的心虽已苍老，却也叫这绿色击打了一下。她透过湿眼望了它好几秒，然后长叹，又过了一年。

华林回来时，母亲的炉子已经生好，门口的路上丢下些煤屑。母亲听到华林回来的声音，喊道，华林，把门口的煤渣扫一下。

华林很烦家里还烧煤炉，说放着现成的煤气灶为么事不用咧？

华林的母亲正在切菜，听到华林这样说，"啪"一下把菜刀一放，大声道，煤气是么价？煤是么价？你不会算？一罐气可以烧几天？一罐气钱的煤可以烧几天？你不会算？你当我不想现代化？可是我能拿得出几多钱来养你这个现代化呀？

华林听见母亲的声音越来越粗，赶紧往房间里躲，一边躲一边说，好了好了，一说就是长篇大论。

华林的房间在屋后的阁楼上。阁楼没有窗子，只屋顶上留了块玻璃透着光亮。这一小片亮，照亮了华林的房间，也照亮了华林的心。

这地方原是华林爷爷住的。阁楼也是爷爷亲手搭盖。冬天的时候，华林被父亲派去给爷爷暖脚，以后华林就一直跟爷爷睡。晚上，爷爷会透过那块小玻璃，指着天上看得见的三两颗星，给华林讲一些稀奇古怪的事。躺在床上听爷爷摆古是华林最愉快的时光。

爷爷每天都比华林起得早。有一天，华林醒来，发现爷爷还在睡，就叫爷爷起床，叫了半天，爷爷不理。华林的父亲听到华林的叫声，爬到小阁楼来。他摸了摸爷爷的鼻子，立即哭了。哭声震得屋顶上小玻璃哐当哐当地响。华林的父亲把爷爷背到了楼下，从此爷爷就再也没有回来。晚间，华林睡觉时，身边没有爷爷的呼吸，也没有爷爷的体温，更没有爷爷慢悠悠的声音。爷爷死了。

华林在那天才真正明白什么是死。死就是永远的分离，永远不能见面，就是永远不再回家。华林一家人都哭得厉害，华林也跟着哭。哭的时候，华林想，爷爷去的那个地方一定非常可怕，否则什么都不怕的父亲怎么会号哭成这样？

哭过后的父亲担心华林住在阁楼害怕，让华林的小哥林华陪华林一起睡。林华发出惨烈的叫声，不，我不去，我怕爷爷变成鬼来掐死我。

从此以后，这间小阁楼就成了华林一个人的。它的面积虽不足五平米，却足以让华林的心在这里自由自在。华林很庆幸林华的胆怯,而且爷爷这个鬼也从来没有来过。

母亲骂人的声音渐渐小了,华林轻吐了一口气。华林知道母亲的怨气由何而来。华林已有三个月没向母亲交纳生活费了。他用扣下的钱给自己买了一款数码相机。这是华林想了很久很久的东西。

春天的阳光透过屋顶的小玻璃照耀着华林床头的数码相机,那小小的银色的机身像团火,四射光芒。华林用它把自己房间每一寸地方都拍了下来。华林知道,他的空间很小很小,可是有了它,世界有多大,他的心就有多大。

二、昙华林

昙华林在武昌老城墙东北角下。

武昌老城墙早就没了,什么时候拆的以及为什么而拆,人们都说它不清。剩下的一小截,也就一两米吧,在三义村石瑛家的后院里。石瑛是个名人,原在湖北当过高官。书上说他是个好官,与他同时代活过的老人也说他是个好官。华林想,既然这样,那他就一定是个好官。石瑛留下这段城墙是个偶然。因为这段老墙在他家的后院,又因为他是个名人,没有人敢来拆除。这样一偶然,便似乎留下了历史。历史是最轻易让人提及但也是最容易让人忘却的东西,所以眼下差不多的人也都记不得武昌以前有过老城。

昙华林夹在武昌城边的两座山间。山并不高,但也足够挡人视野。一座山叫花园山,一座山叫螃蟹岬。

花园山是座找不到山顶的山。山上密集的房子把树枝遮挡了，也把树尖淹没了，所以花园山看不到多少树。上山的路径就是街巷。山上有座天主教堂，站那里已经一百多年，只有它见过树林变房子的全部过程。教堂很是肃穆庄严华丽。人一走进，敬畏之心顿起。教堂旁边还有神学院，也是上了百年的老屋。从昙华林踱步去教堂，必经一个厕所。厕所奇臭无比，这气味每一时每一刻都向着四周散发。黄昏的时候，祈祷的声音响了起来，诵诗也唱了起来，它们一起从山上顺溜而下，混着这臭味，深进到昙华林的每一条小巷。

螃蟹岬与花园山遥对着。顶上驻扎着军队，因为有部队，所以山还像个山样。仰头望去，一派的绿顶，绿树森森的。上到山顶，可看到小小的炮群。炮上有时候盖着伪装的网罩，有时候也没有。炮口朝天，威严得厉害。时见几个军人周边游弋，倘有举止可疑者，他们便会用雪亮的目光死死地盯住。其实多数的时候没有敌人。

这样，昙华林用书面语言说，就仿佛坐落在山谷间。花园山和螃蟹岬像是它的两个保镖，贴身侧立，遥相对视。左教堂，右军营；左耳听祈祷，右耳听军歌；上左山看圣母玛丽亚，上右山看大炮。而实际上，真要走进昙华林，哪里找得到一点"谷感"？武昌别处的市井街路是什么样的，昙华林也就是什么样的。

昙华林以前是武昌城富人居住的地方。花园洋房像是洒在两边的山坡上。随便走走，便可见高官的豪宅、富人的小楼、军阀的公馆、洋人的别墅、教会的礼拜堂。瑞典人还在这里修了他们的领事馆，北欧风格的楼房也就夹杂其间，赫然在望。只是岁月流年，人越住越多，各式板壁木屋、土砖平房、火柴水泥楼见缝插针,将昙华林当年的林间空地,花园院落一一占据。昙华林就成了今天这样的昙华林。沉闷而破旧,杂乱而肮脏,满目疮痍,不堪入目。老屋们虽然还留着一些,但面相已无看头,而主人也大多早已换过。破败陈旧是光阴赐予的。光阴是一去不返绝不重复的东西。消逝的光阴使这些老屋成为昙华林的沧桑往事,供人怀旧。

跟昙华林贴着身的还有一家医院。医院也是当年教会所办。华林便是在这家医院出生的。华林的第一声啼哭,跟昙华林其他孩子没什么两样,细细的声音,断续的叫喊,有恐惧也有茫然。这就注定华林一生的平凡以及不为人知。

医院的角落里有一座名为嘉诺撒的小教堂。华林的爷爷第一次带华林来这边玩时,歌谣般说道:看看看,墙上有个人。看看看,墙上有个人。华林仰着头朝嘉诺撒小教堂的墙上使劲看,看了半天也没看到墙上的人。后来华林上了小学,再来时,方明白,墙上是有个人。那是门洞檐上用砖浮雕出的"人"字图案,一个很大很大的"人"字。华林还知道,做了鬼的爷爷只认得这一个字。

现今嘉诺撒小教堂已经废了。它背面的天文台废得更加厉害,废得差不多看不出它以往的模样。废弃的地方是小孩子的最爱。华林便常来这里,在这里玩的时候时常想,我一睁开眼,是不是就看到了这个小教堂呢?

华林就这样在昙华林悄无声息地长大。成人后的他依然喜欢到嘉诺撒小教堂来。他常常一个人静静地坐在这里看光影的流动。黄昏的时候,落日的余晖照在嘉诺撒教堂墙上的雕花上,有一种废弃的华丽。那时,爷爷的声音常常会在他的耳边回响：看看看，墙上有个人。

墙上的这个"人"字，在光阴中被风雨剥蚀，它没有长大，也没有缩小，只是遍体鳞伤。

三、起名字

华林是家里的老六，生他的时候正是夏天。天气闷热无风，但花园山下那间厕所的气息还是滚滚涌来。

华林的父亲正在门洞里跟人下棋。华林的父亲是铁匠，一双手又粗又硬，下棋落子总也放不到它应去的位子，所以，输多赢少是必然的。这天正输着，有人来告诉他，说他老婆生了个儿子。华林的父亲正输得恼火，听到此消息更加恼火，说家里已经有了五个小子，打麻将都嫌多一个，怎么又来一个？看人家马嫂子，一生一个丫头，她狗日的怎么就不能跟老子生一个出来？

跟华林父亲下棋的是剃头的马师傅，马嫂子正是他的老婆。他们家四个小孩，无一男丁，马师傅正为此而烦着。听到华林父亲的话，立即掀了棋局，跳起来对着华林父亲喊道，喂，你是骂你老婆，还是骂我呀?！华林父亲这才发现自己犯了忌，忙软下声来赔了半天不是。马师傅消了气，但他赢了的棋局却是无法复原。

华林的爷爷原是在螃蟹岬山脚下夏斗寅的家里看门。夏斗寅是大军阀，当他的看门人也威风八面。后来夏斗寅的戏唱完了，华林爷爷的威风也跟着完了。他的儿子只好当了铁匠。要说起来，华林一家在昙华林也住了有三代人。华林的父亲性子粗，不喜欢动脑子，给孩子起名，也图省事，全在"昙华林"三个字里做文章。老大叫昙华，老二叫华昙，老三叫林昙，老四叫昙林，老五叫林华，老六叫华林。倘再生一个，就没字叫了。不晓得是不是因为这个，华林的母亲就没再生育，这样华林就成了家中最小的。

华林的父亲姓吴，华林的大名就叫吴华林。

华林的母亲不高兴这样的叫法，说难得喊清楚。华林的父亲说，自己的儿子就是叫一样的名字，也分得清。再说这样个叫法，也是好让他们将来不忘本。华林的母亲又说，起这样的名字，别人会说我们蠢。华林的父亲说，这叫蠢？我爸给我们兄弟起名字，大黑二黑三黑，我妹长得几白，还被叫了四黑。我爸爸那才叫蠢。华林的母亲斗不过丈夫，只好认了。倒是华林的舅舅从外地来，细听了六个外甥的名字后，惊道，想不到姐夫这么个粗人能起这么好的名字。

这个评价让华林的母亲心里亮堂起来，舅舅在北京当干部，是读过书的人。以后华林的母亲喊几个儿子回家吃饭时，总是把他们的名字喊得响响当当。

四、四月影会

华林学摄影是初中毕业那年动的念头。

那天华林与戈甲营的小四打了架。戈甲营是昙华林的一条小街巷，隔着华林家不多远。华林有一回骑自行车撞了小四的妹妹，虽然倒了歉，小四的妹妹也表示接受，但小四却总要跟华林过不去。华林是个小个子，小四年龄比华林小几月，但小四却是个大个子。华林的架自然打输了,输得还有些惨。华林被迫趴在地上,按小四的要求说:大哥,饶了我这个王八蛋吧。还要连说三遍。戈甲营一帮小子都看到了这场面,个个笑得东歪西倒。小四坐在椅子上大笑,他仰身大笑得太厉害,以致椅子倒下,摔了一跤。摔到地上的小四索性不起,坐在地上拍着巴掌继续大笑。

华林回家后,心里便怀有一股仇恨。首先当然是恨小四,然后再恨自家母亲。他恨小四如此霸蛮,又恨母亲为什么把他生得这么瘦小。瘦小无力的华林恨完后,却是满心无奈。他很想咽下这口气,但小四的笑声却不饶过他。它盘旋在华林的耳边,如针扎耳,久久不散。

华林扛不住了,就去街上找他的二哥华昙帮忙。华昙在少林寺学过武术,拍《少林寺》电影的时候,华昙在一群练武的小和尚中伸过胳膊踢过腿。因为这个,华昙在县华林是个名人。好一阵子,华昙从家里一出来,就有人指点他的背说,这个伙计拍过《少林寺》的电影。这一点,戈甲营的小四不会不知道。华林觉得,要治小四的威风,出自己的恶气,只有华昙出面了。

华林找到华昙时,华昙正在武昌桥头下面跟人切磋武艺。华昙说,你先到周围玩个把小时再来。华林对武术没有兴趣,便在四周闲逛。逛到区文化馆时,他站住了。馆里正在举办一个叫什么"四月影会"的摄影展览。华林觉得这名字奇怪得很,他想了想,便走了进去。

一进去华林就被那些照片惊呆。

华林原来以为摄影就是给人照相。他们家照过一张全家福,是专门过江去汉口铁鸟照相馆照的。这是他们家的第一张全家福。因为照相少,大家都有些紧张,脸绷得紧紧的。照相师傅便说,笑一笑,你们屋里格外特别,七叶一枝花呀。大家一想,可不是,六个儿子加上华林的父亲,刚好七个男人,女的却只母亲一个。可是母亲是一个老而难看的女人。说她是花,好像都有些对不起花似的。华林的父亲说,她像花?她像花根差不多。华林父亲的话音一落,一家人都笑开了。照相师傅便趁机"咔嚓"。照片的效果极其好,全家人都笑得那么舒心自然,连老而难看的母亲也笑得果如一枝花。华林认为,那个照相师傅就是摄影家。照片就是像家里的全家福一样的。

可是摊在他眼前的"四月影会"的照片却全然不是那么回事。可它是怎么回事?华林却说不上来。那种感觉,就像是他坐在嘉诺撒小教堂在看黄昏的光影流动一样。他的心在那一刻安静得不想喘息,干净透彻得有如没有云彩的天空。这是华林的幸福境界。而现在,站在一幅幅照片前,华林觉得自己又进入了自己那一刻的幸福境界。照片中的一切,距他仿佛非常遥远,却又仿佛就在眼前;仿佛与他全然无关,却又仿佛与他心心相印。

一个瘦小的年轻人,正在跟人说照片什么的。他说影调,说颗粒,说曝光,说焦距,说写意,说象征,说构图,说摒弃。他说了许多,从他嘴里吐出来的词,令华林晕眩,这是他闻所未闻过的语言。从旁边一个跟听的人那里,华林知道,这个瘦小的年轻人也姓吴,人们叫他吴老师。他就是个摄影家。这个展览是他弄来的。华林悄悄地走到吴老师的背后比了一下,他发现自己与他竟是一般高低。

小四针扎般的笑声在此一瞬倏然消失。

耳边清静下来的华林似乎听到一个声音在说，小四个子大，让他打架吧，华昙有力量，让他习武吧。华林你瘦小，像这个吴老师，可是你能当个摄影家！

这是华林的心在对他说话。华林知道，他的人生从此改变。

华林甚至忘记了正在江边等着他的华昙，也忘记了关于小四的仇恨。

五、海鸥的表达

华林跟着文化馆的吴老师学了十几年的摄影。这期间，华林上完了高中，又读完了师范，最后他做了中学语文老师。一架海鸥相机一直如影随形地伴着他。吴老师说，机子的好坏固然重要，但最重要的是你的心对你拍摄对象的感觉，你抓捕的角度，你想要表达什么。或许你什么都不想表达，但镜头也代表着你内心的情感。它是你的嘴巴，它代表你向外界说出你内心的东西。是俗是雅，是杂是纯，是闹是静，是脏是洁，你什么都不必说，它全都替你说出来了。

华林本来就是一个寡言的人，他想这下好了，他多了一张帮忙的嘴了。他什么都不用说，便可以表达他的心了。

高中毕业时，华林的舅舅送给华林一台海鸥照相机。华林的舅舅说，大姐家这六个孩子，我看来看去就华林会有出息。

华林的父亲揪着华林的耳朵给舅舅细看，说我怎么看不出来？我看出来的就是他是我屋里最没得板眼的人，三棍子都打不出一个屁来。华林的母亲说,就你那点板眼,怎么能看得出比你有板眼的人?

华林的母亲并不喜欢华林,但她信任弟弟。弟弟在北京做事,对华林的母亲来说,这就是天大的板眼。虽然华林的舅舅只是北京无数机关中某一家机关的副科长。

华林知道舅舅说这话的缘由。因为舅舅是华林从火车站接回家的。在等待时,华林一直在翻看一本亚当斯的摄影作品集。亚当斯是个美国人,他的黑白影片拍得美轮美奂。你盯着他的照片仔细看的时候,照片上仿佛有什么魔力,让你发呆,让你久久痴想。

华林接了舅舅,让舅舅替他拿书,他替舅舅拿行李。搭公共汽车时,舅舅便将拿在手上的书翻了几下。舅舅看不明白,但他立马晓得,这东西不是一般人可以看得明白的。舅舅向华林提了几个问题,这些问题很滑稽,但华林还是一一做了解释和回答。其实华林并没有很认真,因为华林觉得像舅舅这样的人,再怎么跟他说他也会闹不明白。华林只是拽了一些词汇,影调呀颗粒呀层次呀什么的。像华林第一次听到这些词汇产生晕眩一样,舅舅也晕眩了。舅舅一晕眩,就晓得有大事发生。而舅舅这样常年走南闯北的人,一生能遇几回令他不懂甚至令他晕眩的事?舅舅想,不得了,这吴家,要出人才了。

舅舅离家前,问华林最想要什么礼物。华林不敢说,他想要个照相机。可是照相机是贵重东西,开这份口要勇气。舅舅拍着胸说,放开说,你就是要汽车,舅舅也答应你,不过得让我攒十年的钱。舅舅就一个姐姐,他把姐家的孩子看得很重,尤其是华林这样的人才。华林吭吭吧吧半天才说想要一台照相机。

华林的话音刚落，华林的母亲就给了他一个巴掌。母亲说，亏你还真的狮子大开口，你怎么不要根针？你宰你舅呀？舅舅推开他姐姐，大声道，我就是在等华林开这个口。我晓得这东西对华林最重要，钱我都准备好了，明天就去买，买完我就上火车。还是华林送我。

一家人都听傻了。华林的五个哥哥好几分钟都没能扭动脑袋，他们弄不懂华林用了什么魔术把舅舅搞掂。华林更是傻得厉害，他也不明白舅舅为什么会如此这般。华林想，难道我真的是个人才？

这样华林就有了一台海鸥照相机。也是在这年，华林考上了大学，虽然读的是师范，但在华林家，他却是唯一的一个大学生。华林家那时并没有装电话，华林的母亲以电报的方式把消息告诉舅舅。舅舅回的也是电报。舅舅说，我早晓得会有这天，相机就是提前给的礼物。

有舅舅这个榜样，华林的五个哥哥都慷慨地表示他们要支持华林这个人才。他们纷然问华林什么是他需要的。华林说，胶卷。哥哥们一商量，表示每人每年提供两个胶卷给华林。华林的父亲好感动，觉得想不到一个华林把六兄弟拧成一股绳，便加入了这种表示。华林的父亲也表示他算一份。这样一来，华林一年有12个胶卷的份额，一个月有一个。跟摄影家比起来，这真是太少了，可是跟业余的玩家们相比起来，这简直不知多到哪里去了。

华林用他最初的胶卷，给父母和哥哥们拍了好多照片。他们到花园山上的天主教堂以及自家的门前拍了不少。当然全家人还一起走到长江大桥照相。哥哥们一半结了婚，两个有了小孩子，老四老五也有了女朋友，一家人走出门浩浩荡荡的，一眼望去，半条街都是他家的人。街坊们便都羡慕，说吴家真旺呀。然后都抢着跟华林的父亲和母亲打招呼，想要沾这一份旺气。华林的父亲从来都没有这样威风过，心里爽得一天嘴都没有合上。

像华林这样玩摄影的人，给家人照相那还不是小菜一碟？华林照出的照片没一张废品。张张照片的清晰度好，角度好，背景也好，每个人的表情更好。照片洗出来时，早已搬到外面去住的五个哥哥都赶了回来，一家人争着传看，笑闹声几乎掀翻了屋顶。华林四哥昙林的女朋友本来正跟昙林闹别扭，昙林正发愁用什么法子把她哄好。结果华林为昙林女朋友照了一张漂亮得不得了的相片，背景是长江大桥，阳光把昙林女朋友的脸照耀成金色，每个人拿着这张相片都惊叫着好漂亮呀。昙林让华林一下子洗了十张，昙林的女朋友拿着相片，立即消了气，扑到昙林跟前，在他脸上连连亲了几下，亲得昙林的父亲看不过去，大声咳嗽予以制止。

那天晚上，华林的父亲才真正认识到，家里有个人才跟没有这样个人才完全不是一回事。躺在床上，华林的父亲郑重地跟华林的母亲说，国家总说要爱惜人才，我总是不晓得人才是么家伙，现在屋里有了个人才，真的蛮好咧，国家的话蛮有道理。华林的母亲说，人才个哈欠！你老吴家的幺儿子一个，他该做么事就得做么事，跟人才没得关系。华林的父亲朝他老婆翻了一个白眼，说女人真是没得见识。

华林在阁楼里，听到父亲和母亲的对话。他心里暖暖的。他想海鸥的这份表达，应该是世界上最美丽的表达。

六、风景在哪里

华林一直在寻找他的风景。有如四月影会那样,他想拍出让别的人怦然心动的照片。但华林一直没有找到。每次去看别人的摄影作品,他都有窒息感。他无法加入同行们的交谈,只能自己踱到一边,甚至是在一个角落里,他才能够呼吸。他不知道自己什么做得不好,也不知道自己应该再怎么做,他只觉得自己已经尽了心力,心里却没有满足。

有一天华林去美术学院看一个法国人的摄影展览。那个法国人选择的主题是三峡,这是摄影家们拍烂了的选题。华林先以为这样的摄影展览只是一个法国人讨好中国当局而已。可是当华林站在那些作品面前时,他有点傻了。惊讶得嘴巴都拢不上去。照片是黑白的,那的确是三峡,但那却不是中国人常态眼光中的三峡。建筑工地的材料和现场,从质地到图形,经过了这个法国人的眼睛和心灵,全都变成了艺术。它们从他的镜头里走出来,走到了墙面上,那么淡定,却又那么富于激情。华林从上面看到了一个灵魂,一个无拘无束的灵魂。面对这些作品,华林知道,在他的家里,他已经是人才了,可是在摄影界,他却还只是一个小虫子。

华林有些沮丧,甚至很烦。回家时,他便去了嘉诺撒小教堂。

小教堂依然华丽地颓废着。阳光落在墙面浮雕的人字花案上。那地方已经被太阳照过一百年。把墙上的"人"字照得满是沧桑,却没有挥发掉它的美丽。一百年的光照和一天的一模一样。孤单的时候,华林常会坐在那里呆看着阳光一寸寸寂静地移动,自己的心便在这寂静的移动中安宁。

现在,华林像以往一样小坐着,像以往一样看着阳光的移动,但他的心却无法沉静。他想自己怎么会那样缺乏灵感缺乏创造缺乏才华呢?为什么别人的心都像明镜一样,只要有一线阳光就会光芒四射。而他的心怎么就只像是锈在胸里的一个零件,任凭阳光如何照耀,非但没有光泽,甚至连一点活力也没有?

嘉诺撒小教堂旁芳草萋萋,风吹时发出轻微的簌簌声,这声音让苦闷的华林更加沉醉在自己的苦闷中。

晚上,华林去找吴老师。他向吴老师倾诉他的苦闷。吴老师正隔三岔五地下乡拍摄有关楚文化的民间器物,心思不在华林身上。华林看出吴老师的心不在焉,心里掠过几丝失望。吴老师读出了华林的情绪,忙又带着歉意说,像你这样,应当属于瓶颈时期。这是每个人都要经历的一个阶段。华林说,可是我应该怎样走出这个瓶颈,到达属于我的开阔地呢?吴老师没有回答。

华林只好告辞。吴老师送华林出家门时,见华林满脸忧伤,心有不忍,知道华林是真爱摄影,真想出好作品,而不只是玩玩。吴老师便给华林提了个建议。吴老师说,华林你不妨到清江边走走,拍拍土家人的跳丧,去感受一下人类在生与死的边缘上所迸发出的激情。

华林的心里就像黑房间被人拨了下开关,突然明亮了起来。

七、跟母亲坐茶馆

暑假的时候,华林准备出门。

华林的母亲却说缓两天再走,然后便拖着华林上街买衣服。华林母亲说,得买几件看得上眼的衣服。衣服买完,华林的母亲又领着他去理发店,说是得把头发理得像样一点。华林不知道怎么回事,但他习惯听母亲的指示。华林都照做了。

没两天华林的母亲让华林陪她去喝茶。华林搞不懂,母亲什么时候有了这种风雅。华林不想去,可母亲板下面孔,一副你不陪我我就死给你看的神情。华林没办法,只好去了。

喝茶的人不光是华林和他的母亲,还有戈甲营小四的母亲和他的妹妹。两个母亲坐在那里叽里呱啦地说个没完,一条巷子的人家差不多都被她们说了一遍,但华林和小四的妹妹却没对上几句话。

华林的心思不在茶上,也不在他面前老小三个女人的身上。女人对于华林就如路边的树,那都是用来装点世界的。华林对树是什么样的感觉,对女人就是什么样的感觉。华林从中北路走过时,春天看树绿,秋天看树黄。华林从女人身边走过时,偶然也看看,年轻的是绿树,年老的是黄树,如此而已。所以,华林面对女人时,就觉得跟面对树没什么两样。

小四妹妹的目光像探照灯,一直在华林脸上晃,华林却没有注意到。华林的目光是散的,散得像个断了箍的桶,多少光落上去都漏得出来,多少柔情如水装进去都等于白装。这个散了架的桶里没有任何内容,内容只在华林的心里。

华林一直在想吴老师的话。一直在想。

清江是什么样的江呢？跳丧是怎么样个跳呢？人类在生死的边缘上难道还会有激情？人死只有痛苦，只有哀哭，跟激情何干？华林觉得吴老师的话于他有点像参禅。用字简单，内里却藏着玄机。它不需要想，只需要悟。

清江的水夹着吴老师的声音一直盘踞着华林的大脑，就仿佛在他的脑壁上的沟壑中七拐八弯地徘徊着环绕着，不肯停息。

华林的母亲对小四的母亲说，算了算了，我们两个把时间都占了，让他们两个也说说话吧。

小四的妹妹便低下头，右手撕着左手的指甲缝边的硬皮。华林想，女人怎么有这么多令人讨厌的习惯，又想，我跟她又有什么好说？想完就说出了口，华林说，我们两个没话说，还是你们说吧。

华林的话刚说完，脑袋上就挨了母亲的一个巴掌。华林的母亲说，哪有你这样说话的？小四的母亲脸笑开了，说这伢还像小时候一样老实。

小四的妹妹也笑，说我出来时，我哥讲了，华林那个狗日的三棍子打不出个屁来，你跟他这辈子会累死。华林有些奇怪，说你跟我今天见了明天就不见，做么事会累死你？

小四的母亲无可奈何，说伢是个好伢，就是还没有醒过来。华林的母亲也无可奈何，说他那个脑子还没有开窍。小四的妹妹也说，真是不开窍呀。

华林母亲组织的茶会就这样散了。

华林有些莫名其妙，暗想，好心陪你们喝茶，怎么还都说我？又是没有醒又是不开窍。关我么事？！

八、清江边的夜晚

喝完茶的第二天,华林带着他的数码相机,来到了清江边。天黑的时间,他在一个叫红花落的村子找到了间出租房。

房东是个独眼睛的老太。老太说,梁上有老鼠,你怕不怕?华林说,不怕,我屋里梁上也有老鼠。老太说,那就好。晚上要是老鼠咬了你,那是你的肉香,你就是个好人。不咬你,是它嫌你,连老鼠都嫌了,你还是个人么?

老太说着掀起她的衣袖和裤管,她的胳膊和腿上到处都有红色的伤痕。老太说,你看,这都是老鼠咬的。你信我,我是个好人。老太的话有些诡异,华林立即觉得背心发寒。

夜里华林便不敢睡着。虽然他想当好人,可是如果当好人就要被老鼠咬的话,华林想,那他就不如当个坏人算了。

醒着的夜晚,便不是静夜。华林知道,当人睡了的时候,所有的生物都会醒过来。黑暗中有许多的波澜壮阔,甚至惊天动地,只是睡着的人不晓得罢了。

清江的水声从红花落的桂花树林,从房东的苞谷地,从灰黑色的木窗格,穿透暗夜的这些波澜壮阔,一直传达到华林的心里。华林觉得自己似乎躺在清江水的喧哗中,任由清江的浪头托上或抛下。这是老鼠无法抵达的水境界,华林想。这样想着,天快亮时,华林就睡着了一小会儿。

一大清早,华林要去清江边。出门时,老太扯着华林要看他的胳膊有没有老鼠咬的牙印。看过后,老太有些失望。华林忙说,我一晚上没睡哩,我在弄机子。华林扬了扬手上的数码相机。老太说，怪不得。说完又递给华林一块苞谷粑，说只要一毛钱，华林就接过来了。华林递给她一块钱，说中午给我做点稀饭。老太笑了，牙齿豁着，说我屋里老鼠不得咬你的。华林笑了，说那就好。

晨雾下的清江朦胧不清。但彼岸的山影，此岸的石壁，江上的水气，草上的露珠，很是让华林陶醉。更兼四周空无一人，鸟飞过去翅膀扇动的声音都有呼啦啦的意味，天地间恍若只有华林一个。华林一下子就找到了盘古的感觉。华林想，这是在县华林住一百年也捕捉不到的感觉，这是连做梦都梦不到的境界。

临着岸边的水头，翻腾起大大小小的白花，白得灿烂无比，白得高潮迭起。不等你定睛细看它那份灿烂之白，倏忽之间，它又成了清波。头天刚下过大雨，对岸的山梁便绿得出水，披在山上的天空也跟洗过一样了。

华林有些兴奋。他在石上跳上跳下，寻找各种角度。一直拍到雾散云开，整个清江都袒露在他的面前。

清江敞开的样子，比它朦胧着更加漂亮。华林在这份敞开中看到了清江的细节。石头是静的，但流水让它有了动感。水是透明的，但山色将它染出颜色。华林读的是中文系。华林想，清江不是诗，诗朦胧着更有味道；清江是小说，小说靠清晰生动的细节才好看。若沿着清江由头走到尾，一部曲折有致血肉鲜明的长篇小说就出来了。

华林拍着想着，就有些累。他看到江边有块平整的石头，于是坐过去休息。石头比床更大，华林索性躺了下来。清澈的清江水便喧闹着从他头顶流过去，声音在空旷的山间，有如絮语有如低吟。这时候华林觉得像是他在家的时候，清早躺在床上，听早起买菜的婆婆嫂子们相互搭腔问候一样，很亲切，很温和。

阳光就落在了他的肚子上，胃也暖和着。

九、我叫谭华霖

华林休息得缓过劲来，便觉得寂寞。

寂寞这东西不是让人心里痛的，而是让人心里空的。一空就会把肠子里那些有如粪便一样的无趣散发得满身。精神被这些无趣腌着，被粪一样臭硬的石头压着，一股股的酸气在这时候就会冒出顶来。

最喜欢把玩寂寞的就是那些酸人。华林知道自己不是酸人，但这时候，他却有点把玩寂寞的意思。华林想，啊，原来一个人都没有的感觉是这样的，原来天地间一个人这么渺小，原来这里的孤单和城里的孤单是不一样的感觉，原来风景再好也驱不走心里的孤单，尽管天上的云们来来去去着，尽管地上的声音此起彼伏着。

突然有歌声从山脚处炸响。

> 这山望见那山高，
> 望见那山好茅草，
> 割草还要刀儿快，
> 捞姐还要嘴儿乖，
> 站着的说得睡下来。

华林惊得霍然坐起。一个男人背着竹篓从山边的小路走过来，他扯着嗓子哦嗬嗬地吼了几嗓。

没见人时寂寞就在纷乱华林，见了人这寂寞就更浓重了。华林喊了一声，喂，歇一脚吧?

男人应答着过来，说宜昌来的? 华林说，武汉来的。男人说，省城的贵客呀。男人走到华林跟前，溜下背篓，一屁股坐在石头上。华林摸出瓶矿泉水，扔给他，说嘴干了吧。男人也不客气，拧了盖就喝。喝完说，爽爽爽，跟清江水差不多。

竹篓的背带编得非常细密，华林顺着它看到后面。看完说，好漂亮的竹篓。说罢端起机子就拍。

男人说，我姆妈编的。我姆妈做姑娘的时候就手巧，她编一个，城里来一个像你这样的文化人就拿一个走。你要想要，我这个可以给你，回头让我姆妈再编一个。

华林一下子开心起来。华林说，那怎么好意思? 再说你还要装东西。男人说，我送药材到镇上，送完了，你看，是空的。我晓得你们把这个拿到城里当宝贝样挂在墙上。它跟着我，是受罪，跟了你走，是去享福的。华林说，你说得太好玩了。男人说，这是我姆妈说的，就为这个，我姆妈顶愿意编竹篓送给城里人。我姆妈说，等于把姑娘嫁到好人家屋里一样。我姆妈最烦就是我用它，说我这是糟蹋金枝玉叶。华林笑了起来，说你姆妈真是个人物呀，你叫么名字呀? 男人说，我叫谭华霖。

华林吓了一跳说，啊，你么样叫"昙华林"咧? 我住的地方就是昙华林呀。男人说，我爸姓谭，我是华字辈。我姆妈生我时，到山上捡柴火，肚子疼，来不及回家，就生我在树林里了。那天还下了雨。村里的老祖宗谭八爷说雨在上，林子在下，就叫华霖。你住的地方也叫谭华林？华林说，不是你那个谭华林，是这个。

华林说着捡了个石头，在地上写了"昙华林"三个字。然后说，我生下来的时候，我爸爸懒得想名字，就把"昙"字换成他的姓。他姓吴，我就叫吴华林，我的林上没得雨。

谭华霖高兴地搓着手，来来回回地搓，嘴上说，信不信？今天早上我出门的时候，村头的鹊子死叫。谭八爷正好过到我屋里来玩，盯到我说，鹊子叫，缘分到。谭八爷出过几年家，会算命会看相，蛮准。今天，我的眼睛一直往女人身上打转，转了一早上没得个女人跟我搭话。想不到就碰到你。这个缘分莫非就是指你？

华林也高兴了，说真的？你真的是跟我有缘分的人？谭华霖说，这不明摆着？走走走，我屋里离这里不远，到我屋里去玩几天。我们那里风景比这里还好，够你拍照片的。

华林带着谭华霖去独眼老太家拿行李。老太一百个不情愿华林离开。老太说，我屋里阴气重，来个男子压几天，蛮好。华林懒得搭腔，谭华霖却笑，说过几日我来替你压，我最喜欢住在阴气重的地方。老太说，你说了，不得反悔。你要反悔，一出门就掉到清江里去。谭华霖说，好好好，一出门就掉进清江里去，被鱼吃了，钓上来又卖到你屋里。你吃了吃我的鱼，我在你老人家肚子里，天天替你压阴气。谭华霖一说完老太就笑了起来，老太说，那最好。

华林嘴上没有笑，但心里笑了。华林想，这个谭华霖好玩。

十、水中的光芒万丈

谭华霖住的村子叫谭水垭。一村人都姓谭,土家族。谭华霖说,我们是少数民族。不过住到我们村里,你就是少数民族了。

但华林在谭水垭没有找到少数民族的感觉。谭水垭的人说的是一样的汉话,穿的是一样的汉服,吃的是一样的汉食。谭华霖说,都一样都一样,就是上大学可以加几分,提拔干部多少占点便宜。

谭华霖家的屋子是老式的,黑瓦土墙,抬头看过去的屋梁,都被烟熏得油黑油黑。谭华霖把华林带到他的房间,谭华霖说,你跟我住一屋吧。

屋里只有一张床,床上只有一床被。华林说,我睡哪里?谭华霖说,跟我睡一床呀!华林说,被子呢?谭华霖笑道,我们两个盖一床被子够了,你也不是蛮肥。华林心里便咯噔了一下,说不上是一种什么感觉在心里冲了一下。爷爷死后华林就是独自一人睡觉,这一睡也差不多过了二十来年。

这天的晚上,华林以为自己会睡不着的。结果没料到谭华霖头一落枕,鼾声即起。谭华霖的鼾声像风景区的导游一样,引导着华林沿着云雾穿过树林,一直走到梦境深处。在梦中,华林觉得自己是靠着一架山梁在晒太阳,晒得浑身暖洋洋。然后他连自己什么时候睡着的都不知道。

华林早上醒来的时候,谭华霖正在穿衣服。华林便盯着他看。谭华霖说,看么事?华林说,你好大的块头。谭华霖便自豪地将自己的胳膊鼓起肌肉伸到华林眼前。华林小心翼翼地伸出手，按了按他的肌肉。像是被电击一般，华林的心弹了一下。谭华霖说，么样？我这个膀子打得死豹子吧？可惜到而今都没得豹子敢来惹我。华林突然有些紧张，忙说，豹子来了你也莫去跟它打。谭华霖大笑起来，说你们城里人就是胆子小，碰到一只老鼠也会当成豹子。华林被他笑得有些不好意思，想起了自己怕老鼠的夜晚。

谭水垭的风景果然如谭华霖所说的，漂亮与别处不同。山形和水流的搭配，石壁与树林的排列，都让华林讶然并且惊喜。水浪拍在礁石上瞬间的变形，山上的花在阳光下的炫目，散落的树立在山脊撑天的架势，都落进了华林的数码相机里。华林想，这样的漂亮没办法用语言来形容，没办法用色彩来描绘，只有摄影可还原其光彩。

风景虽美，但华林总觉得他还缺着什么。是什么呢？华林没有想到。

中午的时候，天热了起来。谭华霖说，走，游水去。谭华霖不由分说地拖着华林到清江边上。谭华霖一到江边，立即全身上下脱了个精光，他的身体黑白分明，一丝不挂地袒露在华林面前。华林看傻了。华林没有想到男人的身体竟也会这么美丽。

没等华林反应过来，谭华霖跃身入水，将水花一下子溅起老高。谭华霖叫道，下来下来，蛮爽。华林犹豫着，说小心被人看到了。谭华霖大笑道，看到了怕么事？男人我不怕他看，女人要想看我，我巴不得让她看个够。

谭华霖说着呼啦啦地拍打着水，游动起来。他的脊背和屁股都露出了水面,明亮的阳光落在上面,黑得油亮,白得耀眼。华林脑子里突然跳出"光芒万丈"四个字。那万丈的光芒一直照射到他内心的最深处,然后又点燃了他的身体。华林激动得不能自制,他甚至不知道自己如何是好。

谭华霖在水里摆了姿势,说怎么样?威武吧?激动中华林忙说,威武,非常威武。谭华霖说,那你还不赶紧把我照下来?华林这才想起包里的数码相机。他忙不迭地摸出来,对着谭华霖一阵子猛拍。

谭华霖见华林拍照,格外得意,挥动着手,将清江的水扬得更高了。华林叫道,蛮好,真的蛮好。

华林到底没有下水。华林惭愧自己细瘦而苍白的胳膊和腿。他很自卑,心想把我这样的身体放进清江里,是对清江的不敬哩。

谭华霖上岸时使劲笑华林胆小,华林把他的想法说了。谭华霖说,清江水是爹妈,亲它就往里面跳。跳进去了,是它的儿子,不跳进去,还是个外人。

华林听到这话,心里有些懊丧。他想他应该跳进去的。

十一、夜晚走过树林

谭水垭在清江边上的一个山窝里,偏僻得厉害。谭水垭来了华林这么个人,是件大事。

谭水垭的人都像谭华霖一般热情洋溢,天天都有人找到谭华霖处,央求客人去家里吃饭。华林怕麻烦人家,一再推辞。谭华霖说,客人哪是麻烦?客人是脸面。接不到客人去家里,就没得脸面，恐怕几年都在村里抬不起头来。华林大惊，想不到居然事关重大，便只好天天换着人家吃饭。土家人喜辣，又爱熏炸。直吃得华林嘴唇裂口，满身火气。

华林一下子就喜欢上了谭水垭。他拿着相机给村里大大小小的人都照了个遍。相机反正是数码的，照了立等可见。村里人便老是围着华林看人像。边看边笑，满村热闹如同过节。

华林说，等下回来，我跟你们全部洗好放大。谭水垭的人便说，下回来多住些日子，要不就在这里娶个媳妇算了。谭华霖说，瞎扯些么事，人家城里人跑你这里来找媳妇，疯了？谭华霖说的时候，望着华林。华林便笑。笑完说，也不是不可以。谭华霖说，你千万莫顺着他们说，你说这话，他们会信的。搞不好从明天起，天天有人领着姑娘上我屋里来给你相亲的。华林听这话又吓了一跳，忙说，那可搞不得，我是说着玩的。谭华霖哈哈大笑，我说吧？

一天晚上，下了点小雨，谭家的长辈谭八爷带话说要请华林吃饭。谭华霖便忙不迭地带着华林去谭八爷家。

虽说是一个村子，但是从谭华霖家走到谭八爷家要翻一个山坡过一个树林。华林说，这么远怎么能算一个村的呢？谭华霖说，这算是近的。有的地方，一村人隔道山梁子的都有。

谭八爷家里很清静。谭八爷的老婆早死了，他跟着儿子过。谭华霖说，八爷，亮子哥去哪了？谭八爷说，他老婆的舅爷死了，他帮着跳丧去了。

华林一下子记起吴老师说过的关于跳丧的话。华林说，跳丧？谭华霖说，是呀，我们叫跳"撒尔嗬"。人死众家丧，一打丧鼓二帮忙。谭八爷说，城里人不晓得，跳撒尔嗬是我们这块的习惯。像谭华霖这样的人,听见丧鼓响,脚板就发痒。谭华霖笑,说喉咙痒得更厉害,光想喊几嗓。华林说,还要唱?谭华霖说,又跳又唱。华林说,么样跳呀?

谭华霖站起来做了几个动作,说就这样。这是风夹雪。再看这个,这是燕儿含泥。这个是虎抱头。还有这个,半边月。再看,风摆柳、倒叉子。还有,双狮抢球。八爷比我跳得要好。

谭华霖的动作做得勇猛刚劲,华林看得发呆,待谭华霖做完,坐了下来,他才清醒,连说好看,好看。

谭八爷说,真要跳起来,有歌师傅,有掌鼓手,有对对子,上百人围起,喊的喊,跳的跳,那才叫真好看。华林说,但凡人死都要跳吗?谭华霖说,哪里会?老人死才跳的。像我们八爷,走的时候,肯定是要大跳特跳的。谭八爷便笑,说我走的时候,谭华霖你得领头跳。你小子要是偷懒,我是看得到的。谭华霖也笑,说放心吧八爷。我还会把喇叭放得响响的,把你耳朵震得更聋。谭八爷便大笑,说好好好。

华林听他们说得有趣,也跟着笑。笑完说,还要用喇叭?谭华霖说,是呀,那样才热闹得起来,华林说,跳的时候是哭还是笑?谭八爷说,哭也可以,笑也可以,随你开心。总之得让人热热闹闹地走出阳间,不能让那边的人笑我们这边一点排场都不讲。华林说,哪边的人?谭八爷又大笑,说阴间那边的人呀。

谭八爷这话,让华林觉得有点毛骨悚然。

回去的时候,雨停了,路上有些滑。华林跟谭华霖讨论起生与死来。

华林觉得很难理解，为什么亲人死了，不是痛苦，而是欢乐。华林说起了他的爷爷，说他的爷爷死了很多年，他现在想起他心里还会疼。谭华霖说，我们土家人跟你们想得不一样，我们想得透。人不是活就是死，只有这两条路，走不通这条就走那条。华林说，这不是透不透的问题。人是有感情的，就算是走另一条路，走了就等于是永别，感情上会疼的。

谭华霖便笑华林一口娘娘腔，又说，活不下去才会死，这等于是用另外的一种办法生，这不该有么事痛苦吧？华林说，生和死之间，哪有这么简单？谭华霖说，那你觉得复杂的是么事？华林说，活着就是有生命，而生命对于人来说只有一次。谭华霖说，是呀，这一次的生命完了，你总得让我另找一条出路吧？死就是出路。既然有了出路，还有么事好伤心头？华林说，不不不，哪有这么简单？谭华霖说，又么事复杂？

华林想了又想，说是不是因为这里过去太穷，才觉得死了比活着好。既然活着痛苦，死就是快乐了。谭华霖说，越说学问越大了，莫研究这些，把生死都看淡一点，心里就舒服得多。华林说，其实生和死，不是你想看淡它就可以淡的。你看，不管你是哪个民族的人，有一点都相同，就是有钱人都怕死。谭华霖说，那我就不晓得了。我也没有见过有钱的人。你吴华林就是我见到过的顶有钱的人，你怕不怕死呀？华林老老实实地说，我怕。不过我不是有钱人。

谭华霖哈哈大笑，他的声音大得压过了江水拍岸的涛声。华林不明白他的这番笑是为何而发。

华林跟谭华霖说他想看跳丧，而且还想拍照片。谭华霖说，那你得在这里等个老人家死。只要跳起来，你爱怎么拍都行。华林说,别的村子有没有?谭华霖说,别的村子都没我们谭水垭的人跳得好。谭华霖说完,又说,让我来看看,我们村里最近哪个会死?

谭华霖一边说,一边领着华林走树林穿近路。刚下过雨,夜空里一点月光都没有,伸手见不到五指。谭华霖掐着手算村里谁会死,嘴里念念叨叨着。华林蓦然就有些胆怯。路是湿的,有些滑溜。华林一胆怯,腿便软,步子也跟不上谭华霖。谭华霖走了几步,听不到华林的声音,回过头叫,华林,你在哪里?后面的华林颤抖着声音说,在这里,我什么也看不见。谭华霖就几个大步回过来,拉过华林的手,笑道,哦,我想起来了,你怕死。那你就像女人那样挽起我的手走吧。

华林果然就挽起了谭华霖的手臂。谭华霖的手臂很有力量。华林仿佛半个身体都吊在了他的手臂上,身体也靠着谭华霖。这种感觉又让华林心生无比的激动。那是他一生都没有过的激动。这份激动在全身荡漾过后,便成了战栗。华林说不出为什么,只觉得如果能这样一辈子跟着谭华霖走,他会感到幸福。

快到屋门口时,谭华霖突然定下脚步,停声对华林说,晓得不,我算了半天,下一个要死的人应该是八爷。

谭华霖的嘴唇几乎贴在了华林的耳朵上,热气扑得华林满面。华林闭着眼睛,享受着谭华霖的气息,他甚至咧开了嘴唇,等待着什么。

华林并没有听清谭华霖的话。

这天夜里,华林睡觉时,就有了一种渴望。他渴望睡在一边的谭华霖能醒过来,搂着自己。他渴望自己不是睡在谭华霖的背后，而是睡在他的怀里。但是谭华霖却如同头天一样，头一沾枕便响起了呼噜。

华林轻轻地把手搭在他的身上，谭华霖的体温和心跳就通过华林的手，一直漫向华林全身。华林的心又开始燃烧，烧得他浑身不安。华林这时候才想到一个严重的问题，华林想，难道我会爱上谭华霖？难道我是同性恋？

华林被自己的想法吓着了。

十二、墙上的照片

华林在谭水垭硬是走不脱。吃了多少人家的饭，他也记不住。半个月转眼过去，谭八爷一点也看不出死迹。他的笑声像雷响，隔得老远就能听到轰轰轰的尾音。谭水垭的人都说怪得很。

谭华霖对华林说，谭八爷从来都没有这样过，是不是很反常？华林不知道，也不敢乱讲话。谭八爷不死，村里的别人也都没有死的迹象。华林只好回家。

谭华霖开了辆拖拉机，一直把华林送到长阳县城。临了留下话说，下回来，先招呼一声，我开拖拉机来县上接你。华林满口答应，华林觉得坐在拖拉机上，有谭华霖在一旁相伴，沿着清江岸边的山路颠簸绕行，山山水水都在身边变换景色，实在是享受不过的事。

华林说，唉，我真不想离开谭水垭。谭华霖说，是不是真话？是真话我就给你在我们村找个老婆。华林说，我不想要老婆，我只想住在你屋里。谭华霖便嘎嘎大笑，说我是没办法跟你生半个崽出来的。华林脸红了，仿佛被人猜透心思，华林急忙说，跟崽没关系。谭华霖说，想在我屋里住到老？华林说，么样？收不收留我？谭华霖说，有么事问题！你只管住我屋里好了。等我娶了老婆，让她给我多生几个崽呀，分两个给你。我负责干活，你负责给我的崽伢照相。

谭华霖一边说一边笑，笑得拖拉机在路上两边晃着。华林被他的笑声感染，也跟着笑了起来。华林想，你娶了老婆，我还住你屋里做么事？想过心里便有点酸酸的感觉。

华林在长阳请谭华霖吃了一顿饭。谭华霖要喝酒，华林不会喝，但豁出去陪他喝。喝了几口，华林就醉了。醉了又说，我真是不想回去。谭华霖说，我算准了你要不多久就会再来。华林说，是吗？谭华霖说，谭八爷活不多久了，我晓得。华林说，我看他精神还好呀，笑声那样响。谭华霖说，他过不得冬。哪年冬天他都是熬着过的，今年我掐准了他熬不过。到时候，我打电话通知你。八爷是个人物，他要是死了，前村后垭的人都会过来，跳丧的场面一定大。这回我让他们跳三个通宵，保险你满意。上回我爹爹死的时候，跳得蛮热闹，我当时恨不得自己就去死，让他们给我跳一场。华林伸手一捂谭华霖的嘴，说不准你讲死的话。谭华霖又大笑，说我讲死就会死呀？

华林一上长途汽车就开始想念谭华霖，想他的大笑，想他的体温，想他粗壮有力的胳膊，想他说话的样子和语气。想得华林心有些疼。华林觉出了自己的变态，满心里都是惭愧，但他却控制不了自己。华林想，我怎么办呀？别人会不会说我是流氓？

华林到家时，他母亲正在厨房腌制冬瓜皮。厨房里没有空调电扇，华林的母亲一头大汗，见华林就说，快拿把扇子，跟我晃几下，我快热得断气了。

华林见母亲的汗水一条条地流进冬瓜皮里，急忙找来扇子。华林一边替母亲扇风一边，买台电扇，花不了几个钱。母亲说，好轻巧的话，哪个不会说？一台电扇大几十块钱，够吃上十天的菜。

华林与母亲正说话时，华林的父亲回来。华林的父亲见华林跟母亲打扇，有些奇怪，嘴上说，是那个事，晓得孝敬你姆妈了。华林的母亲说，孝敬个屁呀，我不喊他，他想得到？华林的父亲说，能喊得到，就算是不错了。这年头只有老人家孝敬年轻伢的事。戈甲营小四屋里的爹爹七老八十了，还得天天跟几个伢洗衣服。

华林的母亲一下子想起了什么，停下手上的活，说华林，赶快，小四的妹妹前几天来找了你的。华林说，她找我做么事？华林的母亲说，你是真不开窍还是假不开窍呀？看得上你才找你。华林说，我要她看得上我做么事？华林的母亲说，做么事？做你的老婆。你也不看一下，你今年几多岁了。华林说，她？做我的老婆？华林的母亲说，么样？你看不上？华林说，不是看得上看不上的事，我从来都没有看过她。

华林的父亲一边哈哈大笑了起来，说好好好，这话说得好。我屋里华林也不是随便么事人都能打开眼睛去看的。华林的母亲说，你们两个少跟我扯野棉花。华林的父亲说，不扯野棉花，那就割麦子。华林被父亲说得笑了起来，说姆妈你莫瞎操心，我自己的事我自己晓得么样办。

华林回到房间便清理他拍摄的那些照片。他挑出几十张，保证每家至少都有两三张，当天便去了洗印店。华林将每张照片都洗成书一样大。谭水垭的人喜欢把照片嵌在相框里，挂在墙上。华林这么做，一是想表达他的一份谢意，但更是想让谭华霖有面子，村里人会觉得谭华霖的这个朋友够意思。

照片晚上就取了回来。天很闷热，华林却一个人躲在他的小屋子里欣赏自己的手艺。清江的风景如诗如画，山树和江月在华林的镜头里美轮美奂着，撞着礁石喷起来的江水也逼真得令人想要触手抚之。但华林仍然觉得这些照片虽然有美，却没有灵魂。

华林为谭华霖拍得最多。那一张谭华霖裸着身子在清江里游泳的照片，华林每看时都爱不释手。这张照片被华林放洗得跟杂志一样大。谭华霖在上面咧嘴笑着，阳光在他的臂膀上反射着光芒，这光芒使他的皮肤有一种格外的弹性和质感。在柔和的光线和影调衬托下，他的笑容又健康又干净。华林看的时候，会忍不住将照片贴在脸上。

华林决定在送给谭华霖之前，把它挂在自己的屋里。墙上的谭华霖像一幅艺术照，让华林五平米的小屋陡然生辉。

这天晚上，华林躺在床上想念谭华霖。想得狠了，他便轻手轻脚地起来，站在谭华霖的照片前，用指尖轻轻地划过他的皮肤。

十三、去落雁岛

快开学了，小四的妹妹找上门来。小四的妹妹穿了一件花裙子，裙子无袖，两条白白的胳膊像两个大萝卜挂在肩的两侧。华林的母亲瞪着眼盯着她看。小四的妹妹落落大方地说，我来找华林。

华林的母亲一下子就激动起来，扯开喉咙高声喊华林。华林以为母亲出了什么事，连滚带爬冲下了阁楼。

结果什么事都没有。母亲笑盈盈地站在门口，目不转睛地看着小四的妹妹。华林顺着母亲的目光看过去，小四的妹妹头颈下两侧的两条大白萝卜闪电一样划伤了华林的眼睛。华林站住了，一秒钟后便朝后退，退了一步，又退一步，似乎想要退回自己的房间。

华林的母亲伸手一指，说你莫跟我装孙子，朝前走！别个姑娘伢跟你有话说，你退个么事？

华林只好走出来。他不想看小四的妹妹，眼睛望着别处。别处的墙根有一个石柱础，华林以前从没注意过。华林心里想着这个石柱础有多少年了？八十年，九十年，还是一百年？嘴上却说找我有么事？小四的妹妹说，想请你帮个忙呀。华林说，么事？小四的妹妹说，我们中学同学有个聚会，想去东湖的落雁岛。聚一场不容易，就想请个高手照相。你可不可以帮忙呀？华林还没有来得及回答，华林的母亲便抢着说，当然可以，那有么事不可以的？跟你一路去玩，他是猫子掉了爪子，巴不得。小四的妹妹高兴道，真的？那我就太谢谢你了。记到，星期天早上八点钟出发，我来约你。我哥哥有车子送我到落雁岛。华林的母亲说，你放心，莫说八点，就是半夜三点，我们也起得来。

话都是两个女人说的，华林完全没有插话的机会。他站在她们两个旁边，看完石柱础就看她们两个说话的嘴巴。看着看着,华林想,女人的嘴皮怎么可以运动得这么快?我脑子都没转过来,她们的话就说出了口。

小四的妹妹甩着两条白萝卜走了。华林的母亲说,记到,星期天早上八点钟。你有时间吧?华林说,你随么事都替我答应好了,我还有么事话说?没得时间也得抠点时间。华林的母亲说,这个姑娘伢蛮好,我蛮喜欢她。华林说,关键是你喜欢有么事用?华林的母亲说,你这个小狗日的,是真的想气死我呀?

星期天的早上,小四的妹妹准时出现在华林家门口。小四的妹妹穿了一条有袖的裙子,白萝卜不见了,华林松了一口气。

开车的司机是小四。小四见到华林说,伙计,几年不见,你还那个样子。小四有些发福了,脸肥肥的冒着油光。华林说,你好像发财了唡,私家车?小四的妹妹说,私家个哈欠,他哪有这个本事。小四说,哎,莫在老朋友面前损我的形象,我的本事也不差呀,起码我在华林面前是有威信的。小四一说完,就哈哈大笑起来。他的笑声令华林想起小四当年命他下跪并哈哈大笑着仰身倒地的场景。华林的耳朵又痛了起来。华林说,不是你,我还没得今天。小四说,这话么样讲?华林笑了笑,没有说什么。华林想,说了你也不懂。

车上无聊,便说闲话。华林问小四在哪工作。小四说他早就下了岗,现在在外面撮短水。华林问撮么事短水。小四便说跟出租车"挑土"。华林说,不会吧?这能挣多少钱?我看你这张脸,只有天天吃香喝辣才能长成这样子。小四笑道,好眼力,到底是照相的,一眼看得准。小四的妹妹说,他呀,扯着我表哥的衣裳角，不做么事，一天能赚百把多块钱，有时候还不止。

华林一细问，才晓得小四的表哥是专管汽车年审的警察。车审点的隔壁一般都开着一家汽车修理厂。这厂子不是警察亲朋好友所开，就是警察自己有股份。但凡前来的汽车，哪怕是新车，车审员都会有理无理将之弄进那厂里修一次才能过关。为的是赚那笔修理费。但如果是熟人关系，一次便能通过。住在周围与审车警察熟悉的人也都是人精，他们开辟了一种业务，就是专门代人汽车年审。一次付两到三百元，保证轻松通过。司机前来年审车辆，只需要坐在路口休息喝茶，其他的事全都交代理人去做。车审完后，在路口接车交钱，两两都好。小四说他主要就是干这个。

华林从未听说过这种业务，有些讶异。华林说，一天能审几辆车？小四说搞得好七八辆。华林说，那不是一天赚上千块钱？小四说，你以为我一个人得？我只能拿小头！剩下的是东家和警察分成。华林更加讶异，说警察也要分钱？小四说，你像不是这个世界的人咧！他不分钱凭什么让你一次过关？华林说，这么黑？小四说，这种事也叫黑？你晓不晓得黑是么颜色呀？

华林不知道该怎么说话，落雁岛恰在这时候到了。

华林是头一回到落雁岛。岛上的荒野和清冷比岛上的风景更让华林感到喜欢。华林想，我以前怎么就从来不知道这地方呢？

小四的妹妹在车上就看到她的一堆同学，不等下车她就尖叫起来，坐在一边的华林吓了一跳。小四笑，你今天得听一天女人的尖叫。华林说，你不也要听？小四说，我不得陪到底，我只负责送你们过来，回去都是你们自己的事。华林和小四的妹妹一下车，小四扬了扬手，一溜烟地跑了。好久不见，见了虽然说了些话，却没怎么面对面，再见还不知道是什么时候，华林突然有一点点惆怅，虽然他并不喜欢小四这个人。

小四的妹妹一直跟她的一帮同学尖叫着大笑着，男男女女都相互拥抱。华林就静静地站在一边看。都是就近入学，华林认识他们中的好些，只是岁月流年，容颜老去。他个个都有面熟感，却个个都对不上以往的名字。

小四的妹妹跟同学遍打过招呼后，这才想起了华林。小四的妹妹说，这是华林。一个瘦高的女生说，我晓得他是华林，高我们两届，八班的。小四的妹妹说，晓得就更省我的事。瘦高女生说，但关键的内容你没有介绍。他是你的么事人？小四的妹妹就侧着脸笑，笑得有些暧昧。华林怕引起误会，扬扬手上的数码相机，说我是来给你们照相的。瘦高女生并没有放过华林，说你是来给我们照相的，但为么事她不请别个，独独请了你？华林认真地说，我的技术高呀。

众人都哈哈大笑了起来。小四的妹妹在华林的胳膊上拍打了一下，说你莫跟他们搭白，小心他们拿你瞎开心。华林忙闭了嘴，闭嘴后想，你这个样子，不是摆着让别个跟我开心么？

笑完后几个女生叽叽喳喳说，华林，要给我们照得美一点。华林不敢多言，只笑而不答。心里却道，除非你们长得美差不多，要不然美的只是风景，哪里会是你们？

落雁岛在东湖上。东湖水面太大，落雁岛远离着人工修饰过的东湖公园，车不通船不到，便自有一种失去人间气息的空旷。除了人少些外，落雁岛的风景与东湖的风景差不多少，无非绿树和湖水。照这种到此一游的相片，对于华林来说，等于做小学生一加一的算术题，是不需要用技术的。华林只是随着他们的人群走，听任他们的指点，带着点懒散气替他们信手拍摄。

湖边四处是景色。随意一站，背后便是风景。女生们都摆起姿势来合影，男生们也拉扯着三五一群地留念。同一风景点上要拍十几张，不需有任何的创意。华林一边拍一边暗想，这样的照片也需要我来照？想完就觉得小四的妹妹真是很讨嫌。

一个大块头的男人，有些郁郁寡欢地站在远离众人的湖边。他低着头，旁边一株垂柳用柔弱无力的枝条在他头上扫来扫去。华林偶然间看到他，心里一抖，身上有些骚动，他的侧影像极了谭华霖。

华林走近瘦高个的女生，一指湖边的男人说，他也是你们班上的？瘦高个的女生说，是呀，你连他都不晓得？华林说，不晓得。瘦高个女生便笑了笑，说他是你的情敌。华林有些不解，说我的情敌？瘦高个女生说，你在装苕吧？他追你的女朋友追了好几年，青春都浪费了，结果……白追。瘦高个女生说完一指小四的妹妹，跟着补了一句，你是么样把她弄到手的？她条件要得蛮高咧。华林说，不是你想的那样。

华林说过这句就不再说了，他怕说多了让小四的妹妹难堪。

中餐就在落雁岛吃的。全桌都是鱼，说是全鱼宴。大块头男人掏的钱。大家都笑闹着，说他撑这个面子是给小四的妹妹看的。大块头男人就苦笑，说要是真的撑起来了，也还是那个事。可惜……唉，不说了。说话间，他有意无意地瞥了一眼华林。

饭间，大块头男人出去上厕所，华林跟着出去了。两人并肩站在厕所里听着一柱柱尿落下的响声。华林眼睛望地，对大块头男人说，我跟她只不过是邻居关系，没得那个事，我从来都没有喜欢过她，你赶紧去追。大块头男人惊异得撒了一半的尿都停了下来。

华林赶紧出来，他长长地松了一口气，像是把肩上扛了一上午的石头丢掉一般。

游玩总是痛快的，而游玩结束，各自分手回家，多半会觉得落寞。小四的妹妹跟所有的同学道过再见后，最后是与华林一起拐进昙华林的小路。

小四的妹妹说，你跟他说了些么事，他一下子就那么高兴？华林知道小四的妹妹话里的他是那个大块头男人。华林说，我告诉他，我跟你没得那个事，他想追你只管追。小四的妹妹便生气了，说我跟你没得么事，未必就非得让他追？你管得也太宽了。华林说，我觉得他人还蛮好咧。小四的妹妹说，好不好由我说，关你么事？华林听小四的妹妹这一说，晓得自己是多事了。小四的妹妹说，你以为我会缠到你？连忙把自己的撇得那干净？华林忙说，不是不是，我是怕耽搁了你。小四的妹妹说，又来操别个的心，耽搁不耽搁我是你说了算？真你妈的一个二百五。小四的妹妹骂了一句嘴，噌噌地加快步子，甩下华林独自而去。

华林没有跟上去，华林想，正好，这回才是真的撇干净了。

十四、电话来了

刮了一夜的风,阁楼上透光的玻璃覆上了一层厚厚的霜,凉意便从那里落下,一直拍到华林的脸上。华林醒了,想起学生已经进入复习阶段,还是早点去好,就早早地爬了起来。

华林背着包,一开门,风像冰毯一样扑裹到脸上。冬天只一瞬便进到了骨头里。

新课一结束,几个月的繁忙就算又过去了一轮。华林以为自己的心会悠闲轻松。可是这天,他突然觉得自己心跳得十分厉害。仿佛能够听到胸口里紧张的怦怦声。华林自问,么回事?未必心脏出了问题?

中午的时候,华林在食堂吃饭,几个学生跑来,说他们为迎接新年排了一个小话剧,下午彩排,想请老师帮忙拍一下照片。答应这样的要求是毫无疑问的。华林吃过饭便跑回家去拿数码相机。

从家里走出来,华林想起自己从来没有在冬天拍过嘉诺撒小教堂,看看时间还早,便绕了一脚。

寒风中的嘉诺撒小教堂显得更加清冷。门前的杂草全都枯干着,有风没风都摇摇摆摆。没有阳光的墙面一派阴暗低沉,墙上的"人"字更加苍凉。爷爷的声音又在华林的耳边响起:看看看,上面有个人。华林的心里竟冒出几丝笑意。

令华林意外的是,他竟在这里遇到摄影家协会的一个朋友。朋友也看到了华林,招呼道,怎么到这里来了?华林说,你怎么跑这儿来了?

朋友肩上挎着，手里拿着的不是摄影机就是照相机。他一边拍照一边说，昙华林要建历史街区，市里蛮重视。这阵子，专家学者还有领导都隔三岔五地跑过来看风景。杂志社找我要点照片。华林有些奇怪，说昙华林破烂成这样，么样建历史街区咧？朋友笑道，伙计，你住在这个宝地不识宝咧。专家说了，沿着昙华林走一道，等于温习了一遍近代史。华林说，有这种说法？我走了几千几万遍昙华林，怎么没有成近代史专家呀？朋友便大笑，说路口那个婆婆还在这里住了三代咧，近代史三个字都写不清。华林也笑了起来，笑完说，么样改造？那些火柴盒的水泥房子呢？遮它的丑都遮不过来，么办？炸它？朋友说，这就不是你我操心的事了，反正将来这里会修得蛮漂亮，街面也都会修成老建筑的样子。华林说，已经都这个样子了，又是何必呢？朋友笑说，这就是你没得眼光了吧？到时候游人如云，昙华林家家户户都成钱罐子，保险你爹妈夜晚在屋里数钱数得手发抖。华林也笑，说那不闹死人？朋友笑说，有钱还怕闹？

华林拍了几张照片，就走了，走时想，有钱更怕闹。

华林刚到学校，传达室的师傅便叫住了他，说来得早不如来得巧，有你的电话，长途，找得蛮急。你们年级王老师以为你在操场，转到我这里，我正准备去找你。华林想这一定是谭华霖了，怪不得我今天的心跳得厉害。

电话里果然就传来谭华霖的声音。

华林有些激动，忍不住说，谭华霖谭华霖，我真的蛮想你。

谭华霖在电话里便大笑，嘎嘎嘎的声音，直撞华林的耳膜。笑完谭华霖说，城里的男人说话怎么跟女人一样。华林便觉得有些难堪，后悔自己的失言。谭华霖却转了话题，说我没得这多钱跟你说笑了。你赶紧过来，谭水垭下雪了，八爷怕顶不住了。我早就跟你说过吧，他熬不了这个冬的。华林说，总还能拖些天吧，我得学生考完试才离得开。谭华霖说，人死这个事，哪能你说哪天就哪天？八爷七八十岁的人，要说走，招呼不打一声就走的。我现在通知了八个村子的人来跳丧，到时总有上百人围起跳，场面蛮大，热闹得很，你赶紧过来。我姆妈还跟你套了新被子。谭华霖说完不等华林回答，就挂了电话。

华林捏着电话，半天没有松手。

上班前，华林去找校长，他想请假。校长问他的理由，华林如实说了。校长说，你是个人才，我也蛮爱惜你。只不过，就算我准了你的假，你真的就会一走了之？真的就不管班上五十几个伢的考试？华林默然片刻，说我不会。

时间的脚就像被冻住，僵在这个寒冬里。华林这时候才深刻地理解到什么叫度日如年。

天气越来越冷。有一天冷得不得了，华林想，谭八爷是不是已经死了？如果他死了我还去不去谭水垭呢？如果去，我有什么理由再去？如果不去，什么时候才可以见到谭华霖呢？这天下班时，华林去到花园山的天主堂。他站在圣母山前默祷着，主呀，你不能让谭八爷现在就死。你如果灵验，就让他再活一阵子吧。我会衷心地感谢你的。

走出教堂时，华林觉得自己很卑鄙。为什么不祈祷主让谭八爷一直活着呢？难道为了让自己能拍跳丧，就只祈祷他活一阵子？这么想着，华林的心情便有些懊丧。进家门时，华林的母亲正在看电视。见华林进来，华林的母亲看了他一眼便说，看你这个脸色，硬像是死了爹妈一样。

母亲的话说得华林心一动，华林想，莫非谭八爷已经死了？谭华霖的电话就再也没有来过。

十五、黑暗裹着谭水垭

学校终于放假了。早上学生一走，华林中午便搭上长途汽车。汽车上挤满回家过年的人。车窗的玻璃破了几块，冷风借着速度的力量，硬生生挤进车里，在人缝中钻来钻去。它将车上的热气吹散，却仿佛过滤一样，将臭气都留了下来。

华林没买到坐票，就一直站在车道里。他手上拎了一堆东西，肩上还背着机器。汽车在中餐后离开武汉，走走停停，一直到下午六点才到长阳，天都已经黑下来了。

谭华霖开了拖拉机来接华林。华林在武汉没办法给谭华霖打电话。谭水垭只有村主任家装了电话，可是村主任家离谭华霖家有上十里路。华林把电话打给村主任，夏天的时候，华林也在村主任家吃过饭。华林请村主任告诉谭华霖，如果能开拖拉机接他就最好。

现在谭华霖果然开着拖拉机接他了。华林激动得几乎落下眼泪，恨不能扑到他身上。但华林到底没敢，他下车见到谭华霖，两腿一歪，就跪到了地上。谭华霖吓了一跳，说你这是做么事？未必想跟我磕头下跪？华林说，我是站过来的，腿不行了。

谭华霖忙扶起他到旁边一家小店铺坐下。谭华霖说，我说哩，见面磕头，这礼太大了一点。说着他就笑，一边笑一边便把华林的脚放在自己的腿上，两只手使劲给华林推揉小腿。揉时又说，谭八爷还没有死，一口气吊在那里，上不去，也下不来，不晓得是不是在等你。又说，我们不能在这里吃饭，得趁亮回去。我姆妈准备了蛮好的菜，保险比餐馆的还要好吃。你说咧？

华林一直静静地看着谭华霖，静静地听他说话，然后享受着他的搓揉。听到谭华霖的问话，方说，我当然想吃你姆妈的菜。土家菜在武汉是名菜，不过那些菜赶你姆妈的手艺一半都赶不到。谭华霖笑道，这话你留着晚上跟我姆妈说，她非得请人把你的话写下来裱到墙上不可。你这一个假期都不愁好菜吃了，我还得跟你沾光。说得华林也笑了起来。华林说，那好，我晚上说，我要说三遍。

山里已经下了雪。白雪把暗路衬得有些光亮。路面有些滑，蜿蜒着不太好走车。拖拉机突突突的声音压住了它的颠簸。华林的身体不断地腾空而起，又訇然落下。谭华霖说，今天你够呛，先是劳动你的腿，现在劳动你的屁股。华林笑，说那我不是成了一个劳动人民？

谭华霖听他如此一说，大笑起来。那是华林最喜欢听的笑声。它像是火烧出来的，热辣辣地喷在空中，呼啦啦过后是嗤嗤嗤，仿佛把雪都给燃着了。

乡下的灯光特别微弱。拖拉机已经开进了村里，四周还是黑乎乎的。华林说，村里怎么都不开灯？谭华霖说，你以为电便宜？一家开一盏灯就足够。华林说，我印象中黑乎乎的夜里，一盏灯就会照亮一大片咧。谭华霖说，那是书上写的吧？乡下的灯，亮度低，一间屋子都照不亮。再有，你看这四周都是树，树枝树叶藏盏灯还不容易？

拖拉机开到谭华霖家的时候，华林的脸都冻麻了。夜并未深，无奈天黑得太早，四周静得瘆人，仿佛已经进入半夜。华林打着冷战走进谭华霖家。

谭家屋里正一片热气腾腾。谭华霖的母亲从灶房出来，笑意在满脸褶皱中游走，说累了吧？蛮冷吧？赶紧喝杯姜茶。说着一杯滚烫的姜茶就递到华林的手边。

华林接过来，热气从指尖传达到全身。身体还没有暖和，心便已经温暖了。

这天夜里，华林还是睡在谭华霖的房间。床上多了一套被子，被子是新的。谭华霖说，这被子是新打的棉花。我姆妈说，让你睡这个。免得你跟我挤在一起，天太冷，冻不得。华林忙说，哪里会？我们两个挤着睡蛮暖和。谭华霖说，你就听我姆妈的吧。再说了，我这个脏，冷天里两个月才洗一回澡，怕臭了你们城里人。华林便没有作声了，心里却在说，我不在乎你臭呀。想过后，便有一点点的失望。

这一夜华林睡得很香。谭华霖一落枕，呼噜就响起，并且一直响在华林的耳边，它让华林由衷地产生愉悦。华林想，这就是我的催眠曲了。

早上华林起来时，谭华霖已经从山上挑了柴回来了。见华林出来，谭华霖说，我姆妈要在屋里生个柴炉，说是那样暖和一点。我姆妈怕冻着你。我跟我姆妈开玩笑，说你从来都不怕我冻，为么事华林一来你就怕他冻呢？我姆妈说，你的命贱，华林的命贵。你看气人不气人？华林听了只是笑。

太阳出来了，色彩淡淡的，白也白得有点惨然。伸出手掌，接不着热气，也照不化雪。

谭华霖领着华林去看谭八爷。华林买了些营养品，说是送给谭八爷的。谭华霖笑道，八爷吃了这些，死也懒得死了。华林说，那也好呀，那我就救人一命了。谭华霖说，是也蛮好的，那你就明年冬天再来。他终归有死的一天。华林说，你这样讲，八爷会不高兴的。谭华霖说，怎么会？死又不是什么坏事！人在两界走，在这个世界死了，就会在那个世界活。说不定八爷到那个世界会活在城里咧。

华林听过心里一惊，不知怎么，他想起了爷爷。华林想，这样说来，爷爷说不定在那一界也过得蛮好咧。

十六、华林的惆怅

谭八爷屋里的鸡，在门口屙了很多的屎，却无人打扫。谭华霖和华林只好低头择路进门。谭华霖说，以前清扫门前的场子都是八爷的事。

谭八爷现在躺在床上，一入秋就是这么躺着的。床上的被子黑乎乎的，棉絮撕撕拉拉地露了出来。床贴着墙，墙壁上糊着报纸，报纸业已黄成了土色。谭八爷的面孔发黑，眼睛也黯淡着。比上次华林见他时，瘦了许多。

谭八爷见华林来了，想撑着坐起来，撑了两下，没起来。华林忙说，八爷，你就躺着。谭八爷说，华林，你是来看我走路的吧？华林一时没会过意。谭华霖便说，八爷说你是来看他死吧？我们这里老人家死就是走路。谭八爷说，是呀，就是走顺脚路。

华林便有些难堪，不知道说什么好。谭华霖说，华林特地冒着雪赶过来的。车上没有座位，他就一直站起。谭八爷高兴道，好好好，你给了我面子，我要尽量赶在你住谭水垭的时候走路。你想照跳丧是不是？只有我死，这个丧才跳得最热闹。别哪个走路，都赶不上我这个。华林，你选对人了。

华林心里不忍，忙说八爷，我不是这个意思。我是来看你的。你看，我带了一些药。听说你主要是气喘，难得过冬。我这些药都蛮有效的。还有，这是营养品，你多吃点，身体会好一些，这些东西都抗病。

华林说着把自己的带去的东西一咕噜亮开在谭八爷的床上。

谭八爷说，我就几天工夫了，吃了是浪费。谭华霖说，这是华林的一片心。你把这世上没有吃过的东西尽量多吃一点，到了那边，吹牛也响些。谭八爷就笑，说未必我到了那边，还当谭八爷，说不定是个女娃子，天天在屋里绣花，到哪里去跟人吹？谭华霖就笑，你谭八爷的狠气，我晓得。我算准了，你到了那边，比在这边还要谭八爷，牛皮照样吹得大。谭八爷一下子就笑出了声，笑完又咳，咳时大口地吐着痰，床边的泥地都被湿透。吐完说，华林，跟你讲，这世上最晓得我底细的就是他这个谭华霖。我死了，他来替我操持跳丧，我样样放得下心。

说着谭华霖跟谭八爷讲哪些人会来，歌师是哪个，鼓师是哪个，四乡八湾能跳的人大概有多少。谭八爷说，鞭铳和落气纸多备一些,让华林好照相。又说,乡里说了几多回要建白虎堂,还没有建。要是建了白虎堂,华林拍起来还要好看。

谭八爷和谭华霖连说带笑地谈着死亡和丧事。他们快乐的声音令华林心里莫名生出些振奋。华林想起爷爷死的时候,他们一家人哭得天动地摇。那时华林因为心里悲伤,几乎一个星期不想跟人说话。死亡对于他们来说何等残忍,可在谭八爷这里,却是一份快乐。

华林回来的路上问谭华霖,谭八爷明知自己要死,为什么还会这样开心?谭华霖说,我们是土家人。我们土家人是真正视死如归的。因为人人都这样。这一界的死在那一界是活,反过来,这一界的活在那一界却是死的。活着虽说有活着的好,但死也有死的好。活着有多少个好处,死着也同样会有多少个好处。

华林听罢无言。他使劲地琢磨谭华霖的话,觉得有些玄,又觉得是那么回事。

不知是这年的天气暖和一些,还是吃了华林带去的营养品,慢慢地谭八爷身体好了起来。原来只能躺在床上的,现在可以试着下地了。有一天还慢慢地走到屋前的场子上晒太阳。晒过太阳后,还把鸡屎扫了一遍。过往的人都问,八爷,顺脚路走不通?谭八爷说,是呀,顺不过去,白让你们操心了。

谭华霖听说这事,又带着华林去谭八爷那里。谭八爷见华林就笑,说你那些药和营养品管用,我一吃就好。华林忙说,太好了,能好当然最好。谭华霖也笑,说好么事,你这一趟那不是白跑?华林说,怎么是白跑,把八爷的病治好了就跑得值得。谭八爷说,这世上的事,硬是个反的。人不想死的时候,他偏要你死，等你想死了，而且家家户户都在等着你去死，连丧事么样办都弄好了，你倒是不死了。谭华霖说，不死也不消着急，总是有死的那天。反正你总是死在我两个前面，哪天你再要死了，我还帮你张罗跳丧，华林还来拍照片，是吧，华林？华林把头点得如鸡啄米。

华林每天都背着数码相机在村里转，他只好拍些乡村过年的片子。每张片子都有红红火火的味道。华林心情偏冷，他并不喜欢热闹的画面。

不知觉间，已经晴过好些天，年也过得差不多了。华林准备回家。谭华霖说，过完元宵再走，乡下过元宵热闹，又挂灯又放炮，肉多得吃不完。华林想了想，说还是回去吧。学校也要开学了，家里也还有些事。谭华霖说，那好吧，还是我用拖拉机送你到县城。

结果这天晚上，华林失眠了。谭华霖就躺在他的身边，他的呼噜依然惊天动地着，他的气息散发得满房间都是。华林使劲嗅着这气息，想把它们全部收到自己的身体里。但华林一用劲，反而什么都吸不进了。于是华林的眼泪流了出来。

华林不知道自己为什么会流下眼泪，他只知道他明天要离开这里。而一想到离开，他便有些痛苦。华林在床上翻来覆去。

谭华霖一阵呼噜打了一半，突然醒了。他听到华林翻身，说你没睡着？华林说是呀，睡不着。谭华霖说，白天累得要死，怎么会睡不着？华林说，明天我要走了，心里有些难过。谭华霖清醒了，说暑假再来就是了，我姆妈说你是个真喜欢谭水垭的人，她蛮高兴，像是自己又得了一个儿子。我姆妈今天还说了这个话的,你听到没有?华林说,听到了。我蛮喜欢你们屋里。我希望我能在这张床上躺一辈子。谭华霖笑道,那好,等我娶了老婆,我把这床送给你。华林流着泪,说,我是说,我想跟你过一辈子。谭华霖呼啦一下坐了起来。他没有笑,望着华林满是泪水的脸,他显得非常惊讶。

谭华霖尔后就一直坐着。月光从窗口透进来,照在谭华霖身上,他的影子便落在了华林的脸上。华林躺在谭华霖魁伟的阴影里。泪眼迷离中,他竟模糊地睡了过去。

清早华林起来,没见着谭华霖。谭华霖的母亲给华林做了早餐。华林问谭华霖呢?谭华霖的母亲说,一大早的,带着砍刀进山砍茅竹了。华林的心里咯噔了一下。但他还是问,不是说要送我到县城的吗?谭华霖的母亲说,这个鬼呀,未必把这大的事忘记了?莫不是特意不送你回去,想留你多住几天?华林脸上有几分惊喜,说真的吗?如果是这样,我就再住两天。

早餐还没有吃完,有人在门外喊华林。华林跑出去一看,是村头的毛根。毛根说他正好要去长阳办事,带华林一脚。华林怔了怔。谭华霖的母亲跟了出来,对毛根大声叫道,没得你的事,我们留华林再住几天。毛根说,谭华霖一早到我屋里跟我讲,让我送华林去县城。谭华霖的母亲说,哦,这样呀。

华林心里很明白谭华霖的意思。他心如刀绞,但脸上却十分镇定。华林说,毛根你等我一下,我拿了行李就出来。

只几分钟,华林就坐上了毛根的拖拉机。华林的目光在村背后的山上搜寻。山上晨雾缥缈,偶尔一只鸟飞过。华林想,谭华霖,你是在哪片山头砍茅竹呢?

毛根似乎看出华林在想什么,笑道,我们这片山呀,树太多了,一万个人进了山都看不到影子。

华林没有说什么,他心里惆怅得厉害。他知道谭水垭这个地方他再也不会来了,而谭华霖这个人也永远离他而去。

十七、拖拉机翻下了山

毛根的拖拉机开得很快,华林的惆怅在它的颠簸下慢慢变得麻木。冬天的清江,水面上薄雾朦胧,岸边白色的芦苇在冷风中柔弱地摆荡。

十点钟不到,他们就进了县城。华林立即买到下午的车票。毛根说,我去办点事,中午我们一起吃饭,我请你。华林说,不用不用,你要忙就忙你的。毛根说,没得关系,反正我也是要吃饭的。华林说,那我请你好了。毛根说,你请我?谭华霖要是晓得了,还不把我的脑袋拧下来?这是他给你的送行饭!他专门跟我讲好了的。

华林怔了怔,没有再跟毛根争执。

毛根跟华林约了见面的时间和地点,便突突地走了。华林哪儿也不想去,他找了一处喝茶的地方,一边喝茶,一边茫然地看着街景。街上走过的每个人,都让他想起谭华霖。他把谭华霖的面孔往他们每个人脸上粘贴,贴着贴着,谭华霖有些模糊不清了。模糊中华林想起了自己来清江的目的,想起吴主任的话。华林自道,我是怎么搞的?我现在是怎么回事呢?我到底想做么事呀?我莫不是鬼迷了心窍?我一个堂堂的摄影家,把魂丢到谭水垭了?

突突突的声音,把毛根又带到了华林面前。

毛根一副大喜的样子，人没下车，先就喊了起来，华林，出大事了。华林吓了一跳，说么样了？毛根说，谭八爷一早跑到谭华霖屋里去找你拍照。谭华霖的姆妈说你走了，又说你蛮不想走，该做的事都没有做成。谭八爷说怪就怪他没有死成，又说不能让华林对我们谭水垭太失望，这丧还是要跳。谭八爷说要给你跳一把活丧。华林不解，说么事活丧？毛根说，就是吃生斋。华林还是没有懂，说么事叫吃生斋？毛根急了，说就是人没有死，先跳丧。华林大惊，说那怎么行？太不吉利了。毛根说，没得关系。谭八爷说了，他也蛮想晓得自己死了过后，垭子里是么样庆祝的。华林说，不行不行，哪有这种事？毛根说，你们那里不行，我们这里行。这个机会蛮难得，我们村里十几年前搞过一回，后来就再没有搞过。这回是你面子大，谭八爷是为了你，才亲自要看自己的活丧。谭华霖就打电话来说，叫你赶紧回去。华林说，是谭华霖打的电话？毛根说，不是他还是哪个？你以为别哪个能使唤得了我？

华林的心怦怦地跳了起来，有一种说不出的欢喜。他立即就去把票退掉了。

吃过中饭，华林又回到拖拉机上。中饭钱是华林掏的。华林说，既然不回武汉，这顿饭就不算送行。毛根只好依了华林。

拖拉机沿着来时的路，突突突地朝谭水垭狂奔。

路很坎坷，车颠簸得厉害。华林的身子被甩来甩去。华林说，慢点好不好？毛根说，这样坐车才有味，慢腾腾的有么事意思呀？

华林很快就适应了这么个甩法。华林说，活丧么样个跳法？毛根说，跟跳死丧一样，该么样跳就么样跳。只不过棺材是纸糊的，里面不睡人，光在上面写丧主的名字，火烧的时候把纸棺材和名字一起烧，就算做完丧事了。华林说，家属未必没得想法？毛根说，怎么会？一个人不是生就是死，生生死死正常得很。迎生送死，也是应该。跳活丧只当是演戏练习的，家属还不是跟着一起看？华林说，大家真的都这么想吗？毛根说，一生下来就是这么想的。只有你们城里人，把死人看得吓死人。死个人，天都要塌了。华林说，那要看死的是么事人。毛根说，那倒也是。

拖拉机开到了清江边一个小村子，毛根说，时间还早，我去村里看个朋友可不可以？华林说，么样不可以？咦，这不是红花落吗？毛根说，是呀，你来过这里？华林说，我头一回到清江时在这里住过一夜。那个房东老太婆蛮好玩。毛根说，这也是缘分，你要不要再去看一下她？我到村里去，一下子就转来。华林说，没得问题。

华林便下了拖拉机，目送着毛根突突而去。

华林无事，信步朝他住过一夜的独眼老太家而去。独眼老太正坐在院子里晒太阳，见华林，说找哪个？华林说，婆婆，讨口水喝。你不记得了，我夏天在你这里歇过一夜的。老太眯着眼看了华林半天，笑了，说是的是的，你是个好娃子，我屋里老鼠不咬你。华林想起关于老鼠的话，笑了起来。

独眼老太让华林自己到灶房里倒水喝，华林喝了水出来，独眼老太用她剩下的一只眼盯着华林死死地看，半天不作声，直看得华林心里发怵。华林说，婆婆，你看么事？老太说，你身上怎么有股子丧事的味道？华林吓了一跳，心想这老太婆不得了，想过便说，是呀，谭水垭要跳活丧，我去看一下。老太又盯着华林看，看来看去还不够，她凑到华林的身旁，用鼻子使劲地嗅着。然后说，不是活丧，肯定不是活丧，是死丧。华林说，不会吧，谭八爷身体恢复过来了，不可能一下子就死了。老太说，反正你身上有股死人气，你过点细。最后死哪个还不晓得哩。

老太的神情非常认真，说完又扯着华林的胳膊闻来闻去。华林被她的样子弄得乐不可支。他大笑道，又闻出么事来了？老太说，我老头子来看我的时候，就是这个味道。华林说，你老头子在哪里？老太说，在那边。华林说，哪边？老太说，阴间。

独眼老太那一只诡异的眼睛盯着华林不动，华林顿觉毛骨悚然。还好，毛根的声音恰在这时响起。毛根喊叫着，华林，你在哪里？华林应声答道，来了。华林说着掉头而去。老太在他身后跟了一句话，到那边，要是看到我老头子，就说我过得蛮好。华林在她的声音中夺路而逃。

毛根的拖拉机又以狂奔的速度上了山路。毛根说，你怎么跑到独眼婆婆屋里去了？华林说，我上回就是住在她屋里。毛根说，她有些巫气，艳丽说，他们村里人都怕去她屋里。华林笑道，艳丽是哪个？你就是去看她的？毛根说，我的个相好。华林知道毛根已经成了家，就又笑道，你不怕你老婆捶你？毛根说，你千万莫跟谭华霖讲。我老婆倒是不敢捶我，不过那个谭华霖要是晓得了，不捶死我也会骂我个半死。华林说，你那个艳丽胆子这么大，敢跟你相好，未必就不敢去独眼婆婆家？毛根说，那个婆婆邪得很，随便说么事，一说一个准，蛮吓人的。

华林听了怔了怔。

毛根接着说,特别是她要说哪个死,哪个百分之百就活不成。毛根的话音未落,突然听到迎面有汽车的鸣笛声。毛根忙向右边打盘子。盘子打狠了,拖拉机轮子又磕在一块石头上,车身不稳当,竟是一直冲下了坡,冲到一半,拖拉机便翻了。

毛根和华林都被甩下了车。在翻滚的过程中,华林的耳边突然响起独眼老太的话。老太说,到那边,要是看到我老头子,就说我过得蛮好。华林心道,没得问题,保证跟你把话带到。

华林到这里思路就断了。

毛根被一棵树挡住,他吊在树上,半天才醒过神来。毛根顺着树落下地,然后他开始寻找华林。毛根四下地叫喊,都没有回音。毛根有些害怕,哭叫道,完了完了,我么样办呀?他一直滑到坡底。在一块石头边,他看到有人趴在那里,毛根连滚带爬地冲过去。那个人正是华林。华林头破血流,几乎没有了气息。

毛根把华林背上了坡。华林醒了,他说了一句,去谭水垭。

这里离谭水垭不太远。毛根背着华林朝谭水垭跑,一边跑一边喊,谭华霖,谭华霖!

跑到谭水垭的村里,满村人都听到毛根恐怖的声音,大家纷然跑出来。谭华霖大步流星迎向毛根,说么样了,出了么事?

毛根跑到谭华霖跟前,腿一软就倒下来。华林正趴在他的背上。谭华霖一见华林浑身是血,大惊,叫道,华林,你么样了？快，叫谭四来。谭四是镇上医院的医生，家住谭水垭。

谭华霖把华林背到他的家里，忙不迭地用毛巾给华林揩血。华林醒了，他望着谭华霖笑了笑，轻声说了一句，让我一辈子跟着你。

这是华林留在人间最后的一句话。

十八、跳丧

谭华霖的号哭，惊天动地。

谭水垭的人都不晓得谭华霖怎么会哭成这个样子。谭水垭但凡死人，从没有哪个是这么个哭法。但谭华霖却不管不顾了。现在谭华霖晓得，死人并不快活。死人也绝不是从这一界到那一界那样简单。

谭八爷闻讯也让人搀扶着赶了过来。谭八爷拍拍华林的脸，说本来是该我死的，华林替了我。

谭水垭正在筹备跳活丧，大家都晓得，谭八爷的活丧是要跳给华林看的。便有人小心翼翼地说，还跳不跳活丧？

哭得浑身无力的谭华霖问谭八爷，你说还跳不跳？谭八爷说，跳！谭华霖又问，是给你跳活丧还是给华林跳死丧？谭八爷说，跳活丧！把活丧跳给华林看。

谭华霖心里一亮。

天还没有黑，谭华霖让人放三眼铳炮。人死放三声，这回谭水垭的铳声响了六下。这天的夜晚，四邻九个村的人都被铳声招了过来。村里的晒场上点起了火堆。毛根弄来无数的干柴，他把火烧得旺旺的，火光将天地照得通亮。

谭华霖把华林洗得干干净净,然后让他靠坐在一张太师椅上。谭八爷坐在华林的旁边。谭八爷毫无病态,他告诉谭华霖,他要亲自来主持自己的活丧。又说,他这是为华林而主持的。

天还很冷。谭华霖脱了棉袄,穿着单衣,他在腰间扎了根腰带,手挥着两根鼓槌。谭华霖手起鼓响。歌师立即扯开了喉咙唱了起来。开场开场,日吉时良,亡人升天,停在中堂,各位歌师,请到孝堂;开场开场,开个短的天长地久,开个长的地久天长。

谭华霖奋力地击鼓,在他急促的鼓点子中,到场的人立马跳了起来。人越来越多,跳丧的队伍越来越大。火光把跳丧人的脸烤得红通通的。谭八爷说,华林,你要看清楚,他们跳得几多好哟。华林,你要多照几张,那一界也有蛮多人想看。

歌师的喊唱,尖细时像利刃,寒气袭人,粗犷时像山啸,狂放震心。所有的句子也似被火烧着一般,声声热烈也声声苍凉。谭华霖的大汗已经湿了身。他已经无法控制自己的身手。他只是情不自禁地击打着,双脚跟着鼓点子跺着地。激烈的时候,谭华霖替代着歌师,扯着喉咙喊叫。谭华霖想,华林,你听得到吧?我心里蛮痛。

整整一个夜晚,谭水垭的鼓点子和歌声都没有停过。认识华林的人都专门在华林的面前舞上一段完整的动作,然后说,华林,看清楚呀,给我们照好一点。太师椅上的华林,静静地看着,脸上的微笑像他平常的一样。

天蒙蒙地亮时,火堆熄了,鼓点子歇了,歌舞也停了下来。前来帮忙跳丧的人开始回转。向他们一一致谢的谭华霖满脸水淋淋的，不晓得是汗还是泪。坐了一夜未动身子的谭八爷站起来致礼，他的眼睛里也是湿湿的。他用树枝一样干枯的手揩着眼角，说，跳得好，我死得好风光。华林，我托你的福，看得心里好舒服。

华林就葬在了谭水垭谭华霖家的坟地里。他的数码相机和他埋在一起。谭华霖知道华林最喜欢他裸泳的照片，下葬时，他把这张照片贴在了华林的胸前。华林的爹妈和他的五个哥哥都去为他上了香。华林的母亲哭得快要断气。华林的父亲却说，早晓得会这样，何必让你当人才咧！小四的妹妹跟着华林一家人也去了，她站在华林的坟前，低着头，什么也没有说。

以后的事情就简单了。

谭华霖常去那里清理杂草。然后他就静静地坐在那里，听清江水流的声音。每一次，谭华霖都要说，华林，我不喜欢你像这样跟我一辈子。

十九、春天又来了

春天再一次抵达昙华林的时候，昙华林依然没有一点反应。

老墙上冒出一根细茎的草芽。华林的母亲在屋门口里生炉子，青烟熏得她眼泪水流了出来。她抬头揩眼泪时，看到草芽。草芽绿得透明，风微微一吹，细瘦着腰两边摆动。华林的母亲更加苍老的心，又被这绿色击打中了。她透过湿眼望了它好几秒，没有长叹，眼泪却流得更长。

华林的母亲仿佛想起了什么，她叫道，华林，扫炉灰。屋里出来的是林华。林华从外面搬回家来陪他的父母,他现在住在阁楼。

在华林挥扫起的灰土中,华林的母亲终于想起,昙华林不再有华林这个人。

小四的妹妹到底跟她大块头的同学谈起了恋爱。有一回他们约了几个同学在昙华林看老房子,小四也去了。他们在嘉诺撒小教堂照相时,小四想起了什么,说上回跟你们照相的那个伙计叫么事呀?我忘记了,就是小时候跟我打架输了,还跪在地上跟我求饶的那小子。

旁边几个人都没有想出来,还是小四的妹妹提示说,叫华林。他们才说对对对,就是叫华林。小四说,对头,是叫华林。我记得他照相的手艺还可以吧?

原以为人有记忆,其实人一走,记忆也走了,而且一去不返。

只有春天年年都记得来一趟。

中北路空无一人

一

父亲擦窗子的时候，一脚没有踏稳，从窗台上摔了下来，头磕在茶几上，当即昏迷。郑富仁接到电话，又急又烦。他大声吼道，他一大把年龄擦窗子做么事！你干么事去了?!

郑富仁扔下电话，蹬起自行车便往父亲家赶。自行车哗哗啦啦地响了一路。早说要修的，却一直没得空。

打电话的是郑富仁的继母。继母原是保姆，从黄陂乡下来，一直照顾着郑富仁久瘫在床的母亲。郑富仁对她印象蛮好的，觉得母亲瘫了这么多年，身上干干净净，全靠她的细心。但郑富仁没有料到的是，母亲去世不到一年，父亲竟带着她去拿了结婚证。父亲也不当面告诉郑富仁，只给他打了一个简单的电话。父亲说，我结婚了，老婆是吴嫂，往后你对她客气点。郑富仁惊得几乎要背过气去。父亲听电话那头没有声音，便自顾自说，不管你认不认她，反正她是我老婆。

那回不光郑富仁跑回家跟父亲理论，老婆刘春梅也跟着一起去了。刘春梅起劲地骂保姆吴嫂不安好心。吴嫂低着头，只喃喃道，先生非要我嫁给他。刘春梅说，非要你嫁你就嫁，要是吐吐要你嫁给他，你未必也嫁？吐吐是郑富仁父亲养的一条小狗。吴嫂还是喃喃道，吐吐不得要我嫁给他。保姆回答得一老一实，倒让刘春梅不知道说什么才好。

郑富仁见保姆吴嫂如此这般，心里倒生出点怜惜。但想到父亲的作为，一股气又憋不下去。郑富仁说，爸你在这里好歹也是个人物，你跟个保姆结婚，叫别个么样看你。郑富仁的父亲怒道，你们都闭嘴！是我过日子还是别个过日子？！日子是自己过的，还是给别个看的？！

父亲的话硬邦邦的，一个字一个坑，砸得郑富仁再无话说。郑富仁只得拉了老婆回家。

刘春梅一出父亲家门便开始骂骂咧咧。郑富仁虽然觉得老婆骂得都对，但他不喜欢他的父亲被外姓人骂，便又站在父亲一边顶老婆的嘴。老婆气极，放声同他争吵。这一架从路上吵到家，从地上吵到床上，一吵一通宵，两人几个星期都不说话。郑富仁心里烦，从此越发懒得登父亲的家门。

父亲满了八十后，身体便如一棵衰了的老树，看着枯朽。全靠继母悉心伺候，做饭抹澡倒洗脚水，夏天赶蚊子，春秋捶背，寒冷的日子来了，还要捂热被窝。几年下来，倒也让老朽的父亲脸上有好气色，能吃能喝能睡，跟几个老友打起牌来，脑袋瓜也蛮清楚。父亲的退休工资刚够两个人生活，倘没有什么大的欲望，只为活着，也算活得悠然。郑富仁到这时方有顿悟感，觉得父亲这块老姜真辣得有后劲。郑富仁忍不住对老婆说，狗日的老头太晓得么样安排自己这一生了。老婆说，你跟他顶了一辈子，末了还是你输了吧？你把老头的贼学得一丁点，也不会混成今天这个狗屎样子。

老婆的话充满鄙夷。郑富仁没有回嘴，他怕吵那个通宵架。

郑富仁到家时，父亲还没有醒过来。郑富仁问保姆吴嫂，喂，你呼了急救车没有？郑富仁以前管保姆叫吴嫂，后来吴嫂成了继母，他便尽可能不跟她说话。实在有事也只呼"喂"。

吴嫂嚅嚅道，我不晓得么样打，我就只跟你打了电话。

郑富仁吼了一句，你个猪呀！还不赶紧打120！

电话通了，急救站竟一时没车，说是都出去救人没回。郑富仁急了，骂道，他妈的，都赶到一个时候去死？骂完背起父亲便下楼。刚出宿舍楼，遇到小学同学金刚。金刚下岗后，贷款买了辆小货车，天天在小东门宜家建材市场拉生意。金刚在宿舍楼前停了车，人还没下来，便看见郑富仁。金刚喊道，郑穷人，出了么事？

郑富仁见金刚有车，忙说，快点，帮个忙，跑一趟医院。

金刚忙不迭地掉头。保姆吴嫂此时倒灵活，趁金刚掉头的时间，奔回去扛了一把躺椅下来。三个人将郑富仁的父亲抬上了车。天气不冷，敞着篷也没有关系。

郑富仁的父亲躺在敞篷的货车上，双目紧闭。车遇坎时，他便无力地随车摆动。他脸上的皮已经松垮得不像样子。仿佛岁月要将他皮下的肉类和脂肪先行掏空，只给他留下一张皱褶满是的空皮再打发走人。郑富仁这样想着，心里便有些难过。

汽车上了中北路。

宽大的中北路，车如流水。路面被刷了黑，新型的路面材料使得以前满路上轰轰隆隆的噪音小了许多，尘土也不会扑得满脸。颜色鲜艳的小区楼房，突然就从灰头土脸的破烂矮房中一幢幢地蹿出。郑富仁天天从这里过，天天都看这些房子，越看越喜欢。只是心里明白，再喜欢也没有一间属于他。小学二年级考试，金刚淘气，在写"穷人"的反义词时，故意写了"富仁"二字。从此，郑富仁的绰号便叫"穷人"。一词成谶。郑富仁的人生已过大半辈子，人人都叫他"穷人"，硬是把他叫得名副其实。一想起这个，郑富仁就恨金刚恨得咬牙。就算金刚现在拖着他的父亲往医院去急救，他下回见面恐怕还会骂：狗日的就是你把老子叫成个穷光蛋。

车稳稳的，并无摇晃。父亲突然就睁开了眼睛。

郑富仁正欲问，醒了？感觉么样？话未出口，父亲像个健康人一样呼地坐了起来，惊道：我们厂门到哪去了？说完又说，门口的场子咧？怎么光剩下这两棵树？

郑富仁说，那不是，缩在那里头。

父亲说，国际玩笑吧？开这小个门，那还是我们厂？

郑富仁说，时代不同了，你们厂早就没得戏了。你操那些心做么事？躺倒，命要紧！

父亲说，屁话！厂子都没得了，命有么事用？

他的声音满是悲哀。

郑富仁说，这才真是屁话。

郑富仁话音未落，父亲轰然躺下，再次昏了过去。郑富仁大声喊了起来，金刚，快点！撞到个鬼！老头子又昏过去了！

二

父亲说的厂子,全名是武汉重型机床厂。

不过多少年来,人们都不叫它全名,只叫武重,仿佛是昵称。

武重是中北路上最大的一家工厂。准确地说,有武重的时候,还没有中北路。

郑富仁第一次到这里,还是被父亲牵着手来的。那时候,落在郑富仁眼里的只是一条窄窄的土路。卡车开过,飞扬的尘土扑得人满面,呛得气都透不过来。马路两边没什么房子,田野绿得跟乡下差不多少,几只牛悠闲自在地逛着。一个放牛的人,摇着把蒲扇坐在树下打盹。散落在田野上的几棵树长得并不太壮。旁边有湖。湖水的气息和着灰土一起,飘进郑富仁的鼻子。父亲左手一扬说,那边还有个湖,叫沙湖,比老家的湖大多了。父亲又扬起右手,说那边还有一个湖,叫东湖,又比沙湖大得多。郑富仁一下子就晓得父亲工厂的位置:在两个大湖之间。

顺着父亲的指引,隔得老远,郑富仁便看到一座巨大的厂门。大门两侧的红色楼房伸展开阔,仿佛敞开胸怀又环起双臂拥抱前来的人们。

门前的牌子上赫然写着"武汉重型机床厂"。

父亲说,看看看,这就是我们的厂!父亲说这话时,声音里充满着自豪。

那时候,父亲的自豪,就是郑富仁的自豪。

好多年后,前面修了中南路。这条小路在中南路以北,便自然而然叫作"中北路"。

与镂金错彩的中南路相比,中北路一直都是一副穷人样子。灰头土脸的小平房沿着路边一直伸到岳家嘴,就算有几幢带楼的房子,也陈旧不堪。但是有了武重就不一样了。武重开阔的大门和伸向大门两边的红砖房,陡然给中北路带去一派大气的风景。门前那两棵惹人注目的大树,又让这风景生出从容和优雅。仿佛武重不是机器厂,而是大学或者公园。郑富仁的父亲在这里当工程师,回家总爱说,走中北路真是没得劲,硬是要走到厂子的大门口,精神才会抖起来。又说,如果中北路把我们武重拿掉,一条路都会轻飘得不成型。为么事?就因为我们厂是这条中北路上的灵魂!

郑富仁说,你以为灵魂蛮重?人活着有灵魂,身体蛮轻吧?人一死,灵魂没得了,剩下个尸体,才真是重。

父亲生气道,你别么事没有学会,诡辩倒学得熟。只不过你再么样辩也改变不了事实。

郑富仁经常与父亲顶嘴,从小顶起。他不喜欢父亲,不喜欢他成天教训他,不喜欢他把功名看得重过一切,不喜欢他事事只为自己着想。母亲在世时,郑富仁总是跟她说,你怎么找了他这个人?母亲却说,你爸爸虽然随么事只顾自己,但人倒还是个好人。郑富仁说,么事为好人?么事为不好的人?母亲说,有事业,热爱工作,作风正派,不撒谎,有这些就是好人。郑富仁说,不关心老婆孩子呢?好吃的自己独吞呢?成天抱怨别个呢?胆小怕事呢?见困难就跑呢?心胸狭窄呢?多疑呢?假若这些都落在一个人身上,他是好人还是坏人?母亲说，是好人。看人看大节，这些都只是毛病。毛病可以治，但大节坏了人就废了。郑富仁说，毛病狠了未必不会破坏大节？母亲没有再说什么。

郑富仁虽然顶了父亲，只是从此以后，郑富仁一走到武重大门口时，父亲的话便浮出心头。他的精神果然立即一振，一种特别的情感在心里涌动。他想老头子说得还是那个事。

郑富仁便是在武重这宽大的门里门外长大的。"文革"中没事，父亲上班，郑富仁便偷跟到厂里来玩。郑富仁在昙华林的十四中上学，当年他还带着一帮同学逛过厂子。宽大的车间和无数的车床硬是让同学们看直了眼。在废料场，一个吸纳废旧钢铁的大磁砣子，更是让他的同学们个个目瞪口呆。铁磁砣缓缓地从头上滑过，轰然下落，只几秒，便吸着一大堆废旧钢材重新升空，一路喊喊叫叫着。那壮观的场面居然引起了同学们的反复惊呼。郑富仁虽然见得多，但他也忍不住跟着那些声音一起狂叫。要说这也是郑富仁一生中最为自豪荣耀的日子。前几年十四中学校友大聚会，竟还有人谈起他们当年参观武重的事。一个当了总经理的同学说，当年他最大的理想便是在武重当个工人，觉得只有身处这样大气磅礴的气氛中，才能找到叱咤风云的感觉。可惜他当年没这个运气，只好下乡。也幸亏运气太差，否则现在还不成下岗工人？郑富仁听得神色黯然。他因为是厂内子弟，倒是如愿以偿地当了武重的工人，现在果然也是下了岗的。总经理同学说这话时，郑富仁能觉出好多目光都投射到他身上，就像聚光灯照着。他没作声。聚会未完，郑富仁便离开了。从此他不再参加同学聚会。郑富仁想，老同学聚会，那是成功人士的事，与我一个下岗的人，有么事相干？

郑富仁下岗有五年多了。他走出武重后,就再没进去过。

父亲急救了一个多小时,算是没得事。

郑富仁在急诊室门口,神经一直紧绷着。虽然他跟父亲吵架的时候比和气的时候要多,但他还是不想他死。什么理由都没有,就因为他是父亲。没有人比他们两人的关系更亲近。少了他,郑富仁会觉得身后少了一座山,背心空空敞开,会有凉风嗖嗖袭来。就算郑富仁从来也没在这山上倚过靠过,可他却习惯了有遮有挡。

郑富仁跟医生说,我父亲是高工,可以住高干病房。

医生看了看病历说,武重的?

郑富仁说,是。

医生说,你们的医疗费……

郑富仁说,厂里再穷,这个钱还是出得起的。

医生的目光充满怀疑。郑富仁说,你莫这样看我。这是我爹。厂里出不起,还有我。你也当儿子吧?你爹病了,你会不管他的死活?

医生说,好好好,我不跟你争。你先去预付三千块吧。你莫怪我。现在就这样,认钱不认人。

郑富仁说,话是这个说法。可是别个可以讲,你不可以。

医生说,这个事没得争头。我不是人?

郑富仁说,你说对了,你不是平常的人,你是救人的人。你就不能只认得钱。

医生冷笑了一声说,真是!教训起我来了?我不比你懂得多?现实又是么样咧?

郑富仁说，再么样的现实，医生的眼睛也得盯到病人，而不是盯到钱。

郑富仁心烦的时候，就喜欢跟人抬杠。他为那医生的眼光烦着。所以，他追着他杠，几乎不晓得完。

保姆吴嫂轻声提醒道，富仁，先生还得转到病房里去。

郑富仁叱道，我不晓得？还用你来告诉我？搞不清楚吧！你真当你是……

后面一句原本是你真当你是我后妈了？郑富仁说了一半，又缩了回去。他自己也觉得说出来未免太伤人。

吴嫂被他一吼，吓得不敢作声。她畏畏缩缩地拿出一叠钱，说我只带了两千，不够么办？

郑富仁接过钱，白了她一眼，说不够未必我杀了你？我去凑就是了！你把老头子招呼好，钱的事交给我。

郑富仁把身上所有的钱都掏了出来，连零分子都没有放过，却只有两千三百二十四块七毛二分，离医院要求的三千元还差六百多块钱。郑富仁趴在收费窗口说了半天好话，千咬牙万发誓，表示今天下班前一定送钱来，收款员还是不同意办手续。郑富仁真气得想要跳起来砸门砸窗。

郑富仁说，这两千也够今天用的。我要今天内没有送钱来，你今天晚上就把我老头赶出来可不可以咧？

收款员说，不是那个事，说得我们医院像是魔鬼样的。我只能按规矩办。

郑富仁蛮想还句嘴，说你们还以为你们比魔鬼强？但他晓得，他爹在此住院，他得罪不起他们。

郑富仁站在收费处动脑子。一个人哼着《浏阳河》从他跟前走过。他脑子就像突然通了电,忽一下亮堂起来,心道你这歌唱得还蛮及时咧。郑富仁想起了老婆刘春梅有一个拐了七八个弯的亲戚在内科当护士,叫丽沙。有一回丽沙给刘春梅打电话,是郑富仁接的。郑富仁叫刘春梅接电话时说,你那个浏阳河的亲戚打电话来了。刘春梅木头木脑,不明白他的话。郑富仁说,浏阳河拐了九道弯,你跟丽沙的亲拐十八道都不止。

丽沙接到郑富仁的电话,只几分钟就站在了郑富仁面前。她听郑富仁说清找她的原因,笑了笑,说这也是事?说完便到收费室里。她跟这个调笑了几声,又跟那个打情骂俏了几句,便出来了。

郑富仁说,么样,行不行?

丽沙对郑富仁说,都搞掂了。

郑富仁说,这简单?

丽沙说,这未必有么事难?

郑富仁说,他妈的,这不是欺负人?

丽沙说,哎,你莫骂人啊。事情搞成就行了,你要结果还是要过程?

郑富仁说,我结果和过程都要。

丽沙笑着说,哎哟,你这个人硬是一根筋。难怪得春梅姐说你本来是个人才,就是喜欢歪犟,硬把自己犟成个木材。听我一句,这年头,管他么法子,能办成事就是人才。还不赶紧送你老头去病房?

郑富仁还想跟丽沙抬几句理,但一想若不是丽沙,他还没得办法让父亲住进医院里。所以他不能跟她争,他得谢她才是。

三

郑富仁在病房一直等到父亲苏醒。天快黑了，父亲终于醒来，他有些迷糊，开口即问，厂门到哪里去了？

郑富仁哭笑不得。他懒得跟他多扯。郑富仁说，你好生休息，病了的人，操不得心。

父亲又说，厂门就是厂的个脸面，未必穷得连脸面都不要了？

郑富仁岔开话，说头还疼不疼？想吃点么事？我叫春梅做了送来。

父亲说，我一想心里就空得慌，厂门怎么能放在角落里？

郑富仁说，你这一跤下去，吓死个人。我劝你随么事都莫想，就想自己的身体赶紧好。我得回去了。明天叫春梅熬鸡汤给你吧。

郑富仁说完，不等父亲开口，急忙出病房，有点像逃跑。他怕父亲还要盯着他问厂门的事。郑富仁想，世纪都换了，一代人都换了，当家做主的都换了，你的那个厂门未必不能换一下？

郑富仁回到家时天已大黑。

老婆刘春梅正坐在铺子里跟门口的鞋匠有一句没得一句地搭白。刘春梅见郑富仁，说才回来？饭早好了。郑富仁"嗯"了一声，没说别的。

刘春梅下岗后，郑富仁便在中北路上租了两间屋。前面是门面，后面是住房，小小的，刚够睡觉吃饭。郑富仁将门面开成杂货铺,让刘春梅守着店挣一份饭钱。他自己则应聘到圣象地板公司当安装工。本来两个人各忙各的,混个糊口应该没有问题。可郑富仁的儿子是刚入学的大学生,上学上得郑富仁荷包里外都空了。郑富仁硬是搞不明白,现在屋里只要有个人读书,爹妈两人赚的钱就都得往学校送。仿佛那是个深不可测的洞,你要用钱填十六年才能填平,好让洞上长出个本科文凭来。一个人受教育凭么事贵成这样?郑富仁心里蛮不服,但钱还是得乖乖地往那口洞里塞。儿子的命运在学校手上捏着,你不低头又怎么行。再说了,家家户户的爹妈都为了儿女忍了这一口气,你又为么事不能忍?说白了,天大地大,都不如儿子的未来大。还算儿子争气,顺利录取到大学。郑富仁拿着通知单的手硬是抖了半个多小时。不是高兴,而是上面的学费和生活费重得让他长满厚茧的双手硬是托它不起。郑富仁曾想请他的父亲补贴一半,却遭到拒绝。父亲说,你继母的女儿在县城读高中,也要花蛮多钱。郑富仁无话可说,钱是他父亲的,他想给谁是他的事。刘春梅却气得够呛,觉得老头子不疼自己的孙子,却去疼一个保姆的女儿,真是鬼迷了心窍。郑富仁一肚子火,但更烦老婆指责父亲。郑富仁说,我身强力壮,找他一个黄土埋到颈子的人要钱,才真正是鬼迷了心窍。

郑富仁进屋,看到桌上有几个小菜,还有一盘郑富仁最爱吃的油煎翘嘴白,尖尖的红辣椒搭在焦黄的鱼皮上,一副诱人的样子。郑富仁眼睛一亮,口水便忍不住要往下流。这是很少的事。为了儿子的学费,郑富仁和老婆每个月强行去银行存五百元钱,再寄给儿子四百元吃饭和杂用,剩下的才是他们的饭钱。这份钱吃点青菜豆腐还行,要吃鱼肉便有些勉强。

郑富仁说，今天是么日子？

刘春梅喜滋滋道，慰劳你呀。晓得你辛苦了。哎，你老头么样？过去了吧？

郑富仁说，你么事意思呀？想他早死？

刘春梅说，咦哟，一大把年纪了，下楼下不得，散步散不得，拐东西不能吃，好东西吃不了，活着有么事意思？喂，你老头一死，他的房子是不是归你得呀？

郑富仁说，你们女人的心么样这狠呀？为了个房子，就恨不得我爹早点死？

刘春梅说，哎，你这是么话？又不是我害他，是他自己挞跤。我姆妈是么样死的？平地挞一跤就熄了火。你老头从窗子上挞下来，他比我姆妈还大上十岁，未必命这么硬，会没得事？

郑富仁垮下脸说，有事没得事，是他的运气，不消你操心。明天早点起来，跟老头子买只鸡，煨一铫汤，送到医院去。说完拿起筷子欲吃菜，却一下子少了胃口。老婆炒这份菜，竟是庆祝他父亲即死。郑富仁想，他妈的，人怎么都变成这样了。

刘春梅显得有些惊讶，说他还能喝得动汤？

刘春梅还想说点什么，但看到郑富仁的脸色黑成了锅底，嘴边的话便立马拐了个弯。刘春梅说，煨汤可以，你自己送。我见不得你后妈那张脸。

郑富仁说，你少说后妈不后妈的。老子只有亲妈，没得后妈！

刘春梅说，你亲爹的老婆，不是后妈又是么事？

郑富仁"啪"一下把筷子拍在了桌子上,你还要不要我吃饭啦?

刘春梅见他翻脸,心里恼火,正想对翻,突然间想起了什么,便按下气来,说算了算了,我懒得跟你杠。正经话,我是替你担心。老头子万一真的过了气,他要是把房子留给吴嫂,你不是吃了老鼻子亏呀?儿子都白当了。

郑富仁心里顿了一下,他还是回了一声嘴,说未必当儿子的目的就是为了盼爹早点死,好早点得他的房子?

刘春梅说,叫你莫跟我杠,我看你今天辛苦,懒得跟你扯。我说的是个现实问题,你不好好想一下你自己活该。我算么事?不就是嫁错个人?一辈子是错,半辈子也是错。错到而今,随说么事都只顶个屁!你自己看到办。

郑富仁这才没有作声。

刘春梅这个态度,已是前所未有的高姿态。换了平常,郑富仁这样顶嘴,她早就冲到他跟前来开泼口了。现在刘春梅退让他,郑富仁晓得,这个面子是父亲那套房子给的。刘春梅这辈子最大的愿望,就是住在有楼的房子里。屋里不光有水龙头,还有厕所。吃饭洗衣都不用到外面去打水,刮风下雪也照样暖暖和和拉屎撒尿,不必天天去公共厕所闻臭。这样的日子,对于刘春梅来说,就是享福。郑富仁深为自己无法让刘春梅享受这样的小福而惭愧。他想他的确比父亲差远了。父亲的房子三室两厅,面积虽然不算太大,却给了母亲遮风挡雨避寒躲热的一个安乐窝。母亲在世时,已经就作为福利房买下来了。母亲说过,他们老两口一死,这房子就归郑富仁继承。甚至还说,得让刘春梅住间像样的房子享享福。但郑富仁母亲没有料到的是,她一死,她的老公立马就再婚。父亲结婚,最让刘春梅受刺激的便是这套房子归宿所在。常常半夜里刘春梅翻坐起来,忧心忡忡地硬要跟郑富仁讨论如何保证房子不落入他人之手。那时候的郑富仁只能说,这房子姓了郑,就只能姓郑。

但郑富仁也知道自己这话是白说。父亲倘若一死,吴嫂想要继续住这套房子你还能赶她走?除非父亲对此专门有遗嘱,写明了房子归他郑富仁所有。但他父亲是这样的人么?从小到大,父亲都没有在生活上关心过郑富仁。父亲关心的只是做人问题,学习问题,事业问题,诸如此类宏大的人生主题。至于衣食住行吃喝拉撒的琐事,父亲是连问一声的兴趣都没有的。郑富仁的母亲有一回跟他争吵,说他应该关心一下儿子的生活。父亲说,我要管的是他走正道,有事业。生活上的事,小时候你管,长大了,他自己管。他要是连自己的生活都要别人照应,那他岂不是白长大?父亲的这一套做派,郑富仁早已习惯。

但真要是出现刘春梅担心的结果呢?郑富仁知道自己也是心有不甘的。这未免太便宜了那个吴嫂。她算什么?只不过家里的一个保姆。换了以前,无非一个下人的角色。现在她却登堂入室,成了他的继母不说,连原属他的房子,竟也会落入她手。她在迷惑父亲的时候,一定把这些都想清楚了的。否则她五十毛边,跟一个八十岁的老头子干么事?还有,她一个干保姆的人,她不擦窗子,怎么叫父亲去擦?天晓得会不会是她想要父亲早点死,特意将父亲弄挞跤的?吴嫂这个人,长得马马虎虎,文化也只有小学,看起来蛮老实,话也不多,除了做家务事，其他什么都不会。就这样一个女人，竟会讨得了父亲的喜欢，足见她的心机之深。郑富仁想到这个，觉得吴嫂很阴。但很多的时候，郑富仁又觉得她是真对父亲好。因为她的缘故，父亲每天干干净净，快快活活，寸步都不肯离开他这个二房妻。即使当年母亲活着，吴嫂对母亲的照顾也是十分精心体贴。所以，吴嫂到底是一个老实巴交的人还是一个深怀心机的人，郑富仁觉得他分辨不出来。这两类本质上相距甚远的人，摆在一起常常却表现出同一副模样。郑富仁觉得他这辈子最无能的便是判断不出什么样的人是好人，什么样的人是坏人。又因为这种无能，常导致他判断不准什么事情该做，什么事情不该做。如果父亲这次真要走不出医院，这房子又该怎么办？自己抢了房子过来，将吴嫂赶回老家？或是让吴嫂得了这套房子，把她女儿接过来同住？从此这房子与自己无关？

这两个结果，都不是郑富仁想要的。

房子和吴嫂，这四个字在郑富仁脑子里绕了一个晚上。他不断地向自己提问，又不断地回答自己的提问。问题越提越多，回答却越来越跟不上趟。先前他自问自答还能答得个自圆其说。提到后头，他发现他已经没有回答的能力了。比方，就算父亲写了遗嘱，房产属于他郑富仁，那作为父亲的合法妻子吴嫂没有房产权，可她无家可归，是否还有居住权？如果她享有居住权，等她老死时，他和刘春梅两个也差不多老得快断了气。假如她没有居住权，那她又往哪里去住？她作为父亲的遗孀，又能享受到什么家属待遇？

郑富仁想得头要爆炸。半夜里刘春梅又踢他，想要跟他谈房子，郑富仁闷声说了一句，你累不累呀？我要睡觉。

刘春梅连踢了他几脚,见他忍着不动,伸手在他大腿上揪了一把,咬着牙说,嫁给你这样窝囊的男人,真是八辈子倒霉,十辈子晦气!

腿有些疼,但郑富仁还是把心里的一股气忍了回去。

同睡在一床被子里,郑富仁脑袋中所有的问题都不会传达到刘春梅那里。它们只能闷在心头深处,如同他撒的一把种子,有的过一阵或许会发芽,但更多的可能就永远闷在心底,一生一世都出不了头。

四

一大早,郑富仁便去公司请假。刘春梅叫他打电话说一下算了,但郑富仁觉得还是慎重一点好,因为最近天气好,是装修的旺季,活多得堆了起来。公司对批假卡得非常严。

果然,郑富仁的小组长垮着脸,说也不看是么时候,忙成这样,你还请假?我都三个月没有休息了,看到地板心都发麻。

郑富仁说,你八个月不休息都没得关系,你爹还活得好好的。我是么情况?我爹在医院里躺着,出一口气,不见得进一口气。八十好几的人,说断气招呼都不得打一声。

小组长说,八十多岁,也是死的时候了,守在那里有么事用?守在那里他就不死了?就你我这命,还活不到这个年岁。

郑富仁说,喂,你是不是个人呀?你有没得爹呀?说这种混账话!

小组长回答得也干脆,完成任务我就是个人,完不成任务你我都不是人。上头也没有哪个会把你当人。

但小组长还是准了郑富仁的假。郑富仁走前递给他一支烟。组长虎着脸接下了。郑富仁晓得组长有组长的难,定额完不成,经理骂组长的人,扣组长的工资,什么招数都想得出来。郑富仁虽然不想让组长为难,可是父亲躺在医院里奄奄一息。他郑富仁是儿子,儿子照顾老父,是他命里该的事情。四十多年前他一生下来,这件事就决定好了的。

郑富仁说,莫怪我,要怪只怪将来我们两个当爹的也会有这一天,躺在床上光出气不进气,巴着眼睛往门口望,那时候当儿子的不露面,你么样想?

小组长说,不是因为我自己也是我儿子的爹,你以为我会准你走?

小组长说得理直气壮。

刘春梅到底还是炖了一锅汤。汤里放了几片香菇,锅盖一掀开,香气扑得满面,一直从屋里飘到了杂货柜台。杂货铺门口常年有个鞋匠,闻到香,喊道,么样?郑嫂子,改行开餐馆了?让我搭个伙咧。

刘春梅说,一边去!闻到味就来神。

鞋匠说,亏你这味呀,救了我的鼻子。今天我补的一双鞋,臭得我鼻子都快穿了孔。这种脚,也配穿皮鞋?

郑富仁便在这时候进了门。仿佛被这香味撞了一下,有些发懵。他狠狠地吸了几吸鼻子,说,鸡汤?好香呀。然后便蹲到煤炉边,过细地看了看。汤炖到这个份上,少说也得花三四个钟头。郑富仁忍不住用汤勺尝了一口,味道好极。郑富仁蛮高兴，说，买的土鸡？老婆人真是好呀。

刘春梅说，当然是土鸡，洋鸡有个么事补头？我一大早去买的。老婆好不好没得用，你把老婆的话记到心里，老婆就会还要好。来，你先搞一碗喝它。人到中年，你以为你不要补？

郑富仁说，算了，还是先给我老头送去吧。他喝剩下不要的，我再喝也一样。

刘春梅一听便叫了起来，喂，我算是搞不懂你咧。你就算是个儿子，也犯不着这么个当法吧？他一辈子对你就这样，不是训就是吼，你凭么事要对他好？

郑富仁说，你这话说得巧板眼。凭他是我爹，还不够？这是最大的凭了！

刘春梅说，他做么事不凭你是他的儿子，事事对你多照应一点？

郑富仁说，那是他的事。我只做好我的事就结了。说罢心想，老婆问得也对，他当父亲的做么事不凭我是他的儿子？他几时关心过我？爱护过我？给过我一些好处？看我困难，补贴我一点？想过又自叹，算了吧，自己的爹，一辈子都这样过来了，未必临到他快死了，还去跟他计较这些？

郑富仁将鸡汤盛在一个保温盒里。他想趁热拿去给父亲喝应该更营养些。蹬自行车上路时，郑富仁想不过，又折回来对刘春梅说，铫子里的汤，先莫慌喝。我老头要是喜欢喝的话，我晚上再送一回。剩下的我们再喝，听到没有？

刘春梅一副不屑的神情道，你郑家屋里的人个个稀奇古怪。不喝就是了！路上过细点。

郑富仁这才蹬车上了中北路。保温盒放在前面的车斗里，郑富仁能感到汤在里面轻轻地晃荡。

从长江大桥过来，要去水果湖的话，中南路是必经之道。水果湖是省政府的地盘。那里修得最花团锦簇，那里的房子都有暖气，那里的处长比水果湖的鱼还要多，那里的生活最是方便。走到水果湖菜场买熟食，不小心就会碰到省级干部拎着只小袋在那里购熟食。从中南路到水果湖，拐弯的地方原先是洪山宾馆。现在这里修了一座巨大的广场，便叫了洪山广场。中南路到了这儿，便成终点。高楼和商场几年前盖到这儿也都打止。再往北走，便开端了中北路。

当中南路腆着肥硕的肚子一派金碧辉煌地成为市民的荣耀时，中北路却灰头土脸地藏在中南路的背后，大气不敢出一声。中南路暴发了多年，中北路却一直是穷得叮当响。直到长江二桥修建起来，与二桥相连的徐东路渐成繁华之地。它在岳家嘴与中北路搭在一起，成为环绕武汉的重要路段。从一桥下来，左手拐弯便是中南路，从二桥下来，右手拐弯便是中北路。巨大的洪山广场像是中南中北之间的一颗大纽扣，将中南和中北两条马路扣成了一条长路。中北路便因为这一扣，渐渐有了富贵。

中南路出道早，地皮精贵，眼下业已针插不进。大商场们想落脚中南路，几无可能。于是沿着中南路往北走走走，就走到了中北路。

武重大门前开阔的场地是这些大商场理想的地皮。交通要冲，居民集中，面朝马路，场面大派。开商场的天时地利全都到齐。当年体系庞大的工厂，早已被这份庞大压迫得气喘吁呀。曾经的自豪有多大，现在的包袱就有多大。工人成千上万地下着岗，愁苦着脸满街讨一份可以过下去的生活。偌大一个门，只稀稀疏疏地往来着上下班的人们，又要这么大做什么？于是，武重大门旁的红房子拆了，变成了别人的店面。一个店挨着一个店。国美电器、百安居、和什么普尔斯马特，这个名字太拗口，所以门面虽然大，但却并无人气。名字都叫不清楚的商场，哪个又愿意去逛？

这一过程郑富仁从头看到了尾。看完了，心里也清楚了。世上的事，什么都由不得你。路怎么开由不得你，房子怎么盖由不得你，开店还是开厂由不得你，门大还是门小由不得你，春天要开花冬天要下雪由不得你，别人把你叫穷人还是叫富人由不得你，爹要娶亲娘要病死由不得你，老婆晚间骂你保姆成了后妈也由不得你，至于你是上班还是下岗那就更由不得你了。这厂子还不跟个人一样，你以为诸事能由得了它？老话讲，盛极必衰。厂子在父亲的时代已经气盛过红火过热气腾腾过，难道你还能指望它在儿子的时代也一直盛着红着热腾腾着？厂里要是活路多，它能把自己家门口的地盘让别人神气活现地开店？这么想过，郑富仁就把自己的下岗和自己的受穷想通了。

只是这些店子，郑富仁统统都没有兴趣。这家工厂的门面是大是小，已经与他了无关系。他只是每天从中北路上来来去去，每天从工厂门口骑车而过的一个过客而已。

现今中北路上的车越来越多。往徐东路过二桥所必经的岳家嘴也越来越堵。汽车常常能堵到郑富仁小店的门口。听说那里要修立交桥。又听说要从中北路拉一条直路到武钢。报上见到的都是好消息。但郑富仁的日子并没有因为这些好消息而变得更好一些，仿佛那些好消息都不为他而来。那些好消息像他的工厂一样与他无关。

街上骑自行车的人也不多了。郑富仁记得以前上学时，自行车的队伍像是发大水的河流，又长又厚，源源不断，车铃声不断线地响。都没有印象从什么时候开始，自行车就慢慢地少，慢慢地快要没得的。郑富仁想未必都买小车了？一个月千把块钱养车，你们养得起？未必都有钱搭公汽了？一块钱一张票，上个班来回两块，中午要回来吃饭还得翻倍，一个月几十块钱你们也敢花？无论是买车或是搭公汽，对于郑富仁来讲，都是想也没有想过的事。有一辆自行车，不要汽油不要钱，既环保又健身，哪里都能去，哪条路都能走，在郑富仁心里，这就是最好的交通工具。中国人从来都以骑自行车为荣的，郑富仁心道，么样都忘了咧？

郑富仁的车哐哐当当地行驶在中北路上，有些孤单有些落寞。他想，你们不骑也好。老子一个人骑一条大路，晓得几舒服。

一辆卡车从郑富仁面前疾驶而过，车厢几乎擦着郑富仁的身体。郑富仁惊出一身汗，他晃了几步，车歪倒了。郑富仁赶紧用脚撑住车，定下来脱口骂道：吃错药了？这时间走货车犯法，你他妈的还瞎冲！

郑富仁话音未落，一个大包从车上掉下。包在路上弹跳了几下，直冲郑富仁而来。支撑着郑富仁的那条腿顶不住这一撞，突然软倒。车龙头反了向，链条也掉了。郑富仁失控地跌倒在地。要命的是，保温盒从车上掉在地下，盒盖被摔开，汤流了一地。

爬起来的郑富仁这回骂得更凶。狗日的你长没长眼睛！你这么个赶法，赶死去呀！他抬起自己的眼睛朝车望去，车却已经走远，骂声何曾能跟上车速。算是郑富仁视力不错，看清那车牌后的号码：3248。郑富仁愤然想，老子不找你这个"三儿四爸"赔鸡汤赔自行车，老子这辈子不白活？刚想完，郑富仁便看到地上的包。

这是一个深褐色的麻布袋，麻布袋被塞得紧紧。郑富仁用手按了按，软软的，里面像是棉布织物。他想，好，这下好，就算你不赔，老子也有东西来抵。就这堆东西，卖垃圾也能卖几个钱。算你赔我的汤。

郑富仁的气立马就消了许多。他忙不迭地将自行车龙头扳正，又将链条上起。链条上全是油泥，瞬间便染了郑富仁一手黑油。郑富仁在裤子上蹭了几蹭，也没见手露白。他想管他的。想过便将麻布袋拖到自行车后。手腿齐下力，嘿了一声，将大包弄上了车后座上。这里距家还不算远，郑富仁想，先弄回去再说。

刘春梅见郑富仁驮着个大包回来，大惊，问你这是搞么事名堂？哪来的？

郑富仁说，捡的。

刘春梅说，你还蛮会捡咧。么东西呀？

郑富仁说，不晓得。

刘春梅按了按，说像是衣服。哎——你这快就到了医院？老头么样了？

郑富仁说，莫提，才走到半路。

刘春梅说，汤咧？

郑富仁说，挞一跤，都泼了。你赶紧再盛一盒。

刘春梅有些不悦，说你好有板眼呀，比你老头都要强。你老头擦窗子挞跤还有个说头，你平地骑车都会挞跤？真是一代胜过一代咧。

郑富仁说，你少废话。赶紧盛汤。免得去晚了。

刘春梅嘴里嘀嘀咕咕个没停，但还是接过郑富仁手上的保温盒，又盛上了一盒鸡汤。郑富仁接过鸡汤，边上车边说，我平地挞跤？没得那个事！这大个包，没有砸死我让你当寡妇算是你的福气。

郑富仁再次飞身上车，又上了中北路。

五

郑富仁到医院时，快中午了。父亲已经彻底醒过来，虽然还打着吊针，但眼睛却亮了。阳光从窗外照进来，竟将父亲的脸色映出几分红润。父亲见郑富仁说，来了？

父亲的声气甚至有些朗朗的，状态好得令郑富仁有几分诧异。他知道父亲还能活下去，心里踏实了。刚一踏实，忽又有几丝怅然浮上心来。他想起刘春梅的盘算，心里不禁暗骂，想得房子，他妈的，你真是做秋梦呀。

郑富仁说，来了。给，土鸡汤，蛮鲜。

父亲说，刘春梅熬的？

郑富仁说，是的。她一大早去买的鸡。

父亲说，难得。她未必不想我早点死？

这就是父亲的说话方式。随几时，他都没得好听的话。郑富仁也习惯了。郑富仁说，她是想呀，不过你要是没有死，她还不是得熬汤？

父亲说，我算也是晓得她。她一心想得我的房子，别的事好说，这事你叫她死心好了。

郑富仁有些烦，说，又不是我的房子，我凭哪头去叫她死心？要叫你自己去叫。

父亲还想说话。保姆吴嫂打开保温盒，说你少讲几句，刚好一点，医生说要好生休息。富仁也忙，来一趟也不容易。

郑富仁不喜欢吴嫂插他的嘴，更讨厌她管他叫富仁。他心道你一个保姆，叫得这亲热牙也不疼？郑富仁毫不领情，说容不容易是我的事，不消你多嘴。

吴嫂赶紧低下头，脸上立马浮出畏缩神情，替父亲盛汤的手也有些抖。父亲见状，明显生气了，说我跟你讲清楚，她是我老婆，你是我儿子，你得搞清楚她是你么人咧。

郑富仁不作声了。他不想在这里顶撞父亲，也不想让吴嫂太过难堪。吴嫂颤抖的手，让郑富仁有些不忍。

父亲嗦嗦地喝着鸡汤，边喝边说，刘春梅的鸡汤的确是煨得好，比我屋里的好。

郑富仁说，那当然，刘春梅用的是瓦锔子，你屋里用高压锅，味道肯定不一样。

父亲对吴嫂说，回头也用瓦锔子煨。高压锅快是快，味还是差了。

吴嫂说，你不是说高压锅煨的味道也蛮好吗？

郑富仁打断吴嫂的话，说叫你用瓦锔子就用瓦锔子，说那多废话做么事。

父亲呵斥郑富仁，说跟你讲了，跟她说话好点声气。

郑富仁再次不作声了。他从十岁起，便学会了与父亲顶嘴，一顶便是几十年。他都没有印象他们父子两个几时好好说过话。他常常是很烦父亲的，心里用各样的词汇暗骂过他。有时恨不得他早死。可是一转过身去，他却又时时地牵挂他。尤其母亲去世后，看着他一天天地老下去，脸上的肉都变成了皮，这份牵挂便格外浓厚。就算是偶然见个面，父亲也还是教训，他也还是顶嘴，可是在离开父亲的时间里，父亲的影子却总在眼边晃，那影子经常是歪歪倒倒的，郑富仁想，这恐怕是暗示父亲时日不多了吧。

父亲喝了一小碗汤，连连地打了几个嗝，一股浊气直扑郑富仁的鼻子。郑富仁站了起来，走到窗边。太阳很亮，从病房的窗口朝下面望去，楼下花坛不时有小车穿梭往来。几个穿病人服装的人踱着步晒太阳。眼皮下的景观有些温情脉脉。

郑富仁说，一回莫喝多了。我屋里还有蛮多，都是留给你的，晚上我再送过来。

父亲的神气便有些心满意足。

保姆吴嫂安排父亲平躺了下来。她一边替父亲掖被子，一边拿了毛巾将父亲遗在嘴角的汤渍擦净，擦完又用手将父亲甩在脸上的白发朝两边撩了撩。郑富仁小时候看到过母亲为父亲撩发，眼下吴嫂当他的面也来这一手，他满心不舒服。郑富仁掉过头，眼睛看着外面，心道，姆妈，你做么事走得这早，你真是划不来呀。

躺在病床上的父亲，脸恰对着郑富仁的腿。他突然说，刘春梅这个老婆是么样当的？就让你裤子上挂黑油出门？

这是父亲头一回询问与事业与品质与政治与社会无关的事。郑富仁觉得自己像是受了惊,一时有些木呆了。他仿佛是想了好几秒,才记起低头看自己的裤腿。果然,那里的确挂了两道黑油,浓涂重抹的样子。郑富仁淡淡地说,我才将弄的。

然后便将先前一次送汤被汽车上掉下的麻布袋砸了的事说了一遍,说时一边毫不忌口地骂那司机,然后又可惜那一饭盒汤。

吴嫂说,人没有伤着就好。刘春梅要是没得空,我来替你洗它。

郑富仁烦她这种关心,心知她在讨自己的好。见她如此小心翼翼,郑富仁多少也有些可怜她,可是他从内心深处从骨头里面就是烦她。就算父亲的面孔正摆在面前,郑富仁还是忍不住说,你少废话,关你屁事!

父亲说,麻布袋咧?

郑富仁说,送回家了。

父亲说,归你自己得了?

郑富仁说,鬼要他开野蛮车,该他背时。

父亲说,他开野蛮车,不管路边人的感受,是个王八蛋。你贪这种小便宜,不管别个掉东西人的感受,也是王八蛋一个。

郑富仁恼了脸,说我一不是偷,二不是抢,它落到我面前,砸了我的车,泼了我的汤,挞疼了我的磕膝头。我不得他的货,我划得来?

父亲说,我从小到大只认一个道理,不归自己的东西,就不伸手拿。

郑富仁说，你这个道理现在还是个道理？你看哪个不拿别个的东西？以往还偷着拿，现在都是明着拿，以往是坏人拿，现在都是好人拿。就你那些道理，当剩饭都没得人要。

父亲生气了，提高了声音说，道理就是道理，没得人要也是道理，当剩饭也好，当猪食也好，都是道理。你这辈子，事业不成，我也想得通，不怪你，这时代有问题。但是你起码给我做个好人，做一个有良心的人，做一个正经人。你不能一头都不图。

父亲话一说完，便咳嗽起来。这一阵咳嗽十分剧烈，咳得上气不接下气，鼻涕眼泪混在了一起。吴嫂吓得连连惊叫，先生，先生，你么样了？说话间便扑过去要将父亲扶坐起来。

郑富仁从来没见过父亲如此窝囊，心里有些惊吓，他也有点手忙脚乱，赶紧上前帮着吴嫂一起扶起父亲，又轻轻地给父亲捶背。父亲的咳嗽持续好几分钟才缓解。待他再躺下后，适才明亮着的眼睛黯淡了下来。

郑富仁目光定在父亲老苍苍的脸上，问道，好点了吧？

父亲说，心里空，空空荡荡的。父亲的声音也沙哑了。

吴嫂说，莫讲话，好生休息一下。

郑富仁站在原地，仿佛是默想了一下。他走到病房的电话前，打了一个电话。郑富仁说，金刚吧？你在哪里？就在小东门？我马上过来找你。有点事。

郑富仁放下电话，对父亲说，我晚上再送汤过来。

六

小东门的宜家建材市场有好几个大门。郑富仁从东门进，一直走到西门，才在一家玻璃店门口把金刚找到。金刚每天都在这里等生意。所谓生意，也就是把客户在市场上买的材料送到他家里。起步三十块，距离远了，再往上加。金刚比郑富仁下岗早两年，学会了开车，就做了这行，收入也算过得去。金刚说，比厂里还好些。虽然不固定，但图了个自由。想做就做，不做就自己歇着。没得小组长管，没得车间主任训，只要不得罪客户，怕得了哪个？

金刚见郑富仁，笑道，老头子么样？你不会是请我去参加老头的追悼会吧？

郑富仁说，还轮不到你！

金刚说，他没得事吧？

郑富仁说，昨天差一点，今天精神就好多了，训我的声音一点都不比平常低。

金刚嘎嘎地大笑起来，说我硬是服了你屋里老头，居然敢找个保姆结婚。天晓得这个婚一结，他养得比哪个都好。厂里人说，你老头报销的医疗费在几个老头中最少。我屋里老头叹了几回气，说你老头会生活会享福，还有一条，会找人。我姆妈恨得牙都要咬碎。

郑富仁最烦别人提这事。那是他心里的一根刺。郑富仁说，少跟我说这些，一提这件事我就烦。

金刚又一阵大笑，说你烦不要紧，你老头不烦就行了。我跟我老婆都说了,她一死我就找个保姆,白天夜晚都伺候老子。找我有么事?

郑富仁递一张小纸条,说帮我问一下这个车是哪里的。我晓得,你表弟在洪山交警队。

金刚接过纸条,看了看,说么样?它惹了你?

郑富仁说,它早上险些把我压死。撞坏了我的自行车,一保温盒的鸡汤都洒了,害我还跌了一跤,腿都跌破了。

金刚说,你让它跑了?

郑富仁说,未必我跑得过车?

金刚说,你发财的时候到了。就一条,找它索赔。有没得证人帮你证明是这辆车?

郑富仁说,这些你都莫管,帮我弄清楚它是哪里的车就行了。

金刚说,好办,让我老表查一下。这种人,最讨嫌。非要他赔个头破血流不可。再有,我给你提个醒,起码还得有个证人。万一实在没得人的话,我来跟你当。……不过,这算不算做伪证呀?

郑富仁说,说那多废话做么事?

金刚从口袋里摸出手机打电话。金刚的手机是诺基亚的,花了好几百。郑富仁一直也想买一个,有时候在外面有点事跟屋里联系也方便。好容易攒了几百块,儿子放假回来,说同学都有手机,他也想要。刘春梅立马就让郑富仁把他还没来得及买的手机派到儿子名下。郑富仁想想也是。儿子有了手机,想他的时候就打电话给他,担心他的时候,也可以打电话去问问。听他说话,问他身体,冬冷夏凉,感冒屙稀,全都一清二楚。虽说是出了远门,跟在家里也差不多少。所以,郑富仁每次看别人打手机,心里都会浮出儿子打手机的样子。这时候郑富仁就会想,老子没得手机,但是老子的儿子有手机。

金刚打过电话,跟郑富仁说老表到电脑里查去了。郑富仁给了金刚一支烟,两个人就倚在车身旁东一句西一句地闲扯。

小东门宜家建材市场的门面都修得很漂亮。郑富仁晓得,门面一漂亮,价格肯定也会上去。商家不会白白地倒贴这笔装修的钱。不过这里面积大,里面什么都有,来一趟要买的东西差不多都能买得到。所以这里面总是热热闹闹,来往的车辆和穿梭的人没有断过线。郑富仁有时候搞不懂,怎么会有这么多的人买了新房,这世上什么时候冒出了这么多有钱的人。这些有钱人的钱多到了拿钱当废纸的地步,千把块钱一个平米的地板也有人买。不就是木头吗?难不成木头里含了金子?这还不说,金刚说他送材料去过一个老板家,厕所里装的是三万块钱一个的马桶。老板跟他说,除了系裤子要自己动手外,其他全部自动化。你一屙完屎,马桶就晓得,立马行动,把你的屁股冲洗得干干净净,完了还跟你用热风吹干,喷上香水。你一起身,马桶又开始工作,自己给自己上上下下消毒,好让你下一轮放心使用。金刚说你想一下看,有钱人烧包烧到了么事地步。郑富仁说,一个人活到屁股都不想自己动手揩的地步,又还有么事意思?金刚便笑他不懂得这种超级享受的好。金刚笑完,自己又说,其实好也好不到哪里去。那个老板说,他小时候用瓦片揩屁股,进城后好容易习惯了用草纸,现在又玩这名堂。那是他老婆硬要买的,说是要买个品位。他用了好几天都习惯不过来,所以每天上完厕所,照样自己揩屁股。我问他,那马桶不是闲了?老板说,它也不闲。它一边自己忙自己的,每一个程序都不漏下。金刚说完哈哈大笑。郑富仁也大笑了起来,边笑边说,确实是有品位。

正笑着,金刚的电话响了。金刚听电话时,郑富仁的笑容慢慢地收了起来。他想起自己老婆刘春梅一生的梦想。刘春梅只想屋里有个厕所,刮风下雨出大太阳,屙屎屙尿都不出门,仅此而已。她却想到了四十多岁还没有想到。人和人真太不同了,家和家也太不一样呀。郑富仁心里对刘春梅便有百般的对不起。

金刚说,是青山福来贸易公司的车。

郑富仁说,晓不晓得在青山么事路?

金刚说,你打算找上门?打114问。

金刚说罢便打了114问福来贸易公司的电话。还算顺利,一下子就问到了。金刚又打电话过去问路径。郑富仁对金刚说,伙计,花你的电话费了。

金刚说,这说的么事话。这点小钱我还会计较?你我是几时的朋友?

电话里告诉金刚在青山红钢城,又问金刚有么事。金刚说,么事?一笔大生意。说完就挂了。

金刚问郑富仁,你几时去那边?

郑富仁说,我就只有今天下午有点空。

金刚说,骑车子去?

郑富仁,当然。搭车子来回几块钱,划不来。

金刚说,我说你呀,你一索赔,这些钱都得对方出。

郑富仁淡然一笑,说万一不赔咧?

金刚说,这这这……算了算了,我送你过去。

郑富仁说，你不做生意了？

金刚说，钱是赚不完的，再说，我又不买三万块钱的马桶，要那多钱做么事。

金刚说着自己就笑了起来。郑富仁也笑。笑时想，红钢城也太远了，金刚的车能送一脚当然更好。

郑富仁把自行车搬到金刚的汽车上，人坐进了驾驶室。金刚还没有启动，玻璃店的老板跑出来，叫道，金刚，莫跑了，有生意做。

金刚说，送到哪里？最好是红钢城。

老板说，到汤逊湖藏龙岛。我开价一百五。别个是大老板，一口价都没有还，马上就答应了。你去不去？

这是个好价钱，金刚撞上这样的一笑生意也不容易。金刚有点犹豫，郑富仁赶紧说，有生意不做是个苕。赶紧接下来，我骑车子去，一点关系都没得。平常到哪里还不都是骑车？

郑富仁说着便跳下驾驶室。金刚脸上有些歉意，跟着跳下来，帮着郑富仁又将自行车从车上往下搬，嘴上说伙计，对不起咧，晚上我请你喝酒。

郑富仁说，说这话就见外了。是你帮我，应当我请你喝酒才是。晚上到我屋里来，叫刘春梅做几个菜，我们好好地喝。

金刚忙说，那好，酒我带。

七

郑富仁出了小东门朝徐家棚方向走。

现在的路修得又直又宽，气派是气派了，马路两边的房子也都尽可能的好看。可是郑富仁总觉得心里有一种失落。以往骑车穿行在小街小路上，看着那些熟悉的店面和房子，听着店里的人说长道短，格外有一种温暖和亲切，觉得自己是走在自己的街路上。现在小街小道小店面小房子，全部变得宽大而宏伟，就算不大，也弄得金粉十足，红绿蓝一派花哨，想要找一个自己曾经认识的地方都找不到。那些熟知的亲切的一切，全都不知道去到了哪里，仿佛离自己很远很远，远得无尽无头。郑富仁时常会产生幻觉，觉得自己仿佛并没在这座城市里生活了四十多年，他走到哪里都只有陌生。

有时候的郑富仁会怀疑自己有毛病，为什么别人都欢天喜地的事，他却无法体会到这份欢喜；为什么别人觉得日渐幸福的生活，他也捕捉不住这种感觉。就像人人都在夸说大马路大房子如何如何好，可是郑富仁站在这样的大道大厦前，却总有害怕找不回家的恐慌。

刘春梅说你这是顽固，人人都在进步，就你在退步。儿子却说，这是你老了。

郑富仁想，或许是我没有进步，或许是我老了。老了的人，是在往死里走，心和身体都快成朽木，而这个世界却总也不肯老，每天都努力地扮着年轻。于是他和这个世界的差距便越来越大。

郑富仁很容易想通这层道理，这样他也就很容易让自己平静。

郑富仁骑车骑得腿有些发软，这时他看到了福来贸易公司门牌。

公司不大，但门面蛮大。铝合金的对开梭门，门上还贴着两个财神爷。郑富仁想，未必贴了这个，你们就会发财？

办公室里只有两三个人。郑富仁进去时，他们正欲下班。对于郑富仁的到来，他们显得兴趣很淡。一个中年女人说，有么事？下班了，明天再来。

郑富仁告诉他们，他想找那辆"三儿四爸"的货车。他有急事找这个司机。郑富仁不想说多，他知道，很多的时候，多的话没有用，倒可能徒添麻烦。

一个年龄大一点的男人说，他的车跑我们这里来做么事？

郑富仁说，这不是你们公司的车吗？

男人说，这是办公室，拉货得去仓库。

郑富仁说，仓库在哪？能不能说个详细地址？

男人做洒脱状地将桌上的台历撕了一页下来，龙飞凤舞地写了几行字，递给郑富仁说，蛮好找，就是远了点。

中年女人说，快点好不好？叫你明天来就明天来咧。既然有重要的事，做么事不早点来？烦死人的。

郑富仁接了纸条出来，暗骂了几声娘，心道，我比你还烦。

仓库确实太远了，差不多快出了青山的地盘。骑到路口，郑富仁几欲回返。他甚至已经拐上了回家的路，可是刚拐过，眼边便浮出父亲黯然无光的脸色。父亲说，心里空，空空荡荡。郑富仁想，人都到了这里，何必咧。便又拐了回去。

虽然发软的腿更加发软，郑富仁倒也顶得住。这样的时候，很多，咬咬牙也就过去了。他早已经习惯这样的状态。一个人在外面讨生活，哪里会有身不疲腿不软的事？他既然没有坐办公室的命,他就必须扛得住所有的劳累,而且还得把这份劳累认定是他此生中本该有的内容,要不,他怎么坚持得了?

天擦黑的时候,郑富仁找到了福来贸易公司的仓库。仓库的门前一个老头正在扫地。听到郑富仁的打问,老头说,哦,高师傅的车呀,他才将货送来,差一包货,在这里急了半天。

郑富仁一听高兴了,说我找的就是他。我捡了这包货,特地来告诉他,叫他去我屋里拿一下。

老头脸上立即满脸喜色,他惊道,真的?你真的捡到了?还特地找到这里来的?

郑富仁说,先找到公司去了,公司的人说在仓库。

老头便叹道,真是好人呀。我还以为而今好人没得了哩。刚才高师傅在这里急得流眼泪,几千块钱的货,他一个打工的,哪里赔得起。坐到这块写了个把小时的寻物启事。我还说,这都是白写,捡到手的东西,别个不会拿去换钱?想不到,想不到。师傅姓么事?

郑富仁说,姓郑。

老头更是笑得满脸开花,说听这姓就是好人。正人君子,正大光明,正经,正派,正直,正义,都是姓郑。郑师傅,好人,我蛮喜欢你。说完又补了一句,我也姓郑。

郑富仁听老头联想得好笑,心里倒也蛮舒服。郑富仁说,那你是我的家门,那个高师傅现在到哪去了?

老头说,去街上贴寻物启事了。

郑富仁说,有么事办法跟他联系?

老头说,哎呀,他又没得手机。

郑富仁说,他屋里住哪里。

老头说，好像是住在汉口。

天已经全黑下了，稀稀落落的还有几个星星。郑富仁望了望天，心想我总不能满汉口去找你这个高师傅吧？汉口那么大，就是找警察也不见得能找到你呀。

郑富仁说，你这里有没得笔和纸？

老头说，屋里坐，喝口水。我又有笔又有纸。我还有电视，还有报纸，我们姓郑的人注意学文化。

郑富仁跟着老头到仓库旁的一个小房间里，果然看到老头桌上有笔纸，有书，还有一摞报纸和一部电话。一台小小的黑白电视，搁在一张藤椅前的小案台上。

郑富仁说，你真的蛮有文化咧。

老头得意道，那当然，刀不磨要生锈，人不学要落后，活到老学到老。这话我背了几十年。我原先把《老三篇》倒背如流，《毛主席语录》翻到哪页我背到哪页，连前面的《再版前言序》我都还背得滚瓜烂熟。我一直是学习毛选的积极分子，生产标兵。我到北京开过劳模大会，你猜我见到过哪个人？时传祥呀，你肯定不晓得他是么人。现在的年轻伢都不晓得。以往的风光都没得了，像我就只剩下光风了。

郑富仁在老头啰唆不停中写了张纸条，他把纸条交给老头，说这是我屋里的地址和电话，那个高师傅来了，就叫他明天到我屋去一趟，把他掉的包拿回去。

老头说，我肯定交给他，我负责交给他。高师傅也是个苦命人，屋里老娘得了癌，老婆是个残废，伢正上高中，一家人全靠他挣钱。要拿几千块钱赔公司，也不是好玩的事。

郑富仁心里一顿，心道，幸亏来了，要不这个伙计就惨了。郑富仁说，那你就费心了。我可不可以用一下你这块的电话？

老头说，公司装的电话，你打，你打。莫打长途就行了。

郑富仁说，我老头在医院住院，晚上我本来答应给他送汤去，现在去不成了，我得再打个电话过去。

老头说，那是该打。天下大事，忠孝为重。而今公家人都不谈忠不忠了，剩下一个孝是自己的，要守紧。

郑富仁的电话一拨就通。接电话的是保姆吴嫂。郑富仁问了问父亲的状况。吴嫂说其他还好，就是精神不振。郑富仁说，我在红钢城，一下赶不过来。我叫刘春梅过一下给老头把汤送来。我晚点再来看他。

郑富仁放下电话，老头说，是不是还要给屋里人再打一个？

郑富仁说，你要是同意，我就再打一个。

老头说，没得问题。免得屋里人急。你打，你只管打。别个我是不得让的，你是个好人。我不让你打，老天爷都得不饶我。

郑富仁说，你也是好人，我今天也蛮有福气。

老头说，那当然，我们姓郑的好人多。

刘春梅接了电话。郑富仁先说本来约了金刚来喝酒，现在人在青山，赶不回来，叫他明天再来。然后又说，答应了晚上给老头送汤的，现在没办法，你去送一下。

刘春梅告诉郑富仁，金刚已经来过了，见他没有回来，玩了一下，就走了。要他莫担心，她马上就去送汤。刘春梅说，你也累了，莫急赶，我等你吃饭，今天做了好菜。骑车要注意安全。实在累狠了，就打个的，把自行车放在汽车后头，也要不了几个钱。

刘春梅声音透着一股兴奋，兴奋中又充满着对他的关切。郑富仁放下电话，觉得哪里不太对劲。刘春梅从来也没有这样跟他说话过，也从来没有这么顺当地答应为他父亲做事，更不消说让他注意安全，累了打的之类。他跟她结婚二十来年，感觉上刘春梅一直是喊喊叫叫的一个人，心虽不坏，但嘴却是把刀。今天却突然发现，原来刘春梅也会温柔。只是这个温柔来得太突然，以致他郑富仁满心不舒服。

郑富仁想，未必出了么事？老头还活着，还会有么事呢？

八

从红钢城回来，郑富仁心情蛮好。他当然不得打的，的士从红钢城到他家，怎么也得掏二十块以上的车钱。郑富仁想，我一个穷人，不病不灾，坐这种小车岂不是烧包？

骑自行车也蛮好。尤其心里舒服时，骑车感觉就更好。好像从他身边刮过的风，呼呼呼地，把他的舒服感四处吹散，吹得满天下都是。其实郑富仁也说不出自己为么事心情好，就只觉得心里爽得很。一路蹬车，一路暗想，可能是被仓库那个老头夸舒服的吧？其实老头也没有夸么事好话呀？只说是个好人。未必当个好人心情就这舒服？这种小小的表扬就得意，他郑富仁未免也太容易满足了吧。

郑富仁小小地自嘲。但心情毕竟愉快，脚下有如生风，车骑得便更猛了。到家时，双脚一落地，发现自己居然连站的劲都没得。

春梅穿了件新毛衣，头发也梳得光光的，脸上溢着光彩。见郑富仁回来，兴高采烈地为他端菜盛饭，还放了一碗热腾腾的鸡汤在他面前。刘春梅说，这汤你得喝，顶多明天早上我再给你老头买一只土鸡子就是了。

郑富仁搞不清她为么事这样，盯着她看了半天，心道原来刘春梅打扮一下，还是蛮好看的。嘴上却说，么样？太阳从西边出来了？还是另外找了个相好？

刘春梅声音有些哆哆的，说去你的，瞎说个么事呀。还不是看你今天吃了亏，让你好生补一下。

郑富仁说，看熟了你那个恶鸡婆的样子，今天突然摆这种贤惠，你有点吓我咧。你看我鸡皮疙瘩都起来了。你怕我晚上出工不出力？

刘春梅大笑起来，说去你妈的！不是个东西。给你喝汤，你还废话连天。

汤果然好喝。郑富仁一碗喝下去，精神大爽。郑富仁说，舒服舒服，老婆的汤果然是好。金刚有没有说明天来？

刘春梅说，说了的。说是要跟你好好喝场酒，要给你的脑袋开个窍，多赚点钱回来。酒都放在这里了。他就是比你灵光，一看到你捡的那个包，立马就冒出好点子。

郑富仁突然想起怎么没有看到那个包。那么大个东西，在这个小屋里怎么放也该是最显眼的。郑富仁说，包咧？

刘春梅说，要不怎么说金刚的点子多呢。金刚一看到包，上去就把包打开了。你猜里面是么事？都是毛衣，真正的羊毛毛衣。看，就我身上穿的这种。蛮好看吧？

郑富仁吃了一惊，说么事呀？你们把别个的包打开了？

刘春梅说，说你是个苕，你还不服。捡到的东西就是自己的。金刚说，这个包就是姓郑的。

郑富仁说，没得那个事！你听他的还是听我的？

刘春梅说，哪个说的对就听哪个的。

郑富仁生气了，说你晓得么事是对，么事是不对？还不把衣服脱下来，放到包里去！

刘春梅说，放哪个包里呀？哪里还有包呀？

郑富仁说，我捡的那个包咧？

刘春梅大笑起来，说你还好玩些。这好的毛衣，晓得几多人喜欢，我一拿出来，街坊邻居几个人围着看，都问卖不卖。金刚说，既然有人要，嫂子便宜卖它算了，赚一笔是一笔。我一想，也是，捡来的东西，不赚白不赚，就开卖了。

郑富仁大惊失色，刚想说话，结果被一口饭堵在喉咙管咽不下去，越想吞却越吞不下，一时间，说又说不出话来，咽又咽不下去，顿时脸憋得通红。

刘春梅见他如此，慌作一团。起身倒了杯水，又是帮郑富仁拍背，又是帮他抚胸。刘春梅说，慢点吃，又没得哪个跟你抢。包里有一百二十件毛衣，我自己留了两件，其他的都二十块钱一件卖了，反正是捡的货，也不赚别个多的。本来还有十几件，金刚说他都买去，过节时好送他屋里亲戚朋友。我就十块钱一件卖给他了。你的朋友嘛，我也不赚这个钱。算下地，硬是卖了将近两千块钱。为了慰劳你，我立马搭车子去电信城，给你买了个手机。看，跟金刚一样，也是诺基亚的，我们的这个比他那个还要先进些。钱要是总能这样赚，我们两个的日子就舒服了。好点了吧？喝口水。

郑富仁总算把那坨饭咽了下去。他一能开口说话,便吼叫起来,钱钱钱!钱你妈个屁!你贪钱就贪成这样?一个晚上都过不得?!

刘春梅怔住了,说喂,你是不是吃错了药?你吼么事吼呀?我别么事做不得,赚钱未必也做不得?我不偷不抢不卖身不伸手找人讨,捡来的东西,我么样又卖不得?我告诉你,我该赚的我就要赚,我不该赚的,你给我我也不得要!好生吃你的饭,我卖都卖完了,花也花出去几百块,连打包的麻布袋都被我扯了做成拖把布,你吼也晚了。刘春梅说罢,一甩手掉头而去。

郑富仁心口堵得厉害。他想起他在仓库打电话时就觉得刘春梅不对劲,原来是捞了这么个便宜。占一点小便宜就可以兴奋成那个样子,这种老婆真是该千刀万剐。郑富仁越想越气,他怒道,你给我站到!你大概以为自己捞了一笔,心里舒服了吧?你叫别个么办?别个屋里老娘得了癌,老婆是个残废,一个伢在读高中,你卖了别人的东西,这大几千块钱的货就该别个自己赔,你说你这个钱当不当赚?你用了这个钱心里头舒服?

刘春梅说,你说哪个呀?哪个的娘得了癌,哪个的老婆是残废,这个别个是哪个呀?

郑富仁说,哪个,就是那个掉货的司机。你以为我一下午到哪里去了?

刘春梅一副不敢相信的样子,说你上门去告诉别个你捡了他的货?

郑富仁说,么样?我不能去?

刘春梅还是一副不相信的样子，说你骑车子跑那远到红钢城，就是为了这？

郑富仁说，那又么样咧？

刘春梅走到他跟前，伸手摸摸他的额，说哎，你是不是发高烧呀！烧得发神经了？你郑富仁几时成这伟大的一个人？我怎么不晓得呀？跟你郑富仁睡了几十年，从来都不晓得边下睡了个雷锋咧？

郑富仁说，你少跟我来这套。老子这辈子事业没得救了，起码得当个好人吧？临死前好歹也落一头。郑富仁说罢，心道父亲的话也不是没得道理，要不我怎么顺口就说出来了呢？

刘春梅这才信了。

她返回到郑富仁身边，不停地打量郑富仁，左看看右看看，绕着圈又看了一遍，半天才说，你这说的倒是个人话。我屋里男人按说就应当这个样子，总是有一头强的，见了祖宗心不发慌。

郑富仁说，废话，谈么事祖宗，祖宗顶屁用。你只说明天别个来拿包，你叫我么样收场。

刘春梅立即悔恨起来，水泥地都被她跺得咚咚响。一边还不停地拍打自己，拍完脑袋又拍腿，嘴上说，咦呃！我真不该听那个鬼金刚的话。不是他说，哪个想起来去卖那个包呀。我的姆妈呀，撞到个鬼！那个伙计么样也是个穷人咧？

郑富仁说，你以为这年头蛮多富人？别个比你屋里还穷。你要不信，明天自己问得到。

刘春梅惊道，真的明天那个伙计要来拿货？真话的？这么办啦？这搞的么事名堂！

郑富仁怒道,你问我,我问哪个?

刘春梅知道自己犯了大错,她这回不敢跟郑富仁硬顶了,只是急得在屋里团团转,想不出个办法来对付明天。

郑富仁的饭没有吃完,菜又都凉了。刘春梅小心翼翼地说,我再跟你热一下?

郑富仁没得好气地说,不吃了,哪里还吃得下?

刘春梅一边看着郑富仁的眼色,一边收拾桌子。嘴上自语道,我也是昏了头,等你回来就好了。这么办咧?不过蛮多毛衣都是熟人买的,我等下一家一家去收。金刚那里十几件,我打电话去要回来,把钱还他就是了。手机我明天也去退。实在收不回的钱,估计剩不得几多,我们认赔算了。算是花钱买个教训。真是撞鬼了。金刚这个王八蛋,没有出过一个好点子,活着害人。

郑富仁说,骂别个做么事,骂一下你自己。上小学捡一分钱都要交得警察,现在倒好,自己的伢都上了大学,捡个包回来,连忙拆散了卖,真是出息了。

刘春梅低头听骂,不敢作声。她收捡起碗筷,闷声不响地去一边洗涮干净。完后又拿起杯子,给郑富仁泡了一杯热茶。刘春梅讨好般地递到郑富仁跟前说,喝点热茶咧。

郑富仁没得好气地说,这时候喝茶,你还想不想我晚上睡得着呀。

刘春梅说,好好好,你莫气,我去换点开水来好吧?

郑富仁满心不爽,他看都懒得看刘春梅一眼。从红钢城出来的一路好心情到此已经半点都没得了。郑富仁说,你走走走,你给我走得越远越好。说罢自己一头躺倒在床上。

闭上眼睛,郑富仁想静一静心。他想,蛮简单的事,么样弄得这一团糟呢?得像捋麻绳一样,得把这件事捋一道才是。郑富仁刚抓起一根麻绳头,还没来得及捋第一下,父亲黯然的脸色竟浮出眼边,跟下来他震耳欲聋的咳嗽声,咔咔咔的让人心惊。郑富仁遽然而起,他想莫不是有么事。

正想时,电话铃响了起来。是保姆吴嫂打来的,说是医生让郑富仁去一趟。郑富仁急道,是不是老头有么事?

吴嫂说,不晓得。

郑富仁吼道,他人好不好,你未必看不出来?

吴嫂的声音有点战战兢兢,她说先生精神还蛮好,只有点头疼,不过疼得也不是蛮厉害。

郑富仁说,不是你的头,你晓得疼得厉害不厉害?

郑富仁懒得跟吴嫂啰唆,啪就挂了电话。他急忙穿好鞋子,理也不理坐在一边呆呆看着他的刘春梅,推门便出。

九

郑富仁进医生值班室时,值班医生正无聊地趴在桌前打盹。郑富仁敲了敲门,无人应。郑富仁便径直进去。屋里很静,桌面上都干干净净的,白墙上什么都没有,的确容易让人无端就睡着。郑富仁一直走到医生的桌前,轻敲了一下桌面,医生方才一个激灵醒过来。

这是父亲的主治大夫,面容很慈善,声音也很柔软,男人这样,很难得。他一开口,郑富仁心里便有一种踏实的感觉。医生说目前他父亲最主要的问题是颅内有血块。明天还要拍片观察，如果能够自己吸收便好，如果不能吸收的话，恐怕得做手术。

郑富仁有些紧张，说手术就是在头上开刀？

医生说，是。你不要太紧张。

郑富仁说，脑壳都要打开，哪能不紧张？根据我父亲现在的情况，估计他颅内的血会不会吸收呢？他看上去并不是那严重吧？

医生说，很难说。一切都要看明天检查的结果。

郑富仁说，如果检查结果不好，是不是马上就要做手术？

医生说，是的。越早做越好。

郑富仁说，我担心的是，他这么大年龄，如果下不了手术台，么办咧？

医生说，现在医学发达，年龄大的人做手术也不会有太大的凶险。手术过程中，医生也会特别小心。你要对我们有信心，也要对你父亲有信心。当然，手术台上瞬息万变，你们当儿女的，也要有思想准备才是。

郑富仁的心直往下沉。

医生见他如此这般，说你也莫着急，我们这说的是最坏的结果。也许检查过后，血块变小了，手术不就免了吗？你屋里明天最好能有人在这里，光那个保姆是不行的。

郑富仁说，那不是保姆。

医生怔了怔，望着郑富仁。郑富仁心道，你找这种老婆，叫我么样开口。但郑富仁还是开了口。他说，她是我老头的人。

医生说，你的继母？

郑富仁说，跟我没得关系，是他的人。

医生体谅地笑了笑说，她要能说话算数，就她在这里也可以。手术她能签字吗？

郑富仁说，没得她的事，我老头的事我说了算。我明天会来的。

郑富仁走出医生值班室里，心里有些乱。想想又觉得生气，暗自骂道好好的福你不享，一把年龄，抹个么事窗户。姆妈在世的时候，你年轻身体好，做么事从来没见你抹窗子呀，一年里头连个地都不扫一下。找了个保姆当老婆，你倒跟她当起保姆来了。这下好唎，把自己的命都要抹掉了。你这不是犯贱是么事？

郑富仁走进父亲病房时，父亲已经睡了。保姆吴嫂正拉开陪住的小床，准备休息。这是一张小小折叠床，已经被陪住的病属们睡得窝了下去。人要坐下，陷在里面半天都会爬不起来。吴嫂说，来了。

郑富仁没有作声。他看了看小床，心想你也就五十多岁，嫁给父亲这种老头，图个么事呢？一夜夜睡这样的小床，哪里又能睡得好觉？就算是图父亲的房子，这种牺牲也太大了吧。

吴嫂畏畏缩缩道，刚睡。

郑富仁没理她。他只想人活到吴嫂这地步，也是造孽。都是贫穷惹的祸。这惹的还不是一般的祸，是连环祸。

父亲本已睡着，只是他一下子就感觉到郑富仁来了，眼睛没睁，咕噜道，是富仁吧？

郑富仁说，是的。还好吧？说是头疼？

父亲说，这晚才来？是来看我有没有断气的吧？

郑富仁说,你这说的是么话。我到红钢城去办事,路太远了,回来得蛮晚。

父亲没作声,顿了顿方说,叫春梅明天跟我炖锅脚鱼汤。隔壁老头天天喝这,都说这个最补。

郑富仁心道,脚鱼贵得要死,你倒是会点。但嘴上还是说,好的。

父亲说,你们莫觉得贵,我这辈子也喝不了几回你们的汤了。

郑富仁说,病成这样,说话还不软一点。我答都答应了。

父亲说,我晓得你们会嫌贵的。

吴嫂说,先生,我把这个脚鱼钱给富仁好不好?

郑富仁烦她插自己的嘴,扭头便训斥道,跟你说了,你少搭我的白。我未必给我爹买个脚鱼的钱都没得?

父亲说,讲了你几多回,你跟她要好点说话。说完父亲又转过脸对吴嫂说,你也是,你帮他操那份心做么事?他又不得领你的情。

郑富仁在父亲病房站了一下,见父亲睡意蒙眬,淡淡地跟吴嫂说了句,晚上过点细,莫睡得太死。

吴嫂低声细声道,我晓得。

郑富仁走出病房,门还没有关严,便听到了父亲的鼾声。那声音,怎么听都觉得有些不对劲,郑富仁想,你跟我的架都没吵完,你莫想走这早。我不得让你走的。

出了医院,郑富仁心里有些发烦,便在隔壁的小铺上买了盒烟,走到湖边,找了条石凳坐了下来。郑富仁平日是不抽烟的,明摆着,抽烟花钱,花得还不少。这回他突然觉得不抽两口就压不住心里的烦。

医院对面是水果湖。水果湖是东湖的一个水荡子。原先这里荒凉得很,晚上走夜路,从湖边的小土路穿过,都有些吓人。前几年,整治湖泊,在这里修了座双湖桥,湖边的路也修,可站可坐可闲逛。夜晚的时候,路灯倒映在湖里,漾出一团团的黄光,波光粼粼的,荒凉的地方一下子就成了风景。

但是郑富仁的眼里是很难看到风景的。他为温饱天天奔波,压心头的事情一件摞着一件。房租、饭钱、儿子学费生活费、小店的货款、老父亲的身体,诸如此类。每一件事都是一块石头,压在他的背上。一个天天都背着石头的人,何曾又会有风景入眼?看风景需要一份从容和悠闲,对于郑富仁来说,这两样东西都是奢侈品,离他太远了。日复一日,郑富仁从没有觉得背上的石头有所递减,反而是越来越多。即使坐在湖边,人在风景之中,他同样也一点察觉不到。

郑富仁一直都在想,明天那个姓高的司机来了,么样跟他说呢?要是老头子明天检查的结果不好,又么样办呢?真的让医生打开他的脑袋?想到这个,郑富仁有些发怵。

郑富仁到家的时候已是半夜。他停放好自行车,便听到隔壁转钟的声响。他家的灯还亮着,微黄的,让人温暖。蓦然间,郑富仁发现金刚的车居然停在路边。他有些莫名其妙,夜半三更,金刚跑这里来做么事?

郑富仁推开门,迎上前的正是金刚。金刚说,伙计,你玩么事酷呀!深更半夜不回家,急得刘春梅哭得长江涨大水。

郑富仁侧眼一看,果然刘春梅坐在床边抹眼泪。郑富仁说,我还问你咧,你半夜跑这里来干么事呀?

金刚说,你要了半天的车牌号码,原来是去学雷锋呀!我早晓得,根本都不得帮你这个忙。你这做的叫事?典型的二百五!苕得不醒!做得好咧,自己收不了场。

郑富仁没得好气地说,你还说我,不是你的馊主意,刘春梅也不得卖那包衣服。

金刚说,关键不在卖不卖,捡到手的就是你的。天经地义。何况他的车还撞了你的人,泼了你的汤,伤了你的车。你凭么事去跟他做这个好人呀?

郑富仁说,我懒得跟你说。我这回就是要做这个好人,你又么样咧?

金刚说,我还懒得管你咧。我不是看到刘春梅一晚上到处跑,一家一户地找人,回收衣服,我算不得管你屋里的事。

郑富仁怔了怔。

金刚说,么样?不信?十点多了,刘春梅找到我屋里,要收回衣服。我这里的好办。拿回去就是了。刘春梅说她还要跑十几家。你想一下,卖给别个的东西,再要回来,你当没得皮扯?刘春梅一个女人家,大黑天一家一家找人要东西,做这种事,你放得下心?你放得下,我还放不下咧。我都上床睡觉的人,爬起来陪她一家家跑。得亏我去了,这真不是人做的事,嘴皮都磨破了,好话说了几箩筐,两个小时搞下地,才收回几件。蛮多人都不肯还,哄我们说已经穿过了。这种便宜货,哪个肯退?再说了,真要穿了,退回来也没得用。

刘春梅说,还有几家,我认得,是我的老街坊。明天早上我再去,肯定能收回来的。

刘春梅的声音有些哽咽,郑富仁的心一下子就软了。刘春梅嘴巴狠是有名的,她要开了口,机关枪的速度和声响都压不住她。刘春梅骂起人来,刻薄刁钻,从来都是不搞赢誓不罢休的,她几时这样软过!郑富仁想,我这是为了么事?就为了自己当个好人,让老婆受这种委屈。本来她跟我过日子就够委屈的了。

想过郑富仁心里憋得很,他说,算了,不消去得。实在不行,赔钱就是了。

刘春梅说,哪有那多钱赔呀。

金刚说,没得那个事。凭么事要你赔?起码也是你跟他均摊。

郑富仁说,那当然最好,但是别个未必肯。

金刚说,把拿回来的衣服给他,算他还捡回去一些,如果不是你捡到,如果你捡了不上门告诉他,他连这几件都得不到。

郑富仁说,把卖衣服的钱也都给他,反正我们不占便宜。估计他就是赔,也赔不了几多钱。

金刚说,这个钱你不消给。你硬要当这个好人的话,也只用给一半。不管么样说,不是你的话,他得赔一整个包。所以,他也应该感谢你一把才对。

经金刚这么一说,郑富仁心倒定了,觉得也不是件蛮大的事,顶多把找回来的衣服和卖出去的钱都给高姓司机就是。如此这般,他们没有损失什么,而高姓司机也赔不了多少。

金刚差不多坐到一点才走。走前金刚说,穷人,我才晓得你的脑壳有几昏。这个年头是让人当好人的年头?亏你老头想得出,也亏得你还听进去了。我真是服了你们。

关门时，刘春梅说，莫听他的。你老头的话不是没得道理。

夜晚，郑富仁躺在床上半天都没有睡着。他脑袋里既想着父亲说的话，又想着金刚说的话。两个人在他脑袋里怒目而视，相互打斗半天，不分输赢。郑富仁想，他妈的，这年头又么样？哪个年头都要人当好人，再说你不当个好人你又能当个么事呢？像我这种没得板眼的人我想当坏人未必就能当成？我敢打架？我敢偷东西？我敢当流氓？我敢拦路抢劫？我敢出门行骗？我敢敲诈勒索？我敢坑蒙拐卖？我敢走私贩毒？我敢造假卖假？我敢杀人放火？我敢谋财害命？我敢造谣？我敢嫖娼？郑富仁想了蛮多坏人所做的事，发现自己无一有胆一试。发现这点，他心里反而踏实了。既然自己当坏人的基本胆量都没得，不如一老一实地做人好了。

这样想过后，郑富仁便很快入了梦。

十

一早，郑富仁爬起来第一件事就是打电话续假。郑富仁还没来得及开口，组长便在电话里叫喊，老板说了，除了爹娘断气，老婆跳楼，小伢被车撞，其他情况，一律不准假。

郑富仁说，放他的屁！

组长说，他是放屁，关键是他放屁，我们就得闻臭呀。伙计，你就来唡，莫害我天天挨骂。

郑富仁说，我爹今天确诊要不要动手术。如果定下来动手术，不是破肚子开膛，而是开脑壳。开玩笑，我不在场，能行？

组长说，真的，你老头这严重？那算我白说，你还是去招呼老头子。万一真有个事，老天非要把雷劈到我头上不可。老板那里我去说，老板也有爹是不是呀？

郑富仁说，有你当我的组长，真是没得话说。

组长说，屁话少说，忙你的去。

春梅买回了脚鱼，前后忙着炖汤。店铺开门的时间到了，郑富仁见春梅转不过来，趁等汤好的时候，自己便去了柜台。不时地迎送几个买烟打油的邻居。门口的鞋匠准时地摆下他的摊子，人一坐稳，就开始补鞋。郑富仁想起自己的皮鞋后跟已经磨歪了，平时总没得空修理，今天正好是个机会。于是从房里拿出皮鞋，扔到鞋匠跟前，说麻利点，我就这双鞋，一下要穿它去医院。

鞋匠看了看他的鞋，说这还是十年前的老样子咧，前掌都快断了，还不甩它？

郑富仁说，补鞋的劝人甩鞋？没听说过。你好生跟我补，我还得穿它十年。

鞋匠笑道，硬像是比我还穷些。

两人正说笑，路边歇下一辆小面包，上面跳下来一个人，细高细高的，一副落魄样子。他探头探脑四下望了望，上前打问，请问郑、郑、郑富仁师傅住、住哪里呀？

郑富仁心道，哟，一个结巴子呀。

鞋匠说，你硬是问得神呀，他就是郑富仁。

那人便回身朝面包车上大叫，黄黄黄经理，就是这这这块！喊完忙不迭地要跟郑富仁握手，郑郑郑师傅，真是太太太感谢你你你了，我我我姓高，就是我掉了那包货货货。

郑富仁很少跟人握手,这一下被握着有些不习惯,他抽出手来,望着面包车上下来的两个衣冠楚楚的人,其中一个中年男人便是在福来贸易公司给郑富仁留地址的那个。郑富仁说,来这多人做么事呀?打群架?

高司机笑了,说郑郑郑师傅,你好会说说说笑话。这这这两个是我的领导。说罢,他便介绍走来的两个干部。高司机指着年轻一点的男人说,这这这一个是我们黄黄黄经理,这这这一个是是是我们的李李李经理。经理,他他他就是郑师傅傅傅,活活活雷锋。

黄姓经理立即热情洋溢地上前跟郑富仁握手,一边握一边不停地摇着说,真是太谢谢你了。货少了一包,我们正在着急,不晓得从哪里找起。高师傅也一晚上没有睡觉。

李姓经理说,我们在公司见过面,当时你又没有说做么事。害你跑路,真是的呀,我们根本没指望会有人送上门来。

高司机说,我我我们公司说了了了,要要要做一面锦锦锦旗给你。我我我们黄经理跟报报报社的人蛮蛮蛮熟,他他他还说要找个记记记者来采采采访。

郑富仁吓了一跳,他忙从黄姓经理握得紧紧的手中抽出自己的巴掌,一下子伸到高姓司机面前,高姓司机吓了一跳。郑富仁的巴掌在他的脸边晃个不停,说搞不得,搞不得,事情还不像你们想的那简单。

黄姓经理说,么样?是不是要报酬?我们想过了,起码给五百块钱。

郑富仁说,不是那个事。我都不晓得么样跟你们说。

李姓经理说,那就实话实说咧。

郑富仁想想有些说不出口，吞吞吐吐半天，才说，昨天我从你们那里回来，天蛮晚了。我到家之前，一个朋友来玩，叫我老婆拆了包。他们看见是毛衣，边下又有蛮多人想买，我老婆就把衣服都卖了。

高师傅以及两个经理都大声惊道，卖了？

郑富仁说，是呀，我回来骂了她半天。她连夜又到那些人屋里去收，收到半夜，只收回来了二十几件。实在对不起，我们把这些收回的衣服和卖的钱都把得你们。

两个经理的脸色立即变了。高司机急得说话打结打得更狠，你你你，你们卖卖卖了？你你你晓晓晓得一件衣衣衣服卖卖卖了几多钱钱钱呀？

郑富仁说，我老婆也不是个贪财的人，看大家想要，就按个便宜价给了大家，差不多一个成本价吧。

黄姓经理说，几多？

郑富仁说，我老婆二十块钱卖的。钱都在这里。

高姓司机叫道，二二二十块钱钱钱一件，那那那不是送送送？

郑富仁说，一件毛衣要得几个钱？我身上这件，二十五块买的，穿了几年，还蛮好。

李姓经理的语气立马有些严厉，说你有没有搞清楚，这件毛衣市场价是四百多块钱一件。

郑富仁吓了一跳，么事呀？四百多块？哪这贵呀？

鞋匠一边插嘴道，那不是比皮衣服还贵呀？

李姓经理对鞋匠道，你少开口，没得你的事。这种衣服又不是你这种人穿的，你莫充内行。

黄姓经理说，郑师傅，我们不消讨论价格，进货单公司里有。这一包衣服的批发价是两万多块钱，你可以自己去查我们的货单。现在的问题是这包货么办？

刘春梅闻声而出，她听到后面的话，不禁急问，那你说么办咧？

黄姓经理说，这些衣服，我们还是收了。剩下的，你们得赔。

郑富仁说，赔？么样赔呀？

李姓经理说，这还用说，折价赔钱呀。

刘春梅说，得赔几多咧？

李姓经理说，这算得出来的。毛衣单价两百四十四块，减去收回来的这几件，不对不对，有几件拆了封，不能算数。减去二十四件的钱，还剩九十六件。

李姓经理说着掏出手机，在手机的计算器上算了起来，算完说，一共是两万三千四百二十四块。减掉你们卖掉的毛衣钱，几多钱呀？

郑富仁说，一千八百块。

李姓经理说，那就还剩下两万一千六百二十四块。把四块钱的零头抹去，就算两万一千六百二十块吧。

黄姓经理说，把后头的六百二十块都去掉，算是抵我们本来准备的奖金。

李姓经理说，老板心好，再去掉六百二十块，那就是两万一千块钱。这都是明价。

郑富仁和春梅两人顿时目瞪口呆。

郑富仁说，这这这，你有没有搞错呀？

高司机说，好好好像进进进价没得这高高高吧？

李姓经理说，运费力资费未必不加进去？你的工资哪个发呀？批发价就是这个，你不懂少多嘴。

刘春梅当即跳了起来，你们想钱想疯了吧？你们休想搞敲诈。刘春梅的手指到了高司机的鼻子，你自己弄掉了货，要不我们捡到，上门通知你，你一件衣服都得不到，一分钱都得不到。你不谢我们，还来这一手，你是不是人呀！

高司机连连后退，他越急越说不清楚话，这这这、这么样能怪怪怪我咧。我我我，我我也不不不晓晓晓得得得……他的脸涨得通红，最后一个字也吐不出来了。

刘春梅说，话都说不清白，还搞这种歪门邪道。搬你们经理来有狠些？这年头，是个苕都可以当经理。我还是我屋里的经理咧。

李姓经理说，喂，你莫骂人咧。有道理就说，骂么事骂！

刘春梅说，哪个上门敲诈老子，老子就骂哪个。穿得油光水滑的，有板眼去敲那些老板呀，找我们穷人有么事敲头。

李姓经理说，你说话注意点，哪个敲诈你了呀？

行路的人听到吵闹，渐渐过来围观，纷然打问，出了么事。来得早的几个听出了事端。一个人说，蛮好玩，现在时兴玩杀贫济富。另一个人说，好人好事做到这份上，倒落这种下场，吓我。

黄姓经理对郑富仁说，我们不是来吵架的，你管一下你屋里老婆，叫她不消闹得。

郑富仁在这一片的吵闹中，慢慢冷静下来，冷静得心里有些发凉。郑富仁说，她要闹起来，我也管不住。衣服和钱你们要拿就拿,不拿我们也不客气。我们就只能做到这一步。多的你们也莫想。

李姓经理立即转脸向高司机,说这件事,蛮简单,你个人得负责。他不赔,你就得赔。

高司机脸立即由红而白,他扑通一下跪到郑富仁跟前,哀道,郑郑郑师傅,我我我晓得你你你是个好人,我我我也没得办法,我我我老婆瘫瘫瘫了,老老老娘得了癌,我我我……他说不下去,又说不清楚,眼泪鼻涕流得满脸。

围观的人都不作声了。刘春梅的叫骂也停了下来。

鞋匠说,郑师傅,莫听这些,这是苦肉计。

郑富仁知道,他说的是真话。现在他觉得心里不仅凉而且也痛了。两个衣冠楚楚的经理一副不关他事的样子,踱到围观人群外,一边说着什么一边相互点火抽烟。郑富仁知道,摆在他面前的难题,不是一般的难。突然间,他想起这件事都是他父亲惹起来的,一股恨意从他心里涌出。当个好人,真是一个笑话呀。

一个邻居的声音,从郑富仁杂货铺响起,郑师傅,医院来了电话,叫你赶紧去!她的声音又大又亮,穿越过高司机的哭泣,一直冲上了中北路。

十一

父亲的脑壳到底还是开了一刀。托了丽沙帮忙,找了医院最好的外科医生和麻醉师。郑富仁说,要不要给红包?丽沙说,越是好医生,越是不得收。放心,百分之百没得事。

郑富仁还是放不下心来，他想，这不是别的地方，是脑袋瓜呀。

郑富仁跟随护士推着移动床送父亲到手术室门口。父亲进门之前，望着郑富仁说，富仁，不晓得这是不是我最后一眼看你。说完，人便进了手术室。手术室大门关上那一刻，郑富仁看到父亲眼眶里包着泪水。郑富仁从小到大没见过父亲这样的表情，一瞬间，他眼眶湿透。

坐在手术室外，郑富仁度时如年。这辈子他从来都没有如此为父亲担忧过。他们相互争吵顶撞、讽刺挖苦，有时几个月如同陌路。好几回，郑富仁甚至在心里咒他还不早死。四十多年来，郑富仁烦他父亲的时候，比喜欢他的时候要多得多，跟他吵架的时候，也比正常说话的时候多得多。现在父亲真的有可能长辞而去，郑富仁的心却开始痛了。郑富仁心说，你不是蛮狠的吗？有板眼今天再狠一回，把你的命搞回来，光搞赢儿子算得了么事。

父亲果然还是狠，手术非常成功。

父亲醒过来后，看见郑富仁，说我看到你姆妈了，她不准我死，她还说富仁也不准你死。我就没有死。

郑富仁说，还是姆妈晓得我。我说了的，你跟我的架还没有吵完，你不得死的。

父亲听了这话，笑了起来，笑纹扯得满脸，却没有声音。

郑富仁没有跟他说有关包的事情。郑富仁想，说了也没得用，还得让他多费脑子。

福来贸易公司一连几天都找不到郑富仁。郑家只有刘春梅守店。他们不敢凑近那里，晓得一近前便会有一顿臭骂挨。他们只有到处找郑富仁。可是郑富仁白天上班，安装地板，又没得一个固定点，今天这家，明天那家。早上在汉口，下午说不定就去汉阳了。晚上郑富仁便去了医院。他给父亲送点吃的，跟父亲说些外面的事情，陪父亲聊几句天。两人拌嘴还是免不了，只是这时候的郑富仁不再硬顶，父亲犟起来的时候，他便懒得多说。等郑富仁到家，天色已经都蛮晚了。

每天回家刘春梅的第一句话就是，又平平安安过了一天。他们打电话来了的，都被我骂回去了。这时候的郑富仁方知，家里有个厉害老婆，也会省掉蛮多烦人的事。

有一天父亲说，富仁你好像改了蛮多咧。

郑富仁说，么东西改了？

父亲说，脾气改了蛮多，不大么跟我顶嘴了。以前我说一句，你恨不得顶十句，把人气得半死。

郑富仁说，你当我不想顶？你一个又老又病的人，我跟你顶个么事咧？把你顶过去了，我还划不来。

父亲说，我就搞不懂咧，我活着对你没得好处，死了对你也没得坏处，你做么事那想我活着？

郑富仁说，你这问得好笑咧。你不是我爹，你活不活关我么事？哪个要你是我亲爹？你是我爹，就是我的亲人，是我的老大，让你活得好好的，那就是当儿子的事。我也没得别的法子可选择的。

父亲笑了起来，显得真心高兴。父亲说总算听到你说了一回人话。

郑富仁也笑了笑，说你得学学我，改一下你的那张嘴。

父亲撇了撇嘴说，做你的春秋大梦。我活了八十几年都没有改过,剩下这点日子,我还去改?改呵欠!

郑富仁觉得父亲说话的神气好笑得很,心道,你就是想改,哪个又还指望得你真的改得了?

一天晚上,郑富仁从医院回家,车子还没有停稳,便被人拦下了。郑富仁定睛一看,是那个高司机。

郑富仁说,你莫找我,你也看到了,我屋里也穷。要钱没得,要命有一条。

高司机说,我我我也没得法法法。公司领导非非非要这样。他他他们找了律师,要要要告你。

郑富仁大惊,么事呀?告我?凭么事告我呀?

高司机说,律律律师说,告告告你侵占别别个的财物。

郑富仁说,我哪还有么事财物?我追回来的衣服把你们了,卖的钱也都把你们了。

高司机说,还差差差……

郑富仁说,差你个呵欠!你们去告,老子不怕。老子在屋里等着。

高姓司机哭丧着脸,说律律律师讲了,这这这个官司,我我我们公司肯定会赢赢赢。我我我晓得郑郑郑师傅是好好好人。我我我怕你吃吃吃亏,我我我写了个东东东西给你你你……

高姓司机说罢递了张纸条给郑富仁,郑富仁打开看,见上面写道,公司要到法院告你,要索赔两万一千块钱。律师说这是一个明摆着赢的官司。我晓得,衣服成本价是一万四千两百元,你莫赔多了。对不起,我没得办法。你得找律师问一下。要是输了官司,还得支付蛮多费用。高汉生。

郑富仁看罢纸条,心里竟热了一下。心想这个高汉生人还蛮好咧。郑富仁说,外面冷,去屋里坐一下?

高司机说,我我我不敢,我我我怕你老婆骂骂骂我。我我我得回去了了了……

郑富仁说,那慢走咧,跟你们老板讲,我行得正,坐得直,我不怕你们告。

郑富仁一进屋,刘春梅忙迎上说,碰到那个结巴司机没有?

郑富仁说,碰到了呀。

刘春梅惊讶道,啊,他一直等到现在?

郑富仁说,么样呀,他蛮早就来了?

刘春梅说,天没有黑就来了。一进门就结结结的,话都说不清,听起来蛮烦,我把他骂起走了。

郑富仁说,以后莫骂他。说完把纸条递给刘春梅。

刘春梅看罢立即高声叫了起来,告我们?他们敢告我们?我们犯了么事法呀?搞邪了吧?

郑富仁说,两万多块钱,你说么办?

刘春梅继续骂道,狗娘养的,欺负到老娘头上来了。你当老子是好惹的,搞烦了……刘春梅的声音越喊越大,她按捺不住,推开房门,冲到了外面。

郑富仁心里烦透了,一个巴掌拍在桌子上,说喊个么事,不都是你惹出来的?还不给老子滚回来!

桌上搁着郑富仁的水杯,它弹了几下,落在水泥地上,发出巨大的声音。刘春梅被镇住了,她站在屋门口,张着嘴,望着郑富仁,有点发呆。郑富仁脾气发过又有些悔,他想这也不能都怪刘春梅，自己未必不应该怪？自己一没有交代这个包不能动，二没有说清自己要去红钢城干么事，三也是最重要的，自己多这个事干么事咧？就算要当好人，何必费那大的劲找失主，交给警察不就得了？说起来，这个麻烦最应该怪的人就是自己呀。

想完，郑富仁长叹了一口气，望着刘春梅说，站在外面搞么事？还不进屋？这事还是得怪我，都是我惹的事。硬是没有想到，好人不是想当就当得了的。

刘春梅没有说话，返回房间一头扑到床上，号啕大哭。哭时不停地拍打着床。床单早就旧了，还是郑富仁结婚时母亲送的。春梅又拍又打，不时伸手抓来抓去，床单稀松的地方便撕开了口。刘春梅停下了几秒，看了看破口，又继续哭。一边哭一边说，怪哪个都没得用，要怪怪自己的命。真要是法院判赔，么样去弄这些钱咧。

这一晚，刘春梅在床上号到半夜。

郑富仁没有阻止她，也没有安慰她。郑富仁在板凳上坐了半夜。他仿佛什么都没有想，只是听刘春梅的号哭。他是个男人，发不出这样的声音。不是他的喉咙不行，而是不能。什么理由都没得，他一生下来，这个世界就告诉他，像他这样的男人，永远不可以发出这样的声音。

但是他这样的男人却无力停止住老婆悲伤的哭声。面对这个世界，郑富仁感到束手无策。他想，不晓得姆妈有没有像这样哭过，如果她这样哭了，老头子会么样办呢？

十二

郑富仁一天都心不在焉,满脑子都是电视剧里打官司的场面。这天在汉口的一个客户家做活,用锯的时候,居然割破了自己的手。鲜血滴在客户的地板上,客户一脸不高兴。打电话给公司,说为什么不派个有经验的安装工来。接电话的刚好是组长。组长说,这就是我们最有经验的安装工。郑富仁说,放心,我绝对跟你弄干净。

这天郑富仁收工得蛮晚。他拿着一大堆富余的地板和踢脚线,站在路口等公司的车过来接。天开始转凉,晚上的冷风刮起来也蛮狠,郑富仁冻得哆哆嗦嗦。他受伤的手用一条旧毛巾扎着,浸过来的血已经干成了壳。

开车来接他们的是组长。在车上,组长问郑富么回事。郑富仁什么也不想说,只说自己在走背运。组长没有问更多,只是说,手不好明天就莫来,去医院打个针。郑富仁说,不来你把钱我吃饭?

郑富仁到家时,却见刘春梅跪在路边,她双手高举着一个牌子,上面写着:春梅哀求各位在我这里买了毛衣的街坊邻居把毛衣退还给我,我除了返还原价之外,另付各位十元辛苦费。

郑富仁见此,全身的血一直冲到脑袋。他连从容地跨腿下自行车的耐心都没有了。他从自行车上跳下,就手将车一甩,冲到刘春梅跟前,拖了她便往家里去。

刘春梅哭道,你莫拖我,我晓得,买衣服的人都在附近住，他们看到会还得来的。还一件是一件，一件是两百把多块钱啦。

郑富仁说，你像这个样子，叫我么样做人！别个么样看我？这屋里的男人死绝了？让自己老婆受这种苦？不就是赔钱吗？我砸锅卖铁，抽血卖肾，起早摸黑未必还凑不齐？随么样也不能让你像这样呀！这件事你再莫掺和了，你越掺和麻烦越多！

郑富仁说着说着，成了吼叫。这时候他也恨不得高声号哭起来，眼泪水都已经冲到了眶边，但他到底还是忍了。

这天晚上，两个人没有说一句话。刘春梅闷声闷气地下了一锅面条，郑富仁闷声闷气地吃了一大碗。洗澡时，郑富仁受伤的手不方便，刘春梅便过来帮忙。刘春梅的手在郑富仁背上来回搓动，让郑富仁觉得浑身筋骨都舒服。洗完澡，刘春梅又替郑富仁重新包扎了伤口。他们还是没有说一句话。

半夜里，刘春梅醒了，用劲踢了他一脚，说不准砸锅卖铁，不准去卖血，不准去卖肾。

郑富仁把手搭在她的身上，说我晓得。郑富仁不敢把脸对着刘春梅，他怕她看到自己眼睛里有水。

去接父亲出院那天，郑富仁真的收到一张传票。原告是高汉生。

传票送来时，金刚的车刚到。本来郑富仁不打算要金刚去接，说打个车回家算了。金刚说，何必咧，我晓得你老头也不得出的士费，这笔钱还不是你掏？能省几块是几块。郑富仁想想金刚说的是，便依了金刚。

郑富仁拿着传票发呆，心想，还真的告我了咧。

金刚进门说，看么事呀，学文件？说完便从郑富仁手上抽出传票，看了几眼，惊道，吓我，世界上还有这样的事？告了你？要赔两万多块？这帮狗日的疯了？你这么办啦？

郑富仁一脸的无可奈何，说么办？听天由命办。

金刚说，你看看你看看，你要事先跟我说你到红钢城干么事，我负责挡了你，那就不会出现这样的结果了。捡了的东西还给他？没得那个事！捡了的，就是自己的，想穿想用想卖都由自己。

郑富仁说，还讲这些有么用？

金刚说，那你么办咧？

郑富仁说，再说吧。

再说也没有办法，硬着头皮项。世界上的倒霉事总得有一个苕货去承担，郑富仁想，这回我就是那个苕货。

医院给父亲开了一大堆药。郑富仁跟医生说，再开点消炎的药吧。他指了指自己的手。

父亲说，各是各的事，这个药你自己买。公家的便宜你最好莫占。

趁郑富仁去药房拿药时，金刚终于忍不住把郑富仁被人告上法庭的事告诉了他的父亲。父亲并没有像金刚想象的那样吃惊。他反倒是说，你以为冤枉了他？捡了别个的东西就得还，这是天经地义的事。自己贪心卖了钱，当然得赔。你赖着不赔，告你是教育你，教你往后莫光想占小便宜。

金刚听罢这这这了半天，说不出个所以然。回头见郑富仁，私下里说，我真是服了你那个爹，难怪你这辈子都走背运。

郑富仁淡淡地道，你才晓得。

父亲坐在金刚的驾驶室里，郑富仁和保姆吴嫂在后面敞篷的车上。

沿着来时的路回家，只一会儿，便上了中北路。行至武重门口，父亲说，金刚，开慢点，我看一下厂门到底成么样子了。

金刚说，有么事看头。这算好的，有的厂连门都没得了。还有的厂连地皮带厂门，都没得了，起码我们厂里还落个全尸。世界变了，不再是你以前看到的世界了。

父亲说，你说得也是。连我的脑壳都被打开来看了一遍，这世界哪能不变。往后这世上再发生么样的变化，我都不会觉得稀奇了。

金刚说，你这话就说对头了，你算是醒了。

父亲说，不是醒了，是空了。心里那个空呀，硬是空空荡荡的。算了算了，懒得管那些了。

金刚说，你这个大话说得真叫大！未必你不懒得管就管得了？

晚上郑富仁和金刚都在父亲家吃的饭。

保姆吴嫂找出了父亲以前收藏的茅台。父亲的脑袋刚动过手术，不能喝酒，便用矿泉水代替。父亲说，死里逃生，也应该庆祝一下。

金刚私底下对郑富仁说，今天我要帮你个忙。我要帮你从你老头那里弄点这个出来。金刚搓了搓手指，意指钞票。

郑富仁淡淡一笑，说你自己找死，反正你头破血流的时候，我是不得出手相救的。

吴嫂倒也能干，个把小时不到，竟弄了一桌菜。吴嫂没有上桌。她不敢。父亲也没有叫她坐上去。父亲晓得郑富仁不高兴跟她坐在一起，他也不想扫今天这个晚上的兴致。吴嫂便站在一边，端菜热菜递水，招呼桌上对饮的三个男人。

怀旧是酒桌上的主题。三个人讲了蛮多以前厂里的故事。金刚说，郑伯伯，有一回你在抽屉里发现一条蛇，是不是吓得跪倒在地呀？

父亲说，是呀是呀，不晓得哪里跑来一条蛇，害得我个把月都不敢开那个抽屉，腿软得一步路都走不得。

金刚哈哈大笑起来，说你一天到晚训穷人，不准他跟我们一路玩，我们都蛮烦你。穷人说你最怕蛇，我们就捉了一条吓你。

父亲恍然道，原来是你们搞的鬼呀？

郑富仁说，不关我的事，我也是事后才晓得的。

金刚说，我最大公无私，完全是为了代表大家帮穷人报仇。

郑富仁说，那一个月，我挨骂挨得还多些，你从来都是帮我倒忙。

父亲大笑了起来，脸上充满快意。

金刚说，郑伯伯，我敬你酒。你是我的榜样。

父亲说，奇怪，我当工程师，你当司机，我么样是你的榜样？拿了我当榜样，才混成这个样子？我劝你还是换个人吧。

金刚说，我不是指工作上，我是指做人。人不为己，天诛地灭，郑伯伯做得好。

父亲说，那也不能都这么说。人要看什么时候为己，什么时候不该为己。

金刚说，这复杂？

父亲说，做人是有学问的。就你现在的水平，拿我当榜样，你还不够格。

金刚一吐舌，说我的妈耶，郑伯伯牛哇。难怪郑穷人总是一副抬不起头来的样子。

郑富仁说，屋里摆着这狠个老子，儿子哪有出头之日。

父亲说，你这是跟我叫板呢，还是跟我认输？

金刚说，认输，当然是认输。

父亲说，我还不晓得他是么人？你叫他自己说。

郑富仁喝了一口酒，说当然是叫板。我几时服了输的？

父亲说，我晓得吧，你不得服输的。你的人生都输给我了，你的嘴巴怎么肯输给我？你要落一头。不过，这一条，你可能赢，因为我死在你前面，你随说么事，我都还不了嘴。

郑富仁说，既然你死在我前面，你怎么就能断定我的人生必定输给你？老话么样说的？活到老学到老，万一我到老成了人才呢？

父亲说，你也快五十了，你哪里还有戏！

金刚说，你们父子两个吵得蛮好玩咧。不过，打是亲，吵是爱，不打不吵不亲爱，是吧，郑伯伯？你得病，穷人急得不得了。有句话我想问你一下，要是穷人有灾，你肯不肯帮他呀？

父亲一笑，说莫这么快直奔主题呀。

金刚说，么意思呀？

父亲说,你们两个留下来喝酒不就是为这?要钱,是不是?

郑富仁说,金刚,我说你找死吧?这不关我的事。

父亲说,金刚开了这个口,我听到也蛮高兴。说明你们还是把我当个依靠,也说明我没有老而无用。不过咧,这个钱,我一分也不得给。

郑富仁说,我根本也没有指望你。

金刚有些沮丧,说哪有父亲不帮儿子的?算借也可以呀。

郑富仁说,金刚你闭嘴。我的事不要你管。

父亲说,不是我小气,舍不得。这种钱就该他们自己出。花钱买教训,下回再遇到这种事,看你们还敢不敢贪便宜。他那个老婆刘春梅,不吃一回亏,不晓得醒。

金刚说,那他得有承受力才行呀。

父亲说,我八十多岁,他四十多岁,哪个的承受力更强些?他要服这个输,说他不如我,那也好办。

金刚推了一把郑富仁,说跟老子服输,怕么事?小时候你在他身上也屙过屁屁,屁股也被他洗过,服了他的输不算掉底子。

郑富仁说,他从来没有抱过我,也没有跟我洗过屁股。

父亲说,自己犯的错误,自己承担,有胆量犯,就得拿出胆量扛。这种钱跟烧香敬菩萨的钱一样,都得自己出。

郑富仁说,不准再谈这个事,你们再讲,我掀桌子了。喝酒!我也几多年没有跟我老头坐在一起喝酒吃饭了。金刚,你省点心,不谈那些霉事,好好喝酒。

保姆吴嫂担心他们吵起来,打开了电视机。电视里正播放着相声。老段子,姜昆被困在电梯里。观众不时爆笑着。笑声把三个喝酒男人的吸引力抓了过去。他们也跟着笑,父亲笑的声音很响很亮。

这顿酒喝得很尽兴。郑富仁放纵地把自己喝醉了,醉得不省人事。醒来时,发现自己竟是躺在自己以前的房间里。老旧的书桌上,有他和母亲的合影。母亲微笑着,把手搭在他的肩膀上。郑富仁记得这是他和母亲唯一的一张合影。不多久,母亲便病逝。记忆里的母亲永远都只有年轻的样子,而他郑富仁却已经老了。

郑富仁爬起来看了看表,已经是半夜两点多钟,想起刘春梅一个人在家,心里有些不安,便披了衣服准备骑车回家。

郑富仁开门时,惊动了保姆吴嫂。吴嫂跟出来说,太晚了,明天早上再回去算了。

郑富仁说,跟你说一百遍了,我的事你少管。

父亲也醒了,他似是刚从梦中醒来,声音有些浑浊,浑浊得不像他以往的声音。父亲说,孙子的学费,往后都由我出。

郑富仁没作声,他开门走了出去。

夜真是深得厉害,冷风便在这夜深之处呼呼地吹着。从父亲家出来,只拐两个弯,便上了中北路。郑富仁的自行车一如既往地哐哐哐地响。郑富仁想,这个车是该修一下了。

此时的中北路上空无一人。

郑富仁行在这空空的街路上,突然觉得自己心里也空得厉害。他想起父亲常常挂在嘴上的话,心里空,空空荡荡的。这时候他体会到这种空荡的感觉。郑富仁暗自道,本来不想空空荡荡的,哪晓得比原先还要空空荡荡。

人生就是这样呀。

出门寻死

一

吃过晚饭,何汉晴刚把水壶垛在炉子上,突然就有了解大溲的感觉。何汉晴激灵了一下,放下水壶,来不及打火,一边解裤子一边就往厕所跑。何汉晴对自己说,你躲了我几天,终于躲不住了吧。老子这回非把你搞出来不可。

何汉晴还没到厕所门口,一个男人从外面冲进来,几步就到何汉晴面前,扯住何汉晴便往外拖。男人急吼吼地叫道,刘嫂子,赶紧!赶紧救命!

何汉晴甩开男人,定住自己,说,么事?

男人说,我那口子今天跟我拌了两句嘴,这一下寻死寻活,脑壳在墙上都撞出了一个大坨子。哪个劝都不听,隔壁爹爹正扯着她,我一想,也只有刘嫂子出马才镇得下来呀。

何汉晴心一急,解溲的感觉顿时消失。何汉晴说,你是不是又在外头搞了皮绊?

男人急道,这回不是,这回绝对不是。我只不过帮前街发廊的小妹搬了几包货。她狗日的就不依不饶。

何汉晴冷笑了一声,说我晓得就是这些杂八事。你在外头瞎搞,你叫她不死她又么样做人?换了我,我还不是要去死。

男人央求道,刘嫂子,帮个忙。我屋里的细伢才四岁半,娘死了,他又么样活咧?

何汉晴呛了他一句,说她今天活了,你明天又出去搞女人,她后天还不是个死?

男人说,这回真的是误会。我保证,我拿我的性命保证。上回在局子里关了三天,你也晓得,么事亏都吃了,我哪里还敢?嫂子,快点救命吧!全汉口除了你搞得掂她,又还有哪个?

何汉晴说,你倒是马屁拍得响。

何汉晴说话间便随男人疾步往外走。刚到门口,何汉晴的婆婆由屋里出来,喊了一声,水还没有烧咧!屋里的事么办?

何汉晴说,姆妈,人比水要紧。

人走到外面,婆婆的声音一直追了出来。婆婆说,随么事都要去岔,离了你地球未必不转了?

何汉晴听得分明,却只能当没听见。她想,人家屋里出了大事,街里街坊,能帮上忙是福分,说这种冷话有么事意思!

何汉晴费了一两个小时唇舌,总算把寻死觅活的女人文三花劝了下来。待文三花抹干了眼泪,何汉晴说,我这块舌头为你屋里的事都磨薄了半寸,你要再死,对不起我舌头。

文三花是何汉晴小妹的同学,以前都住在汉阳南岸嘴。嫁到汉口,跟何汉晴婆家只隔了一条街。说起来是老街坊,多少有些走动。何汉晴下岗后,跟文三花一起糊过几个月的纸盒。文三花性子温,做事慢,总被老板劈头盖脑地臭骂。何汉晴手脚麻利,便每回把自己糊好的盒子塞几个给文三花。看老板骂文三花骂狠了,还会跳起脚来帮文三花顶嘴。有一回顶得老板恼了火,被炒了鱿鱼。何汉晴甩手走人时,文三花眼巴巴地望着她,眼泪都快流了出来。其实只过了一天,文三花也被炒了。

文三花的老公还蛮能干,赚钱有几刷子水平,偏就是人有些花,在外面招女人喜欢。隔不几天就会有花花草草的事找上门来。每逢此时,文三花必是屋前屋后闹得鸡飞狗跳。文三花的老公便每回都搬何汉晴来劝解。

文三花说,何姐,再有这种事,你莫救我。我迟早是个死。

何汉晴说,图个吉利呀,莫总讲死不死的话。我教你个法子,你老公要是再到外面搞女人,你就去搞个男将,扯平他。要不我们妇女翻身还不白翻了?

文三花苦苦一笑,说何姐,我不是为这。他在外头睡一个女人跟睡一百个女人又有么事差别?我只不过觉得活得蛮累人,心里烦。

何汉晴心里一顿,想想有理。婆婆喊叫水还没有烧的声音立马就在耳边嗡嗡地响了起来。何汉晴说,也是,是蛮累人,是心里烦。

回家的一路,她都在想文三花的话。

二

何汉晴一脚踏进家门,婆婆看都没看她一眼,便问你几时才能把水烧开?

何汉晴说，我这不是才回来？想完心暗道，心这么冷，也不问一下别个三花是死是活。

婆婆仿佛猜透她的想法，说别个的事我算懒得管，我只管屋里得有热水喝。

何汉晴垮下脸，转身去厨房。垛在炉子上的水壶还是凉的。她赶紧打着了火，嘴上愤愤地说，你这壶水，真是金贵，比别个的命还要重要咧。

蓝色的火苗一下子喷了出来，围起圈子舔着壶底。壶底黑黑的，镶上一圈蓝，倒也好看。何汉晴想，未必我不回来，你们就都不喝热水？

正想时，解溲的感觉像虫一样蠕动起来。何汉晴忙又拔腿往厕所里跑。何汉晴的动作有点猛，一进厕所门，先是撞倒门边的拖把，抢手扶住拖把，且料劲用大了，险些把搁在角落的脸盆架掀翻。眼疾手快将脸盆架一把拽定，架子是没有倒，可公公适才洗脸刮胡子用过的半盆脏水却在何汉晴伸手之间海浪一样晃荡了几个来回，然后一下子泼在了何汉晴的袖子上。

大半截袖子转眼湿透，一路渗进何汉晴的毛衣上。毛衣是新买的，上海生产，百分之百的全羊毛。虽然是何汉晴在平价商店门前的花车上买的打折货，但也是她攒了几年的心劲，看了上十个回合，最后掏钱时还掂量了大半个小时才咬牙买下的。新衣穿上身不过三天，焐都没焐热，这下好，居然就被脏水一湿而透。

何汉晴顿时窝火得不行，脱口就想骂人：是哪个挨刀的，水也不倒！话到嘴边，迅速又吞了回去。没办法，因为她根本就晓得那个该挨刀的人是哪个。她不能装着不知道。她做媳妇的，假若晓得了还骂，那她才真的是那个该挨千刀的了。

何汉晴一边垮下裤子，一边使劲地把吐沫往喉咙里咽。咽完再蹲下身时，先前想要解溲的感觉又跑得无影无踪。

何汉晴真是有点欲哭无泪。这样的情况已经出现过好几回。近几天何汉晴都在被此一事困扰。前几次，何汉晴感觉一走，便提裤子起身。可这次，不知为什么，何汉晴犟了。心想，我非要把你这个狗日的屄屄捉回来不可，我一个大活人不能让你一泡屎憋死。想过后何汉晴便闭着眼睛寻找适才有过的感觉。

这是何汉晴的一个大病。说起来还是在洪湖当知青的事。何汉晴常常不愿想那些往事，可是隔三岔五的便秘总是逼得她不得不遥想当年。有一年乡下发大水，地都淹了，没有菜吃。房东家腌了几坛辣椒，何汉晴便天天用辣椒下饭。一个月吃下来，身体但凡有孔的地方都火辣火辣。解大溲更是问题严重。一蹲茅坑，便觉得热气从肠子里往外喷，肛门像是被烧着似的。解出来回头一看，血乎拉磕，吓得她轻易不敢进茅房。如此憋来憋去，事情闹得大，便秘就跟随身携带一样，总也离不开何汉晴。就算何汉晴一丁点辣椒不吃，她也不可能通畅地解完大便。何汉晴有时会觉得自己的一生都是叫肠子里那节屎给毁的。有一年公社推荐工农兵学员。村里人都说何汉晴勤快，人好。大队长当场拍了板，说就何汉晴了。公社派人叫何汉晴去填表，却是到处找何汉晴不到。何汉晴同组的丁燕子便自作主张跑去公社，伶牙俐齿地说何汉晴怕自己没得文化，不敢去，让给她了。公社领导觉得丁燕子也不错，就让丁燕子顶了替。那时候的何汉晴正蹲在茅坑里，她已经便秘了三天。这一次上厕所,她用了两个多小时方才搞掂。当她心情舒畅却也浑身酸痛地走出茅坑时,她的命运业已完全改变。大队长跺着脚对何汉晴叫道:你这不能怪我呀,要怪只怪你自己那泡万年屎。何汉晴无言以对。丁燕子后来读完大学又考了研究生,再后来又留洋去了美国,听说是读了博士,学问也做得老大。去年丁燕子被大学聘回来当教授,年薪十几万块钱,还分了一套像别墅一样的房子。丁燕子把知青点的同学都邀去家里喝茶。何汉晴也去了。何汉晴看见丁燕子宽大豪华的客厅立即就发了呆。丁燕子指着自己的房间笑着跟大家说,我有今天,得亏何汉晴那泡万年屎。说得大家哈哈大笑得肚子疼。只有何汉晴,眼泪都差点砸在丁燕子发亮的地板上。

何汉晴现在又身陷于她的万年屎中。

其实近一年来何汉晴的便秘已经好了许多。有个叫李文朴的记者央求何汉晴的老公刘建桥替他刻一个美国悍马的车模,登门时拎了两瓶蜂蜜。刘建桥不喜欢吃甜东西,说是腻。公公有糖尿病,不能吃,婆婆也说没得吃头。何汉晴怕浪费,于是就自己吃。原先并不知道吃蜂蜜有什么用,只是觉得在白开水里加点蜜,甜滋滋的,吃起来蛮舒服。哪晓得吃着蜂蜜的那些天,大便竟是出奇的通畅。何汉晴这才晓得,蜂蜜不光是甜得让嘴舒服,连屙大便都舒服许多。于是何汉晴每天都夸说蜂蜜的好处。先说时,还没人搭腔,只道是何汉晴大惊小怪,没见过世面,没吃过东西。说多了,也就有人响应。响应者是小姑子。小姑子那天只不过有点感冒,见嫂子何汉晴总说蜂蜜好,便也冲了一杯蜂蜜水喝。其实她那个感冒冲不冲蜂蜜水,次日也会好。但喝过蜂蜜水后第二天感冒就好，感觉就完全不一样。小姑子突然间就迷上了蜂蜜。进了家门，有理无理都冲蜂蜜水喝，结果两瓶蜂蜜几天下来就光剩得两个空瓶。何汉晴眼见得蜂蜜日日减少，心里疼得慌，但又不能阻止小姑子喝。你喝得她就喝不得吗？这时候何汉晴便很痛恨自己这张嘴。它一点都不能把何汉晴心里的东西封在心里，常常没遮没拦，心里分明不想说出来的话，它却偏要说。大便屙不出来，说得天下人人都晓得，现在大便靠了蜂蜜屙得顺了，又说得众人皆知。何汉晴想，就算是个马桶盖子，还能盖住点臭气。可自己这张嘴呢？牙齿和嘴唇咬紧了就是两道门，却什么都盖不住。蜂蜜吃完了，再买又舍不得。更何况买回来，小姑子的嘴像个无底洞，十几块钱，要不了几天，还不叫她喝没了？不买蜂蜜，何汉晴便只能让自己再次进入与大便斗争的岁月。想想这些，何汉晴就只想抽自己几个嘴巴子。

厕所里的何汉晴终于又把那个稍纵即逝的感觉捕捉到。

何汉晴正欲吐口气舒缓一下，炉子上的水却在这个关键的时候烧开了。烧水的壶是个叫壶，醸醸醸地叫得凶。何汉晴一向是喜欢这个壶的，觉得水一开，它就叫，像是热心热肠地喊人：我开了，快来灌水。这一叫就省下好多煤气，而且总也不会烧干锅。但这一回，她却有些恨恨然。何汉晴想，叫么事叫，老子刚有解出来的意思，总不能让你叫跑吧。

叫壶却不通情达理，依然顽强地叫着。

公公婆婆在客厅里看电视。其实他们也不怎么看，婆婆眼睛不行了，公公看不明白个什么。他们坐在电视机前，眯着眼打瞌睡，只不过听个响。开水壶每天都会叫，但灌水瓶是媳妇的事，他们想都不会想起来去过问一下；丈夫刘建桥猫在里屋刻车模，他迷进自己的事情，就算把壶放在他的耳朵边，他也不会听见的。他根本就没有听的习惯。小姑子建美多半在她住的阁楼上打扮。建美在家里养得娇，总拿自己当公主一样，男朋友找了几打，何汉晴为招待她的男朋友做的饭都不下八桌。建美横挑鼻子竖挑眼，总看不中人家，结果弄得自己嫁不出去。转眼建美便过了三十岁，自己急了，每天晚上都把自己打扮得花枝招展，然后去外面跳街舞。何汉晴百般看不顺眼，有一回说，你以为找男人靠撞大运呀？何汉晴一开口，就叫婆婆骂得抬不起头。婆婆说，我家美美是金枝玉叶，是你说得的？所以，何汉晴知道，这个金枝玉叶的小姑子是什么都指望不上的。

叫壶却一直叫。

煤气灶还是生铁铸的那种，很旧了，但是好用，火头子旺得很，烧菜时大火可以一直窜到锅沿边，特别爽。建美每次进厨房，都牢骚说这生铁灶黑咕隆咚的难看不说，还显得脏。又说哪家哪家早就换不锈钢的了，哪家哪家更高级，是玻璃钢的。何汉晴由着她说，却坚决不换。一则换灶又得花钱，二则何汉晴喜欢这灶的大火头，烧起菜来不光手爽，心都是爽的。

何香晴想都不用想，从灶眼吐出的蓝火苗围着圈舔舐壶底的样子就在眼边。火大费气，这个烧法，一罐煤气能经得住几回这样的浪费？煤气涨价，比三伏的温度还升得快，家里几个钱要像这么样花销，一年的日子得砍掉三个月才过得下来。何汉晴想着，心里的火苗子也随眼边的蓝火苗一起冒起来，她有点恼怒，心道，就算你们不灌水瓶，伸手把炉火关了未必就会死人？

这一口气堵上心来，适才找到的排泄感又消失一尽。水壶的叫声却越来越刺耳。

何汉晴心火冒了上来，心道老子今天就是要硬一口气，偏不管这壶水，偏要把这泡屎屙完再说，看你们又会怎么样。但是何汉晴硬气硬了不到三分钟，她很快明白，自己的这个硬气，除了自己一个人闷在厕所里硬之外，根本就没不会有人在意，也不会有人晓得。这气是白硬的。你何汉晴是他刘家的媳妇，烧水熄火灌瓶，都是你名下的事，你不管哪个管？你又能跟哪个去硬？硬来硬去，全都硬在自家身上。硬伤了心硬伤了肝，也是你自己活该。

何汉晴一想透，就知道自己不出厕所，这水壶就会一直叫下去。而水壶叫得这么噪，她又怎么可能顺畅地屙出大便？想到这些，何汉晴很无奈。无奈感一生出，转眼她便提着裤子站起了身。

何汉晴抚着酸胀的腿进到厨房。她关了炉火灌开水瓶。灌水时眼泪直往外涌。两个水瓶灌好，何汉晴一手一个地拎进客厅。刘建美刚好打扮完，正一摇一摆地往外走。走到大门口，刘建美突然站下说，嫂子，我屋里煤气多得用不完呀？水开了这么久也不灌，水壶再叫几声就快成歌星了。

何汉晴本来就恼着，听建美这一说，心口一闷，回嘴说，你灌一下么样就不行？没看到我在厕所里呀。

建美仿佛吃了一大惊似的，食指一下子就放到自家的鼻梁上。建美说，我？我灌水？这屋里几时轮到我来灌水瓶了？我要连水瓶都灌的话，那你还不失业？

何汉晴说，又不是天天让你灌，我没得空时，你灌一下么样不行？

建美冷笑道，你一个家庭妇女，成天待在屋里，你还没得空？

何汉晴说，那我总有上厕所的时候吧？

建美改冷笑为大笑，说我长这么大，还没听说过屙屎也是忙活。

何汉晴自知自己是说不过建美的，她有些急，一急声音就大了许多。何汉晴说，我又没说让你做么事，关个火总也是可以的吧？

建美也把声音放大了。建美说，你听到水开了就不能赶紧从厕所里出来？天晓得你是不是猫在厕所里躲懒？你那泡万年屎每天都要屙几遍，算是天下无双。

何汉晴听此一说，急上加羞，声音便更大。何汉晴说，我躲懒？这屋里大大小小里里外外的事，哪件不是我做？全世界的人都躲懒了，也没得我躲懒的份。

何汉晴的声音不好听，小声说话都有些嘶嘶啦啦，声音一大就更是炸炸的感觉。一边看电视的公公婆婆脸色都摆了出来。婆婆从来都不会像何汉晴这样吼叫。可是婆婆一开口，何汉晴就会觉得婆婆的每一个字都能扎出血来。

婆婆轻言慢语地说，有理不在声高，一个人是懒惰还是勤快，屋里有这么多眼睛，人人都看得到。

何汉晴听婆婆这一说，倒有些发懵。她琢磨不出婆婆的话是说她懒还是说她不懒。她不晓得自己该说什么好，心里便有些委屈。何汉晴不怕吵架，真要是吵起来，她何汉晴也放得开。这世上，架吵得豁出去了，又有哪个怕哪个呢？

可是婆婆却从来也不跟她吵。婆婆摆一副说理的样子，逐一逐条的，有理有据最后还有结论，经常就把何汉晴给说傻了。婆婆以前当过中学语文老师，摆起理来像跟学生上课。何汉晴一嫁进这里，就晓得自己跟婆婆对阵就算是有天大的理，最后理短的还会是她。所以，她从来不跟婆婆顶嘴。更何况，何汉晴明白，她要是咽不下气，张口顶了婆婆，婆婆的背后就会有人跳出来对付她。那个人就是公公。公公平常脾气倒也好，说话慢条斯理。只是何汉晴心知公公这好脾气，是放在那里没有响的一颗定时炸弹，到了规定的时候，就会爆炸。公公以前在大学工作，可公公并不是教授，只不过管管收发而已，学校和学生都不拿他的事当回事。在那种人人都是叫鸡公的环境里，公公干的几乎是一桩看人眼色的活儿，公公的地位低下便很自然。几十年下来，公公待人的客气便成职业病，有时几近谦卑。何汉晴自是也沾了这份职业病的光。只是公公从年轻时就宠婆婆，自忖事事不如婆婆，所以把婆婆当作菩萨一样供着。但凡有人对婆婆半点不敬，公公便六亲不认，定时炸弹肯定起爆。坏脾气的人平常发脾气发得多，就像喜欢叫的狗，听惯了，倒也没什么好怕的。可好脾气的人一旦火头蹿起来，却让人心惊胆战。不叫的狗一张口就会把人咬得鲜血淋漓。公公就有点这样。公公平常说话声气低低的，用悦耳这样的词都不为过。可一吼叫起来，整个屋子都嗡嗡嗡，排山倒海，河山浩荡，让人觉得房子都会被这巨大的声音涨碎。别说何汉晴，就是何汉晴的老公刘建桥和小姑子刘建美也都怕这声音。

何汉晴正有点百感交集。她想质问婆婆说的话到底是什么意思,但又心存胆怯。婆婆的道理和公公的吼叫都是让她心怯的东西。可是如果不把话说明白,如果婆婆认定她在家里常偷懒,她凭什么又要受这样的委屈呢?何汉晴浑身都躁乱不安,一肚子的话闷在心里,就像一座火山要爆发,却硬按着它的出口不让岩浆喷出来。何汉晴的脸憋紫了,气也快透不过来。幸亏刘建美开了口。

建美说,姆妈,我跟嫂子斗嘴巴玩,你操个么事心?拜拜,我走了,嫂子,莫当真。

建美说罢,扬长而去。

婆婆说,按说斗嘴倒也是一种生活情趣,可不是这个斗法。我们屋里又不是那种小市民。在我们屋里说话要有点文化,做人要学会懂事。

建美已经出了门,不知道她有没有听到这句话,但何汉晴却是听得真真切切。何汉晴想,要学会懂事?这话是说建美,还是说我呢?

婆婆却不再说什么,她继续看电视,不时地把茶喝得嗦嗦地响。

三

何汉晴回到自己房间。关上了门,站在门边她还在想婆婆的话,想得心里发烦。

这个时候,何汉晴常常会恨那些读书读得多的人。他们说话从来都不直白,每一句甚至每一字,都拐着弯抹着角,看上去像是飘过来的丝绸或者彩带,后面隐着大刀或是辣椒粉却都说不定。何汉晴在外面买菜买肉时,也常会跟人发生冲突,对方不管说什么,都一是一,二是二,捅娘骂老子,清清白白。有理就大声吵,没理也骂几句出出气,然后走人。完了事,也不会觉得心里不爽快,只当是锻炼身体,活动心肺。可是,那些以为自己有文化的人呢?你总是连他说什么都难得闹清,吵起来也不晓得从哪里下口,那又怎么个吵法呢?儿子刘最强有一回跟一个同学打架,学校找家长去解决问题。同学的爸爸是个教授,见了面就跟她说这说那。她听得烦,以为是在批评她屋里刘最强,便开口骂架,丑话直奔祖宗八代。结果弄了半天,才搞清,人家是在跟她道歉。而实际上她屋里刘最强比人家错得还狠一些。何汉晴只好又反过来,赔上了许多笑。那次何汉晴在学校丢了大脸,婆婆训了她一晚上不说,公公也发了脾气,连刘最强都摆出不肯理她的架势,时间长达半个来月,说她没得文化不懂道理还敢乱开口。这件事对何汉晴教训很深。何汉晴委屈地想,没得文化怪得了我?上小学就"文革",根本就没学文化;中学一毕业就下乡,说的是接受贫下中农再教育,你以为贫下中农教育的是文化?贫下中农骂起架来直去直来,脏话说得耳朵不敢听;下乡回来当工人,在厂里天天忙活,有事情哪个不是先吼了再说?不先吼吃了亏有哪个管你呀?下了岗,忙生活,越发跟文化不相干。可是没得文化又怎么样了,少让你们吃了一口饭吗?隔壁的马老头下棋时跟公公翻了脸,找上门来捅娘骂老子,你们有文化的都躲在屋里,不是我何汉晴出面骂得他从此只敢低头从家门口过,你们有扬眉吐气的日子?陪婆婆看病坐公汽时,售票员嫌婆婆挨她近了,话说得几难听,婆婆有文化又么样?敢出一声?不是我出头骂得她不敢还嘴,婆婆你受气还不是白受的?没文化有没文化的强,拿不出台面,可是放得下地面。一个人活在台面上的时间长,还是活在地面上的时间长呢?要晓得,这世上有蛮多事情,非得要没有文化的人去做,你才做得通。你们有文化,有没有搞懂这个?何汉晴想,我就是做那种事情的人。

委屈归委屈,委屈完了,何汉晴也无可奈何,只是以后但凡遇有说话文绉绉好摆一副讲理架势的人,她就赶紧自认倒霉,溜他再说。

房间里很静,刘建桥坐在桌子跟前,照弄他的事。何汉晴进来他哼都没有哼一声。何汉晴走路时故意把拖鞋拖得啪啪响,可刘建桥还是没有出声。

何汉晴是个心里藏不住事的人。刘建桥常讥笑她,说她屋里有几颗米都要赶忙告诉别个。现在,何汉晴心里有事了。她猜不出婆婆的话意,心里硬是窝得疼。以前她猜不出,一个人生闷气,刘建桥便给她解说。刘建桥当然是往好的说,何汉晴有时明白刘建桥故意曲解婆婆的话,但不管么样,有他这一说,哪怕是曲解,她何汉晴心里也舒服蛮多,晓得刘建桥是在意她的感受。有了这刘建桥对老婆的这份在意,又有么事放不下?何汉晴觉得刘建桥这回又该出头来为她解说一番,好让她打开心结,跨过这个坎。

何汉晴一屁股坐到了床沿边。她坐下的动作很重,依然是故意把声响弄大,好让刘建桥晓得她的不悦。床板有些硬,她猛然坐下,顿得肚子疼。那堆没有排泄出去的大便突然就兴风作浪了起来,胀得她小肚子好是难受。伴随这难受而来的,还有适才一直不停的壶叫声。

刘建桥坐在窗下的桌边,全神贯注地刻他的车模。对于何汉晴的进门以及坐床板的声响全不入耳。他宽厚的脊背就树在何汉晴面前,却是纹丝不动,就仿佛根本就不知道身后有一个人存在。

何汉晴原本就堵得难受的心里,立马又添了一堵。

其实,刘家只要有一个人伸手关上炉子,也就一秒钟时间,便可以让她顺利地解除自己的这份痛苦。但是他们全都装聋作哑,宁可让她受罪,也绝不施以援手。何汉晴愤愤然想,在这个屋里,个个人都重要,就只我何汉晴是根草,没得关心,也没得人搭理。是死是活,是病是疼,也没得人过问一声。我是媳妇,屋里的事该我做,我都认了。可未必我就不是人了?我也有特殊情况呗?这又不是旧社会,你们这样拿我不当回事?

灯光将刘建桥的影子倒在何汉晴身上,像是围靠在她身上的一堆柴。刘建桥一下也没有间断的镂刻声,咝咝咝的,犹如火柴,突然间就把何汉晴窝在心里的气引发烧着,火焰腾腾地燃着,烧得何汉晴全身都发出毕毕剥剥的声音。何汉晴只恨不得转到客厅去把刚才灌好的那瓶开水泼到刘建桥的头上。可是冷丁一想,医药费贵得很,真要烫伤了,这笔钱还不晓得从哪里出。这个月的菜钱都有些紧张。

何汉晴又努力地让自己坐定。但她怎么又能坐得定呢?身体固然难受,可心里却更加难受。若不找个什么由头宣泄一下自己的这份难受,何汉晴觉得自己今天就硬是过不去。而这宣泄还不能太轻,太轻了没人搭理。过坎倘只过一半,反而会更加不舒服。无论如何，得来回狠的。

何汉晴先是想用头撞墙，把自己撞得头破血流。可又想这样做疼的是自己，吃亏的是自己，划不来。她又想把床掀了，把声响弄得大大的，低头之间，看到床单被子都是昨天才洗净的，弄脏了自己还得洗。费了力气不说，还得费上许多水和洗衣粉。她还想把灯关上，让你刘建桥做不成事，可是这又算什么狠呢？刘建桥再把灯打开也就只要几秒钟，而公公婆婆根本都不会觉得这是她反抗的行动，这样的结果没有意义。何汉晴想不出自己应该用什么样的办法来表达自己的情绪。

突然间她脑子里空白一片，她没得想法了。就在何汉晴没得想法的时候她跳了起来。何汉晴一步就冲到了桌子跟前，伸手抢过刘建桥正刻着的车模，想也不想，看也不看，吭也不吭，猛然朝地上一摔。

车模落到地上，发出清脆的哪哪哆哆声，弹跳了几下，然后静了下来。

刘建桥没弄清怎么回事，傻了一样怔了几秒，然后扑到地上疯狂地寻找那个静下的车模。他在床下桌下急剧地爬来爬去，一番摸索，方才找到。

刘建桥对着灯光，细看了一下，发现他花了几天时间精刻细镂的两个轮子均已经断裂，方向盘更是去向不知。浑身的血突然就一起汇聚拢来，凶猛地冲击他的脑袋，它们变成震怒的吼声从刘建桥嘴里喷发而出：你疯了？你这个疯婆子，你做么事要害我？你晓得我刻这个车用了几多天？这是民间艺术展览急等要的，你叫我么样再赶得出来？你这样害我，你你你他妈的不想活了？！

吼叫间，不等何汉晴反应，刘建桥扬起手便给了何汉晴一个巴掌。

这一掌很重，何汉晴踉跄着倒在床上，她的脸立即就肿了。

公公婆婆闻声推门，他们看了一眼捂着脸倒在床上惊愕着两眼不知所措的何汉晴，一句话也没有说。

四

何汉晴哭了个够。

何汉晴哭的时候并没有人理她。她把自己哭得没有力气时，天也白了。窗帘缝里透过来的光线像灯一样照亮了何汉晴。何汉晴突然明白，哭对于她来说，没有任何意义。哭泣从来就没有救助过她。刘建桥如果犟起来，你就是哭破了天，他顶多伸手去顶天，也不会睬你的哭。

于是，几个钟头前文三花说的话在她耳边响起。三花说，蛮累人，心里烦。何汉晴突然就理解了文三花为什么总想寻死。何汉晴想，这样的活法确实累呀，确实烦呀。死了说不定真还好些。这一念像块大石头，一头扑来，瞬间便将何汉晴以前所有的生死观念全部撞倒。何汉晴真就觉得死了也不错，而且去死也不是件蛮难的事。既然如此，她何必让自己活得这么累呢？她又何必去烦这个心呢？挑个简单的不就结了？

何汉晴向来做事有决断。她从不喜欢拖泥带水。一旦认定自己活不如死，心里反倒变得踏实。她想，好，你们都嫌我。好，你们都瞧不起我。好，你们都嘲笑我。好，你刘建桥还这样打我。那我就去死！我死了，看哪个给你们做饭，看哪个给你们洗衣，看哪个给你们拖地抹桌子，看哪个楼上楼下陪你们看病，看哪个为你们满街买药，看哪个给你们换煤气，看哪个坐汽车帮你们抢座位，看哪个替你们扛米买菜，看哪个换季的时候给你们晒被子刷棉袄，看哪个帮你们倒洗澡水，看哪个帮你们剃头修发，看哪个替你们剪脚指甲，看哪个吃你们的剩菜，看哪个招呼你们的亲戚，看哪个引你们去江滩看焰火，看哪个陪你们秋天去公园看菊花，看哪个在你们被人欺的时候替你们出恶气，看哪个下雪天为你们扫门口的雪，看哪个起早床给你们买早点，还有，这个顶重要，水壶叫了，看你们再等哪个来关火，看哪个会憋着大溲不解，先来给你们灌水瓶。

一个屋里的家务杂八事，像是满地的芝麻，要把它们一粒粒捡起来，一个人得捡一辈子。何汉晴想，老子捡了大半辈子，累了，该歇下了！剩下的，等你们自己捡去，看你们四个人，一天能捡几颗。这么想着，何汉晴甚至有几分得意起来。

何汉晴一骨碌爬了起来。昨天晚上，她上床没有脱衣服，这一刻，也就用不着穿。她把自己衣服的褶皱扯了扯，抬头一望，发现刘建桥趴在桌上睡着了。他居然一夜没有到床上来睡觉。

何汉晴说，你个猪，醒了没有？

刘建桥没有作声。何汉晴说，我看你今天过后还能不能睡个安稳觉！

刘建桥动了动，嘴上哼了一声，还没有闹够？还想找打？

何汉晴说，这辈子你还能打得成我，算是你的福气。

刘建桥醒了过来，哼哼着伸懒腰，说，屁话少说！还不去买早点，小心姆妈又找你的歪。

何汉晴瞥了一眼墙上的钟，打了一个冷丁。她已经比平常晚了半个小时。婆婆过早的时间是固定的，起得晚了，她岂不更加有了口实说自己躲懒？

就是死，也用不着抢这一刻，何汉晴想，买完早点，让你们吃好了我再去死也一样。于是她忙不迭地拿饭盒，找零钱。脸没洗，牙没刷，赶紧赶忙地到里份口子上买全家人的早餐。

公公婆婆要吃面窝和豆浆，刘建桥喜欢吃热干面，小姑子建美交代过这个礼拜吃油条。何汉晴自己则只花一毛钱坐在摊子上喝一碗稀饭。那些油条面窝以及热干面她也不是不喜欢吃，只是稀饭最便宜。何汉晴手上的钱，能省一分是一分。

回来的时候遇到里份的刘太婆。刘太婆拎着大包小包的菜，因为东西太重，走起路来便一歪一歪的，每一步都像要摔一跤。

何汉晴忙抢了几步上前，将刘太婆手上的东西接了过来，嘴上说，刘太婆，么样买这么多菜？

刘太婆说，我屋里老大的同事今天要来喝酒。

何汉晴说，叫媳妇来买唦？这是她的事。

刘太婆说，哟，哪里都跟你屋里婆婆一样好福气？摊到个勤快媳妇，享半辈子的清福。我屋里那个，不骂我就是对我好了。刘太婆说着连连叹息。

何汉晴说，你把屋里的事都做了，那她做么事咧？

刘太婆说，夜晚抹牌，白天睡觉唦。

虽然是人家的事，何汉晴不当多说。但何汉晴就是个快嘴，要她不说她也忍不住。何汉晴有些愤然，说你屋媳妇也真是！硬是懒得抽筋。刘太婆你莫跟她客气，只管叫她做。

刘太婆无奈地笑笑，说要叫的动，我还不叫？叫多了，扯皮，还不是害儿子在中间夹脚？

何汉晴说，你要是顾这么多，那就没得法子。

何汉晴绕了一个小弯，把刘太婆送到她家的门口。刘太婆进门时说，汉晴，伢呀，你是个好人，不过也莫苦了自己。你今天的脸有些肿，眼睛也是红的。伢，回去好生休息一下。当顾自己的时候，就要顾自己，莫指望别个会为你着想。

刘太婆的话让何汉晴心里倍感温暖。何汉晴说，我晓得。刘太婆，你也多顾一下自己。说完她想，这样暖心的话，怎么婆婆从来都不会说一句呢？

何汉晴到家里，公公婆婆和建美都没有起床，只有刘建桥还端坐在灯下忙他的事。何汉晴想叫他洗把脸吃点东西，再去床上歇歇，这样搞下去，人还不搞死了？何汉晴走到刘建桥的背后，刚想开口，昨天晚上挨过巴掌的半边脸隐隐地疼了起来。何汉晴被这疼提醒，心道，饿死你累死你，你活该。想罢，便又转身出去。

炉子上的水烧开了，水壶又醿醿醿地叫得猛。何汉晴先给公公沏茶，然后又给婆婆泡胖大海。婆婆长年咽炎，天天要喝胖大海。剩下的开水，何汉晴一一灌进水瓶里。听着开水落进瓶中咕咕咕的声音，何汉晴全身一紧，解溲的感觉又冒了出来。

何汉晴几乎不在早上蹲厕所。她知道这个时间厕所是繁忙之地，尤其婆婆，一出卧室，就必得奔来这里。而自己进门一

225

蹲，没有半小时以上就出不来。与其上上下下地引来抱怨，不如自己忍着，实在忍不住了，就去里份的公共厕所。

此时此刻的何汉晴先是想忍，因为忍已经成了她的习惯。料想不到的是这泡屎从昨天到今天，已经让何汉晴忍得太痛苦了。虽然它是在自己的体内，可它想出来和不想出来的事，却全由不得自己控制。何汉晴越想忍，那种想要排泄的意念就越强烈。甚至连疾奔出门的时间都等不得了。紧张如此，何汉晴索性放下手上的事，噔噔几步进了厕所。

要说何汉晴一生都坏在自己的便秘上也真是不错。一蹲下身，何汉晴就明白自己的决定太正确了，因为错过了这个时刻，她不知道什么时候才能再次捕捉到时机。她听到婆婆起床的声音。婆婆每天早起第一件事便是如厕。只是偏这个时候何汉晴也处在她的紧要关头。她担心自己一让婆婆，便又会前功尽弃。何汉晴想，我顾一回自己再说。于是她咬紧了牙，用手将两耳一塞，心道就算婆婆来敲门，也要装作什么都没听到。何汉晴这时候有些不管不顾。

这份不管不顾的时间几近一个小时。当何汉晴如释重负地站起身时，她已然明白这个她自以为正确的决定，没准会是一个天大的错误。

何汉晴出了厕所，四下观望。想看看婆婆在干什么，结果发现公公和建美都还没有起床，而婆婆却不在家里。

何汉晴看了看挂在墙上的钟，叫了一声，美美，你还不起来，你今天不上班了？

建美揉了眼睛从她房间里出来，嘴上嘟囔道，一大早喊个么事哟，我昨天晚上没睡好，蛮想多睡一下！

何汉晴说，我还不晓得你！脑壳挨着枕头就过去了，几时还有睡不着的时候？

建美说，真的没睡好。我昨晚上回得蛮晚，你不晓得？

何汉晴说，不晓得。

建美说，昨晚上把我吓死了。

何汉晴说，出了么事？

建美说，住水塔街的一个嫂子，叫珍珍，你见过的？她总跟我一起跳舞的。

何汉晴脑子里浮出珍珍的面，白白的皮肤，细细的眼睛，蛮老实温顺的样子。何汉晴说，她么样了？

建美说，昨天晚上，她来得蛮晚。脸色不好，坐在花坛边，舞也不跳。我就过去拉她，说有么烦事，一跳舞就想开了。你猜她说么事？她说再怎么跳都想不开。说完又说，美美，我心里蛮烦。我说这年头，哪个不烦？她说，美美，我烦得不得了。我刚想劝她，她一跟头栽到我脚底下。我赶紧叫边上几个嫂子来扶她，一个嫂子说，她喝药了。你看吓不吓人。我们屁颠屁颠地把她送她到医院，救了大半夜。

何汉晴听得心惊肉跳，她想如果我去死，不晓得是不是也是这个死法。何汉晴问，救过来了么？

建美说，不救过来我得回来？医生说，再晚一步，毒药进到心里，就完了。

何汉晴说，她是为了么事？

建美刚要说，突然门口有人喊喊叫叫，刘家有没有人啦？

何汉晴忙应道，都在屋里，么事呀？

负责打扫里份公厕的管爹爹扶着婆婆进来。婆婆苍白着面孔,一副有气无力的样子。何汉晴大惊,说姆妈么样了?

建美亦大惊,说姆妈,你出么事了?

管爹爹生气道,你们做晚辈的是么样对老人呀?这大年龄的婆婆,这冷的天,你们让她大清早到外面去上公共厕所。那里人几多?坑边上几滑?我再么样清扫,人一多还不是个臭?老人家哪里受得了?你屋里未必没得茅房?

何汉晴的心立即咚咚咚地狂跳了起来。她想,完了。

公公和刘建桥闻声而出。管爹爹看了他们一眼,继续说,婆婆出了厕所,靠在门边上,走都走不得了,我不扶她回来,她出了事,你们一屋子人担当得起?

公公一脸心疼地望着婆婆,说你一大早跑到外面上厕所做么事?

婆婆委屈不过的样子,说屋里厕所被占了,我不去外面去哪里?

刘建桥的眼光立即像两把刀架在了何汉晴的头上。刘建桥说,你个狗日的一早上又霸着厕所不出来?

何汉晴原本心有内疚,叫刘建桥如此一说,立即愤怒横生,这怒气瞬间将内疚一驱而散。何汉晴说,你少跟我叫呀叫的!你以为我是故意的?我还不是没得办法?再说,我也不晓得姆妈要上厕所,姆妈过来敲一下门,我不就出来了?

婆婆望着刘建桥作一派大度地说,算了算了,桥桥,要怪就怪我没有敲门好了。汉晴昨天闹了一晚上,没有休息好,我今天也不想多惹事。

刘建桥说,姆妈,你这是么话?她做媳妇的让厕所给婆婆上,那是她该的。

婆婆说，伢呀，而今还有么事该不该的？哪个屋里不是婆婆让着媳妇？我们老也老了，活不了几年。你还有半辈子的过头。我们总不能得罪了媳妇，搞得往后你一天到晚吃闷亏吧，是不是？管爹爹，你说咧？

管爹爹一副无奈的样子，边摆摆手，边往外走，嘴上说道，而今的事，说不得，随么事都倒过来了。管爹爹唠叨而去。

何汉晴心里越发气得厉害。她不明白，为什么婆婆说话不能公平一点。何汉晴说，姆妈，你莫这样阴阳怪气地说话。我平常对桥桥么样，对你们两个老人么样，你心里总还是有个数吧？我在刘家不说是做牛做马，起码里里外外轻轻重重随么事也都一肩担了。你何必这样说我？

婆婆说，听听听，这都是些么话？！汉晴，我是不想跟你计较。我教了几十年的书，要跟你这样的人都计较的话，那就太有失身份了。

公公一直板着面孔。听到婆婆这番话，公公望着刘建桥吼道，桥桥，这正经日子不能邪到过！你不好好管住你老婆，老子只当没得你这个儿子。真是活得不耐烦了！

屋子的玻璃窗都被这声音震得颤动。婆婆长叹了一口气，说，这年头啊。

刘建桥上前把何汉晴的耳朵一揪，厉声道，你给老子滚进去！

建美忙追过去叫道，哥，莫搞得吓死人的，只这么大个事！嫂子下回注意点就是了。

婆婆淡淡地说，美美还没有嫁出去，说出口的话已经就不像刘家的人了。

何汉晴被刘建桥这一揪,心里顿时凉透。早晨想过的有关死的事,立即在她心头复活。何汉晴使劲地扭过身来,对刘建美说,美美,其实我早就晓得珍珍为么事要死。

何汉晴的声音平静得有些异常。

四

何汉晴的耳朵被刘建桥揪扯着,一直从客厅扯进了他们的卧室。

何汉晴心中的愤懑令她满眼都露着仇恨。刘建桥举起拳头意欲揍人时,突然就看到了何汉晴的目光。刘建桥的拳头悬了半天,没有落下。刘建桥从来没有见过何汉晴这样的目光,他有些惊骇。刘建桥想何汉晴就算有错,也错得不算太厉害。而且这个家,的确也是靠了她何汉晴一手撑着,才能过得这么平安。这一念闪过,刘建桥原来打算狠狠揍下去的拳头松了开来,变成了一掌。刘建桥一掌把何汉晴推到床上。然后一句话没说,回到自己的桌前。

只是这时候,对于何汉晴来说,刘建桥伸出来的是一掌或是一拳全都一样。

刘建桥已经下岗两年。他原先是汽车修配厂的钳工。

要说刘建桥也是个厚道之人,话不是蛮多,但一开了口,句句都像石头一样重。刘建桥在厂里出名是他的手巧。厂里的活做不出来时,大家就会说,让刘建桥做好了。刘建桥又吃得苦,只要人找,就满口应承,多余的话一句没得。何汉晴的舅舅是刘建桥的车间主任，总觉得刘建桥给他长脸不少，一说刘建桥眉眼里都带着彩。何汉晴从乡下抽调到火柴厂，拎着土特产去六渡桥看望舅舅舅娘。舅舅刚扫了何汉晴一眼，立马就想到一件事。他忙不迭地差人把刘建桥叫来屋里吃饭。吃饭时何汉晴当然也在场。

吃完饭，舅舅剔着牙说，建桥，汉晴刚从乡下回来，你带她出去逛逛，逛够了，送她回家。

刘建桥想都没想，就带着何汉晴出去逛。何汉晴住在汉阳南岸嘴，从六渡桥走到南岸嘴，路程也不长。两个人由三民路岔到江边，然后就沿着长江慢慢地走。初相识，也没得么话讲，但不讲话又不行。好在刘建桥话少，偏何汉晴话多，这就补了两个人的不足。何汉晴找些事来问七问八，刘建桥只能有问必答。所以，一路走下来，两个人的嘴也没有闲，东一句西一句地扯了一路野棉花。一直走到汉水边上，只觉得时间飞快，马路太短。

刘建桥问何汉晴，是搭车，还是坐船。

何汉晴说，坐小河的船快些。

小河就是汉江，汉江两岸的老住户都叫它小河。跟长江相比，它的确是条小河。但刘建桥是外来户，又不住在小河边，所以不解。刘建桥说么事小河？

何汉晴说，就是汉水唦。

刘建桥说，哦，这样呀。

上了小河的渡船，倚着船栏，看水，以及水口外的长江。两个人慢慢猜出了舅舅的意思。刘建桥说，我晓得你舅舅为么事叫我送你。

何汉晴说，我也有点晓得了。

就两句话，像是开会通个气，彼此心领神会，把些浪漫的过程都省掉，两个人就这样平平淡淡地来往起来。

有一天，刘建桥说，我的爸爸姆妈蛮想抱孙子。

何汉晴脸一红，就说，抱就抱咧。

然后两个人择在国庆节结婚。结婚的第二年，何汉晴果然就给刘家生了个孙子。何汉晴的舅舅在喝满月酒时，醉意十足地拍着刘建桥的肩说，么样，我给你找的老婆么样？

刘建桥连连说，没得话说，没得话说。

何汉晴的舅舅说，儿子起了个么名字？

刘建桥说，我姆妈说就叫刘强。

何汉晴的舅舅大声道，光一个强字么样行？得是最强。

刘建桥把何汉晴舅舅的话转达给爹妈听，老两口觉得加个最字也不错，所以，就把孙子叫了刘最强。何汉晴的舅舅这时已经退了休，说是当车间主任这些年，干得最清爽的一件事，就是把外甥女嫁给了刘建桥。

刘建桥厂里的活像是抽风，一阵紧一阵松，厂长也走马灯地换。人们还没有醒过神来，以往喧闹得让人发烦的厂子突然就萧条了起来。清冷的气息像水一样见缝而泻，厂里的角角落落便如洗菜似的被它里外洗了一道。一清冷，人就容易茫然。茫然间便觉得没事做了，就算有点点事也没心情去做，角角落落就总有人搓麻将斗地主。这两样都是武汉人永不厌倦的游戏。

一天厂里停电，刘建桥跟几个师兄弟在车间里搓麻将。以前搓过多次也没发生什么事，车间主任看见也当不晓得。停电了，不自找乐子，这时间又怎么打发？可是这天又一轮的新厂长上任。新厂长领着科室的干部们下车间视察。正正巧巧活捉了正在麻将桌上的刘建桥一帮人。这种事没有必要跟厂长较真，赶紧认错做检讨就是。车间主任踢了刘建桥一脚，低语道，赶紧低头认错。

刘建桥答说，我不先说。

刘建桥平常话少得外号就叫闷砣子。因为喉咙用得少，像是有锈，一开口声音就又老又粗，说小话也是嗡嗡的。

新厂长听见不受用。新厂长直视刘建桥说，你说么子话？有意见就大声说，嗡个么子事嗡？

刘建桥吓了一跳，不敢作声。新厂长却不依不饶，一副电视剧里改革家的派头，更加厉声道，有话就大声说出来！工人的本色就是有么事说么事，背底里说小话算老几？

车间主任又踢刘建桥一脚，低声道，赶紧认错。

刘建桥却被厂长一下子吼闭了气，半天才转过劲来。刘建桥心道，你还跟老子讲工人的本色！老子的工人本色早就被你们这帮坐办公室的人搞没得了。好，你讲本色，老子就给你本色一回。想罢刘建桥就朝新厂长身边的科室干部扬手一指说，有么事就说么事，这是你说的呀？！我说你要不带他们到下面视察，他们保险都坐在办公室里抹牌。桌子上泡着茶，茶里头还放洋参片，抹牌的声音比我们响得多。

新厂长听罢刘建桥的话，盯着刘建桥看了几眼，又回转身看他身后的科室干部。几个干部的脸色都变了。车间主任又狠狠地踢了刘建桥两脚，低骂道，猪猡猡呀，这地方还要你来逞英雄？

新厂长事后并没有对刘建桥怎么样，倒是跟刘建桥混了个熟脸，饭堂里碰到还会打一下招呼，说我晓得你，你叫刘建桥。

刘建桥便笑笑，心里却想，晓得又么样？你未必给我涨工资不成？不过刘建桥对这个厂长的印象还是不错。

但是半年后厂里改革，改革中最重要的内容就是安排富余工人下岗。厂办与各科室代表商议下岗工人名单时，刘建桥排在了第六名，前五名都是上了五十岁的老弱病残。看到贴在厂大门口的公告，刘建桥才晓得自己被自己的工人本色黑了一把。

刘建桥到车间休息室清理自己的东西，其实也就是饭盒、毛巾、刀具等一点杂物。清完了，就坐在木头凳子上发呆。几个师兄弟怜惜地陪着他。他的师弟叫北路。北路拿出一盒麻将，说都是这王八蛋惹的祸，送给你，带回家天天打这个王八蛋，一来混混点，二是出出气。北路说时，打开麻将盒，拿了张西风，用手捏了捏，又说，这牌的骨质几好呀，可惜它没有给人带来好运气。

车间干活了，机器都在响。刘建桥还呆坐在那里，不想走。只觉得一走出车间大门，他的天就算塌了。看着那盒麻将，刘建桥打开盒盖，伸手把玩了几下，心里却恨恨的。他骂着王八蛋，拿出刀，在北路适才捏过的西风上发狠地刻了起来。使出的劲，有点像泄愤。车间主任来时，刘建桥已经刻忘了时间。

车间主任问，刻么事？

刘建桥说，刻个王八蛋。

车间主任便从他手上拿过麻将,说咦,蛮像厂长咧。

刘建桥说,那他就是这个王八蛋吧。

车间主任说,把这个王八蛋送给我吧。

刘建桥说,那就送给你这个王八蛋吧。

车间主任笑了起来。刘建桥想想,觉得好玩,也笑了起来。出厂子大门时,刘建桥心里就轻松了好多,天也没有塌下来。

刘建桥下岗回家,何汉晴看他心情不好,多一句话都没有说。她晓得男人赢的时候,一个个都是堂堂的大男人,神气活现,脚指头都恨不得放在头顶;输的时候,却远比女人输不起,脑袋都想夹在裆里。刘建桥是厂里第一批下岗的工人,他输惨了。

而早在前几年,何汉晴的火柴厂里就跟她办了"两不找"。就是你不找我,我不找你。你不找我上班,我不找你要钱。跟下岗是一样,只是说法不同而已。何汉晴回家后,三两天就找到了事做:她先是跟一家私营公司糊盒子,为了文三花跟老板顶嘴后,她就开始跟人做钟点工,也算是有一笔收入。蛮多女工下了岗,却不肯去做家政,觉得没面子。何汉晴却满不在乎。何汉晴说,不偷不拿,干活挣钱,老子的面子大得很!

对于刘建桥的下岗,何汉晴脑子是想不通的。刘建桥在厂里这么能干,有时候机器出了问题,半夜里都会有人来叫,怎么下岗会轮到他?但何汉晴这样的人,想不通的事情太多,已经养成了想不通也得通的习惯。所以半天过后,她就想开了。说是想开,其实是认了命。何汉晴想算了算了,一个人有一个人的命,命里该上你的事,你跑也跑不脱。想过,她便不声响地去又找了两户人家做钟点工。从星期一到星期天，每天的活都排得满满。刘家一屋里的人，日子都过得闲闲散散，就只何汉晴，天天忙得像龙卷风。

刘建桥心里晓得，但没有说。他立马出门去找工作。只是在国营工厂时间干长了的人，骨头多半都比较疏懒，眼光还挑剔得不行，架子更是比农民工要拿得大。刘建桥亦是如此。结果就高不成低不就，一直找不到合适的事。毕竟哪样工作都比在厂里当钳工累人。非但如此，而且无趣。刘建桥想，劳累不过是体力上受苦，而无趣却是精神上受苦。按书上说的，这是更深一层的痛苦。刘建桥是高中毕业生，对精神要求还是看重的。

找不到工作回来就坐在桌前刻麻将混时间。这件事半分钱不挣，却让他趣味十足。开始是乱刻，刻人刻狗刻房子什么的。后来有一天从外面回来，看到家门口停有一辆漂亮的小车，尼桑蓝鸟的，金色。刘建桥围着尼桑看了半天，越看越上劲。车是何汉晴当钟点工的主人开来的，主人在报社当记者，说是家里来了客，特来请何汉晴帮忙提前做做卫生。看完车，刘建桥心里霍然亮了。从这天起，他就开始用麻将牌雕刻起小车来。

起初何汉晴看刘建桥这样，心里甚是欢喜，觉得这样最好，不赌不嫖地守在屋里，日子过得踏实。可是时间一长，特别是儿子刘最强考进大学，何汉晴就有些掐不住了。荷包是空的，钱包是瘪的，银行存折上的钱只两位数。就算公公婆婆贴一点，但他们的退休金也就这么多，贴了儿子贴姑娘，自己还得攒一半预防哪天得病。而她何汉晴却只有一双手，不可能再去添加几份钟点工的事。这时候的何汉晴心里有些急。情急时，何汉晴冒起胆子，请她那个记者主人帮刘建桥找一份工作。记者倒也仗义,一下子就找了份修汽车的事。哪晓得刘建桥去的那天,路上碰到师弟北路。北路刚下岗。北路的老婆要生孩子,急等着花钱。北路找工作找得头发白了一圈。刘建桥听北路一通诉苦下来,二话不说把他带到汽车修理厂,让他顶了自己的名。为这事,何汉晴气闷得一晚不理刘建桥。可惜北路的命不好,上班才一个月,有一天一辆待修的汽车,歇在那里突然爆了胎,把站在车旁的北路弹了出去。北路跌下时,脑袋落在路边一根水泥柱上。水泥柱几天前被一辆卡车撞倒,裸露了一截钢筋,这截钢筋就恰好从北路的太阳穴穿过。北路哼都没有哼一声,就断了气。刘建桥获知这消息时,正在听何汉晴抱怨他不该把这份工作让出手。刘建桥立马把北路的死讯说了出来。刘建桥说,不让给他,你今天可能当寡妇。何汉晴听罢手脚冰凉,呆了半天。心想,老天,这是个么事命呀。

从此何汉晴再不敢催促刘建桥出门找事。

何汉晴干钟点的记者主人叫李文朴,三十岁出头,老婆也是记者。两口子见何汉晴热心快肠,诚实可靠,对她也特别关照。逢年过节,报社会分东西,吃的用的全有。嫌多时,他们就会给何汉晴一些。虽说他替刘建桥找的工作刘建桥没有去,但这份情在。何汉晴一直心存感激,总想要买点东西回报一下,可又想不出送他们什么。太贵了买不起,便宜的人家都有,更何况还不一定看得上眼。

在家吃饭说起这事,建美说,好办,把我哥刻的小车送人家一个,文化人最喜欢这些东西。何汉晴觉得这主意不错,刘建桥也觉得是个好点子,他也很想为这个家做些贡献,于是就细心地刻了一对麻将车,一辆奔驰,一辆宝马。

何汉晴把车送给李文朴时，李文朴两口子都看得发呆，连连追问她，这是你老公刻的？这是你老公刻的？一副不信的样子。何汉晴差点就要对天发誓。

李文朴对这份礼物欢喜异常，非但表示要珍藏之，且说要为刘建桥写一篇文章。何汉晴对文章没有兴趣，只当他是说说而已。岂料李文朴当晚就来家了，手里拿着录音机和笔记本，让一家人惊喜得手忙脚乱。刘建桥就这样被李文朴登上了报纸，虽然登载的地方并不起眼，文章也只一块豆腐大，但也足以轰动整个里份，让刘家风光了好几天。街坊都说原来我们里份还有这大的人才呀。又说原来这里还是个藏龙卧虎的地方呀。公公婆婆笑得龇牙咧嘴，每天都要出门几趟，跟人说长道短，以便听人夸说儿子是人才。何汉晴那些天像往日一样在里份忙进忙出，但脸上却不知道比往日涨出几多光彩。何汉晴头一回意识到，原来男人有出息，能让他的女人这样得意。难怪这世上的女人都想攀高枝。

刘建桥因了这篇文章底气大增，就像一个穷人突然有了发财的本钱。他全身心都扑在雕刻麻将汽车上。刘建桥收集各种汽车图片，买来各种版本的汽车画册。附近几家汽车修理厂，他也都跑熟了，所有汽车的细节他都了如指掌。回家后就细细研究，然后逐一刻之。原先还隔三岔五去试着找找工作，现在他是人才了，人才么样能委屈自己到外面去做苦力呢？北路送给刘建桥的那盒有着一百四十二颗子的麻将，居然已经快被他刻得剩不下几颗了。

报纸的热闹很快就淡了下去，而要过的日子却是一天天如期而来。

何汉晴把家里的钱掰成几份用,依然觉得紧张。儿子刘最强上大学的学费是公公婆婆资助的。这虽然去了大头,但大学里的生活费也是不小的数目。刘最强今天一个电话要买录音机,明天一个电话要买手机,放假回来又要和同学一起旅游。有一回刘最强要买一台电脑,何汉晴怎么凑也凑不起钱来,打电话想跟刘最强商量缓个半年,刘最强连听都不听,"啪"就挂了电话。何汉晴不想儿子不开心,最后只好去卖血。何汉晴有时觉得从刘最强那里每吐一个字,她这边的荷包就在掉钱。只是为儿子花钱,何汉晴倒也心甘情愿。她再苦再累,也不能让儿子被同学看低。卖血的事她没有跟刘建桥说,刘建桥也不问电脑钱是怎么凑够数的。刘建桥觉得屋里不管有么事,交给何汉晴便总有办法。

何汉晴的确也是分分秒秒地想办法解决屋里所有的事情,但她还是想劝刘建桥出门找个事做。只是何汉晴每一开口说这个话,就会被刘建桥臭骂一顿。刘建桥骂的也就是何汉晴没有文化,不懂艺术之类。这是何汉晴的短。何汉晴老早就认了这个短,所以有时她会生气地想,有文化懂艺术就可以不吃饭了?就可以不花钱了?你也换个骂法行不行?想归想,何汉晴不会说出口来。她不想伤了夫妻和气,更何况刘建桥这个人几乎是她生活的全部,只要他好好的,只要每天进门出门看得到他,她的心就会踏实安稳。就算她在这个家里忙得昏天黑地,她还是会常常生出满足感。何汉晴想,总比别个屋里的男将在外头到处睡女人强一百倍吧?总比那些猫在发廊里占洗头小姐便宜的男将要强一百倍吧?那些钱多的男将,包个二奶,在外头又买房又生伢，那不还更烦人些？这样想过，何汉晴也只有自己闭嘴，继续将手上可怜的一点钱掰了又掰。

何汉晴被刘建桥一掌推倒在床上。这一次，何汉晴却没有哭。何汉晴自己都奇怪她怎么一点眼泪都没有。她想未必我的眼泪都流干了？想完她眼前先浮出文三花的脸，跟着那个白皮肤细眼睛的珍珍也浮出水面。何汉晴心道，活着真是又累又烦呀，我现在跟你两个一样了，我也不想活了。

何汉晴有时候觉得自己应该满足眼前的生活，儿子上了大学，公婆也没瘫在床上要人伺候，老公虽说下了岗，钱少，但他一不赌，二不嫖，到底还是一个实在可靠的男人，她的生活有什么不好？上比有钱人虽是不足，下比许多老百姓却也绰绰有余。可何汉晴还是会常常感到心烦。她在这个屋里全力以赴，忙进忙出，可经常一天忙下来，几乎没人跟她说几句话。公婆多是在指挥她做这做那，小姑吃完饭就出门玩去了，老公刘建桥自己闷头忙自己的，晚上倒是跟她睡在一头，但刘建桥多半一碰枕头便睡着了，有时需要也会跟她亲热，这种亲热却只有行动没有语言。饭桌上大家坐在一起有说有笑，只是那地方，哪有她说话的份？她一开口，就会有人堵。不是顶她，就是笑她。何汉晴常觉得这里是她的家，可她总是找不到这个家对她的亲。出了家门，街坊邻居倒是拿她像亲人一样。她弄不懂为什么会这样。气闷时，何汉晴常想，未必在你们眼里我就是个下人？未必我那么低贱？再有，手上的钞票越来越不经用也够让她烦心。这个月的钱再用一个星期就不够了。除非从今天起，只买点小菜下饭。鱼肉肯定是不能再买了的。连鸡蛋都不能买。公公的酒更是买不起。还有早餐从明天起，都只能吃馒头稀饭。煤气必得坚持到下个月才能有钱换气。天暖和了，洗碗可以不用热水，能省不少气。洗衣粉和洗洁精都要用到月底。最好跟建美商量一下，莫用卫生巾，还是用卫生纸算了。这种东西，月月用，要是省一下，就很能省出一点钱。刘建桥要的汽车画册，这个月是绝对不能买的。只是，刘最强如果又打电话来要钱怎么办？刘最强早就说要买一辆可以调速度的自行车。何汉晴想，顶多再抽一回血吧，抽血给儿子，她干，抽血补充家里的杂用，打死她也不得干。何汉晴对自己说，这是最起码的原则。

这一细盘算，么样会身不累心不烦呢？要是死了呢？这些事岂不就都不消得管了？人一累狠了，就想死，这说明人死了肯定比人活着的时候轻松。何汉晴想，狗娘养的，那些死了的人，一个都不回来通个消息，也不晓得那边是不是快活些。就算那边也累，换一个累法，说不定也好一点。何汉晴不知不觉地沉浸在自己的幻想之中。

婆婆的声音突然在外面响了起来，几时做中饭啦？

何汉晴怔了一下，她没有回答。这声音像是有人在砸她的脑门，砸得哐哐地响。

刘建桥说，没听到姆妈在喊你？！

何汉晴还是没有作声。文三花和珍珍的面庞又一先一后地浮在她的眼前。文三花说，几累人嘞。何汉晴说，我晓得。珍珍说，我心里蛮烦。何汉晴说，我也晓得。那两人说话时双泪长流。何汉晴心道，你两个还有眼泪，我的都干了。

婆婆又叫了一声，做不做饭，总得应一声吧？你要不做，我来做就是了。

刘建桥说,狗日的,你还不动?

何汉晴说,建桥,我蛮不想活了,我去死了算了。

刘建桥心在不焉道,你?全世界都死绝了,你都还剩在屋里,我还不晓得你?

何汉晴叫刘建桥的话说得一愣。心道,这是么话?你以为我不敢死?

刘建桥又说,老子刚才没有打你,是让你。你要再闹得中饭都要姆妈做,等一下不把你往死里打我不姓刘。

何汉晴说不出话来。刘建桥的话并不重,甚至还有一些淡淡的,漫不经心的味道,像是没有过刘建桥的脑子,也没有过刘建桥的喉咙,从窗外飘进来一样。

何汉晴想,这样跟你过日子,我何必要你打死,我自己去死不更舒服些?你当我没有想清楚?我现在这个样,死了不比活着强?

公公一脚踢开门,他的声音震耳欲聋,这是搞么事名堂呀!还想不想过日子?

何汉晴无奈,她只能爬起来。她明白,就是自己真想死,还是得把这顿饭做好了才能去死。

五

饭菜都端上了桌,公公婆婆已经坐好。

何汉晴把刘建桥喊出来吃饭。建美也刚好在开饭的时候回来。建美在附近一家超市当出纳,为了省钱,她总是回家吃饭。

何汉晴盛好四碗饭,自己却朝卧室里踱去。建美说,嫂子,你不吃饭?

何汉晴无精打采地说,我没得胃口。

婆婆说,你这是做给哪个看啦?

何汉晴说,我不做给哪个看,我不想吃也不行?

公公说,这年头,真是板眼大,有得吃有得喝,一个个都还活得不耐烦。

何汉晴说,我是活得不耐烦了。

婆婆说,你想么样?你说这话是么事意思?

建美笑了起来,说,嫂子,你莫学珍珍咧。我背珍珍跑医院,没到医院门口,累得快断了气。嫂子你有珍珍两个肥,我背你,没有出家门,我压也被你压死了。

刘建桥说,莫耳她。她才将说她想死,我一个字都不得信。她这种喜欢到处岔的人最舍不得死。就是小鬼把她捉到了阎王爷跟前,她两脚就把阎王爷踹在地上,自己跑回来。她这半生才只岔完了一条街,还没有把汉口岔够,她舍得死?!

何汉晴没有理他们,她径直进了房间。屋外的说笑声隔着门板传了进来。

建美大笑出声,建美说,哥,看不出来,你还有点幽默咧。

婆婆也笑了起来。婆婆说,长江上没得盖子,铁路边没得警察,厨房里有刀,药店里有药。挡别的挡得住,挡死是挡不住的。也不晓得汉晴会选哪样。

建美又笑,说,我嫂子呀,走到江边,一看,咦呀,这好的江水,死在里面会搞脏的,跳不得;走到铁路边,一看,咦呀，压死了我是小事，这不是害了别个司机？这撞不得；回到厨房拿起刀，一看啦，砍缺了口子，明儿过年婆婆剁肉刀子不快了，这用不得；最后跑到药铺里，一看，死个人买药还要花这多钱，鬼才买它。嫂子转遍了汉口，硬是找不出个法子让自己死。

建美的一番话，说得连板着面孔的公公也笑了起来。

婆婆说，莫以为死是一个简单的事。人一辈子只有一死，这死也是件要水平的事。这种事，汉晴这样的粗人，想都想不到。

建美说，姆妈说得是。就嫂子这个个性，哪里适合死哟。

何汉晴倚在卧室的窗边，眼睛望着外面，耳朵却在听着。听完婆婆的话，何汉晴冷冷地笑了笑，心道，你们都不信我会死？人想死了，还要个么事水平？一口的屁话！这回我非死给你们看一下。我在你们刘家这多年我也受够了。老公下岗挣不回钱，我就出门去挣。我伺候公婆，照顾小姑，生养儿子，屋里的重活轻活我一肩担了。你们眼睁睁都看到我做这做那，却从来没有哪个说过我几句好话，反倒是个个瞧不起我，嫌我是个粗人。我只不过上厕所时间长了一点，你们就对我这样。我是故意的？我有病，我比你们还难过，你们哪个替我想了？我就是一个粗人！我不会看书，不会拽词，更不会写文章，更不会拐到弯损人。但是我也还没有蠢到连死都不会吧？

何汉晴越想越气，越气就越委屈，越委屈就越觉得自己这辈子过得辛苦。突然间她觉得她一刻都无法继续在这里待下去。何汉晴对自己说，我要争口气，我今天就死给他们看！她想时，便迅速地给自己换了一件衣服。换好衣服，她照了一下镜子，觉得这样去死也还体面，便拉开门往外走。

建美见她出来，忙说，嫂子，还是来吃一点吧。

何汉晴说，你们都说我不会死吵，我这就出门找死去！

何汉晴大跨着步子往外走。她脑子里只有一个念头，就是我非死一盘给你们看看。

刘建桥的声音跟在后面。刘建桥说，我还不信你会去死咧，那我就等着看。

建美还在笑，建美的尖叫声追得更远，嫂子，找到了一个好死法，打个电话跟我通个气，我好帮你参谋一下。

六

何汉晴在里份的熟人真是太多了。

何汉晴从南岸嘴嫁过来已经二十几个年头。她看里份街坊的婴儿长成小伙子，看见小伙子成家生子，看见叔叔阿姨成爹爹婆婆，又看见爹爹婆婆一个一个地在里份的门边消失。时间快得她自己都记不得。

何汉晴出家门走几步，就有人跟她打招呼。先是对门的陆伯。陆伯说，汉晴，好久没有来我屋里坐了，你陆妈前两天还跟我说，几天听不到汉晴的大喉咙还真有点不舒服咧。

何汉晴心里郁闷，又不能不搭话，便勉强地笑了两声，说陆妈的腰好点了没有？

陆伯说，睡都睡了三四年了，指望好是好不起来的，不变坏就是福。老太婆就是想人去跟她说话，汉晴你得空就到屋里来坐一下，她蛮喜欢听你说街上那些七里八里的事。

何汉晴嘴上说好,心里却想,过不了几个钟头,我这一生的事就都忙完了,每分钟都得空。可是我哪里还去得成?想罢就觉得有点对不起陆伯和躺在床上不能动的陆妈。

这边陆伯的话刚说下,跟着是隔了几道门的朱婆婆。朱婆婆披件花棉袄正在屋角的墙边晒太阳,见汉晴,扯着老嗓子喊道,汉晴嘞——,伢,快点来,正在想你,你就来了。

换在平常,汉晴一听喊,便会快步走过去。可今天,何汉晴有些倦怠。朱婆婆又喊,汉晴,伢,你快过来哟!我还想差人找你去咧。

何汉晴无奈,只好过去。何汉晴说,朱婆婆,么事?

朱婆婆眯起了眼,递一个捞耳勺,说我耳朵痒死了,你赶紧替我掏下子。

何汉晴说,改天好不好?我今天有点事。

朱婆婆笑道,你那点把事我还不晓得?要不了几分钟,耽搁不了你。我等你等了个把钟头。我屋里爹爹想跟我掏,我把他推回去了。他那个粗手,把我耳朵掏聋了,我还划不来。爹爹说,你耳朵蛮金贵?还得派专人来掏?我说,我耳朵就是金贵。除了汉晴,别哪个都不够格。

何汉晴苦笑道,朱婆婆,你这样抬我的桩,我哪里消受得起?

朱婆婆说,看你说的,一条街,还就是你消受得起我的夸。你嫁过来,我这耳朵就没有换人掏过。快点快点,我痒死了。

何汉晴只得接过挖耳勺,对着阳光,为朱婆婆掏了起来。跟平常何汉晴喋喋不停地跟朱婆婆说话的状态比,今天的何汉晴有些沉闷。

朱婆婆说，汉晴，呀，你今天心里有事？

何汉晴说，没得事。

朱婆婆说，你今天跟往常不一样咧。按说你那个嘴巴是关不住的呀。

何汉晴说，没得事，我只不过时间有点赶急。

朱婆婆说，好好好，你今天马虎点，过两天再跟我细细掏好不好？

何汉晴心道，过两天哪里还能替你掏呢？过两天我都不晓得我在哪里了。想罢便说，算了，掏都掏了，还是得掏好才是。

朱婆婆便笑了，说我就晓得你过细。我跟你讲，我这个耳朵也只服你掏，别个掏完了，还是痒得很，你说怪不怪。

何汉晴说，我婆婆的耳朵都没有你这耳朵挑人才。

朱婆婆一边揉着耳朵一边嘎嘎大笑了起来。朱婆婆说，你说得蛮对，你硬是个人才，一个捞耳屎的人才。

何汉晴说，莫笑莫笑，小心耳朵。

何汉晴掏完一只，朱婆婆用手抚着耳朵，大笑着说，真是好舒服呀。

何汉晴没有笑，她对着阳光开始掏朱婆婆的第二只耳朵。才动耳勺，就有人大喊她的名字。何汉晴抬起头，见文三花跌跌撞撞地朝她跑来。一边跑，一边哭。

何汉晴没有见过文三花急成过这样，忙喊道，有么事？慢点跑。

文三花跑到何汉晴跟前，腿一软，就地一坐，哭道，何姐,你要救我,你还得救我一把。

何汉晴说,么事,又出了么事?

文三花说,我男将被汽车撞了,还不晓得死活。

何汉晴大惊,说那你不去医院,跑这里来做么事?

文三花说,我的伢一个人在屋里,求你帮我照应一下。

何汉晴忙拉起文三花,说你这个人糊涂得也太狠了,临时找个人看一下伢唦,还跑这远来找我。

文三花说,别个我又怎么放得下心。

何汉晴说,多的话莫说了,你赶紧去医院,我立马去你屋里。

文三花掏出门钥匙给何汉晴,抹着眼泪却不动脚。

何汉晴说,你还不去?

文三花又哭了起来,说他跟那个骚货一起出的车祸,天晓得他两个在车上做么事,开了上十年的车,怎么会一头撞到街边的树上咧?

何汉晴心里怔了怔,暗骂道,这个狗男将,真不是东西。嘴上却说,还管那些,先顾了你老公的命再说。说罢,何汉晴推着文三花往前走。走了两步,何汉晴回过头对朱婆婆道,我欠你一个耳朵。说完想,这辈子算是欠下了。

朱婆婆摆了摆手说,莫讲这话,伢比耳朵紧要。

文三花住的是楼房,那是她老公单位分的。文三花的老公在运输公司当司机,工资虽不是蛮高,但每个月的活钱不少。所以,文三花的屋里该有的东西全都有。何汉晴总说文三花的命好,文三花却说一个人有一个人的命,不是少了这头,就是少了那头。文三花屋里虽然有点钱,可文三花老公在外面的野女人总是不断线地冒出。也怪文三花太不能干,何汉晴随便几时去,她屋里从来都是一团糟。文三花的菜也做得差,结婚五六年,还做不出个团圆菜。她老公累了回来,屋里一塌糊涂不说,一口像样的热饭热菜都到不了嘴,那心思哪里能不往外野?何汉晴手把手地教文三花收拾屋子和烧菜,可到了下回去,文三花的一切都还是老样子。文三花的娘死得早,跟着一个捡垃圾的爹过日子,住的房子漏风又漏雨,饭也是三天总有两天吃不饱。活到二十几岁,嫁了人,才算把苦日子过穿,便总觉得眼前这一切都已经好得很。住的屋子夏天凉快冬天暖和,也蛮舒服,一日三餐不光有饭且还有菜。家里电视电话洗衣机,样样都齐全,就连睡床都是软软的席梦思。换了旧社会的地主资本家也过不到这样的日子。这么好了,屋里脏乱点算得了么事?不脏不乱像个豪华商场又有什么味道?还有,现在的米那么香,不要菜都能快快活活地吃下饭,配上榨菜辣萝卜小白菜,够好吃的,怎么还会咽不下去呢?文三花总也想不通这个理。何汉晴只好叹道,真是个穷坯子,教都教不会,骂也骂不醒啦。

现在何汉晴站在了文三花屋里。

何汉晴看到的是床上沙发上四散着大大小小的臭袜子,脏衣裤。小孩子的屎尿在地上留着醒目的印渍,桌上还拉下一些吃剩的饭菜渣。屋里所有的窗子都闭得严严实实,一股污浊气,直冲鼻子。这还算好,走进厨房,何汉晴想不吓一跳都不行。地面上的油腻都结成了垢,踩上时滑溜溜的。垃圾桶的垃圾已经爆满,溢得周边到处都是。灶台边上的烂菜叶子和鱼刺估计已经放在那里两三天了,发出酸腐气。洗碗池里一堆碗,有几个碗边上的饭粒都已干硬,这也多半是好几天的饭碗没有洗。何汉晴暗骂道,像你这样过日子,莫说你男人在外头找人,我要是个男人,我还不是要到外头去找?没有休你已经是对你客气。

文三花的儿子叫细伢,还睡在被窝里,小脸红扑扑的,响响地吐着气。何汉晴坐在床帮,看了他一下,脑子里浮出刘最强小时候的样子。何汉晴想,未必我连儿子最后一面都不见?但如果见了,刘最强看出我要去寻死,还不鼻涕眼泪一大把地扯我的衣角,那我又怎么死得成?何汉晴这么想过,心便有些酸楚。她看了看文三花床边的电话,忍不住上前拨了刘最强手机的号码。刘最强的手机是他过生日时姑姑建美送的,虽然刘最强每个月要花不少电话费,但能够经常听到儿子的声音,而且想儿子的时候说找就能找到他,何汉晴就觉得这种钱花多少都值得。

刘最强一下子就接了电话。何汉晴只叫了一声强强,就哽咽无语。刘最强说,姆妈,么事吵,有话快说,我正在外头上网。

何汉晴说,强强,你要好好的,要争气。

刘最强说,姆妈你这是么样了吵,我不争气我跟你考得上大学?姆妈,有么事就快说,没得事我就挂了。

何汉晴好想听儿子的声音,可她又一时想不出什么话,于是她终于说,强强,姆妈觉得心里烦,蛮想去死。

刘最强不耐烦道,姆妈,你莫没得事找事。我忙得很,你硬要去死,我未必拦得住?说这话最没得劲了。

刘最强一下子把何汉晴顶得什么都说不出来。何汉晴想，你是拦不住，可是我生你养你，对你一百样迁就，你连两句留我的话劝我的话都不会说？

见何汉晴没得声音，刘最强说，姆妈，没得事我挂了！说完只听得"啪"的一声，电话立即变成忙音。这声音像是从刘最强手上伸过来的一根长针，一直扎透何汉晴的心脏。何汉晴原本酸酸楚楚的心蓦地变成了难言的疼，眼泪径直流到了面颊上。

何汉晴闲不住，挽起衣袖帮文三花干活。她刚做完厨房的卫生，细伢醒了。细伢认得何汉晴，一骨碌从被窝里爬出来，说原来是老娘子来了。

细伢虽只有四岁半，但小嘴惊人地会说话。有一回文三花带着细伢到何汉晴的里份里串门，路上遇到何汉晴帮隔壁杨嫁嫁剪头发。文三花就站在那里跟她们闲聊。细伢歪着头，打量何汉晴半天，说原来何伯伯是个老娘子。说得大人都笑了起来。何汉晴说，那你姆妈是么事呢？细伢说，我姆妈当然是小娘子唦。大人们听此言更是笑得一翻。从那以后，何汉晴就要细伢喊她"老娘子"。

何汉晴见细伢光着身子爬出被窝，忙上前把他塞进去，嘴上道，慢点来，冻凉了，老娘子还赔不起你。

细伢说，老娘子你跑到我屋来做么事？

何汉晴说，还不是你这个小杂种要人照应。

细伢说，我是个么事小杂种呀？

何汉晴说，是你爸爸和你姆妈的小杂种。

细伢说，那老娘子是不是你爸爸和你姆妈的老杂种呀？

何汉晴哭笑不得，在他的脸颊上拍了几个小巴掌，说你这个小杂种将来肯定不是个好东西。

话说完，突然脑子里就浮出自己爸爸姆妈的样子。何汉晴的爸爸是水手，走船的时候，遇到洪水，船翻了，从此就再也不见踪影，连个尸首都没得。何汉晴的妈一辈子住在南岸嘴，汉口一发洪水，水头就会淹到屋门口。前几年整治南岸嘴，政府照顾了一套新房，何汉晴的姆妈死活都不想去住，说是住惯了小河边，上了楼，一接不到地气，二闻不到水气，这人又有么事好活头？何汉晴配合政府劝了几天，总算是搬离了。现在楼房也住得蛮舒服，说是地气接不到，可是能接到天气；水气闻不到，但能闻到雨气。天比地高，雨水比小河的水净，所以也蛮好。南岸嘴现在像个花园，前两年何汉晴去看了一回。拆了旧房子的地皮上种着麦子，绿油油一片，中间零星地杂了几棵树，一派田园风光，人走到这样的环境里，真是觉得无限养眼。对于何汉晴，南岸嘴就是她的家乡。走遍天下，总在心里。就算它改变得让人识不得，但也和何汉晴二十年的生命连在一起。

何汉晴想，我死之前，还得去看一眼才是。

天黑了，文三花还没有回来，连个电话都没得。何汉晴担心细伢饿，又怕文三花累死累活地回来，连口热汤都没得喝，便又扎起围裙来做饭。文三花的冰箱里几乎没有菜，何汉晴没得法，见冰箱的蛋格上还剩两个鸡蛋，只好下了一锅面条。何汉晴喂完细伢，自己也饿了，便也吃了一碗，此时业已近九点，文三花还是音讯全无。何汉晴有点急，不晓得文三花她老公到底怎么样。想打电话去问，却又不晓得往哪里打。

何汉晴把文三花屋里该洗的该抹的都做了，屋里到处干干净净，明明亮亮。细伢的哈欠又打了起来，偎在何汉晴身上几分钟，就又睡了过去。放了细伢上床，何汉晴有些急，看电视又看不进，心道自己是出门寻死的，却跑到这里来替别个操心，叫刘建桥和美美晓得了，还不又笑死？又想，不晓得今晚上屋里的饭是哪个做，她没有回去，一屋的人会不会着急？要是刘建桥的脑袋会转弯，一找就找到这里来，那才是真的死不成了。

何汉晴心里麻乱麻乱。

十点过后，电话终于响了，是文三花的声音。文三花哭道，何姐，辛苦你了。

何汉晴说，急死人的，你老公么样了？

文三花说，才下手术台，命保住了。

何汉晴松了一口气，说那就好，那就好。

文三花还是哭，说那个狗日的骚货女人只擦破一点皮，连针都没有缝。

何汉晴说，算了，人救过来了，这笔账等他好了再算。

文三花说，他醒过来还叫那个骚货的名字。何姐……文三花说着说着，语不成调。

何汉晴长叹一口气，说三花，你自己悠到一点。两口子的事，别个也难得说。你几时回来？

文三花说，我过一下就回。细伢睡了？

何汉晴说，睡得屁是屁鼾是鼾。几好个伢呀，看儿子面子，把那些事都放下算了。将来靠着伢过就是了。

文三花说,何姐,老公靠不住,伢未必就靠得住?

何汉晴想想觉得也是,但她不能火上加油。何汉晴说,不说这些,我挂了。何汉晴放下电话想,管不了你这些了,我要死在你前头,往后你自己顾自己吧。

七

歪在沙发上睡着了的何汉晴突然被一阵嘈杂声惊醒,她怔忡了一下,方想起自己是在文三花的屋里。紧接着门开了,进来的是文三花。她的身后还跟了好几个人,都是乡下人打扮。何汉晴惊问,么样了?

文三花说,何姐,你莫吓着了,是我婆家的两个兄弟赶过来招呼他哥的。这两个一个嫂子一个弟妹。

何汉晴松下一口气,她抬头看了看钟,十二点半。何汉晴说,都吃了没有?

文三花说,在外面消了夜。何姐,辛苦你了。你要是回去嫌晚了,就在这里挤一夜。

何汉晴忙说,不不不,我近得很,我这就走。

文三花说,何姐,不晓得么样谢你。

何汉晴想了想说,记得我就行了。

文三花说,那当然记得。隔三岔五地见面,哪里会不记得。

何汉晴说,那也是。过些时,回南岸嘴看一看。

文三花说,我早就想回去看一下的。几时我们一起去。

何汉晴说,再说再说,先把你眼前的事忙下地。

何汉晴说着就出了门。

正是深秋，半夜里还有些寒。何汉晴只穿了薄薄的毛衣，毛衣上套了一件腈纶西装。西装的质量很一般，只穿了几个月，就四处起绒球。这是她结婚二十年时，刘建桥送给她的。为了这个，何汉晴多少对这件衣服有些偏爱，拿它做当家衣服，但凡正式一点的时候，她都只穿它。

空荡荡的街上，寂寥无人，便更有寒飕飕的感觉。

何汉晴问自己，现在到哪里去呢？一问完便又觉得自己可笑。出来寻死的人，还需要到哪里去？立马走到大桥上往下一跳，那就是目的地了。不过，是去大桥跳还是去二桥跳呢？何汉晴有些犹豫。大桥是当年何汉晴和刘建桥常逛的地方。从南岸嘴出来上桥，江水就在脚下，他们两个就站在这里看汉水流进长江。刘建桥说，站在这里看武汉，最爽眼。何汉晴也有这个感觉。人在水上，山在两边，心里一下子就能晴空万里，空得仿佛干干净净。一干净，全身上下就会舒服透彻。何汉晴想，我要在这里跳江，就太煞风景了，也对不起自己的喜欢。二桥是这几年新修的，讲老实话，何汉晴还从来都没有上过二桥。跟刘建桥说过几回，几时去参观一下，结果她一直都忙得没有空。假如头一回上去，看都没有看清楚，就去寻死，那还不气死那些修二桥的人了？好像对自己也不大说得过去。

何汉晴走得很快，她一直走到了江边，爬上了滨江公园抗洪纪念碑的高台，还没有拿定主意。

江滩公园亮着灯向左右两边的黑夜里伸展。长江的水就在不远的地方流淌。两座大桥的轮廓都被灯光勾勒在夜空里，悬在江面上，清晰而美丽。何汉晴叹想，武汉真是太好看了。何汉晴生在武汉长在武汉，从来都认定全世界没有比武汉更好的地方。大江大河，就奔流在马路边，就奔流在楼底下，这样的城市，世上哪有？何汉晴去过一次北京，看到了北京的湖，还晓得北京的湖都被叫作海，她也算是大大长了见识。回来逢人就说，北京人硬是会吹，一个水荡子也叫海，那我们东湖叫么事？我们东湖一个湖汊子，也比它十个海大。真是些没见过水的人。那些北京人还总觉得武汉像乡下。何汉晴骂道，守到你屋那个小水塘摸点小鱼吧！你那才叫乡下。就为这，何汉晴最瞧不起北京人。刘建桥却对何汉晴的理论嗤之以鼻，说武汉人本来还不是乡下人？叫你这一说，硬像是一个不开化的乡下人了。北京是首都，北京人是首都人，别个一开口，话都说得不一样。叫你说说试一下，那个弯管子普通话硬像是拐了上百道弯，句句都撞得倒墙。

夜班的轮船进港了。船扯着嗓子叫，这是何汉晴在娘胎里就听熟了的声音。住在南岸嘴娘屋里时，长江和小河来往的船有几多，何汉晴就得听几多遍。同样天天要听的还有江汉关的钟声。那些声音，从来就没有离开过她。日出日落，朝朝暮暮，直到她嫁给了刘建桥。刘建桥屋里离长江远，那些声音才渐淡下去。

何汉晴的脚情不自禁地就朝江汉关方向走。江水往下流的声音，何汉晴能听得一清二楚。

走到候船室门口，大门关了。火车和汽车四通八达后，坐船的人越来越少，候船室清冷得几乎没有人候船。一辆巴士的司机在码头门口吆喝：去武昌南站赶火车的，赶紧上车！最后一班，不上后悔来不及了！

从夜船上下来的客人也很少，只三两个人在登车。何汉晴看到车，方觉得自己有点累。她抬头看了看江汉关上的大钟，两点都已经过了。她想，就是死，也不赶这一个晚上。深更半夜，黑咕隆咚的，死了这世上都没哪个晓得你是么样死的，回头拿你当了个失踪人口。再说了，好容易死一回，连一个看的人都没得，也划不来。不如在候车室歇一晚，天亮了再说。

何汉晴意念一到，人便上了车。

只几分钟，巴士便上了汉水桥。从桥上朝下望，汉水两岸只剩下灯光，那些熟悉的风景和熟悉的船，都被夜色笼罩得若隐若现。何汉晴想，明天就上晴川桥吧，望着我屋里老家去死，也还有点说头。

八

车到南站，何汉晴尿急得厉害，下了车，冲进站里便找厕所。从厕所出来，望了一眼站台，站台是空的。突然她也觉得自己心里空得厉害，她不晓得应该干什么好。何汉晴一辈子从来没有闲过，现在她闲下了，这是她临死前的休闲，可是闲下的她应该怎么办呢？她却不知道了。未必就靠到椅子上睡觉？睡到明天早上起来然后去死？何汉晴问自己，问过后，也没有答案。

二十年前，何汉晴送公公婆婆回老家奔丧，也是半夜来过这里。候车室里人山人海，又脏又臭，四处都是叫骂一片。何汉晴没有讶异感，她觉得赶火车就是这个样子。火车来时，众人不知由何处进站，更是像水一样，东涌过去，西涌过来。车站里的服务员倚在门口调笑，全然不睬旅客们。拥挤中，婆婆无能，连鞋都叫人踩掉。不是何汉晴大吼大骂着拨开人群，把那只鞋硬扯回来，婆婆就得光一只脚回老家。送走公婆后，刘建桥为何汉晴奋勇救鞋一事，大开夸口，说是没看出来，老婆有这么大板眼。那时，何汉晴跟刘建桥结婚时间不长，她的能干和强悍还没有得到机会完全展示。何汉晴当时笑说道，我有板眼的地方多得很，这辈子你得慢慢看。

现在是何汉晴第二次到南站。这里全然没有了人头攒挤的局面。候车室里光线暗暗的，因为人少而显得空旷。有十来个赶路的人或靠或躺在候车椅上打瞌睡。角落里还有一个男人的鼾声和鼻息起起伏伏。这声音愈发将四周的清冷挑逗起来，清冷得令何汉晴觉得不像是火车站。她突然就想起当年赶车风起云涌般的场面，空着的心仿佛又掺了一点虚虚的东西。是酸不是酸，是疼不是疼。刘建桥夸她时的神情就像是浮在眼边，他的嘴角是怎么动的，眼睛是怎么瞥的，手放在哪里，脚怎么迈的步子，竟一下都出现在何汉晴的记忆里，就像昨天才经历过一样。刘建桥那时好年轻，脸上光光的没一丝皱纹。只要跟何汉晴说话，嘴角就有笑意，而刘建桥是一个天生不爱笑的人。刘建美当年便总说，哥是个木头人，只有看到嫂子才会挂点笑。

何汉晴想，你个狗日的木头人，当年几会拍我的马屁！现在我人老珠黄，你拿我不当人看。老子告诉你今天去寻死，你都懒得劝一声。老子这回非死给你看不可。不管是上天堂，还是下地狱，老子都要盯到你看。看你找不到老子的尸首，你良心么样过得去；看你夜晚枕头边少一个人，你流不流眼泪；看你再找个女人,她会不会像我这样伺候你顺着你;看你么样能够把你一家人的杂八事玩得转;看你么样向里份的爹爹婆婆们交代:你为么事要逼死何汉晴!

想完这些,何汉晴空荡荡虚渺渺的心里,又觉得有了底。她觉得自己可以从从容容在这里过一晚上,然后明天白天好好去死。

何汉晴找了一处椅子坐下,或是太困,或是太累,更或是心思太重,重得将她的脑袋压僵了压死了,以致她没有了想事的能力。只几分钟,何汉晴就睡着了。

何汉晴竟做了梦,而梦中的情景并非凄凄惨惨,倒更似阳光灿烂。她恍然觉得自己好像正跟刘建桥一起在河边散步,又好像她手牵着刘最强,在草地上玩捉人的游戏。总而言之,她的梦境,天地明亮,色彩光鲜,耳边上满是笑声。最后的记忆是她和刘建桥不晓得为么事正仰身大笑,突然她就醒了。这个仰身的场景就在她醒来的瞬间定了格。

何汉晴有些发怔。她先想我这是在哪?想完即忆起自己来到了火车站,自己是在火车站候车室的椅子上做梦,自己的梦居然充满快乐和欢笑。最后何汉晴才想起,自己出门来是寻死的。念头转到了这里,出门前的满腹委屈,才又一起涌上心头。何汉晴想,非要好好死一场给他们看。

一个女人的声音从何汉晴身后的墙角传过来。声音不大,但充满惊恐。何汉晴蓦然明白,正是这个声音打断了她梦中的仰身大笑。

何汉晴扭转身子,朝那声音望过去。一望却吓了一跳。昏昏的灯光下,一个女孩子拼命往墙角缩,她伸着两只手抵挡着站在她面前的两个男人。男人的手亦朝女孩子伸过去。女孩抵挡着说,不要,不要,我是个学生,求你们放了我。一个男人笑着说,学生最好,我最喜欢学生。

何汉晴立即气不打一处来。她大叫一声,你们想干么事!

何汉晴的声音像炸弹,将所有候车的人都惊醒。

两个男人也惊了惊,他们环顾一下四周,发现并无警察,叫喊声不过是另一个女人。一个瘦男人说,你少管闲事,闭你的眼睛睡觉,老子们也不招惹你。

女孩子哀求的声音放大了。女孩说,阿姨,救我!

何汉晴想都没想,拔腿跑了过去,她三下两下扯开那两男人,定睛一看,也不过两个小年轻。何汉晴说,小小年纪不学好,当么事流氓呀!

一个略胖点的年轻人说,太婆,你硬不是个省油的灯咧!

何汉晴说,晓得我是太婆就好!少跟我油里巴叽的,我用油点灯的时候,你还不晓得娘胎在哪个方向。

瘦一点的年轻人说,闭嘴,你莫惹烦了老子。

何汉晴说,好大个老子!惹烦了又么样咧?

胖一点的对瘦一点的说,怎么冒出这么个夹生货呀?

瘦一点的说,我哪里晓得,看样子她是活得不耐烦了。

何汉晴说,你硬是说对了,我就是活得不耐烦了。

胖一点的年轻人说,莫跟她扯野棉花。

瘦一点的年轻人从口袋里摸出一把刀,横着眼,用刀在何汉晴面前耍了一下。然后说,识相的话就一边睡你的去,不识相的话,刀子今天就要好好会个餐咧。

女孩子惊叫了一声,吓得往何汉晴身后一靠。

何汉晴鄙视道,就这点小刀?拿大一点的不更痛快?实话跟你两个小杂种讲,老子一个人不带行李不拿包地出门,就是出来寻死的。老子早就不想活了,正在想用个么法子去死。你们两个来杀吵,老子死也死成了,还当回烈士,又登报纸又上电视。现在的警察几高明?捉你两个分分钟。老子死了棺材底下还有你两个垫底,这还不说,你两个屋里还得赔我钱。老子这样个死法真是有得赚!姑娘你赶紧躲开些,让他们来杀我。

何汉晴说完,迎着那瘦子手上的刀贴过去。何汉晴说,来来来,来杀我!

那瘦一点的年轻人竟是有些发蒙,拿着刀不知道如何是好。他下意识地把刀举了起来。

躲在何汉晴背后的女孩子顿时尖叫了起来,杀人了!杀人了!

候车室里有一点小小喧哗。

胖一点年轻人踢了那瘦子一下,吼道,还不快点走,今天硬是撞到鬼了。你去跟她缠?杀了她都划不来!

瘦一点的年轻人一听此说,拔腿便跑。胖子也跟着跑了出去。何汉晴跟在后面喊,哎,莫跑吵,有板眼来杀我吵!

胖子回过头,答了一句,我不得放过你们的。

声音落下,人便跑得没了影。何汉晴骂道,就这水平,还当流氓!说完转向那女孩子,说,姑娘,不消怕,这是小混混。就他们两个的胆子,流氓都当不大。你只管放狠一点,他们不敢欺负你的。

女孩子感激道,阿姨,谢谢你救了我。

何汉晴说，莫说谢，这种事，我不能看到了都不管。你是外地学生，要到哪去？

女孩子说，我在上大学，我妈病了，我请了假回去照顾她几天。在这里转明天中午的火车。

何汉晴想起也在上大学的刘最强。刘最强最喜欢说，姆妈，你莫烦我。何汉晴想着便想流眼泪。何汉晴说，还是姑娘好，晓得疼自己的娘。

女孩子心有余悸，她不停地朝外望，说他们还会不会再来呀？

见女孩说的是普通话，何汉晴便用她那口弯管子普通话说，莫怕，有我。你跟我坐在一起，明儿中午我送你上车。看哪个敢欺负你。

女孩子说，阿姨，我们在学校总爱说现在的好人都死光光了。今天碰到您，我知道了，其实好人还活着，只是我们有眼无珠，没有看到。

何汉晴叹了一口气，说你的确是遇到个好人，可惜这个好人也要跟着去死光光。

九

何汉晴说到做到，她果然就一直等到中午，送那女孩上火车。

早上的时候，何汉晴摸口袋，发现里面有几块钱，便想她要一死，这五块钱放在荷包岂不是浪费？何汉晴想，人可以死，但钱不能浪费。于是何汉晴请那女孩子吃一碗热干面过早。何汉晴说，武汉的热干面百吃不厌，你只要吃过后，走到哪里都会想它。女孩子说，我以前不喜欢吃，觉得它太干了，听您这一说，以后我肯定会喜欢吃的，而且永远也不会忘记它的味道。

何汉晴听了蛮高兴。何汉晴说，养个姑娘真是好呀，儿甜的嘴巴，听得人心里熨帖了的。

女孩子上火车时，说阿姨，给我留个电话，我回来的时候来看您。

何汉晴摆摆手，说你找不到我的，真要想我的时候，吃一碗热干面就行了。

何汉晴这话一说，女孩子的眼泪顿时就流了出来。何汉晴见她流泪，鼻子也酸，几乎也要流眼泪。但何汉晴还是忍下了，何汉晴说，莫哭，回去好好孝敬你姆妈，我死了都会开心。

女孩子说，好人活千年，阿姨肯定寿比南山。

何汉晴说，再加两个字，的草。

女孩子泪没干，便又笑了起来，说阿姨讲话真有意思。

说笑间，火车开了。女孩子是挂着笑远去的。何汉晴也鼓起满面的笑容向她挥手，那感觉就像是送走了自己的女儿。火车不见了，只把轰隆隆的轮声甩在车站。风一吹，轰隆声也四散而去。何汉晴方想，闯到个鬼，名字都不晓得，还送得这起劲。

何汉晴差不多都忘记自己出来干么事的了。现在，她特意逗女孩子发笑时的心情也随火车而去。想过一遍又一遍的死字又像虫一样，从四面八方爬向何汉晴的心。

何汉晴想，都到了这一步，不死又么样行？回去只怕会比死还难受。

中饭何汉晴还是吃的热干面，只是比早上多加了一碗糊米酒。小吃铺的木桌子上放了台彩电，节目间歇时间里正播广告。这是一则寻人的广告。何汉晴盯着看了半天，当然不是寻她的。这是在寻找一个妙龄少女，少女的母亲在电视上泪水涟涟。

何汉晴想，要是这个当妈的不见了，那女儿会不会登广告找？会不会坐在电视里头哭？何汉晴问过自己后，又自己下了结论。找可能会找一下，哭多半也不会哭。这多多少少都会比刘最强好一点。刘最强这个王八蛋，听到老子要去死，他不连滚带爬地跑来劝，倒说么事你硬要去死，我未必还拦得住。老子养你疼你宠你，都是白做。命都恨不得给你，你就这样对老娘。

还有刘最强的老子刘建桥！也不是个东西。何汉晴想，当个老女人真是没得劲。谁哪个都靠着你过日子，但谁哪个都不会多看你一眼。你活着你死了，都是你自己的事。你活着的用处就是照顾别人，把自己这条命当成没得。自己还以为刘家少了自己，过不下去。现在好，你不见了，理都没得人理。只怕刘建桥心里还欢喜得不得了，正好去找一个年轻的女人，还名正言顺地找。这个女人说不定是个寡妇，要不也离过婚，屋里蛮有钱，房子住得大，根本不需要刘建桥出去找工作，只要刘建桥守在屋里刻他那些狗屁车子，当他的狗屁人才。说不定她给刘建桥专门弄个房间，摆上博物架，像办展览一样。她还会给刘建桥买毛料西装，买金表，买一千块钱一双的皮鞋。刘建桥现在眼睛不太好，她给他买洋眼镜。她要是钱蛮多，给刘建桥买辆汽车也难说。屋里的彩电也小了，婆婆总说看人看不清楚，她送一台大彩电给婆婆，那还不是分分钟？就是刘建美这个小妖精，有个这样的嫂子，肯定左一条真丝裙右一件皮大衣地找她要。过那样的日子，根本不需要人干活，有事花钱请人，做饭洗衣服打扫卫生，都找人做，五块钱一个钟头。他们哪个还会念着她何汉晴？就连刘最强，给他一辆跑车，他到江滩公园兜个风回来，估计就会亲亲热热地喊后妈了。

再往下想，就更细致，甚至刘建桥么样跟这女人亲热的场面，都历历在目。一切的一切，真实得就像正在进行，就像闻得到鼻息，就像摸得到体温，就像听得到笑声。没有了她何汉晴的刘家，里外都一派红火。虽然何汉晴离开家只有一天的时间，可是就仿佛她这个人从来都没有在那里出现过。

何汉晴的想象到此，真是一口气憋不过来，万千的悲愤都冲击着她的心。她不禁放声大哭，呜里哇啦的哭声把小吃铺的主人和旁边几个吃面的人都吓了一跳。小吃铺女主人说，太婆，出了么事，你哭成这样子？

何汉晴呜咽道，你莫把我喊老了，我不会活那么老的。何汉晴说着这些话，哭声并没有减弱。

小吃铺女主人又说，好好好，你怕老，就好办，有事就好商量。嫂子，莫这样哭，把我的生意都哭起走了。

何汉晴抹了一把脸，见过路的不少人都围过来观看。何汉晴说，哪里走了，跟你哭来了这多客人。

小吃铺的女主人便笑了起来，说你一边哭，一边还能对答如流咧。

何汉晴哭声渐小，说，活着真是没得意思。

小吃铺女主人说，嫂子把话说到这上面，我比你还想哭。我老公赌博，把公家的钱输个精光，坐了牢。我的伢，白血病，去年死了，才六岁呀。我自己咧，堂堂的一个中专生，学电气化的，厂子垮了，我就只有落到这地步。她说完指指汤面的铁锅。

何汉晴环视了一下她的小铺，再看看她的脸，长叹道，一样是苦命人。

小吃铺女主人说，我这从早忙到黑，累上一天，就赚点饭钱。你说，一个人生下来，就为受一场累，好把自己养活，那又何必去活？

何汉晴说，是那话，是那话。我现在也是觉得死了可能还好些。

小吃铺女主人说，可是你又死不掉吵。你又不得病，又不出意外，哪有机会死咧。

何汉晴说，嫂子，这你就说差了，一个人想活可能活不成，但是一个人如果想死，总是能死成的。

小吃铺女主人笑了说，嫂子，叫我说，你这话说得还差些。你既然活到这个世上来了，这个命就不是你的了。你这条命归蛮多人所有。拿我来说，我的婆婆我还得养，我的姆妈我还得伺候。你一个人做不了你这条命的主。你身边的人都不准你死，你有么事权利去死？你不信，回去仔细想一下。

何汉晴说，我晓得你的意思，但我这回就是要给我自己这条命做个主。

小吃铺女主人打量了何汉晴一番，说就你这命，叫我说，死不成的。你的面相怎么看都是一个活得长的人。嫂子，我再说一句，爹妈生你一场不容易，人活一场也不容易，就算咬着牙，也把这辈子活完它算了。更何况，嫂子你的日子肯定比我好过，我都不想死，你要死了，就划不来了。

何汉晴说，真的？！说罢转而思道，日子好不好过，表面上哪里看得出来？

何汉晴的泪在谈话中业已干掉，看热闹的人见热闹已经过去，有些索然，便欲离开。小吃铺女主人喊道，莫走哟！热闹看了，再吃碗热干面，今天的日子不就过得有滋有味了？喊完对何汉晴说，日子就这个样子，吃苦受累是一天二十四小时，吃香喝辣也是一天二十四小时，穷人笑起来是打哈哈，富人笑起来也是打哈哈，穷人屙屁屁是臭的，富人屙屁屁还不是一样臭？嫂子，你是没有想透，想透了，一滴眼泪都掉不出来。

何汉晴没有再接着跟她往下说。何汉晴想，你讲的话也有些道理。但是人活一世，柴米油盐，家长里短，喜怒哀乐，哪里就光是穷和富两个字？哪里就是二十四小时那么简单？人和人，晓得几多复杂的事情和感觉？晓得里面隐埋了几多板眼和名堂？根本就不是道理可以说得清楚的。就像现在她何汉晴想要去死，她不死行不行？其实肯定也行。但她还是要去死，她怎么也说不清白，只是她心知她已经走在了这条死路上，她不会回头，也不想回头。

十

汉水桥就在何汉晴的脚底下。

夕阳已经从江上落了下去，黄昏都快走完了。何汉晴这段路走走停停，时快时慢，但总算到了她想到的地方。

何汉晴在南岸嘴出生，成长也在南岸嘴，她想自己能望着南岸嘴寻死，也算是一个圆满。

汉水上现在架了几座桥，老的汉水桥被叫成了汉江一桥。但在南岸嘴住过好多年的何汉晴，还是喜欢叫汉江一桥叫汉水桥。何汉晴的父亲去世后，母亲为了生活跑去搬运站拉板车。何汉晴的母亲个子矮小，从板车背后望过去，经常就看不到人。何汉晴心疼母亲，一得空，便去汉水桥等着。母亲的板车一过来，她便上前推坡。母亲的车上了桥，总会说，莫光推我的，别个的板车也都帮着推一下，都熟人熟事的，莫收别个的钱呀。于是何汉晴便上上下下地推坡。每推一次，都会听到类似的话，伢，难为你了，好心得好报。

何汉晴一上汉水桥，这句话就会响起。仿佛它们就挂在桥上，只等何汉晴一来，就往下落。

现在，汉水桥上看不到堆着货物的板车了，桥面也加得许宽。桥下的吊脚楼和破房子都消失不见，小船也都变成了大船。世界变化得太快，长江和小河都跟着这世界一起变，何汉晴有时觉得自己一时都难得适应。

摊开在眼前的南岸嘴平展开阔，倚着长江的晴川阁古色古香。只有这里，还像以前一样清冷。也只有这里，还跟何汉晴以往的记忆一样。何汉晴想，我肯定不能在这里跳河。当年别个都说我好心有好报，我在这里跳水寻死，哪里是个好报呢？

两个年轻人迎面而来。一个人说，要是我，就是死也不跳桥，太吓人了。

何汉晴听得心里竟是惊了一下。另一个说，我就算跳桥，也不跳汉江上的桥。我得跳长江大桥,死在长江里,气也气派些。

先一个便笑说,那你就跳长江二桥唦,二桥又新,那边蛮好翻出去。跳二桥还是时尚。

何汉晴有些恍然,又有些心惊肉跳,怀疑这两人是鬼。何汉晴想,怎么这么巧,刚好走到我面前,他们就讲跳桥,未必他们晓得我想跳桥?

两个年轻人与何汉晴擦肩而过。

几乎就在他们过去的那一瞬,何汉晴听到有人高声说,快去看,晴川桥有个女人要自杀!已经搞了个把小时,警察记者都去了!

那是个什么人?她有么样的委屈?她怎么跟我想的一样?连时间都选在了一起?我是不是跟她结个伴一起走?何汉晴想到这些,情不自禁便朝龟山下走过去。

晴川桥是新桥,桥栏涂着橘红色,像一道彩虹挂在水上,人们便喜欢叫它彩虹桥。晴川桥从南岸嘴一直通到汉正街上。以前何汉晴住南岸嘴时,要出来一趟,不晓得几难,现在晴川桥直接就插入到汉口的闹市中心,吃过饭,散个步一逛就逛到了六渡桥,硬是跟以前出门到菜场一样方便。只是,何汉晴在南岸嘴的家早就搬迁了。

何汉晴到时,晴川桥上围了不少人。桥边还有110的巡逻车。电视台的人架了机子在那里拍。一个女人哭诉的声音从人群中清晰地冒出来。女人说,他在外面一回回搞皮绊我都忍了,他受了伤,我招呼他。他还当着他皮绊的面骂我,我这样活着有么事意思?我不如去死,我死了,让他一辈子良心不安。

何汉晴听这声音好熟悉,一个冷战打下来,她赶紧拨开围观的人往里挤。一个警察劝道,你这样做划不来,你老公绝对不会良心不安的,你死也是白死。

另一个警察说,是呗。他既然在外头有女人,一不要你,二不要伢,这种绝情的事他都做得出来,你死了他不正好明媒正娶?

何汉晴挤到跟前,她看到了悬坐在桥边的文三花。何汉晴大惊失色,大叫了一声,三花,你又么样了?你这是搞么事名堂?

一个警察见何汉晴,说,你是她么人?

何汉晴说,我是她姐姐。

文三花哭道,何姐,这回你也救不了我。我死定了。

何汉晴说,你男人不是车祸住医院了吗,他又犯了么事?

文三花说,何姐,我好窝囊。我去给他送汤,那个不要脸的女将也去给他送汤。他说我的汤做得不好,像潲水;那个女将的汤做得好,像甘露。他只喝她做的。何姐,这也就算了,他是病人,我能忍。可是他居然当我的面,拉着那个女将的手,问她伤得么样,说他就只担心她的伤,他的心比身上的伤还要疼,只要那个女将得没事,他死都可以。他们两个不要脸的当我的面手拉着手,就这样调情。我跟他谈恋爱,跟他生了伢,天天床上床下地伺候他,他几时跟我说过这样的话。何姐,我活着还有么事意思?我站在医院里,生不如死呀,何姐!

何汉晴也生气了,说那个王八蛋,真也是太邪狠了。

文三花说,所以呗,何姐,这回你莫再劝我,我早死了早解脱。我在南岸嘴生的，我死也要死回来，只当我没有嫁出去。

何汉晴朝文三花走过去。文三花凄厉地叫了一声，何姐，你莫过来，你过来我立马就跳。说罢做出欲往下跳的架势。

围观的人都尖叫了起来。一个警察忙将何汉晴拦住。

何汉晴拨开警察，大声道，三花，莫慌！我不是过来扯你的，我是来跟你做伴的。何汉晴说这话时，满面是泪，

文三花动作停止了，说何姐，你说么事？

何汉晴说，我来跟你做伴，我们两个一路走。

文三花说，我不信，是我屋里那个狗日的派你来劝我的是不是？

何汉晴说，怎么会？我昨天就出来了。你找我帮你照看细伢的时候，我就是出门寻死的。

文三花仿佛想起什么，说难怪，刘师傅今天一清早打电话到我屋里，问我有没有看到你。

何汉晴说，真的？他打电话给了你？你么样说的？

文三花说，我说昨天看到了，今天没有。他没有多说，我也没有细问。何姐，你何必咧，你屋里刘师傅对你这么好，你屋里的日子也过得蛮兴旺，你怎么会想死？你不会为了我走这条路吧？

何汉晴说，我不得为你寻死，我为的是我自己。

文三花说，我搞不懂，你这样能干的人，怎么也会想死？

何汉晴说，三花，你也晓得，当我这样的女人，活了几多年，就烦了几多年，而今也烦够了，觉得死了可能更舒服。

文三花泪水涟涟，说何姐，你说的是真话？真的？你跟我

搭伴一路走？我真的有这福气？

何汉晴说，也是我的福气。何汉晴说着慢慢走向文三花，她满面泪水。

文三花说，何姐，我晓得。我晓得你的命也蛮苦。黄泉路上有何姐一道，是我的福气，大鬼小鬼都不得欺负我了。

何汉晴走近了，她翻到了桥栏外。围观的人都屏住了气，大家都心照不宣地认定何汉晴是用的一个计，因而没有人劝何汉晴，仿佛眼睁睁地看着另一个人往绝路上去。

何汉晴走到文三花跟前，手臂勾着桥栏，一伸手紧紧把文三花搂住。候在一边的警察立即就冲了过来，几双手伸过去，像几把钳子将文三花卡住。只几秒，便将文三花拖过了桥栏。

围观的众人欢呼了起来。现场一片混乱，有个尖细的声音在欢叫的人声中起起伏伏：让开点，别挡了镜头！让开点！

文三花却在这片欢呼中放声大哭起来。文三花说，何姐，你做么事哄我呀？

何汉晴也哭了开来，说三花，你死不得，你的伢才四岁，他太小，离不得娘呀。你千不看，万不看，得看细伢的面子。为你屋里细伢，你天大的委屈都得忍。这世上，随便哪个没得你，都能过；可是细伢要是没得你，他这辈子吃的苦受的罪，会让你死了一百年都不安神呀！你未必能指望他的后娘对他好？他的爹忙女人都忙不过来，你未必指望他会照看细伢？

文三花蹲在地上号啕大哭，哭了一阵，仿佛想起什么，她突然叫道，细伢，我屋里细伢！他一个人在屋里睡觉，没得人照看。快点，屋里没得人，醒了不得了呀！

文三花哭叫着，不顾人扯，挣扎着就要奔。一个警察拖着她，嫂子，莫急，我们送你回去。

围观人们的注意力都集中在文三花身上，见她如此这般，不禁发出如释重负的笑声。一个年轻的声音说，哦，悲剧变成了喜剧。他的话一完，刚歇下的笑声，又冒了起来。

依然站在桥栏外的何汉晴却没有笑。她没有随文三花翻回桥面。没有人注意她，人们只道她是救人者，却不知道她心里到底在想什么。

何汉晴呆呆地望着江水，瞬间她便不记得三花究竟如何了。南岸嘴在何汉晴眼皮底下铺展的样子好是陌生，江水在何汉晴眼皮底下流淌的样子也好是陌生。从正顶上看岸看江和住在陆地上看岸看江的感觉是不一样的。土地不是这样的土地，江水也不是这样的江水。

桥上的人声开始静了。突然有个出租车司机看到何汉晴还在桥栏外，便喊了一声，嫂子，你还在外头做么事？

正在散去的人们纷然回头。何汉晴没有作声，依然呆呆地向下张望。她在想，我这一跳，命就没得了。我真的就不要自己这条命了？要是死了比活着还要难受么样办咧？那我不是更划不来了？

何汉晴犹豫间，突然听到有人喊：喂！喂！转过头来。

何汉晴不明白怎么回事，掉转头看了看。

一个电视记者正举着摄像机对着她。何汉晴大惊，赶紧伸手挡一下，不料却见另外一个女记者一边说话一边朝她走来。何汉晴在电视里经常看到这个女记者。有一回她在失火现场报道消息，脸上也满挂着职业笑容。那一场大火烧死五个人，烧伤了十九个。刘建桥当时就骂，说这个狗日的女将还在笑，怎么一点同情心都没得。何汉晴却不以为然。她想她不笑么办?进到电视机里头说话,她得讨人喜欢,垮着脸哪个会听她的?

应该说,何汉晴还是蛮喜欢这个女记者的,突然在这个地方见到她,何汉晴几乎呆掉。呆过几秒,何汉晴方回过神来,她想怎么没有电视里好看?女记者走到距何汉晴一米远的地方停了下来,她用手指着何汉晴对着电视镜头说,看,站在这儿的就是刚才机智救下那位自杀妇女的人。一个小小的计策,便挽救了一个生命,应该说这位阿姨有着相当的智慧。让我们来采访她,听她怎么说。女记者说着,朝何汉晴走来。

何汉晴听傻了也看傻了。她一时不知道怎么办才是。

围观的人又随着电视摄像机集中到了她这里。何汉晴喊一声,你们莫过来,你们过来我就跳!

看客们怔住了,不由自主地停下来。女记者也惊了一下,但她脸上很快又浮出她那份固定的职业笑容。女记者说,阿姨说得对,让我们保持现场感。刚才阿姨就是在这个地方救下了那位自杀者。我想阿姨依然逗留在那里,一定是激动的情绪还没有平复下来。的确如此,自杀者已经在这里站了三个多小时,无论人们如何劝说,她都决意一死,而这位阿姨出现了。她以她的聪明才智,以她的勇敢无畏,将自杀者救了回来。这个场面非常令人激动。我也非常激动。在我的心目中,阿姨的这种行为就是英雄行为。

何汉晴听女记者滔滔不绝地说着。听着听着,心里舒服起来。待听到女记者说她是英雄时,她都有些想笑了。心道,英雄?这搞的个么事名堂,老子出来寻死,人没有死成,倒寻成了一个英雄?这不是比不死还笑话得狠些?

几个围观者走近了何汉晴，一个长者说，来来来，我拉你过来。何汉晴说我自己过得去。说罢正欲翻过栏杆，女记者突然喊道，让开，闲杂人让开。阿姨，你就站外边，拍出来的效果好一些，更有现场感。

何汉晴停住了。她心道，站在这个地方，我一撒手，人就下去了。你还现场个么事？但何汉晴从来都没有这样被关注过，心里多少都有些兴奋。

女记者举着话筒对着何汉晴，说请问阿姨，你是特地赶过来救人的吗？

何汉晴摇摇头，说不是的。

女记者说，那阿姨是碰巧到这里来的？

何汉晴说，硬不晓得是撞到个么事鬼，就有这碰巧，我还不是来……

女记者没等何汉晴把话说完，便对着镜头说，老话说，无巧不成书。看来今天这事真有些戏剧性，阿姨来这里只是碰了个巧，居然就救人一命。请问阿姨，你当时怎么能一下子就想出那个跟她一起去死的主意？

何汉晴心道，哪里是一下子想起来的？我本来就是打算去死的，我走到三花跟前才觉得三花的伢还小，她不能死。何汉晴想过便说，三花不能死，她的伢太小了。但是我可以死。我本来还不是打算寻死的？

女记者笑容可掬道，哦？那后来呢？后来是什么原因使你改变了主意？是想到你的家人，还是想到孩子？或者你想得更深远，想到人应该珍惜生命？

一个围观的人笑道，你自己都回答完了，还问人家干什么？

何汉晴怔了一下，心道我几时改变主意了？我活得烦心得很。生命对有些人应该珍惜，对那些活得辛苦的人么事好珍惜头？想到这里，何汉晴一阵心酸。这个让人累的日子，那些让人烦的生活，还有那几个懒得搭理她也从不关心她的亲人，都在她的心里撞来撞去。何汉晴蛮想把这些都说出来。如果说了，她心里可能会舒服得多。就像那伴随了她一生的便秘，一旦排泄出去了，人就清爽了。但是，何汉晴晓得，心想的却不一定能嘴说。电视台的摄像机正对着她。她在电视里头只听过好听的话，几时听过心想的话？而眼边这个女记者热乎乎的眼光摆明了也是想听她说好话的。她何汉晴再苕，也不能苕到跟电视过不去吧？

何汉晴张了几下嘴，想找点好听的话。可是她却不晓得从哪里下嘴。何汉晴不看报纸也不听广播，偶然看看电视，也只看连续剧。那些拿得到台面的语言和那些冠冕堂皇的道理，何汉晴不会说。她竟不晓得么样挑句子。这时候，何汉晴才想起婆婆总是瞧她不起，总骂她没得文化的事。她现在也瞧不起自己，嫌自己苕得恨不得掴自己两嘴巴。

女记者说，别紧张，心里怎么想的就怎么说。

何汉晴想，真把心里想的说出来了，那还不吓死你？

江上的风蛮大，凉凉的，能把人的脑壳吹得冰冷，但何汉晴却满头冒出大汗，勾着桥栏杆的手也有些软了。她想，得赶紧讲完，要不还真的掉下去了。何汉晴只好顺着女记者的话说，是的吵。就是你说的那样，想起屋里的人，也想起了伢。

女记者说，还有呢，请接着说。

何汉晴想，你不就讲了这几句？我哪里还有？想完又觉得不能让女记者失望。何汉晴没有姑娘,看到姑娘就心生欢喜。这个笑得蛮好看的女记者硬就像自己姑娘一样,总不能让她做不好工作被领导骂吧。于是何汉晴又说了。何汉晴说,还有,爹妈给你一条命不容易,人自己活一场也不容易,随么样吃苦受累都得坚持活下去。再说人活着也不是为自己,一大半都是为别个活。别个都不准你死,你又有么事权利自己去死咧?

这是热干面小吃铺的女主人中午跟她说过的话,何汉晴突然间想起,便将之复述了出来。说完,她自己竟也有些感动。她想是呀,一个人一辈子只活一回,不坚持活透,自己跑去找死,那不等于出门旅游只走到半路就回去了? 那有么事意思咧? 也蛮划不来咧。

女记者听不到何汉晴心里的声音,只听到她嘴上说出的话。她情不自禁地赞叹起来,声音也提高了八度。女记者说,说得太好了。多么朴素的语言! 多么纯朴的感情! 在这里我们也希望刚才那位想自杀的妇女能听到这样的话。希望她能好好地生活,也希望我们每一个人都能好好地生活。女记者说完这些话,像是给文章打了一个句号,她转向何汉晴说,阿姨,谢谢你。

女记者说罢即走,何汉晴哎了一声,还想说点什么,但女记者业已被那些看热闹的人包围起来了。何汉晴的声音像一根鸡毛一样,轻飘地就落到桥下。

十一

人散开来比聚拢来快得多。电视台的记者一走,仿佛只一会儿,晴川桥上便没剩几个人。何汉晴甚至还没来得及从桥栏外翻过来,人们对她的兴趣就散了。电视台女记者激动的赞叹和围观人们钦佩的目光,仿佛只是年三十晚上放的一个小焰火,亮是蛮亮,熄得也太快。何汉晴想,狗日的,别人的热闹为么事那么长,我的热闹为么事这么短?

何汉晴这辈子都没有这样放射过光芒。只是光芒过后,迎面而来的却是更黑的黑暗。她不晓得自己现在怎么办才好。倘没有这个焰火,她死了,全里份的人都会念她的好,为她哭的人肯定也蛮多。现在好,她若再去死,刚才在电视里说的那些话岂不成了放屁?街坊邻居都会看到,看了还不把她骂死?说一套,做一套,那是个什么东西!可是,她如果不去死,她又该么样活呢?回家?公公婆婆还有刘建桥刘建美不光牙要笑掉,连下巴都会笑得掉下来砸脚。不回家呢?那她又到哪里去?未必天天住在火车站,捏着荷包剩下的几角钱过日子?

何汉晴出门寻死是因为活得太烦心太累人,结果现在倒弄得更加烦心更加累人了。落到如此下场的何汉晴这一回才真正为自己感到悲哀。她没有料到自己竟这样无能,居然可以把自己弄到死不成也活不下去的地步。同样,何汉晴也是第一次感到了无助。这时候她有点点想家。该是她在做饭的时间了,吐着蓝色火苗的炉子能把整个厨房都烧得暖暖烘烘。这个季节的厨房是最舒服的。

落寞感袭击了何汉晴。

落寞而无助的何汉晴从晴川桥下来,漫无目的地走呀走。不知觉间,便走到了晴川阁下。她找了一个僻静的角落坐了下来。也谈不上找,晴川阁本来就僻静无人。长江就在这角落边流淌,流得波涛翻滚。

何汉晴坐了好久,她只是呆坐着。脑子像一葫芦糨糊,没有一处清白。太阳已经落完了。何汉晴突然发现自己现在坐的地方正是二十几年前她和刘建桥最喜欢的坐处。刘建桥第一次吻她也是在这里。刘建桥笨,试了几回,都不敢。最后还是直白说,我蛮想亲你一下,可不可以?何汉晴早就在等这一刻,等了几回都等不来,这一刻她大大方方道,你亲吵。

想到这里,何汉晴站了起来。旁边的墙还是与以前一样,有些残旧有些沧桑。但墙上多出蛮多字。有一行字写的是:爱你到江水淹没晴川阁!何汉晴想,放你的狗屁!长江这辈子都莫想淹晴川阁。刚想过才会意到,人家那是表明爱无尽期爱到永远。何汉晴长叹一口气,心道跟刘建桥两个人一星期要来这里坐两三回,沙子野草看他们两个都看熟了,他刘建桥却从来没说过这样的话让她受用。下辈子投胎,何汉晴想,如果还当女人,一定要找一个嘴巴甜的男将当老公。

何汉晴重新坐下了。

何汉晴决定就坐在这里。如果刘建桥能到这里来找到她,那她就跟他回去,如果他找不到,她就在这里坐死。

夜色就在何汉晴的坐等中降临。

等人便成了何汉晴眼前的大事,它仿佛取代了一切。四周一有风吹草动,何汉晴眼光便扫过去,专注那里半天。何汉晴想,如果刘建桥不来,她就在这里坐死。但如果他来了呢?那她该么样办?她是赶他走,还是扑到他怀里?何汉晴是蛮想扑到刘建桥怀里的。她觉得刘建桥起码有十几年没有抱过她了。何汉晴想到这,心里有些愤然,女人老了,你男人就不能抱了？法律上几时说过，只抱年轻女伢的呀？电影里头的那些外国女人，活得七八十岁了，她老公见了还要上去抱抱她，而且还是当着外人的面抱。你咧，背地里抱一下就抱不得？当年下乡，房东屋里喂的牛，干活干得好，房东都会欢喜地拍它几下，抱抱它的背表示奖励。你刘建桥咧？

何汉晴本来寻死的理由还没有这一条，现在她觉得她应该把它加进去。

江边的灯在夜色里璀璨了起来。天色越黑，它越璀璨。它们把长江照亮了，把天空照亮了，把马路照亮了，把它周围的一切都照亮了，却无法照亮何汉晴的心。

坐在晴川阁下的何汉晴随着天色的深浓随着灯光的明亮而心情越发黯然，失望感也一层一层深浓。因为，刘建桥没有来。而且何汉晴觉得她视线内的一切迹象都仿佛表明刘建桥根本就不会来。何汉晴伏在自己的膝上哭了起来。何汉晴以前也喜欢哭。不管有几多人，只要她想哭了，就一定是那种放声大哭。现在历经这一天的寻死过程，纵是这里空无一人，她却号啕不起来。

泪水穿透何汉晴的裤子，湿到了膝盖。何汉晴在自己无声息的泪水中睡着了。她甚至没有梦。

突然有人踢她。这个人说，你还玩真的起来了？你还玩得蛮大咧！

何汉晴全身一紧，这声音她熟悉得不能再熟悉了，那个粗，那个闷，那个锈味，那个不紧不慢的劲道，都让她的心加速地跳动起来。似乎她坐在这个晴川阁下的角落等待的就是这个声音。何汉晴想，哦，我开始做梦了。

刚想过，何汉晴又被踢了一下。这一脚有点重，何汉晴醒了，她本能地跳起来，想要骂架，却突然发现，暗夜里若隐若现的那张脸正是刘建桥的脸。

何汉晴顿时泪流满面。何汉晴说，你来做么事？你莫管我！

刘建桥说，我不管哪个管呀？你未必找个野男人管？

何汉晴心里怔了一下，心道，这是扯的哪门子的野棉花！想过说，放屁！

刘建桥说，不是三花告诉我你上了晴川桥，我不真以为你跟野男人跑了？在屋里找个么事寻死的理由。

何汉晴说，你放屁放屁放放臭屁！我落到你手上，已经够受的了，我找野男人打鬼！你只管莫耳我，我死了我活该。

刘建桥说，喂，你来真的？你一个穷人，有么事资格拿死来玩？

何汉晴说，穷人么样？穷人未必连死的资格都没得？

刘建桥说，别个有没有我不晓得，你肯定是没得的。连我也没得。告诉你，我下岗第一天就想死。我一个大男人，叫厂里一脚踢出了门，养自己不活，我有么事面子在这世上混呀？但是我没有死，因为我没得资格去死。我死了我老头老娘么办？没得儿子在他们身边孝敬他们能好好终老？我死了丢下你守活寡我不是亏欠了你？结婚时我答应你不管怎么样，我都陪着你到老，我要死了你吃苦哪个来陪？所以我不能死。哦，现在好，我硬着头皮活下来了，你倒跟我玩起死来。不是李记者跟我说，我还不晓得你玩得拍了电视。露这种脸，你未必蛮光彩？亏你还跟记者说这说那！还不回去！

刘建桥说着向前跨了几步,想抓何汉晴。何汉晴连连地退着,说你莫过来,你过来我就去跳江。

有人拉住刘建桥。何汉晴这才发现,刘建桥身后还有一个人,这个人就是她做钟点工的主人李文朴。今天下午本应该去他家干活的。何汉晴有点羞愧,忙说,对不起,李记者,我今天没去你屋里,又忘记打电话通知你了。

李文朴说,这是小事。有么事话,回去说吧,刘师傅急死了。

刘建桥说,我急她打鬼。只不过屋里的事情没得人做。老头老娘一两天都没吃好。我做的菜又不对他们胃口。老头子的哮喘又犯了,他吃的药方子放在哪,你交代清楚再走哟!我又不晓得买么事药,今天咳得更狠了;美美的裙子让姆妈用洗衣机搅坏了,她白天黑夜跟我吵,吵得我烦心;姆妈早上自己去买早点,钱包也被别个偷去了,回来气得半天动不得;你看一下,我切菜手都割破了,今天灌了脓,搞不好手指头都保不住;刘最强半夜里跑了回来,一分钟没歇就出去找你,找得现在见不到他的人;美美担心他,又去找他。屋里现在乱了摊子,一个个都成了无头苍蝇,一大堆的事情等你去做,你以为你死得?

何汉晴听得心里乱麻了。她伸头朝刘建桥的手望去,果然看到他缠在手上的白纱布。纱布也不晓得是哪个替他缠的,缠得个乱七八糟。如果真是灌脓发炎,保不住手指头了,那他这辈子怎么办?何汉晴心里有些乱。刘最强么样能跑回来咧?他的功课掉下去了,那岂不是坏了大事?还不晓得他是不是骑的自行车,万一心急起来,被汽车撞了,那又如何是好?心乱间,公公痛苦的咳嗽声又一阵阵从心底传来。公公的中药都是她去抓的,公公的病一犯,必得吃一个礼拜的中药。前街的老中医是她的熟人,她每次去抓药都提前一个钟头,替老中医里里外外做一遍清洁。所以她去抓药,价格要便宜一半有多。她若是走了,光这药家里都不知要多花多少钱。还有小姑子就一条好点的裙子,全毛的,每次有重要事才拿出来穿,这哪能用洗衣机搅呢?这一搅,还不都扯坏了?小姑子再有要紧的事穿么事咧?没得穿的,就得去买新的,岂不是又要多扯一笔钱出来?再是婆婆,心脏不那么好,哪里能怄气?闷气最伤身子,她要一病,不住院也得天天往医院抓药打针,出门搭公汽,哪个来招呼她?何汉晴想到这里,心里的急像被火烧起来一样。这时候她才意识到,她的确是没有资格去死的。她在这个世上的活还远没有做完。她要死,也得做完了这一切才能死。她屋里那一地的芝麻,她不弯腰一粒粒地去捡,又有哪个会去捡?只是她这一腰再弯下去,要到何年何月才能再直起来呢?

何汉晴想得心里发闷,闷中又有痛。她的心思烦乱,乱中又倍觉忧伤。她觉得好难。想不到活着不容易,死却也难。

何汉晴还是没有说话。

李文朴说,何大姐你真是了不起呀,一屋里的事你都一肩担了,你硬像这个屋里的总理一样,你确实没得资格去死。你得等你屋里的人都死完了,最后才能自己走。那时候,你去死,没得哪个劝你的。

何汉晴说,你莫乱说呀,你说我屋里不吉利的话,小心我做鬼会掐你的。

李文朴笑了，说何大姐你既然这样顾到你屋里，你要死了又有哪个去顾他们？

何汉晴突然又大哭起来。这一回眼前有人，她是号啕着的方式。何汉晴说我就是这样想哟。我怕我死了他们吃亏，才没有赶赶忙忙去死。

李文朴说，这样想就对了哟，那就赶紧回家吧。

何汉晴哭道，我不。我不回去。

李文朴说，你不回家，那你到哪里去咧？

何汉晴的哭声又响了一些。何汉晴说，我不晓得。我回去，他们一家子都要笑死我。而且我还得在刘家受罪，我活得不舒服。可是……可是，我走了，他们没得我照顾，他们也受罪，他们也不舒服。我活又活不成，死又死不得，我么样办啦……呜呜呜，我的妈呀，早晓得让我这为难，你生我做么事咧？

夜风把何汉晴的哭声吹到江上，这声音散开了，仿佛满江都是。夜是太静了。

刘建桥说，好，你说得好。你硬是不回去是不是？可得。反正你是走也好，是死也好，这一屋里的人都不晓得么样活。这个屋里也得散摊子。那不如我也去死它。我干脆先跳江，我要死在你前头，让你的公婆成孤老，让你的儿子成孤儿，让你的老公被江水呛死，被鱼吃成骨头架子。

刘建桥说着便往江里冲。李文朴拉了他一下没有拉住。瞬间刘建桥的脚便踏进了水里。

何汉晴的脸顿时吓白了。

那是她的刘建桥。他是那样健康，那样魁梧，那样一个堂堂的男人。他车钳刨洗样样都做得漂亮，他不出去抹牌赌博，也不去出去泡澡洗脚，他对街上的女人看都不看一眼，他雕刻的小车模型人见人爱，他夜晚睡觉时的鼾声起起伏伏地也蛮好听，他看她换衣服时的眼神像个小伢。二十几年来她何汉晴人前人后都把他当皇帝一样供着，她么样能让他跳江呢？么样能让江水呛死他呢，么样能让那些鱼吃他的肉呢？

何汉晴一急，脱口就喊，她的声音颤抖，鼻子里还带着哭腔，你你你，你莫跳呀，我回去还不行？她一边喊，一边冲过去要把刘建桥抓回来。

李文朴一把揪住她的胳膊。何汉晴流着眼泪着急地说，你莫管我，你把我老公拉过来，你莫让他死。

李文朴笑道，何大姐，你老公有你这种老婆，他哪里舍得死？

江里的刘建桥几个大步便返上了岸。他走到何汉晴身边，一把抓住她的手，说还不快点回去！我今天晚饭都没得时间吃，再不回去，我要饿瘫了。

刘建桥话说得很洒脱，脸上的神情也淡淡的，像是没有发生么事。但何汉晴却感觉到他抓着她的那只手不光在发抖，而且惊人地烫。那股烫气一直从何汉晴的手上冲到她心里。

何汉晴心里一下子就舒服了。她晓得，这世上，刘建桥是最在乎她的人。没得她，他刘建桥难得活下去。

何汉晴坐的是李文朴的小车。车上李文朴说刘建桥，你怎么真的往江里跳呀？何大姐要是由你去，你又么样回得来？

刘建桥说，我调教出的老婆，我还不晓得她的那点板眼？

我掉根汗毛她都要急得满地找,她还得让我跳江?

何汉晴朝刘建桥翻了个白眼,见他正笑得得意。

何汉晴到家时,夜都深透了。里份里的灯亮着几家,熄着几家。有点暖暖的、晕晕的味道。这种晕味和暖味,让何汉晴倍觉亲切。她出门寻死其实才走了一天多,转来时,却像是已经过了百年。

走到屋门口,背后有人喊,汉晴嘞,你还差我一个耳朵,你莫想不还咧。

何汉晴笑了起来,这是朱婆婆。何汉晴回头答了一声,我晓得!早点睡您呐。

何汉晴的声音刚一落,她屋里的门开了。屋里明亮的日光灯一下子把何汉晴全身都照得透亮。这一瞬间,何汉晴突然明白,一个人的生生死死,真是由不得自己。这世上并没有人真的就把命运捏在自己的手上。

何汉晴一脚跨进门,坐在客厅沙发上的婆婆说,回了?今天的水还没有烧咧。

婆婆的语气还是老样子。何汉晴立马进了厨房。她把水壶垛上了炉子,蓝色的火苗以她熟悉的方式跳了出来。此时此刻,大便的感觉突然时隐时现地挑逗何汉晴。

迎面而来的日子与此前别无二样。

何汉晴决定等水烧开。她站在炉子前,闭上眼睛,满地的芝麻一层覆盖着一层浮在她的眼前。她伸出手捡了一粒。她晓得,她这一开捡,累人的日子和烦心的事将依然与她如影相随,永无尽头。

热干面小吃铺的女主人么样说的?一个人生下来,就是为了受这一场累？何汉晴想，可能人就是得把他这一生该受的累受完，才能去死。或许只有那时候的死，心里才会踏实，就不会像我今天这样左右为难。

这样想过，何汉晴心里就通畅了。人生就是这样呀！

树树皆秋色

一

华蓉新家的窗口正对着一片山。

山景常常是很美的。夏天绿得如墨，秋天却带着彩。人往窗前一站，立即就觉得赏心悦目。华蓉当上博导没几天，就搬进了这幢宿舍楼。分房时，华蓉名次排得很前，所以，她可以尽兴地在这幢楼里挑好的楼层。

但华蓉却挑了顶楼，连一点犹豫都没有。

华蓉的同事们很讶异。都说武汉这鬼地方热天热土，顶楼的房间，被夏天的烈日一暴晒，又该怎么过？华蓉笑笑没说什么。

华蓉有自己的主意。华蓉不喜欢有楼上的响声。原先华蓉住二楼时，三楼人家有对双胞胎姐妹，活泼可爱，每天早早晚晚的脚步跳动声和叮叮当当掉东西的声音几乎害得华蓉神经衰弱。华蓉常常想上去提意见，可都是学校老师，熟人熟事，没办法开口。开不了口，就只有忍受。华蓉这一忍几近八年，想想连日本人都打走了。所以华蓉再挑房时，早早就想好了一定要选顶楼。天热天冷有什么关系？现在都装有空调，多花点电费，什么都能解决。华蓉也不在乎那点钱。

当然，促使华蓉挑顶楼的原因还有一个，就是从顶楼看山景效果最佳。闲时，上到楼顶的平台，还能越过山头看到远处的东湖。如果是白天，太阳又照着，东湖的水便有波光，软缎一样随风变着色彩；至于晚上，湖四边的灯光就像是一粒一粒的小眼睛，鬼头鬼脑的，四处探看，煞是有趣。华蓉想，不住在顶楼，哪里能明白风景就在你的窗下？

华蓉的房子四室两厅，很大，很适用。华蓉喜欢简单。所以，她没有像同事们那样大肆装修。她对装修公司的要求就是简洁适用。搬到华蓉楼下的梅芜每次过来看她的装修就要苦口婆心地对华蓉说，要装就装好，一次到位嘛，何必省这笔钱？你又不是没有钱，你又不是家庭负担重，你一个人把钱留着做什么？我要是你，一定要把家里布置得高雅而有格调。

梅芜是华蓉的大学同学。她的丈夫王志强也是。华蓉不太看得起梅芜，心里也就暗笑梅芜所说的格调。梅芜成天一身名牌，刻刻意意地把自己弄得十分精致，说话也做轻言细语的优雅姿态。梅芜还喜欢教导学生如何过高雅的生活，常说自己喝茶要加放红玫瑰，睡前一杯红葡萄酒必须有冰块才能喝下去，而床头窗前的百合则一定是要带水珠的。好多刚入校的学生为了尽快弄掉身上的土气，首先就是跟梅芜学。女生们还提了一个口号：近学梅教授，远学赵雅芝。赵雅芝是香港的一个明星，在电视剧里演过好多女一号，刚也刚得，柔也柔得，连跟人武打都满带十足的女人优雅，让人煞是喜爱。梅芜是知道赵雅芝的，心里也曾崇拜过，听到学生们拿自己跟赵雅芝比，竟是有些美滋滋的。小男生们也都在背后议论，说梅老师举手投足都给人以东方女性美的味道。

只有华蓉了解梅芜。梅芜穿一件圆领衫,用扁担挑着行李到学校的样子华蓉总是记得。那时候梅芜叫梅秀莲,寝室的窗口总是挂着她的大花裤衩,裤衩上有个粗针大线缝的口袋,那是当年的梅秀莲用来装钱的。凡是十块以上的钱,就得放在这里面。不过,当梅秀莲改成梅芜后,一切就都变了。华蓉每次看到梅芜做优雅状时心里总想笑,觉得人活到梅芜这一步,其实骨头里业已俗透,哪里会知道格调是些什么?这种做派只能哄一些傻瓜男人,女人却是一眼看得透的,华蓉想。

二

华蓉的确是一个人生活,多少年来都是一个人。华蓉好像也习惯了这种一个人的清静。当然,华蓉觉得春秋两季时可用清静一词,夏天的时候用清凉比较好。到了冬天,便只能用清冷二字了,甚至有时会觉得清冷得肃杀。但是没办法。就是肃杀得屋里没一丁细菌,华蓉也只能是一个人。

旁的人不知道是怎么回事,搞不懂华蓉为什么只能一个人生活。华蓉自己也不知道是怎么回事,她也没搞懂为什么自己会是一个人生活。

华蓉相貌中等甚至偏上,学问高到了博士。家里的父母也都是教授。论哪样条件,都是不错的。可华蓉偏就没找到男朋友。梅芜一毕业就跟同学王志强结了婚。婚后的梅芜便特别喜欢怜惜华蓉,每次见了华蓉都幽幽地叹说可惜这世上的罗彻斯特太少了。华蓉便笑,说要是罗彻斯特多了,这世上就不会有简·爱。

说起华蓉的毛病，也真是毛病。华蓉与人交往从来都不曾主动出击过。这也是没办法的事。华蓉生长的时代就是一个女人矜持的时代。华蓉一直等着人来追求她，却一直没能等到。当然，凭良心说，也不是没有人追求过华蓉，至少有三个以上的男人明明暗暗都对华蓉表示过爱意。然而他们都不是华蓉所喜欢的一类。有一个人举止有些猥琐，跟华蓉说话结结巴巴的，令华蓉心烦。还有一个人喜欢吹牛，总说他认识谁谁谁某某某，这些谁谁谁某某某们当然都非富即贵，华蓉觉得自己跟这样的人交往，会被他的俗气熏得鼻子流血，也懒得搭理。最后的一个却不知道摆的哪门子谱。追华蓉时劲头很大，华蓉走到哪里，他的关心就会跟到哪里。追得令华蓉对他生出一点好感时，他又立即退了回去，天天等着华蓉来拍他的马屁，好让他在寝室里跟人夸耀。华蓉见他退了，自己也就撤。可他偏偏一见华蓉撤退，立马又紧紧地追上来。待华蓉又被感动，再次主动迎上时，那老兄竟又退守回去。这么进攻和防守了几回，华蓉也不耐烦了，觉得这人太不真诚，视感情为游戏。偶尔在清冷的夜晚，华蓉还会怀疑对方是否想要玩弄自己。这种警惕性一滋生，所有的交往都败了胃口。所以华蓉索性就全面撤退，任凭对方再一次发起进攻，攻势猛烈得几乎把华蓉这座碉堡炸翻，可华蓉还是懒得一睬。华蓉想，我一出来，你便拖刀而逃，这算什么？这一懒一想，就把华蓉全部的爱情渴望灭掉了。然后华蓉就一直在等待。

华蓉觉得这世上总有一个人会被自己等到。但生活常常比想象残酷，这个人竟是始终没来。华蓉等了很久很久，等得心和脸都憔悴不堪，却连个影子都没看见。等久了的华蓉心里就生出厌倦。厌倦过后,连等的感觉都找它不到。春去秋来,夏退冬进,一次又一次。皱纹爬上眉头,白发混入青丝,冰霜压在心头再不融化。然后华蓉就觉得自己一个人生活也没什么不好。

华蓉就是这样一个人生活了许多年。从博士毕业后,一个人走过了助教、讲师、副教授,一直到教授的全部过程。每一次升级,华蓉都会精心为自己庆祝一番。华蓉的庆祝就是穿上自己喜欢的衣服和鞋,把自己带到学校后面的山上。口袋里装着CD机,耳机塞进耳朵里,然后在音乐和树丛里自由自在地行走。音乐无主题,是用来为华蓉的思绪伴奏的,是思想的背景乐。树很密集,在错落有致间,各自生长,彼此独立着分享阳光和空气。有时走得久了,华蓉会有点恍惚,觉得自己也就是树中之一棵。像它们一样,很独立,永不被拥抱。差异也只不过自己是活动着的而已。通常的时候,山上没人。华蓉还会大声地喊上几嗓:我要坚强呵,我要好好地生活呵。然后下山回家。这差不多成了华蓉自己的仪式。这仪式每进行一次,都能让华蓉开始虚虚的内心重新踏实。

有一次梅芜知道华蓉总是独自在山上走来走去,怜惜之情又挂得满脸。华蓉批了博导,梅芜便和丈夫王志强一起去看华蓉,说是要陪着华蓉一道去山上走。王志强也是华蓉的同学,像梅芜一样跟华蓉熟。华蓉没有同意。刚好那天下了雨,华蓉说下雨路不好走,山上小路泥厚。王志强穿了双鳄鱼牌的皮鞋,一想鞋上若沾满了泥,也煞风景,便立即附和了华蓉。其实华蓉是根本不在乎下不下雨的。华蓉不愿去,是因为那地方是她一个人的。就仿佛那里是她的爱情禁区,她不想被人突破。

华蓉便在学校的餐馆请梅芜和王志强吃了一顿饭，以示答谢他们的关心。饭间梅芜说华蓉是事业得意，情场失意。王志强却笑说华蓉她其实连真正的情场就没有上去过。

华蓉想想觉得王志强说得是。虽然有三个人追求过她，可是她同他们中的任何一个连拉一次手的事都没做过，连一场电影都没有一起看过，连一次倾心的交谈都没有过，连一回放纵的欢笑都没有发出过。华蓉便有些惭愧，觉得自己多少还是有些不值。

渐渐地，华蓉觉得自己已经不会爱了，而且也不喜欢爱了，觉得爱也是一种俗事。觉得不爱虽没有意思，可爱也没有意思；觉得不爱虽然厌倦，可爱也是厌倦的；觉得不爱有些心累，而爱同样心也累着。不爱所有的坏处，爱也都有；反过来爱所有的好处，不爱也有。这样想过，华蓉的心便更是静得不起波澜，连夜深的时候都不起。喧哗的日子就只有擦着华蓉安静的生活边缘往前走，像是风，遇到华蓉就从她两边绕过去了。

三

现在华蓉搬到了山边。

华蓉住进去的第一天，推开窗户，看到所有的树都站在自己的眼前，那么挺拔那么俊逸那么舒展，比之以前她在树底下看到的它们，竟是完全不同的姿态。风吹时，满耳沙沙的声音清晰而温柔。华蓉惊愕了一秒，便兴奋起来。那种快感就好像自己的所爱正在大声地对自己表白情意。

以后华蓉每天早上起来，便拉开窗帘，推开窗子，对着眼前绿意浓郁的山深呼吸。鸟的叫声像鸟一样,飞进华蓉的屋里。花开的声音和树尖发芽的声音还有叶片上露珠滚动的声音华蓉都能听得到。听熟了以后,方晓得季节不同,这些声音的波动就会不同。倘放进电脑里处理,波段起伏的幅度和节奏是完全不一样的。到了晚上,华蓉去拉闭窗帘,她也会站在窗前,用片刻的时间凝视与夜色融成一体的山树。只有华蓉能看到山的轮廓线从哪里起,到哪里止,从哪里跌下去,从哪里涨起来。夜里的山是睡着的。他的睡意是深是浅,有没有梦幻,华蓉觉得她全都能感觉得到。

有一天,华蓉去给电大讲课,课间一个学员问她丈夫是不是也与她在同一所大学。华蓉想了想,说了个谎。华蓉说是。回来后,华蓉开窗透气,心里想着那个学员的话。想完突然觉得自己的回答也没有错。她正是同窗前的这片山在一起生活哩。他就如她的丈夫,每天守着她,送她出门,迎她归家。定季节地为她变幻色彩。春天的红粉,夏天的绿翠,秋天的金黄,有雪的冬天白成一派。他定时定期地为她调节声音,风声雨声鸟声,加上树枝与风的合响。他知她疼她包容她,让她安静让她平和。节假日的时候,由着她走进山上的小路,让她享受着山间的绿荫和清新。华蓉在山里听鸟叫,听叶落,听风唱,然后就感觉自己是被爱人拥抱着。华蓉这样想过后,情不自禁热泪盈盈,一股幸福的感觉油然从心底升出。

天气晴朗的时候,华蓉还会翻过山到湖边去。湖在山那一边的脚下。水面阔大,湖水碧绿。有木船泊在湖上,渔民拦鱼的栅木一排挨着一排。水景美得让华蓉心醉。在水边,华蓉会觉得自己也是与这片水一起生活着。因为不常见不常来,所以华蓉想和朝夕相处的山比，这水应该算是情人了。

这样，华蓉就有了丈夫，也有了情人。

华蓉有时候在电脑前为自己的项目忙得昏天黑地时，会突然想到她的丈夫和情人，想过后，便自己笑笑自己。华蓉想这样很好玩呀。

四

这天是黄昏，一个晴朗日子的黄昏。

山上的树尖正合力地撑着西天一大片落霞，努力地阻止它的快速滑落。山顶上像是要燃烧起来的样子。

华蓉很喜欢看这样的晚霞，很绚烂很明亮。华蓉想，这孤独黯然的黄昏有它的照耀也会变得亮起来。

华蓉心情很好，她为自己做了三样小菜。一碟牛肉丝，一碟豆腐，一碟菠菜。华蓉就坐在窗边，披着落霞的光彩悠然地吃自己的晚餐。桌上有几张报，她吃的时候便信手翻阅着。华蓉是读报爱好者。订了许多报刊，每天晚餐从吃第一口饭，她就开始翻阅报纸，就仿佛它们也是一道菜。华蓉的一顿饭从头到尾几乎要用掉一个小时，其实她的大部分时间都是在看报。所以华蓉的饭吃到最后，都是凉的。好在华蓉有热汤。用热汤泡上凉饭，是华蓉晚餐最后的节目。

华蓉洗碗时，电话铃响起来了。华蓉的电话很少，如果有的话，不是学生打来的就是教研室的人所打。华蓉从容地拿起话筒，未及开口，里面便炸起一阵噼里啪啦的声音。这是一个男人的声音。

那声音说：老六，你是怎么回事？叫你拿酒，怎么拿到现在都没来呢？这么长时间，就算从头酿酒也酿好了呀！就算是去种麦子也长好了呀！你是不是自己一个人先在家喝醉了？我告诉你，那酒虽然是你的，可它是我替你从四川背回来的。我是出了力流了汗付出了心血的。我起码有百分之四十九的股份。你要背着我这个大股东偷酒，瓶子里只要少了一滴，明天早上你起来仔细看你的脑袋还在不在你肩膀上！还要看看你的肠子是不是挂在山脚下的树枝上。

声音又大速度又快，华蓉几乎没有打断的机会。华蓉只能硬着头皮听下去，听到这一句时，华蓉觉得很好笑。脑袋既然不在肩膀上，又怎么能仔细看呢？华蓉隐忍不住，便笑出了声。对方的声音戛然而止。只几秒，便问：你谁呀？老六的女朋友？怪不得老六不来哩，你扯他后腿了？跟你讲，老六做爱平均要用一个小时，你赶紧打个对折，要不我们"光协"通不过你。

华蓉怕他说出的内容更加不堪，便强行打断了他的话。华蓉说，对不起，你打错电话了。对方大惊，说这怎么可能？这电话我一天要打好几十通，怎么会错。华蓉说，对不起，你的确错了。然后华蓉就挂断了。

放下电话的华蓉，耳边却一直响着那个声音。华蓉想这个人说话好有趣。

华蓉的心情因为这个黄昏和这通有趣的电话，便变得很爽。她晚上的工作效率也特别高。华蓉正为公安局研究一种更高层次的防火墙。华蓉做过许多高科技的尖端项目，是行内的顶尖高手之一。华蓉心静而无杂务，又有大量的时间。她不做研究就不知道自己做什么好。所以，每一个项目到华蓉手上，她都能从从容容地做好并且尽可能使之完美。华蓉有一年还成为全国三八红旗手的候选人。只是在最后定评时，华蓉输在了一个商场营业员手上。梅芜为此而大松了一口气。梅芜说，你根本就是一个问题女人，你要是也当三八红旗手，全世界男人都要气疯。华蓉知道梅芜说话喜欢夸大其词，便笑说真能有这种效果，我倒想试试。华蓉对当不当三八红旗手毫不在意，因为华蓉觉得自己不靠这种额外的东西吃饭。

每天的十点钟，是华蓉冲澡的时间。华蓉是要在这个时间里洗去疲倦，因为她习惯工作到十二点钟以后。华蓉洗净身体，披上浴巾，还没有来得及穿睡衣，电话铃响了。华蓉心里有些奇怪。因为晚上华蓉家的电话一般都是不响的。这个世界上，很少有人牵挂华蓉，因此也很少有人需要用晚上的时间与华蓉聊点什么。

华蓉便裹着浴巾，倚在沙发上接电话。

又是一个男人的电话。华蓉听出来这是早上打错电话的那个男人。只是他的声音不再那么放肆，说话的节奏也不快了。倒是显得很有礼貌也很小心谨慎的样子。

男人说，您好，是华教授吗？华蓉说是。男人说对不起呵，先前我拨错号了，您的电话跟我朋友老六的电话只差一个数字。华蓉说没关系。男人说我乱七八糟地说了一大通，真的是太不好意思。幸亏你不认识我，要不然，我就会没脸进学校大门的。华蓉笑了起来，说哪有这么严重。对话那边的男人也笑了起来，说我跟老六太熟了，所以讲起话来就没边没沿，想到哪扯到哪，什么都敢胡说。华蓉说，你说话很有趣呀。男人说，是吗？谢谢您。我后来查了下学校的电话号码本，发现我是把电话打到您家去了。我见过您，我知道您住在山前面那幢新宿舍里。所以，忍不住打过来道歉。华蓉说，你也是我们学校的？男人说，是。我住在你们后面的教工宿舍楼。不过我们那房子跟你们的没办法比。华蓉便哦了一声。男人说，知道您没生气，我很高兴。华蓉说没关系，每个人都有可能出现这样的错误。男人便再歉意了一声，挂了电话。

华蓉放下电话，突然发现自己竟赤裸着身体跟一个陌生男人说着话。她的脸不禁红了，仿佛有人追赶似的，忙跑进卧室，把睡衣套在身上。穿好睡衣重新走进客厅，她的心还怦怦地跳个不停。华蓉有一种犯忌的感觉。

这天晚上的梦中，就老有一个声音跟华蓉说话，语调和语速都像极了打错电话的男人。华蓉早上醒来时，觉得自己这梦有些怪异。

然后十几天就过去了，那个曾经给华蓉带去一点点冲击的声音也很轻易地让华蓉忘掉。

五

华蓉今年被安排招收八个硕士和六个博士。她想少招一点。虽然学生都很可爱，可是华蓉还是不喜欢跟太多的人打交道。华蓉去找系主任王志强。

王志强说他招得还要多。又说考的人太多，录取比例太低了也不好。更何况现在的大学生水平只相当于以前的高中生，而研究生则跟本科生差不多。不多招一些，往后的科研人员就不够用。王志强说了许多理由,每一条都无法抗拒。华蓉只好作罢。

说完华蓉欲走,王志强突然拦下她。王志强说,华蓉,你难道不想解决一下个人问题?华蓉笑了,说你怎么也关心我这一档事了?王志强说有人托我。华蓉觉得奇怪,便问,谁呀?王志强说,人文学院的张宏教授,长得有些像吴宓的那个。华蓉便浮出那颗如同子弹头的脑袋。华蓉有些不悦,说亏得他敢想,也亏得你敢问。王志强说,我原先也觉得不合适,而且对你也不公平。可梅芜说你已经年过四十,还能怎么样呢?张教授肯找你,就已经是很不错的了。虽然他的年龄是大了一些,可是现在的社会风气就是这样。你看咱们学校六十岁的男人都只找四十岁的女人,五十岁的男人要找三十岁的女人,而四十岁的男人要找的是二十岁的女人。梅芜分析得也有道理,她说以你现在的情况,能找到一个六十岁的男人,也算合适。何况张教授虽然今年退休,可身体也满不错的。你还是现实一点。

华蓉顿觉满嘴都被苍蝇塞住,一时说不出话来。王志强以为华蓉在考虑,便笑道,你这还是张教授钦点的。那天开会,他跟我说,学校满园风景,就华蓉是一花独秀。我把这话说给梅芜听,她一脸的不高兴。

华蓉终于把苍蝇都吞下了。华蓉说,那你就让梅芜去一枝独秀好了。王志强怔了怔,说什么意思?华蓉没有回答,又接着说,王志强,我想问你一个问题。如果梅芜现在死了,你是不是要去找一个二十来岁的女孩子?你才四十多岁,再青春一回,该多合算呀。华蓉说完笑笑,没等王志强回答,便扬长而去。

华蓉想，这一嘴的苍蝇，不吐出来还给你怎么行？

这天晚上，华蓉便在家里生着闷气。华蓉想原来女人过了四十在别人眼里就跟垃圾一样了。社会上那些小市民这样想倒也罢了，可你王志强和梅芜也这样想，岂不是太过分吗？华蓉觉得自己简直被王志强和梅芜气得快成痴呆。王志强说的每一个字，都像是被她的一根根头发串了起来，然后就吊在她的耳边甩来荡去，害得她所有的事情都做不了，所有的书也看不进去。

万般无奈的华蓉只能坐在电脑前，机械地玩上面的蜘蛛纸牌，玩了一遍又一遍，直玩得两眼发花。

便在华蓉连蜘蛛牌都玩不下去的时候，电话铃响了。它把华蓉从痴呆中拯救了出来。华蓉想，啊，这可真是一个救命的电话呵。不管是谁打来的，我都万分感谢你。

华蓉如她以往一样往沙发上一靠，抓起了电话。电话里传来一阵明朗而快乐的声音：您好，请问是华教授吗？

电话里的声音令华蓉觉得又熟悉又陌生。华蓉说，我是。请问你是？对方说，我是前不久打错电话的那个人。华蓉一下子想起关于老六以及酒的话。随之也想起她曾经做过的一个梦，梦中老有一个人在她的耳边说话，那人的声音就跟眼下电话里的一模一样。华蓉说，哦，想起来了。华蓉心里立刻就有笑意浮出。

对方笑了，说，华教授，我知道您一定想得起来。我今天很冒昧打这个电话，因为我实在是有事要找您。华蓉不解，心想他竟然有事找我？想着，华蓉嘴上便说了出来，有事找我？什么事？对方说，我有个朋友想考您的博士，他请我找您打听一下情况。华蓉说,他自己怎么不来问呢?对方仿佛被问住。隔了一会儿,方说,我说了您别生气。昨天喝酒,大家点评学校的女教授谁最有气质。说到了梅教授,也说到了您。我跟他们吹牛,我说我认识您,而且跟您是哥儿们,前几天还通过电话。他们全不相信,还把我一顿死骂。我就跟他们拍了胸脯,说如果我是吹牛出门就被车撞死。哪晓得饭桌上一个朋友刚好要考您的博士生,死活缠着我给您打电话。您看,我也不能让牛皮一下子就破了是不是?只好跟您打电话了。华蓉笑了起来,说,原来是这样呀。说吧,想要知道什么情况?对方一听华蓉这话,声音立即就快乐而明朗了起来:华教授,您可真是我的哥儿们呀!

然后他便就专业提出一些问题,比方用什么教材,范围大概多广,将招收多少人诸如此类。华蓉一一作了解答。华蓉说话时,对方不停地 OK,似乎还用笔在记录。华蓉知道他没有说假话,于是华蓉心里的感觉便很好。

问题问完,华蓉觉得这个电话可以结束了。但对方却意犹未尽。对方说,华教授,你们住博导楼的人本事都很大,我们都想有一天能成为像你们这样的人,也住进你们这样的楼栋里。昨天我们几个朋友一起喝酒,大家都说,想要住进博导楼,就得少打牌少喝酒,用功用到博导楼所有的灯都熄掉。华蓉说,这话不错,付出多少,方得到多少。对方说,你知道吗?你们博导楼左边单元顶楼有一盏灯每天到半夜十二点以后还亮着,全楼差不多都黑了灯,就它还是光芒万丈的样子,天天如此。我们都叫它北斗星。这颗北斗星最刺激我们。现在我们都在跟它打拼,非要拼到它灭掉我们才休息。

华蓉听他说时，先没有在意，说着说着，华蓉便开始想这灯是谁家的。左边单元顶楼。蓦然间，华蓉意识到，这盏灯正是自己的。华蓉不禁开心起来，心想这简直是太意外了。

对方见华蓉并没有继续与他对答，知道该挂机了。他说，我叫马驰。我朋友他们都叫我老五。如果我再打电话麻烦你，您可以直接呼我老五就行。因为马驰这个名字用汉口话一说，就成了马屎。

然后他就戛然挂了电话。这个结束语有些突然，又有些二愣子，华蓉还没有反应过来，耳边就只剩了"呜呜"的长音，华蓉只好也放了电话。

华蓉靠在沙发上，转着神，回想电话的内容。电话的最后两个字是马屎。华蓉想着便自己笑了起来，华蓉想，果然很马屎哩。想着，就觉得适才那朗朗的声音都带着马屎的气息。

六

从这天开始，华蓉隔三岔五都会接到马屎的电话。依然是为他的朋友咨询一些问题。问题都不大，很容易回答。答完后，马屎多少都会跟华蓉聊几句天。开始华蓉叫他马驰，可是那谐音果然与马屎无异。马屎便在电话里求华蓉叫他老五好了。马屎说，你这样叫我，那马屎气会沿着电话线一直进到您家，您难道没闻到臭？华蓉扑哧一笑，以后就改口叫他老五了。

初始华蓉并不喜欢老五经常的电话骚扰。华蓉心想，你这样没完没了，难不成还想把考试题目都从我这儿套去？于是华蓉多少有些不耐烦,华蓉尽可能长话短说。但老五仿佛从来意识不到这一点。他依然喋喋不休。有时是咨询,有时也不是。有一天老五打电话时,一副悲痛万分的样子,声音也有些哑哑的。华蓉心想他家不知道出了什么大事哩。但华蓉也没有问。华蓉对别人的事素无兴趣打听。老五却主动讲了起来。老五悲哀地说,迈克尔·乔丹又要退役了。华蓉不知道迈克尔·乔丹是什么人,刚想问,老五又说,乔丹一走,这NBA还有什么看头?NBA要没看头了,我们怎么活?!这时的老五的声音充满了痛心疾首。华蓉不知道迈克尔·乔丹,但却知道NBA是美国的篮球大赛。华蓉说,就这点小事?老五听华蓉说得这么轻飘,高声叫了起来,什么?!这是小事?这起码是世界上第二大的事!华蓉有些好笑,忍不住又追问一句,那世界上第一大的事是什么呢?老五叫得更加厉害:当然是天塌下来,把地球压扁了呀。

华蓉几乎笑出声,可见老五太认真,终是没笑。她只是长长地哦了一声,说原来是这样。

放下电话,华蓉坐在沙发上想想觉得老五这个人真的很搞笑,而搞笑的人可以给旁人带去许多的欢乐。

七

这天下午,华蓉给研究生上完课,刚走出教室,便遇到了梅芜。

梅芜也刚下课,两个人因住同一栋楼,便一起往回走。梅芜又提起文学院的张宏教授。梅芜抱怨华蓉错失良机。华蓉不解，问什么良机。梅芜说，张宏教授最近出版的一本书得了国家五个一工程的大奖，既出名，又得钱，今年还有可能当上省政协委员。这个风头一出，上门提亲的人排起了队。最后还是哲学所的一个女博士手段高明，先跟他上了床，再谈结婚的事。你猜那女博士多少岁？刚满三十哩。我一听这消息，肺都气炸了。回家使劲骂王志强，说他不会办事，明摆着我们华蓉排在前面的，怎么倒让人家给占了先呢？唉，不过想想也没办法，三十岁和四十岁的人摆在一起，换了谁都会挑年轻的。男人呀，不在乎你人好人坏，也不在乎你地位是高是低，更不在乎你是贤惠还是智慧，他们只要两样，一个是美色，一个是娇嫩。要说起来，娇嫩多半还排在美色的前面。华蓉，你就是吃了这个大亏呀。如果连张宏都淘汰你，这样推理下去，你岂不是得找个七十岁的老头？不过，听我一句话，只要身体好，也行。

梅芜一直呱呱地说着，华蓉几乎没有打断她的话的机会。她们走完了学校的林荫路，又走过了露天电影场，满是学生喧闹着的运动场也走过了，梅芜的话就一直没有停。运动场上有几个年轻人在打球，他们望着梅芜和华蓉，仿佛议论着什么。

走到楼栋门口，华蓉觉得再不让梅芜闭嘴她就会难堪了。因为华蓉知道，梅芜进到电梯里，不管有没有其他人，她都还会这么说下去。这就是梅芜。

于是华蓉说，你打住，听我劝你一句话。回去跟你家王志强离婚，赶紧趁张宏教授还没正式注册，把他挖过来。这么优秀的男人，有名又有钱，绝不能让他落在那个无耻的女博士手上，要不显得我们这帮博导多么无能。我是不行了，已经遭到了淘汰。可我看了看，整个学校，别人也都不行，只有你有这份实力。以你的东方女性美和高雅格调一举战胜女博士的美色和娇嫩，断断没问题。所以，你得为我们争口气。

华蓉说这番话时，站在门栋前。底楼人家吊在窗上的三角梅，玫红着颜色就在华蓉眼边晃。这色彩有些轻佻，又有些孤单。梅芜听得目瞪口呆，望着华蓉一脸发傻。华蓉便趁着她傻着面孔时，自顾自地进电梯。华蓉对电梯工人说，一直到顶，我有急事。没等梅芜进来，电梯便启动了。当电梯徐徐缓缓向上升时，华蓉心里才有一点点快感随之而升起。

华蓉进了门，鞋一脱，全身松弛着躺在沙发上。四周很静，华蓉为自己寻找舒服的感觉，以便忘却适才的不快。但是不行，梅芜的话还是一点点从这静中浮了出来，嗡嗡地聒噪个不停。无论华蓉怎么样抵制，它都不歇，就如江水一样不肯断流，华蓉渐渐便有些恼怒。恼怒一层层叠加起来，积累成一胸恶气。恶气膨胀着胸膛，却不知道应该朝谁发火。火发不出去，水便流了出来。不知不觉间，华蓉已经泪流满面。

电话铃恰到好处地响了起来。华蓉连眼泪都没有抹，便拿起了电话。

华蓉连一声"喂"都没有发出，电话那头便惊呼了起来。这是老五的声音，也只有老五有这样的声音。

老五说，华教授，我知道您已经到家了。刚才我们看到您和梅教授两个人一起走回去的。我们光协的几个人都在运动场。我们看你们都看呆了，个个都有惊讶感。您知道为什么吗？老六说，原先单看梅教授时，觉得梅教授有气质。可当梅教授跟华教授走在一起，梅教授的气质那就是个屁了。她那个雅是包装出来的，是自己在做雅。华教授呢，什么都没做，又自然又随意，是个真雅呀。老六的话让我们全体光协成员都醒了似的。大家都盯着梅教授看了又看，那个俗呀，没办法说，也只有跟她相配的王教授可以忍耐呀。

华蓉的眼泪在老五热烈而急促的话语中悄然返回，先前那些已经流到脸上的也都干掉了。一种说不出的愉悦像水银泻地一样轻滑地溜到华蓉内心的每一条缝隙，华蓉的心一下子就满了，适才的火与水都被水银所遮盖，然后华蓉就觉得自己心里有荧光放射了出来。握着电话，一个字都没有说，笑意便上了华蓉的脸。华蓉一方面明白自己虚荣，另一方面也庆幸这世上终归有人既识梅芜也识她。

但华蓉的教养使华蓉不喜欢背后听人议论他人，就算是说华蓉自己也厌烦的梅芜，她也不习惯。所以华蓉说，打住，老五。你们在背后这么议论老师，好像不对吧？老五似乎是怔了怔，方说，Sorry，非常Sorry。我们光协那几个家伙，凑在一起就喜欢议论女人，完全忽略了对方是老师还是同学。当然最主要的是您和梅教授显得年轻，看上去跟我们相差不了多少，于是浑然忘却二位身份。华蓉听他拿腔拿调的话，心下暗笑。华蓉说，光协是什么协会？光电子？还是光纤通信？还是……

线那头刚刚打住话的老五还没喘一口气，便以比刚才更加嘹亮的声音大笑了起来。笑时他突然急剧地咳嗽，仿佛是被自己的大笑所呛倒。

华蓉有些不解了，华蓉说，这有什么好笑的？老五止了笑，说，光协的全称是光棍协会。

这一下，连华蓉也大笑了起来，笑得哈哈哈的，她身体的抖动连带着沙发颤动，而沙发的动作又引起窗户的共振。窗台上泡了一支水草的玻璃罐便一圈圈地漾开了波纹。要命的是华蓉在笑时也咳嗽起来。华蓉竟跟老五一样被自己的笑所呛倒。这是华蓉从来都没有过的经历。华蓉想，怎么这么好玩呢？

华蓉原以为自己今天的心情会不好，什么事都做不出来的。结果没想到，她竟是进入一种格外兴奋的状态。她丝毫不觉得累，只觉得浑身有用不完的精力。键盘的敲击声像一首循环往复的歌，一直在华蓉的书房里回响。这天华蓉的工作做得又快又好。

华蓉上床睡觉时已经是半夜。华蓉望着天花板想，是老五的电话把梅芜带给她的烦乱和阴暗一扫而尽的。

八

第二天，华蓉从复印中心回来时，时间跟昨天到家的差不多。华蓉刚进门，才脱下一只鞋，就听到电话铃响。按华蓉平常的做派，她会从容地换好鞋，然后再去接这个电话。可这天，华蓉突然有点冲动，她的另一只鞋还没有脱下来，便高一脚低一脚地奔到了电话跟前。

电话那头却是一个低沉的声音。这份低沉让华蓉心里倏地掠过一丝失望。

这是王志强的声音。王志强说，我是在办公室给你打电话。然后他就不说话了。华蓉有些奇怪，心道，你在家里和在办公室给我打电话又有什么区别？用得着专门强调？华蓉想到便说，你为什么不能在家里打？王志强说，你昨天跟梅芜说了什么?她一晚上都在生气。

华蓉释然,甚至有点幸灾乐祸。华蓉说,这样呵,那我就要跟你说实话啦。梅芜老跟我夸文学院的张宏教授,她特别崇拜张教授,我就劝她离婚去把张教授抢到手。当然,我也是很想看看你去找一个二十来岁的女孩子会怎么过日子呀。王志强说,华蓉,你在我心目中一直是个雅人,你怎么能说出这么俗的话呢?王志强显然有些生气了。

华蓉想了想,说,是有点俗。其实这就像你们请我吃了一碗红烧肉,我也回请你们一碗红烧肉一样,很正常呀!王志强顿了顿,似乎在琢磨华蓉的话,顿了好几秒,方说,什么意思?

华蓉笑了,说,回家跟梅芜一起研究研究吧,这也是学问。华蓉卖了个关子。华蓉想,我才懒得跟你多说哩。王志强说,华蓉,你怎么回事?我和梅芜都觉得越来越搞不懂你了。华蓉突然大声叫了起来,糟糕,我炉子上的菜煳了,我挂了。

华蓉放下电话,心道,你以为你们搞懂过我?

华蓉这一刻,才开始从容地脱她脚上的另一只鞋。鞋脱完了,华蓉却并不想离开沙发。她的眼睛盯着电话,暗骂道,谁稀罕你这个烂电话,少给我打来才好。骂完了人,她还是呆望着电话。电话纹丝不动,好半天,都没有任何声音。华蓉这时才想,真的该去炒菜了。

这天跟华蓉平常所有的日子都一样。华蓉看着报纸吃完晚餐,便站在窗前。华蓉望着外面山头的红云渐渐地灰下去,她用劲地吐纳几下,置换掉心里的旧气,试图让新气充满心胸,然后甩了几圈胳膊,像是抖擞自己一番,方去坐到电脑桌前。

唯一不同的是，华蓉老觉得还有一件什么事没有做似的。她有一点点的不安。

这天的电话比平常多，不到八点，就已经来了三个。每次华蓉都很欣喜地去抓电话，但这三个电话都让华蓉有一点失望。一个电话是华蓉的爸爸打来的，只是家常聊天；另一个电话是华蓉的一个博士生打来的，说他的论文大纲已经拉出来了，要请导师过目；还有一个电话，是北京长途，说是有一个重要的学术会议将在成都召开，问华蓉能不能参加。

华蓉有时候平均三天也接不到三个电话，这天却集中一起跑来。这三个电话都没能冲掉华蓉心里一种若有所失感，反而白白地让华蓉的失望一连三次。

从八点到十点，电话就再也没有响起。

像平常一样，十点钟，华蓉洗了澡，心态平静地倚在沙发上小憩。因为不再希望，所以也就无所谓失望。早先有过的一点点不安也于无形中消失。华蓉想，寄哪一篇论文去参加成都会议比较有分量呢？

偏这时，电话铃又响了起来。电话就在华蓉手边，华蓉伸手接起，刚说一声你好，还没等对方出声，华蓉就知道，是老五的电话来了。此时的华蓉心情已经散淡了下来。就像是盼了许久的东西一直没到，便懒得再要一样。

老五还是那副开心不过的嗓音。老五哈哈着说用功用累了，觉得你可能做学问也会累，所以就打个电话聊聊天。华蓉淡淡地，就这事儿呀。老五说，当然也是想问问你的气顺了没有。华蓉不解，什么气？

老五说，哎呀，昨天你不是笑呛着了吗？万一你出了什么事，比方呛坏了肺，或者呛出个心肌梗死，我岂不是有责任？警方较真追查起女教授死亡原因，判我一个伤害人才罪，我岂不是又掉得太大？所以今天特地问问情况。退一万步，就算真出事了，我也好准备花圈什么的吧？你帮我挣过不少面子，我多少也要寄托点哀思呀。

老五一惊一乍的这通话，让华蓉哭笑不得，华蓉散淡下去的精神就又提起来了。华蓉说，我真要有什么事，也轮不上你送花圈呀！老五笑了起来，说，咱没资格公开送，私下里往那块石头跟前放，还不行吗？说得华蓉也笑了起来。华蓉说，叫你这一说，像真的一样了，你这是咒我哩。老五说，不敢不敢，要是真的，我哪笑得出来，哭也得哭几天哩。华蓉说，这种话谁信呀。老五说，真的，是真的会哭的。我这人，感情特别脆弱，特别深沉。

华蓉不禁大笑起来。华蓉说从你嘴里说出这话，让我觉得好肉麻。老五也笑，说，我也觉得自己肉麻得厉害。可是女人都爱听肉麻的话，没办法，所以我们光协的人成天都在操练怎么样可以把话说到最肉麻的地步。华蓉笑，练好了，就出门去哄女孩子？老五说，华教授你以为现在的女孩子好哄吗？难啦！她们现实得很。不光要肉麻的话，首先要看你有没有钱，其次再看你有没有社会背景，最后再看你有没有前途，你人品怎么样就无所谓了。咱们学校的女孩子，眼睛全都盯着四十岁以上的成功男人，说他已经完成了原始积累阶段，嫁过去就能过好日子。轮到我们这拨人的，就光剩些被成功人士挑剩的歪瓜裂枣了。华蓉说，不要这么说人家女孩子，你们男的也一样呀。除了现实，而且还俗气。光想挑漂亮的，逊色一点，就说人家歪瓜裂枣。你们好不到哪去。老五笑了，说我这真是找死，在女生面前说女生，这不是照着地雷踩吗。华蓉纠正道，你是在女老师面前说女生，我自然是要护她们的。老五道，糟，又踩了一个雷，而且还响了。讲忘了形，没记得你是教授。不过我得声明一下，你大不了我几岁，表面上看，我比你还显老。华蓉说，这是个无效声明，老师就是老师，无论大小。老五赶紧道，好好好，你是老师，你以后在背上挂个牌子，上面写着，我是老师。免得一不小心，又有学生忘了形。华蓉听了这话，刚想笑，但一转念，又忍住了，华蓉想，不能让学生在自己面前太轻佻了。

这天老五跟华蓉聊了将近半小时才打住。撂了电话，华蓉站到窗前透气。华蓉想，他为什么要说我大不了他几岁，并且比我还显老呢？他说这话是什么意思？他是想要表达什么还是想对我暗示什么？而且，他对我已经不用您而用你了。

暗夜的天空很沉静，只几粒星星飘一样地浮在上面。风有几丝凉意，扑面而来，让人觉得分外惬意。华蓉想，真是一个好爽的夜晚呵。

九

此后，老五就总在晚上十点给华蓉打电话。老五总有说不完的闲话。老五的话总是让华蓉笑个不停。华蓉觉得老五的思维方式和说话方式都与她完全不同，他仿佛是来自另一个世界的大脑。

老五说，他以前陪老六去跟人相对象，可每次对方都把他相中了，却从来没有相中老六。现在老六决意找一个有过婚史的女人。老六每次跟人套近乎想请人帮他介绍对象时，总是一开口就问，你们那里有没有人家死了男人？老五学着老六的腔调，华蓉笑坏了。

老五又说，有个富豪要出国，这天正好航空班机停飞，富豪得办手续转机。人家都排着队，富豪一路挤到前面，想插队。他把机票甩给服务小姐说，我必须坐这班飞机的头等舱。服务小姐说，先生，我很乐意为您服务，但我得按先来后到的秩序。富豪很生气，大声说，你知道我是谁吗？服务小姐听他这一问，就拿起麦克风大声广播道：各位旅客请注意，F12号柜台前有一位先生不知道自己是谁，如果有哪位旅客能帮他识别身份的话，烦请到F12号柜台，谢谢！华蓉听到这里，立即笑出了声。老五说，还没完哩。那富豪气得要命，愤怒地瞪着服务小姐，说fuck you。那服务小姐满脸笑容，从容地说，那您也得先排队才行。华蓉笑得软倒在沙发上。

老五还说，今天他们光协的几个人骑车出去郊游，路过一个名叫"乡巴佬"的村头餐馆，见它挂在外面的菜牌很是有趣，便进去吃饭。他们点了四盘菜，一盘"乱棒打死猪八戒"，一盘"波黑战争"，一盘"一国两制"，还有一盘"走在乡间的小路上"。吃之前，他们怎么也想象不出来这些菜会是些什么。结果等菜上桌后，他们一干人笑得下巴几乎掉下来砸了脚。"乱棒打死猪八戒"就是几十根豆芽上放了几片猪头肉，"波黑战争"就是菠菜炒黑木耳，"一国两制"是炒花生米和煮花生米共放一个盘里。最让人意外的是"走在乡间的小路上"，那是两只猪脚压在几根香菜上。老五说，这是我见到过的最幽默的餐馆老板。华蓉听得目瞪口呆,几乎又一回把自己笑呛着。

老五每天都有层出不穷的笑话,令华蓉觉得每天晚上的十点钟,就仿佛是她一个节日的开始。到那时她总是从头笑到尾,笑完后,放下电话,浑身轻松。华蓉想,自己这一辈子发出的笑声全部加起来,可能都没有老五这一两个月让她笑得多。华蓉因为这些笑声,精神爽了起来,走路也觉身轻如燕。

华蓉因为精神头好,干起活来劲头十足,不知不觉间又把睡觉的时间向后挪了近一个小时。有一天,老五打电话来,一边说话一边呵欠连天。华蓉说,怎么没精神?老五说,睡眠不足呀。你们楼那颗北斗星也不知道发什么疯,这些日子天天都不熄灯。我们发誓要跟它打拼的,眼下有点拼不过了。老六昨天晚上恨不能去砸灯。华蓉一想这些天自己果然是睡晚了许多,不禁哈哈大笑。老五说,你笑什么?华蓉说,我笑你们这帮学生拼不过老师,竟然想去砸人家的灯,真可怜。老五也笑了,说这是老六,不是我。老六说,他打算牺牲自己,以便把大家从睡眠不足中拯救出来。你知道不,他老先生一夜不睡没关系,早上可以补懒觉。可我们不行呀,我们要不去上课,老师嘴上带笑,心里骂娘哩。华蓉说,哦,是这样。

这天晚上,华蓉便早早睡觉了。她躺在床上睡不着,满耳满心都是老五的声音。华蓉想,这个老五,实在是有些意思。

十

在华蓉最愉快的这段日子,她竟遇到了她人生中最倒霉的一件事。华蓉从来没有想到这样的事也会轮到她的头上。

华蓉的一个博士生,叫严俊,写了一篇论文,内容一半以上都是抄别人的。华蓉看过这篇论文,并没有发现是抄袭,但她觉得文章观点有些陈旧,推理亦有些混乱,便直接在上面做了一些批点,让博士生拿回去进行大改。华蓉特别批写道,修改完后,请勿急于发表,待我看后再说。结果博士生急功近利,他把华蓉的名字署为第一作者,寄到学术杂志去了。巧的是学术杂志恰逢一篇稿子出了问题,版面空下,而编辑偏是华蓉的低班同学,一向知道华蓉的认真严谨,于是将那论文发表了。

被抄袭者正在英国读博士后,恰此时回国奔丧,突然就看到了那本杂志。于是愤怒地撰文,贴到各大学的网站上。网上的学术打假者们立即行动起来,他们找出了原文,将抄袭文章一条一款地进行比照。第一作者是华蓉,第一剽窃者的名衔自然也落到了华蓉头上。于是臭骂华蓉的帖子铺天盖地。

华蓉因赶着做公安局的防火墙项目,一连几天都没上网游走,竟是不知自己已经陷入如此绝境。

第一个告诉华蓉这个消息的是老五。老五在半夜把电话打到了华蓉家里。华蓉听此一说,人都僵了。她连夜爬起来上网。华蓉先看了那博士后的论文,又看了批评者对比的文章,立即就有魂飞魄散之感。再看后面的跟帖,各种恶毒的粗鄙的漫骂和讽刺,足以让华蓉无颜见人。其中有一个帖子赫赫然大标题为:道是博导缘何年轻,原来全靠剽窃成名。这时的华蓉,人都几乎要垮掉了。

华蓉欲哭无泪,觉得自己的一世名声就败在了这个学生手上。幸而老五的电话及时打来。华蓉向老五讲述事情的过程,讲的时候，华蓉不禁失声而哭。老五很替她着急，一边安慰，一边替她出主意。老五说，你不要急，这没你什么事，你什么都没有做错。你只需要把这件事跟学校说清楚就行了，最好直接找校长说。

第二天华蓉便去了校长办公室。校长请校学术委员立即成立了调查小组进行调查。华蓉便叫了那个博士生一起，让他向学术委员会讲述事情原委。事实是华蓉一则根本没有同意博士生发表此文，那份原稿上有华蓉的批字，二则华蓉从来就不在学生论文上署自己的名字，从来没有过，这次的署名完全是学生在她不知晓的情况下所为，纯属学生的个人行为。

事情的来龙去脉本来也很清楚，调查小组基本上认定剽窃事件与华蓉无关。但因为网上传播得影响太大，名声太恶，校方担心处理得不好，臭了学校的名声，于是学术委员会为了慎重起见，暂不表态，又开始进行第二轮调查。

这件事前前后后花了十天时间。这十天华蓉气急交加，仿佛天天都在油锅上。华蓉完全不敢上网，因为但凡高校的BBS上都能看到骂她的帖子。华蓉一想到那些漫骂的文字，便紧张得浑身战栗。

只有老五天天都给华蓉打电话。老五的电话越打越长。没有老五的电话，华蓉简直不知道那几天自己怎么度过。

有一天，老五突然打电话要华蓉上网去看看。华蓉不肯，老五一定要她看。老五说，你要不看，你会后悔的。

华蓉于是战战兢兢地上了网。不料她看到凡是骂她的BBS上都贴着一篇文章，文章的标题就叫《华蓉无罪》。文章披露了事情的真相，甚至还贴上了华蓉在那篇论文上批字的照片。

文章结尾说，我们为有严俊这样的同学而倍觉耻辱，但我们为有华蓉这样的老师而倍觉自豪。

这篇文章一出，骂华蓉的帖子立即全部消失。接下来同情和理解以及向华蓉表达歉意的帖子一条一条地跟在后面。甚至还有一些表示对华蓉的钦佩，因为当教授要做到华蓉这一步也不容易。

华蓉看得热泪盈眶。这时老五的电话又来了。老五开心地说，怎么样，心情好点了吗？华蓉哽咽着说，老五，是你做的？老五说，我是你哥儿们，我怎么能不帮你？华蓉继续哭着说，老五，谢谢你。老五笑了起来，喂，你真哭呀，你忘了你是老师了？你就不担心在我面前没面子？

叫老五这么一说，华蓉真有点不好意思起来。华蓉想，糟糕，我是老师哩。

第二轮的调查结束了，结论依然同上次一样，华蓉没有任何责任，但她的那个博士生却被开除了学籍。那学生走时，不敢见华蓉。华蓉原想把他找来教训几句，老五说，算啦，他连学籍都丢了，这个教训也够大了，你当老师的就饶人家一把吧。华蓉觉得老五说得有理，便也没说什么。

这场突如其来的风波折磨了华蓉一场，但到底没有影响华蓉的名誉和事业。只是它给华蓉的生活却带去了莫大的冲击。

最直接的副作用就是华蓉习惯了老五的电话，倘有一天老五的电话没来，华蓉心里便若有所失。

十一

华蓉已经好久没有独自到山上溜达去了。每天早上开窗和晚上关窗时,也常常忽略了山景。以前华蓉心里空空落落的时候,她需要山上的风和树来充填她的心。而现在,华蓉心里是饱满的,所以,当山上刮过来的风,带着树林里的湿气和树叶的芬芳从华蓉面前拂过时,华蓉竟是没有注意到。

华蓉甚至忘了季节正在改变山的颜色。

有一天,梅芜遇到华蓉,上上下下打量了她好半天,打量得让华蓉不解。华蓉说,怎么了?好像不认识我似的。梅芜说,在谈恋爱?华蓉笑了起来,说恋爱是什么?它是吃的还是穿的?梅芜说,你别哄我。最近我见你脸上总是带笑,走路也脚步轻快,有时还哼哼歌,跟你以前完全不一样。我是恋爱过的人,一看就知道你的生活有了变化。

华蓉笑道,你不是说四十岁的女人是垃圾吗?这年头还有谁肯跟垃圾恋爱呢?梅芜一副不信的样子。梅芜说,没有吗?真的没有吗?那你怎么会显得这么快活呢?华蓉说,人只有一辈子的活头,没有了爱情,难道连快活都不应该有?梅芜说,我们女人嘛,一辈子不就是靠爱情支撑着?华蓉说,不见得吧?人生又不是只有这一样东西。梅芜说,华蓉你就别嘴硬了。夜深人静,熄了灯,你一个人躺在床上,针掉在地上都像打雷声,那时候你内心还会觉得快活?你要真这样,算我服你。华蓉说,是吗?如果我就是很快活呢?如果我把针掉地上的声音当锣鼓听呢?梅芜盯着华蓉,冷笑道,人都说你华蓉是一个很真实很自然的人,我看未必。如果你坚持那时候你也快活,你就是天下最虚伪的人。华蓉也同样的眼光盯着梅芫。华蓉说,梅芫,有些东西,你永远都无法理解。

华蓉说完,便自顾自而去,梅芫却没有放过她,梅芫在她的身后说,可是有一点,我非常清楚,那就是你未必知道你心里有多么寂寞。

华蓉没有说话。华蓉仿佛被梅芫击中死穴,因为华蓉当然知道自己多么寂寞。但是不肯服输的华蓉又想,笑话,难道你知道?

晚上八点,华蓉正工作得紧张,电话铃突然响了。华蓉心道,不是学生的就是教研室的什么人,她怕说过电话后,中断思路,便不想接,伸手将桌边电话拿起又挂上。可是电话还是响,一遍一遍地骚扰着华蓉。这是一个打发不走的电话。华蓉无奈,只有放下手上的事,接起电话。

却不料电话那头是老五的声音。老五有些不安,说我是不是打扰你了?华蓉说,还好,只不过我没想到你会这时间打电话来。老五说,有个老同学从深圳过来了,一会儿我们要出去喝酒。我担心你等我的电话,就提前打给你说一声。

突然就有股热流在华蓉心头一涌。华蓉没有说话。老五说,你怎么了?华蓉说,没什么。老五说,十点钟,就算没我的电话,你还是要歇一会儿,至少休息半个钟头,别太累着了自己。华蓉说,好的。老五说,我不多说了,他们在外面叫得很凶,那帮人都跟狼似的。华蓉说,你去吧。不过,老五,夜酒不要喝得太多。老五说,我知道了。

这一次老五的电话最短,三分钟都不到,可是却实实在在地干扰了华蓉。

华蓉坐在电脑桌前,心里老是响着老五的那句话:我担心你等我的电话,就提前打给你说一声。似乎跟平常说的一样随意,却带着绝不同平常的温暖和关切。华蓉的心有些慌乱,有些茫然了。

电脑已经进入了屏幕保护程序。三维花盒变成圆球,变成锥体,变成方块,在华蓉面前晃来晃去。华蓉的心是散的,注意力集中不起来,案头的事情也就没办法做下去。

华蓉想,我这是怎么了?

十二

去成都开会的日期迫近。华蓉订好了机票,想想觉得应该告诉老五。老五晚上打电话时,华蓉就说了。老五说,把你的手机号告诉我,我好给你打电话。华蓉说,我没有手机。

老五立马就叫了起来,你们这种教授怎么这么小气?什么时代了?手机都不配一个?钱都留着干什么?华蓉说,跟钱没关系,主要是平常没有用场。老五说,难道买一样东西就非得天天用?只在关键时候用一用,就不值买了?华蓉说,我也没什么关键时候,所以就没买。老五说,你怎么知道你没有关键时候?前不久一个旅游团去越南,在海上遇了险,全靠一只手机跟岸上联络,才把人都救了上来。这时候的手机还不抵了你家买的所有东西?因为它能救人命。

华蓉想想觉得老五说得对,更何况,有了手机,她无聊时,也可以给老五打电话。于是第二天,华蓉便匆匆忙忙上街买了一只。手机是三星牌的,银白色的外壳,小小巧巧,华蓉很是喜爱。拿着手机,华蓉全然不知道应该怎么操作,只好跑到教研室去,请王志强指导。

王志强一边教一边说,我真搞不懂,你花这份冤枉钱干什么?又没什么人给你打电话。华蓉说,没人给我打电话,我就不能给人打?王志强说,我还不知道你?你的电话能不打就不打的,谁还指望接你的电话。华蓉笑道,王志强,没准我打给你哟。王志强怔了怔,说你打电话给我?华蓉说,万一飞机出事,我好打电话留下遗嘱呀。王志强说,华蓉,最近你好像比以前幽默了好多哩。

晚上老五打电话来,华蓉不等他说什么,赶赶紧紧地把手机号码告诉了老五。老五说,想通了?不省钱了?华蓉说,早说过了,不是钱的问题。买这个是怕万一出什么事,好用它来留遗嘱。老五便笑,说尊敬的华教授,你现在说话好像用了我的语气。华蓉一想,也是,便也笑了,说这就叫近墨者黑。老五便又笑。华蓉说,你笑什么?老五说,你哪里有近墨?你只是听墨者言而话黑。华蓉想,果然不是?她从来都没有见过老五。她对老五的一切都一无所知,除了老五的声音。不过,华蓉一转念又想,她是老师,老五是个学生,她有什么必要去知道老五更多呢?听讲电话便也足够。

老五见华蓉不说话,以为她生气了,忙说,生气了?华蓉说,怎么会?老五说,那怎么不说话?华蓉说,不知道,突然就没话了。

老五便也沉默。几秒钟后,老五说,谁送你?华蓉的心怦然而跳,这是一种史无前例的跳动。华蓉迟疑了几秒,说我常出差,也不需要什么人送,我已经找车队要了车。

华蓉很想老五接上她的话。她想听到老五说那我来送你吧。但是老五却没有说。老五只是说,哦,是这样。华蓉心里有一丝失望一掠而过。华蓉说,把你的电话告诉我,我有什么事好给你打电话。老五说,还是我给你打吧,我们这儿是公用电话,管理员得站在走廊上大声喊名字,麻烦。华蓉一想,也的确麻烦,便说那好。老五又笑了起来,说你要记得把手机打开,一直到睡觉前再关上,否则就白买啦。

华蓉走的那天下起了雨。华蓉出发得很早,怕长江一桥堵车,便走了二桥。结果料想不到车走二桥奇顺无比。尽管车到天河机场时雨下得更大,但华蓉还是早到了一个多小时。司机放下华蓉便回去了。华蓉无聊,办完登机手续,进了候机厅,就只好在书摊前翻书看,看得自己累得发慌才听到广播叫登机。

华蓉上到飞机,放好行李坐定后,见她座位旁边的小伙子用手机打电话,说一会儿要关机了,所以现在打声招呼。华蓉这才想起自己的手机一直没有开。于是华蓉忙不迭拿出手机打开了电源。孰知手机上的灯刚亮,她便听到铃响。起先华蓉还以为是旁边小伙子的手机铃声,扭头看,发现小伙子正打着电话。再低头细看时,方发现响出声的正是自己的手机。

华蓉慌张地接手机。这是华蓉第一次接听手机。华蓉说,喂,你好。对方没等华蓉的问候声落下,便吼了起来:你怎么回事?千叮咛万嘱咐让你记得把手机打开,你倒好,一直关机。你知道我一早打了多少遍吗?

这是老五的吼声。华蓉有些歉疚,华蓉说,对不起,老五，我忘了，主要是我还不习惯用。你有事吗？老五说，你说能有什么事？下这么大的雨，我当然要知道你的飞机会不会正点开，如果延误，你在机场怎么办？谁知道你会不会照顾自己。华蓉说，我已经登机了，飞机会正点开的。老五说，到了那边，一下飞机，就开手机，听到没有？华蓉说，知道了。你别生气呀，老五。老五这才缓解了语气，说哪里会呢？我打不通你的电话，一下急了。好吧，你现在可以关机了，飞机起飞时，手机是一定要关的。

华蓉关了手机，却无法形容自己的喜悦。华蓉想，老五早上就这样一遍一遍地跑到公用电话前给我打电话吗？华蓉想时，便幻想出一个年轻男人，不停地从宿舍疾步而去，然后站在走廊的电话前焦急着面孔打电话。快乐便从华蓉的幻想中一直浮上心头。

飞机非常顺利地抵达双流机场。成都是阴天。天空中灰灰的，仿佛染了色。比华蓉早到五分钟的南京大学钟瑛教授见到华蓉又是拥抱又是握手。钟瑛教授因与华蓉一起开过好几次会，彼此很熟。钟瑛教授说，你怎么又年轻又漂亮了？你好像倒着长哩。华蓉笑道，哪里会？你拍我马屁可没什么好处。钟瑛教授又说，我记得你说，成都的天气总是阴沉着脸，特别容易让心情不爽。今天你看上去很爽呀。华蓉说，是吗，那样的蠢话也是我说的？不过我今天的确心情很爽。

汽车很快朝成都市区驶去。

华蓉这次记得打开手机了。如果手机铃响，肯定会是老五。因为除了老五，没有人知道这只手机的电话号码。王志强虽然教会华蓉使用手机，但华蓉却没有把手机号给他。华蓉想，这是我和老五的专线哩。

便是在华蓉愉快地漫想着时，老五果然来了电话。老五说，平安到了吗？华蓉便笑，说不平安能接你的电话吗？老五也笑，说怕你要交代遗嘱哩。华蓉大笑了起来，说这次你没机会，只能等下次了。华蓉笑时，头仰在了座椅上，钟瑛便斜着眼望她。

十三

成都之行，是华蓉生平最愉快的一次出差。虽然一连好几天，成都都是阴着面孔，但华蓉却觉得世界上再没有比成都更好的地方了。普天之下，四处光明。华蓉作论文演讲时，满脸流光溢彩，声音洪亮。下来后，钟瑛教授三番两次盯着她，说你有些不太对劲呀。华蓉便笑，说恐怕是你不对劲吧。钟瑛教授说，不不不，以前从没见你有这么多电话，也从来没有见你笑成这样。华蓉便笑而不答。

人在成都的华蓉，每天都接到老五的电话，少时也有两通，多时甚至早中晚都有。华蓉担心他的电话费高居不下，老五说他没那么傻，他是用卡打的，有时还会用网络电话，不要钱。华蓉觉得老五的本事还真大，这些事，华蓉想也想不到上面去。老五在电话里问成都的天气，又问华蓉演讲得怎么样，有没有把男教授们镇住。还说成都男人喜欢坐在茶馆里摆龙门阵，要华蓉也去坐坐，闻闻人间气息。

华蓉说，你觉得我平常连人间气息都没闻过？老五说你那虽然也是人间，但没气息。华蓉说这话怎么讲？老五说，人间气息就是要有些脏兮兮臭烘烘的味道，要有人吵架有人胡说的声音，要屋子里一派凌乱，你有吗？华蓉回答不出来。华蓉那里是没有。华蓉有的只是山上的树和鸟。华蓉看树被风吹，听花开花落的声音，闻植物的清香，被鸟叫感动。

老五便要华蓉无论如何去爬一趟青城山。老五说，这地方可能适合你这样的人。但华蓉没去。青城山华蓉以前去过，华蓉从来也没有觉得青城山适合她。华蓉倒是喜欢都江堰。她觉得站在都江堰的江畔，会觉得人的智慧和创造力量真是无穷无尽。华蓉想，老五你以为我对那些空灵的东西有兴趣？我是一个科学家哩。

会议一结束，华蓉就回家了。刚进门，老五的电话就打了过来。华蓉说，你也太神了吧？好像跟踪我似的。老五说，我正要去食堂买饭，看到一辆普桑往你们楼开，我想会不会是你在里面，就盯着看了一下，果然就看到你的头。华蓉说，这么巧。老五说，缘分嘛。华蓉心里顿了一下，没有说话。老五说，你别紧张，缘分也不光是说男女缘分，还有什么朋友缘分、师生缘分、难友缘分、同牢缘分哩。华蓉笑了，说是我紧张还是你紧张？老五也笑，说我还不是怕你骂我？华蓉说，我骂过你吗？老五说，目前为止还没有。好啦，我不跟你多说了，要不食堂该没饭了。

华蓉放下电话，将屋里的窗子全都打开。山上有几束杜鹃花开着，粉粉的，仿佛发现华蓉立在了窗前，便努力地散发着自己的能量，展示自己的美丽。

华蓉没有看到。华蓉现在心不在山。依然生长着的绿树和鲜花，依然吹来拂去的风，依然披着阳光金边的山顶，虽都在华蓉的视野内,却都没有从华蓉的眼睛进到心中。

华蓉的情绪沉溺在一种她自己也弄不清的漩流中,这漩流流转飞速,令她的内心激扬而动荡。

华蓉出行从来都没有这样被人牵挂过。从来都没有人对她出门是否顺利,回家是否平安有过关注。从来都没有人因为她的无恙而松一口气,因为根本没有人为她提着气。从来也没有人恐她在外寂寞而时时问候。现在华蓉都有了。她有人牵挂,有人担心,有人关注。不管这些东西来自什么样的心情甚至目的,反正华蓉都有了。有了这一切,华蓉的人生变得何等的丰富和充实。

晚上,老五按时打来了电话。老五用一种惊喜万分的语气说,我们发现了一个天大的秘密。原来那盏北斗星就是你的呀。你一走,它就熄了,让我们好好舒服了几天,打牌看球喝酒,样样都玩了一轮。今天老六正吆喝着找人斗地主,结果突然看见灯亮了。老六沮丧地蹲在地上搔脑袋,说不是听说那老教授去世了吗?怎么又活过来了呢?我这才想起,这灯应该是你开的。

华蓉差点笑岔了气。

十四

早上华蓉起床的时候,突然心里升起一个念头:她很想见见老五。

这个念头一起,便挥之不去。认识老五这么久,两个人在电话里说话也已经十分随便,甚至有一些亲昵的意思。华蓉什么事都向老五讨主意，而老五对她的关切和体贴也令她对老五生出许多依恋。这一点，华蓉想，彼此都是心知肚明的。然而她对老五的一切都一无所知。老五是哪里人，老五多大年龄，老五学什么专业，老五长的什么样子，老五有多高的个子，老五住哪一间屋，老五的电话号码是多少，老五在哪个教授门下，甚至老五现在是学生还是教工，诸如此类，华蓉始终没有问过老五，而老五居然也就从来没有说过。如此这般，就仿佛老五一直深藏在暗处，却将她所有的行踪都掌握在手中。

华蓉觉得这显然不合常规，但又无法说出所以然来，因为她也从来没有问过人家老五，老五又凭什么要把自己的事情一五一十地说出来呢？

这天老五打电话来，说话说到一半，突然说，哎，你今天这条裙子很好看哩。老五现在已经不叫华蓉为华教授了。老五叫她"哎"。华蓉说，你看到我为什么不跟我打招呼？老五说，打了呀，我朝你笑了笑，你也朝我示意了一下。华蓉惊道，是吗？她使劲回忆哪个学生跟她打过招呼，但却回忆不出来。因为校园这么大，走在路上，总会有学生热情地叫她一声。华蓉说，那你可以报名字呀。老五说，好几个同学一起走，我不好报呀。华蓉说，这好像不太公平哩。你总能看到我，而你走到我面前，我却不知道你是谁。老五说，学校不就是这样？学校老师只有几千个，学生却有几万人。学生可以把老师的底细弄得一清二楚，老师却没办法认全学生。再说了，我都走到了你面前，你却对我一点感觉都没有。你是不是也有些问题？

老五的话有理有节，回得华蓉无话可说。华蓉想说，难道你不想我们坐在一起喝喝茶，当面说说话？但话到了嘴边，华蓉还是没有说。华蓉觉得两人见面的话，应该由老五先提出来。

但老五就是不说。老五只是一如既往地给华蓉打电话，在电话里说许多笑话，华蓉听了虽然也跟着笑，但心里却觉得已经没有以前有趣了。好几次华蓉找些事情套老五，想让老五提出来彼此见个面，但老五不知是真的感觉愚钝，还是装傻。华蓉说，听说《英雄》的电影很好看哩。老五说，是呀，我前两天刚看了。值得一看。华蓉说，哪天买张碟去看看算了。老五说，不行不行，这电影最好要去电影院看，而且得去好电影院，那样才能找到享受的感觉。华蓉说，一个人看电影有什么劲。老五便说，哪天我有空带你去看。华蓉说，好呀。

老五在这里放了话，可什么时候老五有空呢？

好几回，华蓉说，老五，这几天你忙吗？老五说，还行，也不算太忙。华蓉说，没打算出去消闲消闲？老五说，去了，星期天跟老六几个坐了一下午的酒吧，没劲透了。华蓉便没说什么，心道，你有空跟他们坐一下午的酒吧，怎么就不想用这个空儿陪我去看《英雄》呢？

华蓉当然不会把这样的话说出口来。

老五有一天看了一个纪录片，拍的是湖南岳阳的张谷英村。老五在电话里跟华蓉说，那个村子太有意思了，哪天我们一起去看看怎么样？华蓉说，好呀，我也很喜欢看这样的地方。

话是老五挑起来的，华蓉真还存心等了。结果老五后面的话就再也没有。老五说的哪天到底是哪天呢？华蓉终于意识到这是一个遥遥无期的日子。

时间长了，华蓉渐渐觉得心口有些堵。老五在电话里说笑时，华蓉的笑声多少也有了一些勉强。

这天是周末，一大早，华蓉还没有起床，梅芜打电话来，说有事想请华蓉帮忙。梅芜说她今天应该去荆州讲三天的课，可是王志强的姐姐明天一早从美国回来，她实在没办法走得开，想请华蓉替她去讲，讲课费全部由华蓉得。

华蓉有点犹豫。按说梅芜遇到这种情况，她理应帮忙，但要华蓉把手上的工作停下，她又觉得太浪费时间。梅芜似乎猜透了她的心思。梅芜说，知道你也有困难，不过，我不找你找谁呢？吴教授的儿子周末回家，他肯定不愿意出去；李教授那边，他老婆说好容易一家人在一起待两天，最好别出门。你看，都是拖家带口的，人人都忙得不亦乐乎，就只你最清静。你只当是自己到下面去消闲度假的，好不好？

梅芜的话说到这地步，华蓉不答应也不可能了。梅芜见华蓉的意思是同意了，便忙不迭地告诉华蓉汽车几点来接，谁人接待，授课内容是些什么，讲课费是多少，住宿要达到什么标准，诸如此类。梅芜末了还追加了一句，梅芜说，他们给我的讲课费比别的老师要高两百块，我让他们照我的标准给你，你千万不要在外面讲哦。华蓉一笑，说你最好让他们少给我两百，我保不准会跟人说的。

华蓉觉得应该把自己下午出差的事告诉老五，可是她却没有老五的电话。她无法通知老五。她唯一能做的，就是打开手机，等着老五晚上打电话去她家找不着人时，给她打手机。华蓉想着便有些烦，两个人的交往，为什么她必须这么被动呢？

刚吃过中饭，车便来了，华蓉急急忙忙地跟车而去。

一个小时不到，车便行驶在江汉平原上。平原无山，高速公路的两旁绿野无边。间或有些小树散漫地立在田野上。树下偶尔会有一幢红砖的民房，孤零零地被绿色衬着，越发显得鲜艳。华蓉想，老五说过好多次要与她一起出门，却从来没有兑现过。老五究竟是个什么样的人呢？华蓉真是搞不懂，老五给予她这么多的关心和牵挂，却偏不肯让她见他一面，难道他长相奇丑，害怕华蓉见后而厌恶他？可是不对，老五说过，每次他陪老六去相亲，对方总是把他看中了，这说明老五的面貌是很讨人喜欢的。可为什么，华蓉就不能见他呢？或者是他比华蓉年龄小得太多？华蓉想年龄算什么？见上一面又没打算要与他怎么样，就算小二十岁又有什么好怕的？华蓉心里有一万个问题千转百绕，百思不得其解。郁在心里的闷气便在这拆解不开且驱之不散的问题中越来越浓。浓到一定程度，便形成了愤怒。华蓉摸出手机，果断地把电源关了。

十五

华蓉从荆州返回家中时，天已经大黑。屋里三天无人，已经闻得到灰尘的味道。华蓉将所有的窗户打开透气，顾不得吃饭，便开始做清洁。

一个房间的地还没有拖完，电话铃就响了。华蓉心里"噔"了一下，心知这一定是老五的电话。华蓉拿起电话，老五的声音果然嘶嘶啦啦地在耳边响了起来。听惯了这声音，三天没有听到，华蓉突然觉得好亲切。

老五说，你怎么回事？出门了招呼也不打一声，手机也不开,你这不是存心让人急吗?我先还以为你病了,绕圈子打电话问了梅教授,才知道你去了荆州。为什么不开手机?郁在华蓉心里的闷气还滞留在那里,迟迟未散,所以华蓉说,我觉得开不开都无所谓呀,所以就没开。

老五仿佛噎住了,半天没说话。华蓉也不说。华蓉想既然连面都不想见,打电话又有什么意思?电话两头都沉默着。

最后还是老五先开了口。老五声音低沉了下来。老五说,好吧,既然你这样想,我也没话讲。华蓉作潇洒状地笑笑,说没话讲就没话讲啰,我也无所谓呀。华蓉的话音一落,老五那边便放了电话。

华蓉想,有什么大不了的?当初没你电话时,我还不是一样过得!我从来也没有见过你,现在仍然只当从来没有认识你这么个人。华蓉想着,从从容容地拖地抹桌子,然后为自己煮了一碗面。

几天不在家,邮件将信箱都塞满了。华蓉忙不迭地收看邮件,回复邮件。有一封邮件是钟瑛教授写来的。上面说,虽然你说你什么都没变,但我看得出,你在恋爱。只有恋爱才会让你有这样好的状态。不过,我作为过来人,还是要提醒你,现在的男人都不是省油的灯,你谨慎些,一定要弄清对方的底细。千万不要在一切情况都没弄清之前,就先动了自己的感情。那样,最后受伤的就会是你。

华蓉读罢笑笑,她想钟瑛教授未免自负,难道她华蓉精神状态好一点就是在恋爱?现在的事实证明她并没有恋爱,可精神状态照样可以很好。

处理完邮件,十点已经过了。华蓉冲了澡,习惯地坐在沙发上,仿佛等着什么。结果什么也没有。华蓉突然意识,今天不会有电话了。她心里立即发空,但转念一想,没有也好。华蓉想罢,便到阳台上,看外边已与黑夜融为一体的山。因为有灯光的照射,影影绰绰地能看到树在风中摇摆。

但是,华蓉的心思却根本不在山上。华蓉耳朵一直注意着屋里,她怕万一有电话铃响她没有听见,就惨了。

只是,华蓉的电话机一直很安静地泊在桌子上,就仿佛死了一样。

其实华蓉根本就没有料到老五不打电话会给她的内心带去什么样的冲击。华蓉先以为这不是什么大不了的事。反正她也没有见过老五,反正她对老五的一切都一无所知。从此当自己不认识这个人又有何难?三天过去了,老五就真跟消失了一样,华蓉这时发现自己错了。

第二天她还能让自己坐在桌前工作,老五没来电话,她还能安慰自己,说没什么了不起的,过几天就好了。可到了第三天,她的心里就已经空得什么都没有了。她只能坐在电话机前呆守着,希望老五的声音能从那里出来。华蓉不去阳台上望山,她站在北边书房的窗前,不时地朝着那栋老旧的教工楼张望。她想老五,哪一盏灯会是你的呢?她想老五,你真的不打算理我了?她想老五,早知如此何必当初呢?

早上起来,华蓉头疼得厉害。她给教研室打了个电话请病假,要求将硕士生的课挪到下星期补上。华蓉没有吃早餐,连牛奶都没有喝。她躺在床上,昏昏而睡。一个人生活最害怕的是生病。一旦病倒,极易万念俱灰,因为这时候屋里会静得仿佛没有活物。没有人问长短,也没有人问冷暖,想喝一口水都不是一件易事。华蓉想，整个世界都似乎与她无关了，她的生生死死都只是她一个人的事。人这样活一生，还有什么意义呢？

华蓉开始流眼泪，无声地悄然地流泪。泪水将她的枕头浸湿了。

电话却还没有来。

十六

华蓉病了两天，第三天她开始好转。于是她爬了起来。两天没有好好吃东西，华蓉的脸一下子如刀削下去一样，裤子也肥了一圈。她走路有些虚，一高一低的。但华蓉在心里反复告诫自己，要振作起来。她是老师，她有学生，她有工作，她有责任。支撑人一生的柱子有很多，缺了一根，比方爱情，但还有其他。剩下的柱子照样可以把华蓉的人生高高撑起，撑得亮亮堂堂的。

华蓉带了八个硕士生，另外还有其他几个进修的老师听她的课。学生们很体恤她，见她身体尚虚，为她倒了茶，又让她坐在椅子上。华蓉努力让自己保持状态。她讲课从来都有张有弛，纵是生病刚好，她也尽可能地不让自己的声音呈现病态。这么做当然会有些勉强，一勉强，就吃力。于是讲完课下来，华蓉的衣服都被虚汗湿透。她几乎无力走路回家，两个女生见她如此，就叫了男同学用自行车驮着她，一直送她到家。

华蓉没有胃口，便以面包代饭。电话响时，华蓉没在意，这时候的电话多半会是教研室打来的，不是学习就是开会，华蓉常常烦这些电话。结果当华蓉接起电话,没想到听到的却是老五的声音。华蓉一下子泪水盈眶,一个字也说不出来。

老五没有像以前那样无所顾忌,反而有些小心翼翼的。老五说,你病了?华蓉说,还好。老五说,我看到你的学生用自行车驮你回家。华蓉说,只不过有点虚而已。老五说,有没有去医院看看?华蓉想到自己躺在床上寂寞而孤单的两天,眼泪便一条条往下淌。华蓉说,已经好了。说了这四个字,华蓉觉得自己行将呜咽出声了,她便强忍着自己,迅速地说,没事我挂了。然后她便挂了电话。

结果华蓉连面包都没有吃,眼泪怎么都止不住。她便索性上床睡觉了。

晚上十点,电话铃像以前那样准时地响起。在这个时间段响起铃声仿佛业已是许久以前的事了,因此它让华蓉有些心惊肉跳。电话当然是老五的。华蓉一接起电话,老五就说,明明是你先不理我,你还对我使气,你说我冤不冤呀!我想了几天,觉得我这么冤下去可不行,我非得翻案不可。冤有头,债有主,你得给我平反才行。老五的声音朗朗的,一副有说有笑的样子,像华蓉第一次听到时那样。

华蓉说,我哪有不理你?我只不过是出差没开手机罢了。老五说,还狡辩。明明知道我惦记你,你就故意不开手机。你这不是存心不想理我又是什么?华蓉想说,因为我们的交往不公平,你见得到我,能掌握我的行踪,而我却不知道你,就连你走到我面前,我也不认识。但华蓉终是说不出口。华蓉想,如果她提出两人见个面,而老五不同意,那她该是何等尴尬。

老五不介意华蓉沉默,老五说,今天老六跟我说,他表哥和表弟到汉口来看他，两个人都是头一回进城。他们从二桥搭车过来，看到这么大的桥，特别激动。一见老六，就讨论修这样一座桥得多少钱。老六的表弟说，起码要一百块钱。老六的表哥就训他的弟弟，说一百块钱修个呵欠呀，少说也得一千块。老六的牙都笑疼了，等他们走后，老六就跟我说，这两人真是笨呀，这样一座大桥，少了一万哪里修得成？你说，老六跟他们有什么差别，一万块钱就能修二桥，再怎么少，也得花十万吧？

老五学的是黄陂乡下话，学得绘声绘色，华蓉想不笑都不行。于是她就笑了。等到老五说十万时，华蓉已经无法止住自己的笑声，华蓉说，十万修你个头呀。

老五也哈哈大笑。老五说，老六的这一招真灵呀。华蓉说，什么意思。老五说，老六说他最会哄女人，有一回，他正追的一个女朋友生气了，他就装傻讲了这个笑话，女朋友笑得一塌糊涂，然后气就消了。我不相信老六的这一招会这么灵，今天特地试一下，发现果然是灵哎。华蓉说，原来你是拿我当试验品？老五说，是呀。试验成功，你笑了。我奶奶说过，笑过的人不准再回头接着生气，那样会夭寿的。

华蓉无可奈何。

十七

老五又开始给华蓉打电话了。老五依然一副没心没肝的语气，今天给华蓉讲个笑话，明天又给华蓉来段牢骚，有时候也讲讲他复习的情况。华蓉问老五是要考博还是考硕，老五哼哼哈哈地，表示等考取了，自然会告诉华蓉。华蓉问老五需不需要自己帮忙，老五也哼哼哈哈地，说目前暂时不需要。有一天周末，华蓉半开玩笑地，说想请老五吃顿饭。老五忙说他不会便宜华蓉，等他录取了，他非得让华蓉在汉口最豪华的地方请他吃饭。华蓉便笑说为什么非得是她请。老五说，教授钱多呀。

华蓉想，她已经主动把球扔给了老五，老五居然轻易绕了开却又给人感觉接下了球。

有一天，华蓉的学妹刘雯从日本回来。刘雯是华蓉读研时的同学，两个人是上下铺的关系。刘雯也没有成家，单身一个人过。但刘雯有一个同居的男友。刘雯落落大方地带着男朋友一起回母校看老师和同学。晚餐就在华蓉家吃。刘雯在吃饭时就大谈同居比婚姻更好的理论。刘雯的男朋友也与她持同样的观点。刘雯劝华蓉不必要婚姻，但一定要找个男人同居，彼此可以相互照应。喜不喜欢都没关系，过得去就行。华蓉说，你讲得有道理，但我操作起来有难度。刘雯问为什么。华蓉说，我就没有机会去认识男人。我这里只有男学生，没有男人。刘雯就笑，男学生毕业了，不就是男人？华蓉也笑，说你没发疯吧，找小不点同居？刘雯大惊小怪道，喂，什么时代了，你还这么守旧？这可是国际潮流哩。

刘雯送给了华蓉一部从日本带来的子母电话。电话有来电显示。刘雯开玩笑说，如果有男人给你电话，对他印象好，也不必让他留电话号码，免他多疑，对你感觉不好。你直接反打过去找由头接近就行了。华蓉很高兴，她产生的第一个念头便是，老五再打电话过来，就可以查到他的电话号码了。

华蓉送走了刘雯，正琢磨着换电话，老五的电话就来了。华蓉说，咦，你今天早了几分钟，再晚一点，我就换电话了。老五说，什么换电话？华蓉说，我同学从日本来，送给我一部电话，特别漂亮，还有来电显示。往后，你不管在哪里打电话，我都能抓到你。老五说，还用这么麻烦，我把我的手机号码告诉你不就行了？华蓉心里微怔一下，说，你什么时候买的手机？老五说，有一两个月了。华蓉说，你怎么不把号码告诉我？老五说，你也没有找我要呀，我还以为你怕浪费自己的电话费哩。华蓉说，你好过分。你害得我有事想找你的时候，死活要等到晚上。老五便笑，说我怕我正在打着麻将，你的电话打来了，把我这点好形象都弄没了。华蓉说，天知道你是什么形象。老五说，你不知道我是什么形象？年轻英俊，明亮开朗，活泼健康，幽默大方，基本上是人见人爱哩。华蓉笑，说你脸皮真是比城墙还厚，哪有这么夸自己的。老五说，这年头，就讲究自吹自擂，用报纸的语言就是，隆重推出自己。华蓉说，哪个导师有你这样的学生，连课也不要上了，从头笑到尾。老五说，不会。我上课时特别严肃，我是一个勤奋刻苦的好学生。华蓉就又笑，说告诉我，你是哪个导师带的，我要问他是不是有你这个学生上课特别好玩。老五说，哈，想查我的底细呀，我可不上当。

华蓉一下子沉默了。华蓉想，难道我不能知道你的底细吗？老五似乎察觉出华蓉的沉默，说你不高兴了？华蓉想了想，终于把她想过好久的话说了出来。华蓉说，为什么你不告诉我关于你的事？老五说，因为……因为……。老五第一次打了结巴。打完结，老五迅速地说，这有什么意义呢？

华蓉想既然话都说出来了,不如都说了吧。华蓉说,你不觉得我们应该坐在一起说说话吗?我没别的意思,作为朋友,聊聊天也可以呀。老五说,可我有别的意思。华蓉说,什么意思?

老五突然大笑起来。

华蓉感觉得到他全身都被笑声震动。华蓉心里突然发紧,她有一种不太好的感觉。老五笑完了,说你别误会了,我不是笑你,我是不满意你的话。你觉得我们两个是简单的朋友吗?华蓉的心突突地跳着,这下连全身的肌肉都紧张了起来。华蓉说,又怎么不是?

华蓉期待着老五就这个话题继续说下去。华蓉觉得她有可能听到她最想听的话,那是她期待已久的东西。华蓉在心里积极地思索她将如何回答老五的那些话。华蓉想,如果老五向我表达爱意,我最好还是要婉拒他才是。我要告诉他,我们两个没可能。

但是老五却没有。老五突然转了话题。

老五说,喜欢旅游吗?华蓉心里顿了一下,说喜欢。老五说,你去过九寨沟没有?听说那里的水色天下第一,漂亮得无词可以形容。

华蓉立即索然,全身紧张的肌肉又一点一点松散了下来,松散得仿佛垮到了地上。自然风光再美,却不是这时候谈的。九寨沟华蓉去过,曾经为那里的美色欢呼和惊叫。但现在,九寨沟却煞了她的景致。华蓉很想挂电话了。

老五说,等考完了我带你去旅游好不好?去九寨沟?或者走得再远一点,去西藏?华蓉淡淡地说,好呀。华蓉的回答有些机械。华蓉想,从理论上说,你已经带我去了好几个地方。你只不过说说而已,这种承诺,难道我还会信?

老五说,你的呼应不太热烈哩。下面我要说句话吓你了。如果我们一起出去玩,两个人开一间房,你敢不敢住?

华蓉以为自己会有震动感的,却不知为什么,她一点感觉都没有。因为华蓉的心情已经淡了下去了。她根本就不信老五真会有一天同她一起出游。她觉得自己似乎有些知道老五了。但华蓉还是笑着回答了老五的话。

华蓉说,我没有不敢的,我只有不信的。

十八

整个夏天,华蓉都与老五热线联系着。炎热的日子容易让人焦躁。老五的电话就仿佛是清凉的风,将泊在华蓉屋里的暑气驱除一尽。

这期间,华蓉也出差过两次。华蓉走到哪里,老五的电话就追到哪里。有时华蓉遇到什么事,也会打老五的手机。牵挂老五和被老五牵挂成了华蓉生活中极其重要的内容。

但是老五仍然是一个谜。华蓉对他知之甚少。好在华蓉也想通了,华蓉想,你不想我见你的面,你不想我知道你的事,你不想我了解你的为人,你什么事都只是说说而已,但这都无所谓,只要你天天给我电话,只要你牵挂我关心我,便已足够。

暑假期间华蓉没有回家。虽然父母从远方打来电话,劝她回家来休息几天,但华蓉没有答应。华蓉一来觉得过年反正要回去，二来她也想利用暑假，把手上的项目做完。华蓉心存一丝希望，那就是老五如果考试完，万一来真的要约她出门，她不能因为项目在手而导致出去不成。所以，她得抢时间完成了再说。不过，这样的隐情，华蓉自然对谁也不会说。就是对老五，她也只字未露。

但老五却回家去了。华蓉只知道他回湖南，但是湖南的什么地方呢？华蓉却全然不知。因为老五没有说，华蓉也就懒得问。其实华蓉顺便问一声也没什么，说不定老五也正等着她问，但华蓉却想，如果你想要让我知道，你就会主动说。她一点也没有想到，也可能老五会想，如果你想知道，你就会主动问。

老五在老家，时断时续地给华蓉打电话。更多的时候是华蓉打过去。有时候老五在打牌，有时候老五在跟人唱歌，华蓉多半只能匆匆讲几句话。连着几次下来，华蓉觉得老五完全是一副心不在焉的状态，心里便有些不快。

有两天，华蓉试着不打电话，想看老五会不会打过来。结果老五竟然没打。华蓉心里酸酸的，满不是滋味，只好还是自己打过去。料想不到老五却没有开机。

华蓉因此而难过了一天。华蓉想老五你太过分了。你明知我等你的电话，你却故意不打过来。

好在当晚老五的电话就打了过来，老五说你前两天怎么不给我打电话？华蓉说你不是也没有给我打吗？老五说，我这边家里人来人往的，不方便。华蓉说，我昨天给你打了，你有开机吗？老五说，哦，昨天呀，我跟朋友进山里玩去了，手机没了电。华蓉心里委屈得慌，但又不好说什么。老五见华蓉不说话，便说，你不要这么小心眼好不好？华蓉说，我怎么小心眼了？我又没说什么。老五说，算啦，要是为这种小事也弄得不愉快，不值得。

这天，华蓉独自坐在沙发上流眼泪。

华蓉想，难道我真的是在恋爱？难道我对这个老五已经动了感情？尽管一切都不可能，为什么我会为他的电话来与不来而激动和难过呢？难道我真是太寂寞，太孤独了，需要一份慰藉，以及需要一份牵挂？甚至也不管是什么人给予的，对方出的什么招式都不想弄清楚，就紧紧抓着不放手？难道就这些电话便可打乱我全部生活的阵脚？

华蓉知道自己陷入情感迷途，她困惑而且不安。从理智上，她知道老五用这样的方式同她交往有悖常规，不可思议，至少在诚意上出了一点问题；可从感情上，她却摆脱不了自己的需要。她需要老五的电话，需要听到老五的声音。她承认她已经是老五的手下败将。

此后的时间，华蓉都是在一种又快乐又痛苦之中度过的。老五在电话里无论说什么都让她快乐，而放下电话后，一种对老五的无从了解又让她痛苦。华蓉反反复复地回忆与老五从认识到来往的整个过程。她想事情的开始是那么自然，而到了后面却令她觉得诡异。华蓉甚至生出一种恐惧：老五是不是和他的哥儿们拿她做个试验？

一天，老五终于在电话里说，他马上启程回学校。华蓉说，是哪一趟车，我去接你。老五说，算啦，大热天的，我打个车就行了。华蓉说，你回来就给我电话，我们一起吃个饭？老五笑道，难道我不吃你这顿饭你就过不下去？华蓉揣摩了一下他的话意，然后坚定地说，你说得对。老五仿佛停顿了片刻，然后说，来了再说吧。

老五并没有说吃不吃饭的事。这天夜里，华蓉在梦中见到一个人，高个子，大眼睛，很洒脱的一副神态。华蓉觉得他就是老五，于是拼命地叫着，跑到他面前大声地跟他说话。对方一片茫然，无论华蓉说什么，他都面无表情。原本很清晰的面孔就在那茫然和冷漠中渐渐模糊掉了。

华蓉不由大声地叫着，老五你是谁？你到底是谁？

没有人回答，那人已经远去。华蓉突然就醒了。蒙眬中的华蓉记起了自己适才的叫喊。华蓉静了静心，然后对自己说，我不在乎你是谁，但我一定要见你。

十九

便是从这天起，老五的电话突然没了。华蓉打老五的手机，老五没有开机。老五的手机是华蓉联系老五唯一的渠道。手机不通，华蓉便没有任何办法。第一天华蓉有些不悦，心道你居然不给我打电话！第二天华蓉就有些烦，心又道，你再打电话来，看我理不理你。第三天华蓉就有些沉不住气了。华蓉想，你为什么不给我打电话？你什么意思呵你！

一个星期过去了。老五依然没有电话打来。恰巧这一连几天，华蓉吃饭看报时，都看到报上登有什么什么地方汽车坠崖、什么什么江上轮船遇险的消息。那些黑色的标题，令华蓉心惊肉跳。

华蓉的屋里又变得一片死寂。晚上十点，华蓉就开始紧张,开始浑身出汗,有时还会手足发抖。她什么事也做不了,只能守到电话机前,眼巴巴地望着电话。仿佛只有这样,她才能度过这漫漫的长夜。

但电话也像死了一般,连一声呼吸也不发出。焦急、烦躁、不解以及思念、期盼、担忧就一起冲上来折磨着华蓉。

暑假结束,学校业已开学。老五却像从这个世界上消失了一样。华蓉进入了一种魂不守舍的状态。她不停地在老五住的教工楼前徘徊。她试图引起过往人们的注意。她想或许这中间会有老五,或许有老六以及他们"光协"的什么人,如果老五有什么事,他们看到她,一定会上前来对她说的。

但是华蓉依然没有得到老五的任何信息。

华蓉觉得自己心理上已经承受不了老五的这份突然失踪。不管怎么样,她都想要知道这是怎么回事。于是,华蓉决定放下自己的矜持,上门去找老五。

华蓉便去了教工楼。这是华蓉第一次进这幢楼。楼很旧,还是"大跃进"的时候老师和学生为证明自己的能力突击抢建的。墙壁上四处斑驳,墙角的水泥被磨损掉了,里面的红砖都裸露了出来。

看楼的是一个老头。电话就在他的旁边。华蓉盯着那部电话,心想老五就是用它给我打过无数次电话吗?想到这点,华蓉便有些百感交集。老头见华蓉看着电话发呆,便上前询问华蓉找谁。华蓉说找一个外号叫老五的人。老头摇头说没听说过。华蓉又说或者老六也行。老头有些不耐烦,说老七老八都不知道。华蓉说,我有急事找他,他的大名叫马驰。老头说,马屎?还牛粪哩。拿我开什么心?华蓉只好拿出自己的证件给老头看,说我是计算机学院的教授,有急事找这个学生。老头说这里面住的学生没几个,主要是青年教工。华蓉说,不管是学生还是教工,找到他就行。老头说,没头没脑你叫我哪找?华蓉说,就是一到晚上十点就来打电话的年轻人。老头说,来打电话的都是年轻人,我哪晓得你要找的是哪个?

华蓉拿这个老头无奈。于是站在门口,向那些进来出去的年轻人询问。华蓉询问了至少十个以上,居然没有一个人知道老五,也没有一个人知道马驰。连老六也没人知道。华蓉一派茫然,她想这是怎么回事?

华蓉十分沮丧,那种沮丧的感觉几达极致。仿佛一直正常着运转的地球,此时突然错了位。这样的错位令一向理智一向独立的华蓉不知所措。华蓉觉得自己似乎掉进了一个迷宫,到处是路,却不知道应该走哪一条。于是她心里又有些恨老五,恨他这么长时间什么都不告诉她,以致她想找他时,却一点线索都没有。老五是出了什么意外?还是根本就在躲着她?更或者老五从一开始就只是逗她玩玩?华蓉有些六神无主。华蓉也有些心力交瘁。

但华蓉宁可相信老五出了什么意外的事,也不愿意相信老五只是拿她开涮。华蓉想,如果前者是残酷的话,后者则未免可怕。想过后,华蓉又自我安慰,生活既不至于这么残酷,也不至于这么可怕吧。

华蓉再一次到教工楼。那老头依然一脸严肃地守在那里,他两眼直勾勾地盯着华蓉,令华蓉感到阵阵心虚。

华蓉问老头,最近这楼里有没有年轻人出什么事?这一回老头的话匣还真打开了。老头说,这楼里最近是有些邪,一连出了两桩大事。华蓉忙问什么事。老头说，一个年轻人在餐馆和朋友聚会喝酒，喝多了，跟人打架，受了重伤，听说成了植物人；另一个年轻人，从家返校时，在车上看到有人偷东西，就去抓小偷，结果人家小偷是成帮的，几个人上来对付他，他小偷没抓着，倒叫人杀得浑身是伤，送到医院，听说没进病房就断了气。

华蓉立即呆掉了。她想，难道这两个人中间会有一个是老五？想过又想，当然，这两个人中间当然有一个是老五，要不他怎么不见了呢？

一种无边的疼痛开始撕裂华蓉。

老头继续说，最怪的是，这两桩事都在一天里发生。一个是英雄，一个是浑蛋。你说这楼是不是有些邪？昨天学校还说打算今年把这楼拆了，盖新房子。我看也是该拆了。

老头后面说些什么，华蓉几乎没有听见，她神情有些恍惚。华蓉摇摇晃晃地回到家里，进门连鞋都没有来得及换，便软倒在地。

二十

华蓉大病了一场。她几乎处于半昏迷状态，什么东西都不吃，什么话也不说。她的一个博士生发现她一个人病倒在家，忙打120求救。救护车当晚就出现在楼下。王志强和梅芜听到楼道里人声喧哗，出门打探，方知生病的人是华蓉。

华蓉已是面无人色。见到她的王志强和梅芜都吓了一大跳。梅芜哭道，华蓉，才几天没见，你怎么成这样了？两个人便随救护车一起去了医院。

华蓉在医院急救了三天。天天噩梦缠身，心口痛得死去活来。两个浑身血淋淋的人不停地在远处朝她手舞足蹈。他们都对着华蓉叫喊，快来救我，我是老五。华蓉挣扎着想要走近一些，但却怎么都挣扎不起来。华蓉于是也喊，却无论如何也喊不出声。

后来华蓉听到有人哭泣，华蓉不明白为什么会有人哭。于是她睁开了眼睛。

睁开眼睛后的华蓉第一个看到的人竟是她的母亲。华蓉很惊讶。然后她看到自己头上悬着的输液瓶子。华蓉这才明白，她生病了。华蓉一但意识到这一点，人便缓解了过来。

华蓉的父母是接到梅芜的电话赶过来的。华蓉的哥哥和姐姐也赶来了。老母亲一把鼻涕一把泪地问华蓉怎么回事。华蓉知道自己的病因，但她没有办法说出口。华蓉只是说，可能赶项目太狠，累倒了。华蓉的母亲便使劲抱怨王志强，说他们不该让华蓉有这么大的工作量。王志强一脸委屈，却也只能不停地向华蓉的母亲道歉。华蓉只好在心里对王志强说，对不起，只好让你担待着一点。

华蓉一清醒便坚决要回家。任人劝说，她都不肯留在医院。她公开的理由是不想让父母和兄姐每天往医院里跑，回到家里也可以休养。隐秘的理由却是华蓉还放不下她想等的电话，华蓉心存着几丝侥幸。

医生给华蓉做了全面检查，觉得华蓉身体并无大碍，的确是劳累和疲惫的缘故。只要好好休息一阵子，就会没事。但医生却私下对华蓉的母亲说，华蓉的病可能是出在精神上。或许受了什么刺激,千万不要伤害她,要化解她心里的结,免得不小心转为忧郁症。

这一点,华蓉本人并不知道。

华蓉又回到了她的家里。华蓉的父亲和兄姐因各自尚有工作,都陆续回去了,只留下华蓉的母亲陪着华蓉。华蓉每天恹恹地躺在床上,不想说话,也不想起来。她不看电视,不上电脑,连以前天天要看的报纸也不看了。华蓉的心里被深深的悲哀所笼罩。华蓉想,老五多半是死了。他的死固然令她悲伤,然而最让她受不了的还不是死亡,而是她永远都不会知道老五是一个什么样的人。她为这个人伤心动情,为他坐卧不安。为他而空空落落,为他而充实饱满。为他而笑,为他而哭。听到他的声音就快乐,接不到他的电话就痛苦。但她却对他什么都不知道,甚至他真实的名字都不知道,他是不是住在后面的教工楼里也不知道,他曾经对她所说过的话哪句是真哪句是假,她还是不知道。老头说,一个是英雄,一个是浑蛋。他们都死了,她却不知他们两个哪一个是老五。

华蓉的心里为百结所缠。

华蓉的母亲是教古典文学的,很知道怎么跟人谈话。每当华蓉恹恹地躺在床上沉默不语时,母亲便坐在床边,长一句短一句地自说自话。母亲能看透华蓉生病的根本原因。所以有些字华蓉的母亲只字不提,比方爱情,比方婚姻。有一次华蓉的母亲说起了九寨沟,华蓉的神情立即就散乱了,华蓉的母亲马上就转了话题。后来她就不说任何与旅游相关的事。她说得最多的是魏晋文人的故事,像王子猷雪夜访戴、谢安与人围棋之类。华蓉便静静地听着她说。偶尔的时候,她会插上一两句嘴，提出一点小小的问题。每逢这时，华蓉的母亲就特别高兴。

时间就在与母亲每天有一搭无一搭的闲聊中过去。刚回家时，华蓉的头发大把大把地下落，华蓉的母亲每天要从卫生间里扫出一大团。慢慢地，华蓉的头发越掉越少，有几天只掉了几根。华蓉的母亲长嘘了一口气，她知道，华蓉最难的时候已经过去了。

有一天早上，华蓉醒了。见母亲站在窗口看山，便也起来走了过去。华蓉的母亲说，这里的空气真是新鲜呀。华蓉说，是呀，我每天早上和晚上都要站在这里呼吸新鲜空气。华蓉的母亲又说，这山多漂亮呀，可以说是越看越觉得漂亮。华蓉说，当然了，要不我怎么会搬进这套房子。华蓉的母亲说，看着这样的山，心里有踏实感。华蓉笑了，说妈你怎么跟我想的一模一样。

华蓉突然记起，她已经好久没有细细地看山了，而这山在她心里曾经是每天与她相伴的丈夫。他给她关怀和温暖，为她变换季节和色彩。送她出门，迎她回家。为她浅唱低吟，也为她呼啸叫喊。她居然在这么长一段时间里冷落他忽略他，甚至把他忘得干干净净。华蓉想，老五到底是什么样的人，难道对我这么重要吗？记住他给过我帮助给过我快乐，还不够吗？记住他让我痛苦让我不安，还不够吗？如果他死了，这件事就过去了，如果他没有死，这件事也过去了。既然一切都进入了过去时，我又还有什么过不去的呢？

华蓉想过，内心一下子就平静了。这天的中午，华蓉就跟她的母亲说，她已经全好了，一点问题都没有了，她心里的结也已经完全解开。华蓉的母亲明白华蓉的意思，她笑了，说这才像我家的华蓉。华蓉的母亲仍然没有问华蓉解决了什么问题，打开了什么结。她只是一边清理着自己简单的行李，一边对华蓉说，像你这样的人，拿得起放得下，你什么样的难关不能过？

华蓉很高兴。华蓉说，妈你最了解我。

二十一

华蓉的生活回复了平静，几乎完全回到了以前的状态。只是每天的晚上十点，华蓉仍然喜欢坐在电话跟前。她如果不坐在这里，心里就虚虚的，不知道怎么办才好。

当华蓉坐在这里的时候，老五的声音会一直响在她的耳边。华蓉有时候还会分析那两个事故中，哪一个人是老五。华蓉觉得跟人喝酒打架的人有些像老五，又觉得在车上抓小偷的人也有些像老五。这时的华蓉就会想，如果我是一个泼辣一点的人就好了，我直截了当地问他多大年龄，住在哪间房，学什么专业，家里有什么人，住在什么城市或什么乡村，不也很好吗？我为什么这么矜持，这么放不下自己的自尊心呢？错的是我自己，我还有什么好说的？

华蓉这样自责自怨的次数越来越多。

时间就这样慢慢地走着，离老五的电话消失有一个月或两个月？这天的晚上，外面起了风，山上的树都摇晃着呼啦啦地叫得很凶。华蓉开了一扇窗，山上的喧哗便都涌进了屋里。

十点钟，非常准时的十点钟，华蓉的电话响了。华蓉正坐在电话跟前,像她近些时那样把自己沉溺在往事和自责中。突兀而起的铃声,让她吓了一跳。她有些紧张,又有些恐惧。她全身发抖,然后拿起了电话。

里面传来了老五的声音。真的是老五的声音。

老五说,你还好吧?那熟悉的热烈的有些淘气的带着笑声的问候让华蓉战栗。华蓉立即泪流满面。

华蓉说,你是老五吗?是老五吗?老五像华蓉第一次听他电话那样爽朗地大笑着。老五说,你还好吗?难道你连我的声音都听不出来了?华蓉说,你到哪里了?你出了什么事?老五说,没有呀,我一切都是好好的。华蓉说,那你怎么不给我打电话?老五说,哦,是这样,我们住的那幢楼条件太差,我刚到学校,老六就拉我在校外租了房子,为了应考好冲刺呀。华蓉说,你的手机为什么不开?老五说,我在返校的路上,手机被人偷走了,所以,我就干脆把外界的联系都掐断了。

老五依然快乐而爽朗。但华蓉的心却开始发凉。

老五说,我本来打算考本校的博士生,但今年报考的人特别多,估计我竞争不过那帮人。我同学告诉我说天津大学搞数控的马宏教授今天才开始招生,报他人不多,我如果改报他的名下,机会比较大。他好像是你同学对不对?华蓉说,哦,马宏呀,他是我的同学。老五欢呼地叫啸了一声,真的是呀?太好了。你是不是还欠我一顿饭呀?这回我强烈要求你请了。我想你等着请我这顿饭已经等得太久了吧?

华蓉几乎已经死过去了一次,而老五消失的理由却这么轻松简单。现在失踪的老五又回来了,回来的理由却比消失更加简单。

华蓉说，你说完了吗？老五说，没有呀，这么久没有通电话，我有好多话要对你讲哩。华蓉说，对不起，你打错电话了。老五似乎愣了一下，然后说，怎么会？我听得出你的声音。

华蓉一字一顿地说，对不起，你打错了电话。你恐怕弄错了一个数字。华蓉说罢便把电话挂了。

二十二

第二天，华蓉叫了几个学生来帮她把房间的布置全部打乱。按照华蓉的要求，他们将家具重新摆放了一遍。客厅的电话被挪到了餐桌旁边。沙发也转了方向。

七八个学生一直干到中午，华蓉与他们有说有笑的，整个屋里都焕发着一股新鲜明朗的气息。中午华蓉请学生们在学校的餐馆吃了一顿饭。饭后，华蓉便打车到洪山电信局，她把家里的电话号码换掉了。

从此这个叫老五的人被剔除出了华蓉的生活。

回来的时候，已是下午，华蓉没进家门，直接上了山。她沿着山上的小路慢慢地走着。那曾经是她多么熟悉的道路呵。重新走在她熟悉并且热爱的路上，她只觉得自己内心平静。山上的树叶都黄了，纷然地落着，小路几乎被落叶完全覆盖。

回到家，华蓉推窗透气，一面山都在眼前，树树都舒展着秋色，这秋色染透了华蓉的心。

定　数

一

　　肖济东从来也没有想过他这一生是不是要改换一下职业。他一直以为一个人一生都在一个地方做事是一种美好品行的体现。一则说明他敬业尽职，二则说明人事关系和谐。所以在很多人纷然跳槽作"孔雀东南飞"时，他却以一种安然自得的姿态备课以及给学生改本子。系主任是个老教授，同时在社会兼着什么民主党派的一个职务。人极是善良，同时也尤易感动。他对肖济东这种反潮流的做法自然也是感动了的，几次在系里的大会上都动情地说：哪个讲我们大学教师面临后继无人的局面了？哪个讲青年老师都飞出校园了？不，仅仅是我们系里，优秀的、甘心固守清贫的老师就大有人在，比方，肖——济——东——！云云。

　　刚开始系主任讲这些话时，肖济东还自我感觉不错。要知道，虽只是一个小小的系主任，可要想得到他的表扬，也不是件容易的事。肖济东八二年大学毕业，留校十年，平平淡淡地教了十年的书，得表扬还只是近一两年的事。他回去为这事跟他老婆炫耀，他老婆一嗤鼻子说：那还不是你们系就只剩下你这一个宝，不表扬你表扬哪个？老婆是湖南人，湖南人对"宝"的用法，涵盖极广，褒贬全凭语气调节，分明晓得她讥人，却无法还击。肖济东每逢此时就有点气急败坏。只会结结巴巴地分辩说：怎么只我一个？小陈小朱大钱不都是？老婆对他的气急败坏常取莞尔一笑态，大有居高临下之派头。有时还会补充说："人家小陈小朱今年才分来，有什么好表扬的？大钱不就是那个搞第三者的吗？谁还敢表扬他？可不就剩下你了？"肖济东言词木讷，答不上话。一答不上话，脑子就会私下里自转弯子，心说：可不只剩下我了？

　　虽有老婆的讥刺，可肖济东也还是有一种荣耀感。想想也是可以理解。不管是什么人，谁个不是喜欢听好话的？即使理智上明知是拍马屁的事，至少在感情上还是能产生一种安慰。肖济东想大约就是这种安慰的成分，以致几千年来，马屁这礼品从不曾有过淡季。当系主任要肖济东帮助正在忙忙乎乎地解决家庭纠纷的大钱带三周的课时，肖济东想也没想，就屁颠屁颠地答应下来了。害得他老婆晚上好好地同他吵了一架。因为他老婆在很远的地方上班，中午回来不得，而大钱的课一周两次都是三四节的，这就不能不使肖济东的儿子午餐一周有两天出现问题。肖济东跟老婆认错（每次吵架，不管自己错没错，他都是会很自觉地向老婆低头认错的）。之后，方回过头去想：若不是系主任三番两次地表扬自己，他何至会去接大钱的这个差事？以致他的小宝迫不得已地将同他一起去吃几天食堂。一想起他的儿子小宝吃食堂饭菜吃得眼泪汪汪难以下咽的样子，他就一边为之痛苦，一边又生出些忿忿然。心说主任你凭这两句话就换得了我三周的辛苦劳动？又心说大钱，你小子享尽风流,睡过两个女人,却让我这只睡过一个女人的人来替你上课,这岂不是在不平等上又加了一重不平等了吗?想归想,三周的课肖济东还是一堂不落地教了下去,且见了系主任和大钱仍是一副客气嘴脸:哪里哪里,没关系,谁都有个有事的时候,大家互相帮一下还不应该?如此一番,倒叫系主任愈发地感动也愈发地觉得表扬这种东西最应该送给肖济东这样的人。

一个地方若冒出件让人意外的事,其主人公多半是那种平日闷声不吭得几乎没人觉得他存在的人。而那些张扬惯了的无论做出什么石破天惊的事,旁人也会觉得理所当然。仿佛是他不做谁做?所以一句老话"不叫的狗咬人"一直用到今天也不曾过时。只是把"咬"字理解得宽泛一点就可适宜于如同肖济东这样的人类了。

肖济东年轻时开过一路公共汽车。从他老练地坐公共汽车的派头上尚能看出端倪。比方售票员查票时,他虽然无票,但仍会不动声色地说:一场的。那意思便是告诉售票员:自己人。一般说来,自己人上车不必买车票,在公共汽车公司工作这点福利还是有的,就像在电厂工作用电不要钱,在水厂工作用水不收费以及在铁路上工作出差不买火车票一样。肖济东开了五年的汽车,两班倒,下班即回家,在单位从来没有做过什么露脸的事,以至于他的领导差不多都不认识他,当然除了他本队的队长以外。忽然有一天,肖济东收到了大学通知书。录取他的是一所全国重点大学,全场只有唯一的一个他考上了大学。一时间让场里所有人都惊异地揪扯自己的耳朵,想证实一下是不是耳朵出了问题。耳朵当然是没问题的,因为不可能在一夜间所有汽车一场老老少少的耳朵同时对他们的主人发难。人们在谅解了耳朵的同时,又一致地对肖济东刮目相看。肖济东却仍如他往日的一副嘴脸,闷声不响地办好了手续,在一个早上走人了,甚至连喜烟都没有撒一根。为了这个,那些刮目相看他的眼睛,都在收回目光的时候,愤愤地说了肖济东是"不咬人的狗"之类的话。其实,肖济东是一点伤及他人的事也没有做的。

那当然都是很久以前的事了。

肖济东大学读完,留了校。一教就是十来年书,依然是他在汽车一场时的作风:闷声不吭。其人生性如此,也实在难怪于他。因为这个他的同事大钱在背后议论他说:肖济东这个人,哪怕心里活动得惊涛拍岸,可在他脸上还是那么个水波不兴的样子,完全是死皮一张。肖济东闻知此话,也并未见有什么恼怒,死皮有什么不好?总比那些活皮的脸见人即换一副面孔要仁厚得多,肖济东想。

也就在大钱说关于死脸的话没两三天的时间,肖济东突然打了份留职停薪一年的报告。这消息传出,系里至少有一半的人足足三天没睡好觉,纷纷自问:连肖济东都甩手而去,我们竟还留着?肖济东将报告给系主任时,系主任先是笑容可掬,以为他上交的是入党申请书,颇有些激动地站起身来接过那一张薄纸,且连连地说:"你早该交了,像你这样的人不入党,谁入?"却不料他非但没有看到意中的"申请",只见纸上赫然地写着"辞职"二字。于是惊讶得跌坐在椅子上。

主任说:"我不是表扬你了好几回了吗?"

肖济东答曰:"我不是也听了好几次吗?"

系主任听此言反问:"你这是什么意思?"

肖济东说:"我是说如果没有人听,你不就是白表扬了?"

系主任说:"你这一走人,我这不更是白表扬了?"

肖济东说:"你说话,有人承受,这就不是白说。再说你的表扬也不是永久性的呀。"

系主任一时答不出来,肖济东见他无语便离他而去。大钱小朱小陈一伙闻说此事以及此番对话,也都惊得不行,那感觉亦同当年汽车一场的人差不多,虽然没有揪扯耳朵。

大钱说:"这肖济东有点哲人气质。"

这话传到肖济东的耳里,肖济东想这是什么话?

更让人受不了的事还在后头,肖济东离职后,没去南方也没有到哪家全资或合资企业去挣大钱,却当起了出租车司机。放着好好的大学老师不做而去做司机佬儿,这动作让认识肖济东的人一律地恼火,尤其是他的大学同事。同事们愤怒的程度远远超过了前不久听说大钱做第三者插足他人家庭的事件。因为前者不丢知识分子的份儿,纯属感情问题。有本事有魄力的人才有可能成为第三者,那女人死活要跟大钱好,不想跟他当小商贩的丈夫,说明她有眼光,看重知识分子,是历史在进步。可肖济东这算什么?这不明摆着向世界宣布:大学老师还不如一个司机吗?别的毕业生见如此这般还肯来大学教书?不来教书岂非教育事业后继无人?其影响该有何等的恶劣?完全是涉及国计民生的大事。这个肖济东怎的这么糊涂?好多事情的确是不能深想的,越想便越会有一种痛苦和悲愤在胸间萦绕。所以智者说思想者总是痛苦的。他分明活得好好的有鱼有肉吃却总要去想一些与现世不相干的事,比如我从哪里来,要到哪里去之类。你从你妈的肚子里来,最后通过火葬场到坟墓里去,这不都是明摆着的事吗?好想事的人却偏偏把这些明摆着的结果视而不见。肖济东的系主任大约也算得个思想者,为了肖济东这一招痛苦得开会几乎不会发言了,而一旦发了言差不多每个字都在发颤,基本上让听他讲话的人心里一起难受。

肖济东却对这浑然不知,从从容容地开着他的车在城市里的东西南北干净或肮脏的大街小巷跑来跑去。

其实做出这个决定对肖济东来说并非是深思熟虑之后的产物。当然,对于肖济东这样从不为了什么惊惊乍乍的人,天大的事也都只会在平平淡淡中决定。比方他当年考大学,不过是有一天他开的车在半路上坏了,乘客们一边骂骂咧咧一边换车,在不绝于耳的叫骂声中,肖济东想何必,不如去考考大学吧。于是就考了。又比方他结婚,也只是因为有一天在图书馆,见一个女孩子伶牙俐齿地在跟人争吵,他听吵听得有一种快感,甚觉有趣,便想能娶这个女孩子做老婆倒不错。果然后来吵架的女孩子成了他的老婆。至于这回,他是在去给学生上课时,路上遇到大钱,听大钱说这次评副教授要破格提拔三十五岁以下的。肖济东乃老三届人士,早已过三十五,只能眼睁睁地看着一些嘴上无毛的家伙冲到他的前面去。心里一下子便索然了。上课铃响时,他心说归去来兮归去来兮,前程乏味胡不归。课间便写了报告,课一上完,他就交给了系主任。

二

　　有一件事很明确。辞职对于一个凡人实在不是小事。像肖济东这样的人敢如此从容地去做这件非同小可的事，显然也是另有退路。好在事实也是如此。

　　肖济东的大哥做完两年的访问学者从美国回来了。出国留学，只要上了一年以上时间的归来者，都可以享有一辆免税汽车的指标。车钱几乎便宜一半，但却不许转让，更不许倒卖。虽说在黑市上光是卖出那指标便可净获三四万元钱，可肖济东的大哥乃一介夫子，何曾有胆做这等违法之事。商量来去，还是狠下了心，将不惜放下斯文在国外洗盘子送外卖以及修草坪诸类打粗所赚的外汇全部掏了出来，一举买下一辆桑塔纳。肖济东的妹夫在中学教体育，原本表示大哥买下车后，由他出面申请办成出租车，每月交给大哥三千块钱租车费且大哥但凡有事，全都免费接送。肖济东的大哥自是大喜过望，三年下来，主权未失，本钱亦回，且还享有轿车进出的风光。如此好事又何乐而不为？却不料肖济东的妹夫开了三个月的车后，突有一天被查患了白血病。人一旦得此病，立即就能泄了全身的精气，哪里还有赚钱的欲望？纵是天天骂这个世道不尽人意，可还不是想要穷尽办法以求能在此不尽人意的世上多待几天？妹夫陷入求医寻药的之境，桑塔纳便被闲置起来。肖济东的大哥自每月坐拿三千元外快且轿车进出学院大门后，面色比刚回国时显得更加红润，见人便慨然道：要说跟外国比，其实国内更舒服。起码有地位，受人尊敬，活得优哉游哉。然则妹夫一病,车归其主,肖济东的大哥便很有一些心慌意乱了。肖济东的大哥从没在社会上混过,大学毕业即留大学教书,认不得些三教九流的人,一时间竟找不出接替之人。更糟的是,他家没有车库,车便搁在屋门口,夜里怕车贼窃走,白天怕小孩砸烂,日日里提心吊胆。几天下来,肖济东的大哥便灰了脸,由不得常常独自灯下怀念在美国的日子,爱国论调低了许多。去医院探望妹夫并讨主意时,其状竟比妹夫更像病人。

妹夫说:"我现在是自顾不暇,大哥何不去找二哥?"

大哥说:"他不过夫子一个,木讷更胜过我,找他有什么用?"

妹夫说:"他好歹开过车,总有些这方面的朋友是不是?"

妹夫的话犹如突亮的灯,照亮了大哥的视野。大哥激动地连连点头:"言之有理。有理。"

这二哥便是肖济东。肖济东大哥找上门时,肖济东正在备课。肖济东大哥说晓得你也是读书人,可不到万不得已,也不会来找你。究竟你开过车,总有些老同行可以问问。肖济东先是不明白什么事,一旦明白后便沉吟起来。肖济东大哥忙心怀恳切地表明,虽说是兄弟,但不会让白帮忙,介绍费三到五百没问题。肖济东于是似是而非地回答了大哥。他说:"我试试看。找得到就找,找不到就找不到。"

肖济东的大哥说:"那是当然。介绍费我是一定会兑现的。"

肖济东的老婆当晚在床上便跟肖济东笑道:"想不到大哥去了趟美国,还真学回了一点美国人的派头。他走之前,你帮他粉刷房子带搬家带送站,他可是连瓶汽水都没请你喝的呀,连他全家的站台票都是你掏的钱。"

肖济东缩在被子里磁声磁气地说："说这些干什么，自家大哥嘛。彼此总归要有所照应呀。"

肖济东的老婆淡淡一笑，说："你倒是会想。"

肖济东没有替他的大哥找到人，但是他却自己开上了车。初始对大哥讲时，肖济东的大哥亦如系主任一样，惊得跌坐在沙发上，连声说道："济东，你可不要为我作这么大的牺牲呀。"

肖济东说："我何曾是为你？我是为我自己哩。"

肖济东的大哥当场便面色转红了。他没有给肖济东三到五百的介绍费。因为肖济东并没有为他介绍到人，而是自己上了车。那么这个介绍人就是肖济东大哥自己了，自己自是不必另给自己介绍费的。

肖济东正式接车这天正是当月25日。肖济东大哥说，按单位发工资的惯例，此时上班，得发半月工资。反之，肖济东亦应在月底交半月的租钱。但彼此毕竟是兄弟，就只按十天计算罢了。肖济东礼节性地谢了他大哥，表示绝不让大哥吃亏，月底即送一千元钱过来。肖济东大哥微笑与之道别，临了还说到底还是兄弟情深意长呀。肖济东说是呀是呀。

许久没开车，肖济东实在也是觉得有些手生。加之现在又是立交桥又是单行线，弄得他晕头转向，方晓得他生活了四十年的这座城市，对于他来说，已经很是陌生了。就好像大学把他封闭了十年，与世隔绝。现在他需得走回那十年时光路，方可回到他昔日生活过的社会里去。如此一想，肖济东便有只争朝夕之感。

肖济东每天一早把老婆送去上班把儿子送去上学。儿子在小车上欢呼雀跃，见到同学便在窗子里乱喊一气，激动之情全不掩饰。喊得肖济东与他老婆都忍不住笑。老婆也高兴，老婆上车前做的第一件事是将车上的顶灯摘下来。老婆说，这不就跟我们家自己买了车一样吗？有一回在单位门口下车时，竟兴意十足地走到驾驶室窗口吻了肖济东一下，硬让肖济东怔得手脚忙乱，好半天发动不了车。开车走了十来分钟，肖济东方想此乃坐小车上班令其脸上有光之故。想后便叹，早晓得如此，当初上什么大学？否则还不早早改行开了出租车？

肖济东行驶在大街上，随着流水一样的车河，东西南北地奔波。肖济东很少同乘客搭话。有些乘客仿佛天生有跟人套话的毛病，上车便开始问这问那。一问每月赚多少钱，二问可是自家的车，三问干这行几年了。肖济东总是用最简洁的语言回答问题，以断对方谈话的兴致。有一回，一个一身西装的男人上车来便长长短短地问个没完。肖济东既没欲望与之对话，亦没有恼火他。他仅仅用是与否来回答提问。几近目的地时，那一身西装的男人说："你总是这样没有跟人交谈的欲望吗？"

肖济东说："是的。"

那男人又说："你在家也这样？天性如此？"

肖济东仍然只回答了两个字："是的。"

下车时，那男人留下一张名片，且说："可不可以到我的公司来为我开车？"

肖济东说："不行。"

那男人惊异了一下，方说："为什么不想一想呢？你做我的私人司机，我给你开的工资绝对会很高的。你这样的性格做司机最为合适,我很欣赏你。"

肖济东淡然一笑,说:"但我并不欣赏你。"

他说罢,客气地一点头,呼地将车开走。肖济东心说:我做了十几年大学老师,当了老板的学生起码有一百个,倒叫你老兄说做司机最为合适?这岂不是通混账话?

三

开出租车是个辛苦事。如果想要赚到钱的话,早出晚归自是不可避免。有时天冷极,候在酒店门口等客人,那副窝囊也让人够受。不过肖济东不怕吃苦。当年开公共汽车时,什么都练出来了。早时五点人就得在车上,晚时十二点还到不了家。而那时的车大而垮,开起来哐哐当当,半里远都能听到声音,差不多根本不用按喇叭。一天车开下来,骨头架子几乎要散掉。冬天还算好一点,无非手冷而已。夏天却是了不得,即令打开驾驶室的门行驶,都如同坐在火炉里,背后还拖一车挤得几欲断气却仍然骂声连天的乘客。一整个夏天,人仿佛是靠在脏话堆上。同现在有空调,有舒服的座位,且身后没有骂娘的人只有给钱的人相比,真是天壤之别。肖济东从来都是三点一线地生活,学校——菜场——家,毫无个人兴趣和爱好,连看新闻也都只看看国际新闻而已。曾经在听到美国宣布打伊拉克的那天早上,急匆匆地跑到商场买了台可收美国之音的半导体收音机。战争结束,半导体也就束之高阁,有如废砖却不如砖头结实——这是肖济东老婆的比喻。肖济东在上课和帮老婆做家务之余,如果说有所兴致,就是喜欢打探有何战事。远至战国七雄兼并、齐鲁长勺战役,近至波黑战争,如此之类,每一个细节他都能详尽道来,如数家珍。肖济东曾与老婆叹说他错生了时代,老婆说,就你这样缚鸡无力之徒,能在和平时代像个人一样地过完自己一生也就算不错了。老婆说话从来就入木三分,肖济东自是无言以对。肖济东对生活的肯定与否定,都是拿自己的过去作为参照,并不知人家都已进入什么样的境界。这样,肖济东就很容易得到满足,多数时候都对自己目下的生活持肯定态度。为此,肖济东开着车倾听着轻盈的沙沙沙声,时常在车后无人时,隐忍不住地哼上两句小曲。那份自我感觉就仿佛别人都还在吭哧吭哧地干社会主义只有他私下里把资本主义弄到车上来享受了。

但是,有一点是很明确的:不管是什么主义,人不可能天天都顺心顺气。百姓也好,老板也好,官员也好,都会有不同程度的倒霉。倒霉的事比幸运的事更容易改变一个人的命运。倘若把倒霉的事也看作是命运中的一部分的话,那便可以说命运伸出的一个巴掌很容易就让一个人改变自己正常的生活行程。

有一天,肖济东送一个客人到机场。一般说来,肖济东是不愿意往机场跑的。沿途层层收费关卡,虽说费用由客人自掏,可肖济东觉得心情压抑,即令未掏一分钱,依然有被人盘剥之感,何况听说交的钱都归买下那些路段的香港人或台湾人所得,便更有被蚊子咬一口却还不得手的窝囊感。可那客人欲赶飞机到北京,时间急迫,走到学校大门再打的已然太晚,便软言相求刚刚开车出家门的肖济东无论如何送一趟。这种急人所难之事肖济东自是义不容辞，便驱车送了过去。回来时，搭乘肖济东车的是一个刚下飞机的台胞。看行为做派便知是家财万贯之徒。肖济东虽说对台湾人颇为反感，但还不至拒载他们。

车开后台胞给了肖济东一个信封，说是送到信封上的地址去。肖济东看了看，凭着他十几年前开公交车时对交通的熟悉，知道那是个城市下层人所居住的棚户区。便说地点是知道，只是近几年大兴土木，来了好多你们台湾人开发房地产，不知那地方是否还在。台胞一听便急了，喋喋不休地告诉肖济东他此行回来是探望老母。老母过八十岁生日，他与她已是四十多年不见，请肖济东无论如何也要帮他找到地方。肖济东心道现在说得那么孝顺，当初怎么就把老母甩下走人了？可肖济东心说了嘴却没说。

那地方果然拆得全不见过去痕迹。台胞便傻了眼，眼泪夺眶而出。果真是有几分孝道，肖济东想。然后便动了恻隐之心。肖济东带台胞去了派出所，台胞说："是警察局？"便死活不肯进，脸都涨成紫色。肖济东说是不是怕有以前的案底。台胞不答，只是催肖济东速速离开，以免不测。肖济东无奈，只好又去居民委员会找老人。好容易打探到有搬走又回迁的老人，又上上下下爬了几个七八层楼叩门询问。总而言之，折腾好几来回，花去了一整个下午时间，黄昏时竟在一个深不可测的巷子里将那台胞老母找到了。母子相见，抱头痛哭，顾不得将已经上了五百的出租车费给肖济东。肖济东守在一边等钱，同时也很是感动地看着这个亲人团聚的场面，心想人一生有一两次这么大起大落的感情经历也还真不错。反观自己，肖济东便觉得自己平平淡淡的几十年的人生经历多少还是有些缺憾。那台胞好好哭过一场后,他那老母问,我儿呀,你是怎么能找到这地方的呢?台胞于是而想起肖济东,也方想起尚未付的车费。他忙忙碌碌地掏钱,结结巴巴地感谢,出手给肖济东便是三千。肖济东看了看计程表,说共五百六十八,加上关卡费二十,应收五百八十八元。说时将多余的钱放回台胞手上,连多的一个字都没说开车便走。台胞目瞪口呆,不知自己是碰上了高人还是得罪了肖济东。

便是正在那条深不可测的小巷停停走走几近巷口时,一辆自行车从肖济东的车后飞行而过。肖济东正担心自行车有没有划着他的油漆,恰那一刻,一个老太出屋倒水,叫自行车撞了个正着,连盆带水一起跌倒在地。肖济东忍不住惊叫了一声。自行车却是连停下来看一眼的动作都没有,一忽而便出了巷口,溶入大街的车流中。在河一样流淌着的自行车群中,根本不可能认出谁是逃跑者。

老太倒在地上一动不动,开至近前的肖济东于心不忍,急忙下车前去问候。肖济东扶起老太时,方发现老太已经昏迷了。肖济东便有些急,大声喊道:"有人吗?谁是她家的人?快送她上医院。"立即从一个院子里冲出几个人,嘴里喊叫着:"妈,妈,你怎么了?"肖济东说:"快,快送医院!"几个人也没说什么,七手八脚将老太送入最近的医院。

医院自是在抢救之前必须收取高额费用的。肖济东以为自己没事了,正欲离去。突然老太家人之一,一个中年妇女叫住了他,说:"你倒省事,说走就想走?"

肖济东奇怪了,说:"我已经帮你们把人送到医院,连一分钱打的费都没打算收,你们还要我怎么样?"

中年妇女冷笑一声,说:"你装得像没事似的。你撞了我妈,以为送她到了医院就行了?听听,好像他还应该收我们打的费似的。"

老太家另一男人虎起了脸,说:"真他妈赚钱赚疯了。撞了人送进医院竟还想收车费?"

肖济东一时间瞠目结舌,不知如何应对。连医生也一边长叹道:"而今世风日下,年轻人不学好,连中年人也都跟着坏。"

肖济东方缓过劲来,说:"这是什么意思?人又不是我撞的。"

中年妇女说:"不是你撞的你忙得那么起劲干什么?"

肖济东说:"我救人呀!我能眼睁睁地看着大妈被人撞昏未必不救?"

男人冷笑了一声,说:"啧啧,世界上剩下唯一的一个好人原来流落到这里了。倒叫我们给碰上。真他妈好运气。"

肖济东立即气短,心里很认可那男人所说世上好人不多了的观点。只是他这次却是实实在在地做了好人。他说:"我说的都是实话,你们要相信我。"

中年妇女说:"我们凭什么信你?你以为你红嘴白牙呱呱几句,就能把我们蒙过去?告诉你,你不对我老娘进行赔偿,休想走人。"

肖济东说:"你们不信等老太醒来问。"

男人冷笑一声,说:"你不交钱,老太进不了急诊室,又怎么醒得过来?"

中年妇女却蛮狠地说:"别跟他扯,叫大家评,世上有没有这么不讲理的事?"

渐有几个看热闹的人围上。一个人说不用跟他吵,找他单位从他工资里面扣。这话让肖济东心里扑扑地跳了几下。另一个人说他们开出租的赚了钱都是自己的,哪里有什么单位?除了老婆和交警,谁管得了?这话又叫心里头扑扑跳的肖济东平静了许多。跟着又围上几个护士。七八个人指点纷纷,斥声如雷,犹如开现场批判会。肖济东兀地生出无地自容之感。他很是惶惑,几乎觉得的确是自己撞了那老太。于是拼命地追忆当时的情景。好在他是正面而且是短距离中看到自行车撞倒人的,所以他尚能清醒认识到自己的无辜,不至被那些肤浅的诈唬吓住。但肖济东也是一个洞明事理的人。他晓得众怒不可惹,如惹上等于引火烧身。万一有好事者振臂一呼,动起手来呢?那他岂不是会在乱中吃大亏吗?除了不会有人掏付医疗费外,说不定还当反面典型。倘人中夹杂着一个小报记者,将这事捅到报纸上,叫日后他如何做人?最终纵是大家一起来赔礼道歉,可他人已挨过打,名声亦被糟蹋,又有何用?肖济东既洞明事理,又善逻辑推理。这一想便浑身大冒冷汗,连消极抵抗的欲望都没有了。他无法找到撞人的自行车,也无法证明自己没有撞人,同时没有一个人相信他救人的目的就只是救人而已。世上到哪里还有这么好心的人?大家都这么说。而这观点他自己也是颇同意的。

万般无奈的肖济东,思考周密的肖济东,同时也很有些愤愤然的肖济东只好对众口铄金的现状采取退却方式。他将自己口袋里一千来块钱往那对随车而来的男女面前一扔,很有分寸地说:"其实你们心里根本就清楚是谁撞的人,你们扯上我,无非要我当个冤大头而已。"

那中年妇女说:"看看看,他还敢这么说,我们光要你这点钱?把身份证也留下来!钱花完了,我还得找你哩。"

肖济东便又将身份证往他手中一放,然后落荒而去。他身后发出嗡嗡的有如群蝇汇聚的愤怒声音一直尾随着他好远好远。

回到家里的肖济东脸色黑暗,心情大跌。他老婆便砰砰砰地在厨房砸得乱响,嘴上说只不过多赚了一点钱,就该让我们看你脸色?肖济东不语。吃饭时,老婆恼怒地用筷子敲着碟子说:"你到底怎么了嘛,你不说出来,叫我还以为是自己在外面做了什么见不得人的事,得罪了你老先生哩。"

肖济东这才吭吭地把黄昏发生的事复述了一遍。老婆一听就炸了,连吼带叫。一边骂那老太家里人全是刁民,肯定是设下圈套蒙人。回过头又骂肖济东号称智商高,论文可以做到美国德国,却叫那帮蝇营狗苟的小市民宰割得一塌糊涂。肖济东等她骂得累了,方说:"你这么对付我,可是跟他们一伙的?"

肖济东一般都吵不过老婆,这回却把他老婆怔得一愣一愣的。

四

一星期过去了,竟没有人继续找肖济东的麻烦。但肖济东却不得不亲自去找对方了。因为肖济东的论文发表了,杂志给他寄了三十元的稿费,他必须用身份证才能取回那钱。论文是肖济东两年前写的，东审西审并交去几百元版面费，然后便泥牛入海。岂知在肖济东当司机佬儿后竟突然而出。纵是早不作指望，可肖济东还是很兴奋，毕竟是国家级学术期刊，况且也是自己近十年的努力成果。三十元钱虽让老婆嗤了一鼻子，但老婆心里也还是很为肖济东自豪。老婆说你得用这笔稿费给我买件有意义的礼物。老婆若不说，肖济东还想不到这点上。

老婆实在太了解肖济东，故而做了提示。肖济东觉得这可真是个好主意。若用那钱买了肉鱼或酱油什么的，远不如买点有意思的东西送给老婆。虽说老婆不是天下第一理想老婆，但也只有她是自己的。于是肖济东决定在周末买礼物回家，让老婆高兴高兴。

既要取钱，身份证的问题便突出起来了。肖济东无奈，只得咬着牙去见那帮他这辈子都不想见的家伙。肖济东径直将车开到医院。他找到急诊室。他想若能先见到老太婆，讨它个公道，或许连先前无端损失的一千来块钱都能要回来。不料急诊室里根本没有老太婆。肖济东问可是安排老太住了院？急诊室一个护士翻阅了一下记录本，说："当天晚上就回去了。"肖济东怔住了，心想还能真是个圈套不成？

肖济东便开车再次到那条深不可测的小巷。走近巷口，他的手竟是有些发软，不知还会冒出个什么事故让他防不胜防。根据记忆，他找到老太家门口，停下车来，上前打探。正当肖济东探头探脑地张望时，肖济东曾经送过的台胞同一伙人由巷里出来。台胞一见肖济东立即扑了上来，摇着肖济东的肩膀使劲说："我总算找到你了。"然后转身对两个身着西服的人说："刘区长，李主任，这就是那个好心的司机呀！不是他，我真不晓得怎么才能找到我的老娘哩。我头一回来大陆，在飞机上心里还紧张得打鼓。不知道会有什么样的遭遇。可头一个就碰上这位先生。想也没想到大陆的司机有这么温文尔雅这么心地善良呀。"

穿西服的两个人连忙上前来热情地握着肖济东的手，说："谢谢你，谢谢你。你不仅帮了柳先生，也是帮了我们呀。"

肖济东觉得奇怪，心说，我送他回家，关你俩什么事？但嘴上他只是淡淡地说："这有什么？谁碰上都会这么做。"

台胞忙忙碌碌地从包里拿出一个纸包，递到肖济东跟前，说："你今天是送客人来，还是来……找我？……我一直是要谢你的，这里还专门为你留了五千块钱。我托李主任打听你是哪家公司的。一直没找到。这个，这是我的一片心意。"

肖济东说："我要您这额外的钱干什么？您已经付够了我的车费。我该谢您才是。您刚才说……他们是这里的领导？"

台胞说："是呀，这个是区长，刘区长，这是街道的主任，李主任。"

肖济东说："如果您真想谢我，不知能不能帮我解决一点个人问题。"

台胞说："你尽管说尽管说，我义不容辞。区长和主任也一定会帮忙的。"

肖济东便简要地把那天的事情经过复述了一下。台胞首先就炸了起来："有这种事？巷子里竟住了这种小人？这事我得管，如果不是送我，这位先生也不会倒这个霉。刘区长，你们得给这位先生一个公道。"

区长自然也显得很愤慨，说："李主任，这事你们得严肃处理。处理的结果报到区里来。"

叫李主任者忙说:"您放心。我查清楚后,一定会严肃处理的。这位师傅,您请先回。我们会以最快的速度解决的。不光是退还钱物,还要赔礼道歉。您的联系地点是?"

肖济东写了个号码,然后说:"道歉倒也不必。我只是要回我的东西。您处理好后,给我一个电话,我好来取。"

主任说:"一切交给我办。这是我的名片。如果处理得你不满意,你可以随时找我。"

肖济东见此,觉得倒也省了自己一事,心想有组织出面还是好,老婆的东西下星期再买也可以,便说好吧,我当然相信你们。说着他上了车。正发动车时,台胞跟过来,带有几分信誓旦旦地说:"这事一定会解决的,你放心,你放心。我正和他们谈投资改造这个巷子的事,如果他们不解决好你这事,我是一分钱也不会投的。你放心。"

肖济东心里对这个台胞便生出了几分好感,觉得他还颇讲义气。只是肖济东仍然是淡淡地笑笑,说:"你的好意我心领了。不过两件事还是分开来为好。"

台胞点着头说:"先生的气度很让我佩服,佩服。"肖济东不善听人当面说好话,便淡淡地同那台胞点点头,然后驱车而去。

事情如果简单起来,也就简单得不得了。没两天,肖济东的寻呼机便显示出李主任的电话。肖济东复机后按李主任提出的时间到街道去了一趟。肖济东在一间办公室里见到诚惶诚恐的一男一女。那正是在医院里拼命羞辱他的两个家伙。一见肖济东,那男女人忙上前,极尽谦卑之能,对着肖济东点头哈腰，笑容堆得几乎埋没了眼睛。肖济东想起他们在医院时的嚣张，便陡然生出些恶心感。肖济东说："把我的身份证和钱退给我。"

女人说："那是，那是。师傅请大人大量，不跟我们小人计较。只怪我们有眼不识泰山，没想到师傅有这么大的来头，得罪了。"

肖济东接过男人递上来的一个信封，看了看身份证，并数了数钱。他原先拿出去的有个七块的零头，在信封里被补成整数。于是肖济东从自己口袋里掏出三块钱，说："多出了三块。"说着便将钱递到男人手上，尔后扬长而去。

男人和女人在他身后叫着："师傅！师傅！我们还没有道歉，您慢点走。您……"

肖济东理也没理，反觉得耳朵有针刺之感。穿过走廊，肖济东偶然在一间办公室瞥见那个李主任。肖济东脚步顿了一下，心说是不是进去感谢他一下？正欲进，又见那李主任正在接电话。便又想算了，还打扰人家干什么？问题已经解决。何况这辈子也不会再有机会与这人发生关系。如此想过，人便越过了门口，下了楼。

走到院子里，外面起了风。一阵风扬过来，吹起些灰尘，也掉下许多树叶。有几片还落到肖济东的头上。肖济东拈下它们，无意识地看见另外的一些树叶也飘飘落落地随风下坠，肖济东想秋天快完了。下面是冬天。波黑战事不知最终如何。最好中东再能闹一闹，凭什么让萨达姆活得那么神气起起的？冬天是个萧条的季节，连战事都会少一些。其实日子还需靠那些战事激发一点高潮，显示出一点点的活力。一萧条便不免让人心情索然。肖济东想着心里竟是无端地又生出好多的乏味。连开车都是懒懒的，好几个客人又是招手又是喊叫的，他也不想理，径直就回了家。

五

年底了，风一阵紧似一阵。坐车的客人也多了起来，生意明显要好做得多。但肖济东却提不起多大的精神，远不像头几月那样看到每月可观的钱数便有兴奋的冲动。因为论文的发表，他的专业水平也让一些行家对他有了点印象。于是肖济东便连连收到几份通知。一份是通知开春到重庆开一个国内学术会议。另一个是即将要在香港开国际性的学术讨论会，通知准备论文以及论文打印规格以及截稿时间。还有一份是通知他将已发的那篇论文，再作最后的修订，然后寄至学会，同时交二百元钱，以便收入专业学会编撰的论文集中。

肖济东开始怀念那些数字和公式，怀念坐在桌前苦苦思索和反复推论的日子，怀念机房里计算机哒哒哒哒敲击键盘的声音，怀念实验室里的静谧，怀念学生，怀念在讲台上叱咤风云的感觉，怀念训导学生时的风度，怀念黑板，怀念将粉笔扔进粉笔盒时的弧线，怀念抽象，怀念思索时的苦恼，怀念崇高，并怀念由此而带来的系主任对他喋喋不休的表扬。他想墨香和油香到底是两种不同的香型。驾驶一辆汽车同教导一教室学生也是两种不同的心情。不单单钱少和钱多的问题，也不单单是社会地位高下的问题。究竟是什么，肖济东也没有往下去想。只是，他开始惦记着论文和会议了。他不知道自己最终还要不要融入他的专业同行人中间。

　　这一天,叫了肖济东出租车的是电视台几个拍新闻的人。他们欲去一个文化会议拍条新闻。因为动身晚了一点,便在车上不断地催促肖济东快点。肖济东说:"前面车不快,我快有什么用?"

　　一记者说:"超他妈的车嘛。"

　　肖济东说:"何必违规。"

　　另一记者便说:"那就还是稳点开吧。晚就晚点。文化新闻嘛,没分量,顶多也就上上晚间新闻。这几天警察都在弄奖金过年,找着碴子罚款,没必要惹些事上身,白白吃亏。"

　　那记者话音刚落,便见路口有警察示意肖济东将车开到路边去。先一个记者说:"瞧,说阎王,阎王就到。"

　　肖济东一边停了车。走来一个年轻的交警,嘴里叼根烟,朝肖济东伸出手。肖济东说:"什么事?"

　　交警"扑"一口吐了嘴里的烟,说:"咦?还要我来教你?你不知道有什么事?"

　　肖济东说:"我的确不知道。"

　　交警说:"那我就教你一回。你超车了。"

　　肖济东说:"我哪里超了车?我一直很注意开哩。"

　　交警说:"你们这些人啦,没有一个肯老老实实认账的。我说你超了你就是超了。有个什么好争头?"

　　肖济东说:"我没超就是没超,怎么能由你信口说呢?"

　　交警说:"看不出你还满硬嘛。好在我也不是个软的。罚款,五十。给不给看你了。"

　　肖济东说:"你……怎么不讲理?"

交警说:"你这连胡说八道都不是,而是瞎说九道。快点快点,我没耐心等你。你也不能影响我执行公务。"

肖济东气了:"你……你……你……?"肖济东一气便说不出话来。

这时一个记者下车来,说:"怎么还不走?时间太晚,我们来不及了。"

肖济东说:"我明明没有超车,他非要说我超车了。你们替我证明一下。"

记者走到交警面前,说:"他的确没超车。我们几个都可以证明。"

交警说:"你是内行还是我是内行?你看得准还是我看得准?"

记者掏出记者证,说:"我是电视台的。我们赶会议拍新闻,您今天就放他一马吧。"

交警说:"记者?我今天已经抓两个了。你们记者不就是仗着拍电视认得几个领导?拿谁也不放在眼里。我可不吃这套。我愿意让你们赶紧走,可我也不能违反规定。他认罚,我就放行。"

记者便将肖济东拉一边说:"师傅,今天我们算是撞上头蠢驴。我看您还是先垫上钱,送我们到会后,再找他们领导谈。我们都可以给你写证明,证明你根本没有超车。"

肖济东见记者说得通情达理,同时也怕误了他们的事,便拿出五十元钱,递给那交警。交警撕了张票给肖济东,且说:"早这么做不就省事了?冤枉吵半天,费劲又费时。"

肖济东没有理他,掉头上了车。心里憋一肚子火,不知怎么出。便在途中,见车便超。一个记者笑说道原本师傅是个守规则的人,叫警察这么一调教,反而懒得守那规则了。另一个记者亦笑说世上这样的事还少?规矩订下来其实还就是让人犯的,不让人犯,订那规矩做什么?

大学里的人大多忙忙碌碌备课做学问且还要为人师表,故而诸事都一板一眼,刻板严谨。哪像记者们,世界上最大的事和最小的事都可以变成调侃拿出来说笑。这种新思维语言,肖济东是头回听讲,不觉很开心,心说有趣有趣。

次日,肖济东拿着罚款发票和几个记者写的证明找到了交通中队。交通中队中队长是个中年人,显得很是和蔼。他认真听罢肖济东的讲述,想了想,说:"有时候,司机乘客和交警对超没超车看法上经常是不一样的。但你既然找上门来了,我也会认真处理这事的。"他说时接过肖济东递上的发票。不料他目光一落在发票上,脸色就变了,一副恼怒的样子,自吼道:"怎么还用这种发票?不是早就通知这发票过期作废了吗?"

肖济东吓一跳,忙说:"这发票不是我的,是你们警察开给我的。"

那中队长余怒未消,对外面喊道:"小刘,你来一下。"

外面进来一个年轻的交警。中队长说:"拿五十块钱给这位师傅。另外派个人,把小金替回来,说我找他。"说罢,中队长转向肖济东,说,"不管你有没有超车,这罚下的钱都得退给你。因为这张发票是废票,按规定是不允许用的。"

叫小刘的年轻交警果然送来五十元钱给肖济东。中队长又代那罚款交警向肖济东道歉再三。倒叫不习惯被人道歉的肖济东不好意思了。由此肖济东的心情也平静了许多。他想,看来找领导还是管用的。

这天肖济东回家同老婆说起事情的前前后后，全然采用的是胜利者的口吻。

一个星期过去了。这天开始下起了雪，车外冷飕飕的。肖济东送罢一个客人，心想钱是赚不完的。天太冷，还是早点回家接老婆和小宝，免得他们走雪路。晚上再弄个火锅，让一家人都暖和暖和。心意到此，回家的欲望便更强了。

走到一个路口，车又遭拦。肖济东方想起这正是上次罚他款的那个路口，再正眼一看来者，却发现还是那个罚过他的交警。肖济东心说不好，不好了。

肖济东下下车来。一阵风雪便灌进他的脖子里，一直凉到心里头。交警走上前，似笑非笑道："想不到你还有一手呀。告到我们队长那里去了。我倒是要看看，是你狠还是我狠。"

肖济东淡淡地说："我只是一是一，二是二。你还有什么事？"

交警说："我等了你好几天了，今天总算是等到了你，还能没有一点事？执照拿过来我看看，例行公事。"

肖济东递上执照，说："有事请你快讲，我还要回家。"

交警说："今天天气不好，我看你的车有些毛病。为了你和大家的安全，要例行检查一下。"

肖济东说："哪有这种事？"

交警说："刚才你刹车就不灵，你当我没看见？"

肖济东说："你硬要这么说，我有什么办法？那你检查就是了。"

交警便上了肖济东的车，左左右右地检查了一番。肖济东是个惜车之人，更兼人本来就谨慎仔细，每天都把车细细查过才敢出门。所以对那交警的检查毫不在乎。他只是冷冷地站在一边看那交警会查出个什么来。

其实，一个大活人呆呆地站在路边无所事事，也是很让肖济东不习惯的。这时他便羡慕起那些会吸烟的人来。他漫想着如果会吸烟便可以一派潇洒地点上一支烟，然后吐着成串的烟圈放松神经，笑看那交警费力寻找毛病而偏又找不到的尴尬。不会吸烟便只能手脚无处可放地如一个无业游民般，站在路边探头探脑地四下张望，让人怀疑其闲站的动机。肖济东这么想时便下意识摸摸口袋，仿佛是想摸出一盒烟来。烟自是没有，却又摸出他所收到的通知书其中的一份。是让到重庆开会的那份。论文打印纸规定必须用 A4 纸，一式二份。肖济东在心里读上一遍文字，心里涌出的仍是丝丝怅然。

这时，交警下了车，肖济东装好通知，说："我可以走了吗？"肖济东说话间自然嘴角上挂着嘲讽的笑意。

交警有些愠怒感，原本已将执照递还给了肖济东，却仿佛又被肖济东的笑意惹起。他缩手回来，显得气急败坏地说："我就不信今天找不出你的毛病。"

于是他让肖济东上了车，令他将前后车灯反复地打亮。肖济东一边执行一边心想着怎么样才能摆脱这样的纠缠。突然，交警在车后发出热烈的欢呼声："我总算找到你的毛病了！"

肖济东的左后灯居然不亮。肖济东下了车，看了一看，果真没亮。他心里一边骂自己该死一则为交警的做法愤怒异常。他口气锐利地道："你这不是明摆着故意找碴子?!"

交警神气活现起来,他说:"请你说话放尊重一点。注意安全是我们的责任。"

肖济东说:"我要去告你,你这是报复。"

交警说:"可以。我奉陪。你尾灯不亮,管你是我的职责。你还可以再找我们中队长,他是个好人。你告完我就来拿你的执照。记住,带罚款和一份检讨来还。我倒是要看看,你到底有多大的狠。"他说脸上带着胜利者的笑容,洋洋自得地走了。

肖济东呆望着他的背影,半天转不过气来。一会儿他便眼睁睁地望着那个背影被风雪隐没成一团,眼边就只剩飞舞得轻狂不过的雪花了。肖济东想,这这这、这个世界怎么回事了?

六

老婆和小宝到底还是自己踩着雪回来的。肖济东到家时,老婆连火锅都弄好了。一见他进门便将脸一板侧转过身,进了厨房。肖济东知道是他亏了他们母子俩。转念又想,又是谁亏了我呢?

如此,肖济东的情绪便愈加低落。他一屁股坐在沙发上,呆呆地,似在想着什么,可他又知道自己什么也没有想。老婆见他没有动静,终于耐不住这份寂寞,又奔出厨房,吼道:"就算是个老爷,回来也要动一下手是不是?取暖器的插头坏了一年,你修一下没有?早说要把小宝的床挪到大房间来,怎么到现在还不挪呢?开个小车,倒真还把自己身份开出来了?别忘了,你只是个开车的不是个坐车的!"

老婆的声音炸得满屋子嗡嗡响,就像有许多玻璃杯一个个往地上掉。肖济东却没觉得刺耳。是呀，插头早就该修了。小宝的床也早就该挪了。天太冷，小宝夜里老蹬被子，不断地受凉感冒，如果临近考试又病上一场，那可怎么是好呢？肖济东想着老婆骂得对。可是他索然的心情却无法令他有动力去行动。于是他仍然呆坐在沙发上，一动不动。

老婆终于隐忍不住心头的火气。她几个大步冲进卧室，趴在被子上呜呜地哭了起来。而正在做作业的小宝一看气氛不对，紧跟在他妈后面跑进屋里，也呜呜地哭了起来。肖济东听到小宝一哭，心头便一下一下地被揪扯着。然后长长地叹着气。他想看来儿子将来恐怕连他都不如。

肖济东起身走进房里。他先把小宝抱回他写作业的桌子，轻轻拍着他的脸说："没出息，妈妈是女人，她可以哭，你一个大男人，怎么能哭呢？"

小宝显得有些愕然，止住哭声，说："难道男人就不能哭？"

肖济东说："当然。男人一哭，这辈子就更完了。"

小宝想了想，说："我可以哭，我不是大男人，我是小男人。"

肖济东不知该如何回答他，想想只好说："那也是。"

肖济东再回到卧室时，老婆的高腔已过，只剩下长一声短一声的呜咽。肖济东说："我今天倒霉，所以心情不好。"

肖济东老婆立即擦了泪水问："又发生了什么事？"

于是肖济东把路口交警刁难一事对老婆复述了一遍。老婆没有再提修不修插头以及挪不挪小宝的床，只是伤感叹了口气，说了一句："也真难为你了。"然后便又回到了厨房。肖济东原本正欲吞着口水咽下自己所有的不快，再设法想一些行之有效的语言来化解老婆的怨气，却不料老婆竟是这样宽容和贤达。肖济东一下子感动起来。他想这就是老婆呀，天底下到底还有一个这么体谅这么维护他的人呵。他如此一想，压在心里的万千窝囊气便变成几滴清泪，绕着眼眶团团地转。

小宝恰进来，见此说：“爸爸，你也想当小男人吗？”

肖济东怔了怔，说：“你说的是。”

夜里，老婆见肖济东睁着眼睛了无睡意，便抚着他的肩说：“算了，跟他们这种人生气也不值。而今就是个出门碰钉子的年代，生气就有用了？”

肖济东说：“这事没完。他怎么可以这样做呢？”

老婆说：“他为什么不可以这么做呢？有谁告诉过他这样做不行吗？你要觉得这事没完，你再去找他的领导你以为还会像上次那样走运？不会的。你只会自讨没趣，如果他的领导批评了他，我敢说他也会把你批上一顿，因为你的车灯到底也有问题呀！而你除了多挨一顿训外，以后会更倒霉。真正没完正是你自己。那家伙如果把你的车号通报给他的同伴，你今天的遭遇未必不会在城市所有路口都重演一遍。你信是不信？”

肖济东吓了一跳，说：“能有这么严重？”

老婆说：“这当然只是推测。但谁又晓得它会不会成为事实呢？如果真有一天成了事实呢？所以，听我的，别生气了。你只要想清楚，你就是一个老百姓，忍受来自各方面的气是你生活中的一部分，或者说接受来自各方面的气是你的职责。你要做的最重要的事就是按他们所说的去做，然后把执照拿回来。不就是罚罚款吗？”

肖济东说："可那口气真让人难以下咽呀。"

老婆说："难咽也得咽。何况还只是小事一桩。睡吧。"

肖济东想可不正因为只是小事一桩，才觉得受到的打击沉重吗？但他嘴上却说："是呀，只是小事一桩。"

肖济东闭上眼睛，他情不自禁地回味着老婆的话，觉得道理的确无处不在。可又想，真这么有道理，那么人活一生也实在可怕。再往下想，世上像他这样的人该有多少？谁人又不是如此这般呢？只是各人觉得可怕的东西形态不同罢了。既然大家都彼此彼此，可怕还能成为可怕吗？这一想，肖济东心里就平静了许多，一平静就睡着了。

早上，肖济东听从老婆劝告，决心写一份检讨。在写的过程中，肖济东反思自己走过的路，方发现自己这一生活得虽平平淡淡地不出色彩，但竟是从未作过一次检讨。料想不到一个小交警倒让他首开先例。于是肖济东便感叹自己的今不如昔。感叹之余，心自道既知自己今不如昔，便可以早早做好各种最坏的打算，把自己一生最坏的出路也想好，这一来就不会有什么心灵承受不了的东西了。无论如何总能撑着自己把这辈子过下去。如此想过，肖济东心里就觉得舒服了好多。

家里电话铃响起来时，肖济东的检讨业已近尾声。电话是系主任打来的。系主任先问了半天肖济东下海情况以及经济收入增加了几倍。肖济东如实说了一通。系主任话题一转，说："大钱得了肝癌，被确诊已是晚期了。如果他抵抗力强的话，估计也只有两个月的活头。"

肖济东大惊失色，一时间话都说不出来。系主任在线那头继续说:"我们要去医院看他,又想你跟他同事一场,或许也想一起去?"

肖济东忙说:"那当然那当然。"

系主任说:"嗐,嗐,医院实在是太远了,坐街车吧,路上得两个小时。坐出租车吧,系里哪里有这么富?你来拿个主意吧?"

肖济东又忙说:"那当然是坐我的车去。"

系主任又叹说:"想不到你屈尊去开车,倒为我们解围了。也好,也好。你开车到我楼下,按几声喇叭,我就会下来的。然后我们再绕到李老师和胡老师住的那栋楼接他们。"

肖济东都忙不迭地答应了。

七

学校靠近湖边,饮用水一直是从湖里取用。可湖水已经污染得腥臭难闻。经过处理的饮用水,亦散发着浓浓的腥气。却拿它无奈。因为学校没有钱开通新的水源,又因为人必须喝水维持生命。便只能长期将就。由此,学校得癌的人数自是一年高于一年。尤其中年教师,突然几天没见,便有消息说得癌了。肖济东因此宁可住在老婆单位的旧房里。他想,我死不打紧,可小宝怎么能没爹呢?老婆怎么能没丈夫呢?况小宝和老婆也都得喝那水,万一他们中的一个也得了那该死的病,先我而去我又怎么办呢?这一想,肖济东无论如何都不搬进学校。那一年学校分房,他专门对急着要搬进学校的大钱说过这想法,力劝原本在校外有房子的大钱三思而后行。肖济东说:

"没人看重我们,我们就得自己看重自己才是。"大钱便使劲嘲笑他的迂阔,且说他这等畏缩怕死,哪像个男人?系里年轻一排的老师便都高声地发笑,让肖济东难堪好一阵。此一番肖济东想,这下好,你撒手而去,甩下可怜兮兮的老婆,这就像男人了?

躺在肿瘤医院的大钱,人已经瘦变了形。肖济东也就三个月没见到他,而三个月的时光竟将一个洒脱不过的人急剧地改变得原形消失一尽,肖济东不觉鼻子酸起来了。

大钱倒是仍然撑着他的一派风度。对着前来探望他的那些哀容满是的面孔,反倒大声地说笑。大钱正处在了结了第一次婚姻和即将开始第二次婚姻之间。于是,便有两个女人同时在照顾着他。大钱指着两个因他的癌症而达成和解的女人,笑着说:"有过两个老婆,跟很多人比,我已经很知足了。"

系主任以及李老师胡老师显然都不习惯这样的玩笑,或连连地干咳,或装着发现了什么眼望着窗外,或低头找痰盂吐痰。

肖济东说:"你说得倒也是。可是你本可以不只是知足,而是自得的。"

大钱说:"肖济东你别以为是搬了家的原因。阎王要来找你,你躲在哪里都是躲不过的。"

肖济东说:"我不喝那水,我就能避过。"

大钱说:"我若避过了那水,但有可能我又避不过别的。比方车祸或者火灾什么的。你信不信?"

肖济东说:"我不信。"

系主任不悦了,说:"肖济东你如果拿了学校的水来做文章，蛊惑人心，这对学校的安定团结会起到很坏的作用的。"

李老师也说："是呀，不能这么说，主任和我，还有胡老师也都是喝的学校的水，我们怎么都挺好的呢？生病的原因是综合性的，你不能偏执。"

肖济东无言。李老师有人证物证，且是前辈教授，自是占上风。但肖济东心说反正我不喝那水就是。

大钱说："我看各有各的理，还是各执一说为好。谢谢三位前辈专门来医院看我。我很感动。尤其是肖济东也能来，简直让我意外。记得系里这些年几个癌，病得都是要死要活的，可我印象中肖济东从来就没有去看望过。就凭这，我又有一种知足感。"

肖济东叫大钱这么一点，想想果真如此，倒有些不好意思起来。肖济东说："我算什么？能有资格在别人生病时去看望？真要去了，等我一走，那边还不心里想这肖济东竟然也惺惺作态地来看我了？"

大钱便笑开了，说："你们一走，我一定也这样说一遍。"

肖济东说："你不同。"

大钱说："为什么？"

肖济东说："因为你头脑比较清醒。"

大钱便放声地笑了起来，说："肖济东你可真是石破天惊的一句话呀。这是我活着时听到的最恰于其分也是最好的一句评价，实在是没有比这个更让我满意的了。"

一边的系主任胡老师李老师都鼓了眼，不知道这话究竟有什么特别的高明之处。但对肖济东能将大钱弄得这么快乐开心，也觉得可以谅解肖济东适才关于水的见解之过了。

系主任好一会儿才说:"肖济东,我看你一向蛮刻板的,想不到你竟这么能幽默。"

肖济东不解地说:"我刻板吗?我幽默了什么?"

大钱说:"我认为肖济东恰到好处。"

回来的路上,肖济东一直在想,大钱所说的恰到好处是指什么呢?

好几天夜里,肖济东都在床上辗转反侧,难以入眠。大钱的形象不断地冲出夜幕映入他的脑海。他想在系里其实他最欣赏的还是大钱。虽然他常常对大钱所为不那么满意,可各人有各人的活法,不可能大家都活成一样的。谁活得好或谁活得不好,全靠活的人自己感受,别人何曾有资格评说。真要有一天,人人都活成一样,这世界还不让人腻死?由此,大钱纵然有让人不满之处,那也只是彼此性格不能兼容罢了,与人好坏不相干的。所以应该说大钱还是个相当不错的人。

冬天的被子,多翻几下身,便容易透风。因了肖济东彻夜的翻覆,老婆简直没法睡好。早上起来,连连地对着肖济东发火。肖济东不停地赔不是,作保证。可到了夜里,他还是无法入眠。

这一天,老婆通告说,晚上她不在家住了,带小宝回娘家去。让肖济东把他那些狗屁不通的想法弄清楚,理顺了,再通知他们回来。老婆讲这些时,肖济东垂头丧气地听着,又可怜巴巴地看着他们出了门。他想要制止老婆出走的行动,可他没有动。他想,老婆这么说是对的。

老婆走后第二天晚上,肖济东送客人回返,恰路过肿瘤医院。他心一动,想去看看大钱怎么样了。便将车掉头进了医院。在医院门口,他买了一挂香蕉。看见另一个铺子里有个铜做的小佛爷,他觉得有趣,而且有一种吉意。于是他也买下了。

又是一个星期没见,癌细胞毫不留情地在改变着大钱。大钱基本上已经坐不起来了。见到肖济东,他眼睛亮了亮,却很快就暗了下去。肖济东想他恐怕连让自己眼睛亮起来的力气都没有了。如此一想,心里便涌出许多悲凉。

肖济东放下香蕉,大钱无力地瞥了一眼,苦苦一笑,说:"我已吃不了这个了。"

肖济东的心抖了一下。然后他把手掌伸到大钱面前。一直都捏在手心的小佛爷此刻便满脸佛笑地进入大钱的视线。

大钱的眼睛再次亮了起来,他使劲地让自己咧开嘴,笑了,说:"想不到你肖济东还有这样的情怀。我差不多每见你一次,心里都能产生一次意外的感受。你说是什么原因呢?"

肖济东很是奇怪,说:"会这样?"

大钱说:"是的。因为你总是和我想象的你不一样。"

肖济东说:"是吗?"

大钱接过了小佛爷,把手重新放进被子里,说:"跟佛爷同床,想必他能保佑我。"

肖济东突然想到一点,觉得有趣,便忍不住笑。大钱说:"我知道你笑什么。你是笑若跟佛爷同床,岂不是同性恋了?"

肖济东于是笑出声。大钱也笑了起来,而且竟也笑出了声。正笑时,一个女人匆匆进来,紧张地问:"怎么了?怎么了?"

大钱说:"不是回光返照,是我真心在笑哩。"

那女人便显得有些兴奋,望着肖济东说:"谢谢你。"

肖济东莫名其妙,说:"谢我?"

大钱说:"这是小吴,我的二房。"

那小吴者愠怒地瞪了大钱一眼,没说什么。大钱说:"我实在想不出什么理由有可能再见你一面。可心里又有一种希望,想要再见见你。"

肖济东讶异万分,甚至有受宠若惊之感。他说:"真的?你会想要见我?"

大钱说:"真的,我刚才还让小吴一会儿给你打电话哩。"

小吴说:"真的,我怕你回得晚,准备九点钟去打哩。"

大钱说:"你是不是也和我想的一样,所以今天来了?"

肖济东一副茫然的样子,不理解大钱想要见他的原因。同时竟也想不起来自己来看望大钱的理由。好一会儿,他才说:"我刚好偶然路过这里,就来了。"

大钱叹口气,对他的小吴说:"我们这个肖老师就是这样,从来就不能把话说得好听一点,总是一是一,二就是二。"

听大钱这一说,肖济东心想可不是,为什么就不能说自己担心他,专程来看望他的呢?对一个病人,撒一点小谎,是不为过的。如此一想,肖济东便暗自狠狠责了自己几句。

大钱说:"但是我最欣赏的就是你肖济东的这一点。我突然想起我为什么想要见你了。"

肖济东忙说:"有什么事,尽管说吧。"

大钱说:"开出租真的很令你自在吗?"

肖济东没有回答。大钱说:"显然是假的。这不是一个读了许多年书的人想要做的事。实在做了,也至多是一种无奈,而不是一种真正的选择。"

肖济东还是没有说话,因为他不知道自己该说什么。大钱又说:"回系里吧。别把自己在大学里辛辛苦苦度过的十几年岁月糟蹋了。"

肖济东半天才说出话来:"你找我就这事?"

大钱摇摇头,说:"因为你回系里,才有可能替我帮忙。其实,我想可能也不全为我。"

肖济东说:"你就直说了吧。"

大钱说:"是这样,这些年,我因为家庭纠纷,弄得没心思做论文。但是一有空我还是想要弄点东西出来的。所以我这几年收集了不少最新资料,也瞅空做了点事。其中有两篇论文已经完成了理论部分,只有计算没有做。另有一篇观点以及推算的来龙去脉也拟好了,我觉得会很有新意的,引起同行注意没有问题。只是,你看……我现在也没法做了。"

肖济东立即说:"你想让我帮你做完?"

大钱说:"大意是这样。但当然也不会让你白做。你如果替我做完了,所有的文章,你都署第一作者,我排第二就行。有了这个名字,等于就是在这个时空中划下了一点痕迹,也等于向我以前和我以后的人类宣布,我在这个世界上活过一次,并且有过一点创造。"

肖济东浑身一凛,心里头不觉有一股热流冲到喉边。大钱说:"我和你有一点不一样。你知道吗?你若不做什么也有充足的东西证明你存在过。你有儿子。而我没有……而且永远都不会有了……所以,论文对我来说,就显得更为重要了。别人我不敢找，因为，谁晓得写出来后还会不会挂上我的名呢？而你肖济东，我信得过。"

肖济东永远是平平淡淡地过日子，从来就没有被什么强烈的感情冲击过。这一刻，他觉得自己全身都似乎燃烧了起来。他深深地被感动了，感动中又怀有那么深切地忧伤。他呆呆地望着大钱，料想不到平常散漫不羁的大钱对自己曾经活过一次会那么看重，也料想不到大钱对生命的意义竟思考得那么有力度，也那么正统，更想不到大钱最信任的人会是他肖济东。

大钱也望着肖济东，眼里充满渴望。肖济东喉咙咕噜咕噜地动着，仿佛有话说不出来。他使了半天劲，才突然说："你放心你放心。我会为你做完这一切，而且全部都只署你的名。我一定会做得到的。"

大钱轻摇了一下头，说："那倒不必。本不是我完成的，只署我名，会令我九泉之下羞愧难当。还是按我说的吧。就这，我已经很感谢你了。"

肖济东说："如果你做完了主要的事情，而让我做第一作者，也会让我有犯罪感的。这断断是不可以的。"

大钱叹口气说："折中一下，行么？我做第一作者，你第二？"

肖济东想了想，说："好吧。我一定会把一切都做得漂亮。"

大钱说："我信。"说完他便松了口气，闭上了眼睛，把刚才一直强撑着的精神软了下来。他明显地无力了。生命到了这一刻是多么的脆弱呵，肖济东怅然地想。

肖济东将自己的手伸进大钱的被子，同他紧紧地握了一握。大钱的手瘦骨嶙峋,柔弱无力。

肖济东在大钱耳边说了一句:"能坚持多久就坚持多久。"然后便向小吴告辞而去。

走到门口,肖济东似又听到大钱微弱的喊叫。他迟疑地回过头。果见大钱又全力地撑起身子,声音微小可坚定,他说了一句:"能赶上重庆会议吗?还有香港那个国际会议?你不可以放弃。"

肖济东的心蹦了一下,猛然记起他业已决定放弃的会议。因为他认定自己在短时间里是不可能拿出像样的论文来的。大钱几近完成的论文实际给他提供了可能。他完全可以拿了那论文出席会议。这是大钱给他的机会。他不禁全身冲动起来。他一字一顿回答说:"我一定不放弃!"然后他就掉头出了门。他想留在他脑子里的大钱应该是一个永远支撑着自己的形象。

肖济东开车上路。天太冷,路上清冷无比。没有行人,只偶尔有一辆自行车倏一下被甩在后面。橘色的街灯,涣散着淡淡的光,洒在路的两边。看得见夜雾像粉末一样在灯光里弥漫,像是被风吹得无序,却又是随风有序地调整自己。

肖济东突然就流下了眼泪,而且一流就止不住。他想果然就像小宝说的,我是个小男人吗?

八

第二天肖济东没有出车。外面又开始下雪了,看上去还会下大。应该说,只要开车出门,就会有颇丰的收入。但是肖济东这天却毫无心情。早上他把老婆送去上班时跟她说他今天没有情绪出车。老婆没说什么,只是临下车前说:"其实我想得很透彻,一个人一生合适做什么和不合适什么,一切都是有定数的。"

老婆走后,肖济东反复想着老婆这句话,觉得老婆想得比较达观,也比较深奥。于是他便掉转车回家了。他将自己散乱地放在一个纸盒里的资料以及数据盘清理了一下,又将书桌重新擦拭了一遍。他做这些时竟有一些兴奋感,就好像一年级小学生初次坐在教室里的心情一样。而实际上他离开他所熟悉的这些东西前后加起来还不足半年。

下午,肖济东接到系办公室秘书打来的电话,说大钱在上午十点钟咽了气。肖济东有所预感,但心里还是"咯噔咯噔"地猛跳了一阵。秘书通知追悼会定在后天召开。

这是个很小型的追悼会。大钱的前妻和小吴都去了,两人相携着都哭成泪人。系里一些老教授一面为大钱的早逝叹惋,一面又为大钱的婚姻状况深为不满,议论纷纷说现在的年轻人实在是太没有道德观。同肖济东站在一起的小陈小朱则慨叹,倘自己在某一天死去不知可有女人为自己如此痛哭,言下大有羡慕之意。只有肖济东什么也没说。他望着大钱的遗像,回想他同大钱曾有过的交往。一想便清晰地感觉到他们其实也就只是淡淡如水的君子之交。只是,肖济东想,彼此都还欣赏对方而已。想着,他便觉得心头沉沉。因为肖济东明白,自己的生命至少在相当长的一段时间里,有一部分是在为大钱而活。

追悼会完后,小吴交给肖济东一个牛皮纸袋,泪眼汪汪地说:"一切都拜托了。发表了你一定打电话告诉我,我有办法通知大钱的。"

肖济东接过纸袋，感动地点点头。他心想应该说这就是爱情了。

肖济东离开追悼会场便直接到了他的大哥家。肖济东跟大哥说他不想再开车了。大哥微微一怔，然后理解似的叹了口气，说："要说开车也实在是太委屈了你。不开好，不开好。学问还是得做。穷就穷点，没穷到自己讨厌自己的地步就行。再说，开车也富不到哪里去。"

肖济东说："先前开车我也不是为了自己穷的缘故。我只是觉得好乏味。现在开车不知怎么倒让我觉得更加乏味，所以我想还是回去讲课算了。"

肖济东大哥点点头，说："这是一个人的定数。只不过这车我不晓得怎么办才好。"

肖济东说我想法子帮你再租给别人吧，只不过现在还有点麻烦。于是肖济东又讲了交警收走了执照的事。恰在肖济东跟他大哥讲执照一事时，肖济东大哥的研究生来请他的导师看论文的纲要。见肖济东在此，便坐在一边静听。肖济东说完后，他的大哥惊异得目瞪口呆，说："竟有这等事？竟有这等事？那怎么办？怎么办才好？"

一边坐着的研究生此刻突然插嘴道："肖老师，我可以帮您解决。"

肖济东和他的大哥几乎一起问："你能行？"

研究生笑了笑，便拿起肖济东大哥书桌上的电话，拨了个号码。接通后，跟一个人说大致情况，然后强调："这是我导师家的车，你无论如何都得给我办漂亮一点。"

研究生放下电话，肖济东的大哥忙问："那是什么人？"

研究生说:"我表哥,他是交通分局的一个领导。"

肖济东大哥说:"能管用吗?我弟弟到底也有把柄在那交警手上呀。"

研究生笑了笑,说:"有熟人,没有什么不好办的。"

只一会儿,电话打了过来,说是问题解决了,半小时后会有人将执照送到车主家。且说以后尽管放心,所有路口的交警都不会再找这车的麻烦。

肖济东和他的大哥面面相觑,事情处理的快捷和优惠令他俩失去想象力。

肖济东就这么又回到了系里。又开始按部就班地备课讲课,行色匆匆地在教研室到教室、教室到家、家到教研室这样一个三角路线上行走。只是他的脚步比以前要快了一些。系主任十分满意,虽然还没有来得及时常地表扬肖济东,但他在全系开会时的讲话声音又有了一些慷慨激昂的情绪。并且将肖济东的重返学校作为一个"下海回归"的典型,以此说明教育界的人才并没有流失,说明人才们在离开学校一段时间后,就会感到世界上最好的地方还是大学的校园,虽然目前大学教师的平均生活水平还很差,但为了祖国的教育事业,甘守清贫者依然不会减少!云云。

肖济东懒得多嘴,由他说去。只是心说谁又想要甘守清贫呢?无非每个人都有自己的活法,而每种活法都有自己的定数。要紧的是你是不是在做属于你的事情。如此而已。